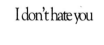

I don't hate you

당신은 나를 좋아해

1판 2쇄 찍음 2022년 5월 9일
1판 2쇄 펴냄 2022년 5월 13일

지은이 | 김제이
펴낸이 | 고운숙
펴낸곳 | 봄 미디어

기획·편집 | 박나영 정지은

출판등록 | 2014년 08월 25일 (제387-2014-000040호)
주소 | 경기도 부천시 소향로13번길 14-11, 203호
영업부 | 070-5015-0818 편집부 | 070-5015-0817 팩스 | 032-712-2815
E-mail | bommedia@naver.com
소식창 | http://blog.naver.com/bommedia

값 10,000원

ISBN 979-11-5810-495-5 03810

I

김제이 장편 소설

DON'T

당신은
나를
좋아해

HATE

YOU

contents

"나 너 안 싫어하거든.

그렇다고 딱히 좋아하지도 않지만."

박이삭

01. 사람들은 나를 싫어해

처음부터 그럴 작정은 아니었다. 종일 책상에 앉아 책만 파고 있던 참에 반강제로 끌려갔던 학회 바자회. 그렇게 공부만 하다간 사시 패스 전에 네 뽀얀 엉덩이가 욕창 범벅이 되어 죽을 거라며 성희롱과 악담을 동시에 퍼붓는 한신우의 말을 언제나처럼 흘려듣곤 나눠 받은 맥주만 홀짝이고 있었다. 그 와중에도 머릿속엔 얼마 전 쳤던 2차 시험 생각뿐이었다.

재수 없게 시험 전날 걸린 몸살감기. 도저히 견딜 수 없어 약을 먹었는데 그게 잘못이었다. 독한 약 기운과 내리지 않는 열은 정신을 혼미하게 만들었고 나는 그렇게 몇 년 치 공을 쓰레기통에 처넣었다. 아직도 내가 뭐라고 써 갈겼는지 기억나지 않는다. 긴장하느라 술을 처먹고 시험을 봤다는 신우처럼 노래 가사를 쓰지 않기만을 바랄 뿐.

"드디어 대망의 마지막 물건이 남았습니다. 지난해에 동차*로 합격한 선배님의 서브 노트입니다. 가격은 5만 원부터 시작하겠습니다."

여기저기서 환호와 고함이 터져 나왔다. 10만 원, 16만 원, 20만 원. 프로 경매사처럼 경쟁을 붙이는 학회장의 손에 들린 너덜너덜한 노트를 보며 신우는 입맛을 다셨다.

"이삭아, 나 저거 살까?"

"시험 전에 술이나 처먹지 마."

"야, 찔러도 피 한 방울 안 나올 너랑 달리 나처럼 여린 남자는…… 여기 30만 원!"

누군가가 다시 31만 원을 부르고 신우는 33만 원을 부르고. 공중에 돈을 흩뿌리고 있는 그들 사이에서 나는 33만 원이면 알바를 대체 몇 탕을 뛰어야 하는지 계산 중이었다. 참 돈들 쉽게 쓴다, 구질구질하게 생각했다.

노트는 50만 원을 부른 모 후배에게 낙찰됐다. 신우는 억울해했다. 학식에 가서 삼계탕을 시켰을 때 나보다 제 닭이 작다는 걸 확인한 순간처럼 원통한 표정이었다.

"아 씨, 내가 노트북만 안 샀어도 저거 살 수 있었는데. 야, 이 오징어 맛있다."

오징어 다리 하나에 사라질 억울함이면 그 돈으로 오징어를 사 먹는 게 낫지 않겠냐는 말은 굳이 하지 않았다.

---

*동차:같은 해에 1, 2차 시험을 모두 합격하는 것.

"여러분! 잠깐, 자리 뜨지 마세요. 제가 마지막 물건이라고 했지, 마지막 경매라곤 안 했거든요. 오늘의 피날레가 남아 있습니다."

대형을 바꿔 술판을 벌이려던 후배들이 다시 착석했다. 나는 오징어가 맛있다며 자꾸 내 입에 땅콩을 까 넣는 신우의 팔목을 꺾고 있었다.

"박수로 맞아 주세요. 오늘 마지막 경매는, 법대 최고 미녀 최수완 양입니다."

학회장은 여자애 하나를 강단으로 데리고 올라왔다. 팔목 아프다고 비명을 지르던 신우가 순간 몸부림을 멈췄다.

"하여튼 요즘 애들은 창의력이 없어. 시대가 어느 땐데 올드하게 노예팅이 뭐냐, 노예팅이. 그것도 신성한 이 법철학회에서. 근데 재수황 쟤는 이런 데 안 나올 애지 않냐?"

"누가 재수황인데?"

"너 최수완 몰라?"

"알아야 돼?"

그건 아니지만, 소심하게 입을 연 신우는 내 의사와는 상관없이 최수완의 신상 명세를 줄줄 읊기 시작했다. 그러니까 쟤 별명이 왜 재수황이냐면.

"아버지가 국회 의원이란다."

그럼 재수 좋은 거 아니냐 묻자 신우는 조용히 내 입에 뻥튀기를 밀어 넣었다.

"학년 톱이래."

"공부도 잘하네."

"그건 그렇지만, 이 아니고. 야, 일단 마저 들어 봐. 새터에서 술 건네는 선배에게 자긴 술 안 마신다고 쌩까, 학교에서 마주쳐도 쌩까, 학회나 반 행사도 쌩까, 심지어는 동기들하고도 쌩깐대. 동식이 있지? 이번에 군대 간. 걔 쟤한테 고백했다가 까이고 쪽팔려서 입대한 거잖냐."

"사내새끼가 뭘 차인 걸로."

"그냥 차인 게 아니니까 그렇지."

신우는 주변을 둘러보더니 내 귀에 입술을 바짝 대고는 낮게 속삭였다.

"누구세요? 라고 그랬단다."

"뭐?"

"저 아세요? 저는 그쪽 모르는데 누구시죠."

웃음이 터졌다. 주변이 고요했던 탓인지 대다수의 시선이 내게 몰렸다. 그중엔 강단 위의 학회장과 최수완도 있었다. 아무 일도 없었던 척 표정을 갈무리했다. '어, 이삭 선배다. 언제 왔어요?' 몇 번 보지도 않은 나를 돈 보듯 반가워하는 후배들에겐 성의 없이 눈인사를 하면서.

"에이. 너무 집중들 안 하신다. 너무 비싸게 부를 필요 없어요. 기부에 액수가 중요한가, 마음이 중요하지. 작은 액수라도 괜찮아요. 그럼 만 원부터 시작할까요?"

기대를 배반한 싸늘한 분위기에 학회장은 당황한 듯했다.

"저 새끼 저거, 눈치 없다더니 저렇게 눈치가 없을 줄이야."

신우는 마치 제가 그 자리에 있는 것처럼 어깨를 부르르 떨며 쪽팔려 했다.

"어쨌든 이제 알겠지? 쟤가 왜 재수황인지."

"아니. 모르겠는데."

"박이!······삭."

고함을 지르려던 신우는 주변의 눈치를 보고 억지 미소를 지었다.

"하여튼 삐딱한 새끼. 장발장도 절도로 처넣을 새끼. 대기업 비리 조사하다 골로 갈 새끼야."

간지럽게 나한테만 중얼거리는 걸 들은 척도 안 했다.

그새 강당 분위기는 더 엿 같아져 있었다. 후배들은 대놓고, 혹은 아닌 척 최수완을 무시했다. 머리 덜 큰 10대들이 반 아이 하나를 왕따 시키는 광경을 보는 것 같았다. 유치하고 찌질했다.

"대체 쟤는 여기 왜 나온 거야? 이렇게 미움받는데."

뒤늦게 분위기를 읽은 신우가 이해가 되지 않는다는 듯 혀를 찼다.

나는 다시 강단 위 최수완을 봤다. 모종의 거래가 있었는지는 모르겠지만 누가 봐도 자의로 나온 모양새는 아니었다.

침묵하고 무시하는 사이 시간은 더디게 흘렀다. 무표정을 가장하고 있던 최수완의 얼굴에도 균열이 가기 시작했다. 몸집만 큰 애새끼들은 아래에 앉아서 그런 최수완을 보고 수군거렸다. 누군가 디씨해서 5천 원은 안 되냐고 소리쳤다. 동시에 웃음이 와르르 쏟아졌다.

"이삭아. 재미없는데 우리 이만 나가서 맘마나 먹을까. 이 형님이 오랜만에 우리 베이비에게 비싼 거 쏠……."

"지랄들 하고 있네, 아주."

"너 어떻게 나한테 그렇게 심한 말을."

"30."

충격받은 얼굴로 땅콩을 쏟는 신우를 무시한 채 손을 들었다. 다들 입을 다물며 나를 쳐다봤고, 나는 그들보다 놀란 표정의 최수완을 쳐다봤다.

"내가 살게."

"야, 네가 돈이 어디 있어서."

사정을 뻔히 아는 신우가 날 말렸다. 없었다. 아버지에게 손 벌리기 싫어 내 입에 들어가는 커피 값도 아끼는 마당에, 아마 주머니에 든 현금만 아니었어도 그딴 짓은 하지 않았을 것이다.

그러나 불행히도 하필 그날 밀린 두 달 치 과외비가 정산됐고, 아주머니는 미안하다며 계좌 이체 대신 흰 봉투에 **빳빳한** 만 원짜리로 백만 원을 채워 주셨다.

멀뚱히 선 나를 오해했는지 신우가 슬그머니 제 지갑을 꺼냈다. 나는 그걸 내 뒷주머니에 집어넣으려는 녀석을 밀어내고 기부금 상자로 향했다. 만 원짜리 서른 장을 꺼내 상자에 집어넣었다.

"됐지?"

"아, 네. 됐죠. 됐습니다. 그럼 최수완 양의 두 시간은 우리 이삭 선배에게 낙찰이 된 걸로. 최수완 양 내려가셔도 됩니다."

정적을 깨뜨린 학회장이 웃으며 최수완의 등을 떠밀었다. 내게로 오는 그녀의 걸음을 따라 날 선 시선이 따라붙었다. 누굴 미워하는 것도 저 정도면 정성인데. 나는 실소를 터뜨렸다.

"고맙습니다."

어느새 곁에 선 최수완이 작게 말했다. 전혀 고마운 얼굴은 아니었다.

볼일 끝났으니 이제 넌 네 갈 길을 가면 된다고 하고 싶었지만 보는 눈이 있어 차마 그러지 못했다. 일단 데리고 나가서 헤어지자 싶어 강당을 빠져나오던 길이었다.

"근데 이거 성차별 아닙니까? 왜 남자는 안 해요?"

"맞아. 법대에 여자 수 적다고 지금 무시하는 거야?"

모인 기부금 액수를 확인하려는 학회장을 향해 여학우들이 소리쳤다. 맞는 말이었다. 노예팅만 해도 천박한데 여자 한정이라면 술집에서 여자 초이스하는 변태 새끼들과 다를 게 뭔가 했다. 대체 누구 머리통에서 나온 발상인지.

"어, 저희는 성차별을 하려고 했던 게 아니고. 여러분도 아시다시피 남자 쪽에서는 그게…… 누군가 사 줄 만한 인물이 없어요. 납득이 안 되신다면 주변을 둘러보세요."

"있잖아요!"

"네? 누굴 말씀…… 아."

뒤통수가 따가웠다. 설마 아니겠지라고 생각했지만 설사 그렇다 해도 모른 척할 의향이었다. 잠자코 내 뒤를 따라오던 최수완이 덜컥 내 팔목을 붙잡아 세웠다.

"사람들이 선배 부르는데요."

세상에서 시간을 뺏기는 걸 제일 혐오하는 날 잘 아는 학회장은 나와 학우들 사이에서 어쩔 줄 몰라 했다.

"저, 그러니까 이삭 선배님은 너무 바쁘셔서 아무래도 여러 분들이 그건 이해를 해 주셔야……"

변명이랍시고 꺼낸 녀석의 말은 전혀 통하지 않았다. 하긴, 내가 생각해도 이해하고 싶지 않을 거다. 정말 바쁜 인간은 여기에 오지도 않았을 테니까. 공부하거나 아르바이트하는 시간을 뺄 수 없으니 자는 시간 쪼개서 나왔다는 건 알고 싶어 하지도 않을 거고.

"한 시간. 한 시간쯤은 괜찮아."

나는 자포자기한 채 말했다. 저승사자와 조우한 노인처럼 죽을상을 하고 있던 학회장의 낯빛이 순식간에 밝아졌다.

얼떨결에 주인공이 된 나를 제외한 채 경매는 불이 붙었다. 내 한 시간이 뭐가 그리 갖고 싶은지 아까 서브 노트 때만큼이나 분위기는 과열됐는데, 거기에는 한신우도 포함되어 있었다.

〈쏘리. 베이비. 이 형님이 데리고 나왔으니 형님이 책임질게.〉

15

메시지를 확인하는 날 향해 신우는 윙크했다. 나는 곧바로 답장했다.

〈이딴 데 돈 쓰지 말고, 차라리 그 돈을 날 줘.〉

20만 원이 30만 원이 되고, 30만 원이 40만 원이 되고. 과에 부유한 아이들이 많다는 건 알고 있었지만 이딴 데 돈을 이렇게나 쓸 줄은 몰랐다. 서브 노트 때와는 다른 의미로 기분이 가라앉았다. 이대로 뒀다간 안 되겠다 싶을 무렵 학회장이 마이크를 두드려 주위를 환기시켰다.

"마지막입니다. 마지막에 가장 큰 액수를 부르는 분에게 낙찰되는 걸로 하죠. 시작합니다."

50과 60, 65만 원이 튀어나왔다. 마지막 3초를 남기고 강당이 조용해진 사이, 내 곁에서 팔짱을 끼고 사태를 관망하기만 하던 최수완이 불쑥 손을 들고 외쳤다.

"백."

누구 하나 토 다는 사람 없이 경매는 깔끔하게 끝났다.

거기까진 좋았다. 그런데 왜 나는 기본서를 다시 봐도 모자랄 지금 이 시간에 최수완과 함께 미슐랭 쓰리스타짜리 레스토랑에 앉아 있는가.

이왕 이렇게 됐으니 내 한 시간과 네 두 시간을 퉁치는 건 어떠냐는 내 제안을 최수완은 상큼하게 거절했다.

"싫어요."

제 차에까지 태워 가며 끌고 오기에 대체 어디다 날 써먹으려나 했더니 여기였다. 나는 태어나 처음 보는 농어 요리를 망설이다 입에 밀어 넣었다. 고급이라 다를까 했더니 역시 생선은 쥐약이었다. 포크를 내려놓고 물을 마시는 날 빤히 보던 최수완이 물었다.

"맛없어요?"

"아니. 나 생선 못 먹어."

"다른 거 시킬게요."

"됐어. 괜찮아."

서버를 부르려는 최수완을 나는 급히 막았다. 손목시계를 확인했더니 최수완이 산 한 시간 중 40분이 지나 있었다. 생각보다 빨리 가네. 한숨을 쉬는 내 머리 위로 불만스런 목소리가 날아들었다.

"선배는 나랑 있는 게 싫은가 봐요."

"어?"

"내 얼굴보다 시계를 더 보네. 하긴, 다들 날 싫어하니까."

그만 가요. 최수완은 냅킨으로 입가를 닦고 일어섰다. 웃고 있는 입술과 달리 낯빛은 강단에 멀뚱히 서 있었을 때처럼 창백했다.

그녀가 내 한 달 치 과외비를 훌쩍 넘는 음식값을 계산하는 동안 난 뒤쪽에 빠져 오늘 미룬 공부를 내일 어떻게 해야 할지를 생각했다. 지나가던 서버가 날 순진한 여자애 등 처먹는 제비 보듯 했다.

레스토랑을 나오자 최수완은 차 키를 꺼내 들고 목적지를 물었다.

"선배는 기숙사 갈 거죠? 데려다줄게요."

내가 기숙사 생활을 한다는 걸 오늘 처음 본 그녀가 어떻게 알고 있는지 궁금했다. 근데 알면 또 뭐 하나 싶었다. 나는 거절의 의미로 한 발짝 물러섰다.

"버스 타고 가면 돼. 밥 잘 먹었다."

등을 돌리는 내 뒤통수에 대고 최수완은 그 흔한 인사도 건네지 않았다. 근처 정류장에 내가 타야 하는 버스가 들어오는 게 보였으나 나는 뛰지 않고 뒤돌아섰다. 그녀는 어째서인지 아직 그 자리였다. 아까부터 마음에 걸리는 게 있었다. 오지랖인 건 알지만 찝찝한 건 질색이었다. 그래서였다. 나는 굳이 하지 않아도 될 말을 했다.

"나 너 안 싫어하거든. 그렇다고 딱히 좋아하지도 않지만."

그때부터였을 것이다. 여태껏 학교에 다니면서 단 한 번도 마주치지 못했던 최수완이 아주 자주 눈에 띄었다. 처음엔 기분 탓일 거라고 여겼는데 도서관에서, 학교 식당에서, 서점에서, 심지어는 아르바이트하는 맥줏집에서까지 마주치다 보니 느낌이 왔다. 우연이 아니었다.

밤 12시. 아르바이트를 끝내고 나오는 내 뒤를 어디서 많이 본 차가 따라왔다. 미행을 하려면 좀 그럴듯하게 하든가. 평소에 타던 차, 그것도 흔히 볼 수 없는 샛노란 병아리색의 외제

차를 타고 최수완은 내 뒤를 밟고 있었다. 음습하게 뒤를 쫓는 여자애라니. 소름 끼쳐야 마땅한데 그 행태가 너무 허술하다 보니 어이가 없을 뿐이었다.

한 걸음을 걸으면 그만큼 따라오고, 다시 한 걸음을 떼면 그만큼 거리를 좁히는 그녀의 차를 못 본 척 무시하다가 우뚝 걸음을 멈추었다. 그리고 돌아섰다. 차창 너머의 최수완이 당황하는 게 느껴졌다.

놀라 후진을 했다가 이래선 안 되겠다 싶었던지 다시 앞으로 왔다가 깜빡이가 들어오고 윈도우 브러시가 격렬하게 좌우로 움직였다. 워셔액까지 내뿜는 걸 보고 다가가 운전석 창을 두드렸다. 쪽팔렸는지 아님 머리를 숨기면 들키지 않을 거라 생각했는지 핸들에 얼굴을 박고 있던 그녀가 고개를 들었다. 차창이 천천히 아래로 내려갔다.

"너 내 스토커야? 왜 자꾸 따라다녀?"

상대방을 배려한답시고 돌려 말해 봤자 오해만 부를 뿐이었다. 최수완은 고양이처럼 새초롬한 눈을 몇 번 깜빡이더니 대답했다.

"네. 나 선배 스토커예요. 스토킹한 지 한참 됐는데 되게 늦게 눈치채네."

당황해 자동차로 트위스트를 추던 건 다른 사람이라는 듯 뻔뻔한 얼굴이었다. 말문이 막혔다. 허, 뭐 이런 애가 다 있어. 나는 얼굴로 떠오르는 당혹감을 애써 감추고 말했다.

"어쨌든 앞으로는 따라다니지 마."

"싫은데요."

"뭐?"

"이건 내 자유예요. 내가 선배한테 위해나 협박을 가하는 것도 아니잖아요. 피해 안 주는 선에서만 조용히 따라다닐게요."

모의 법정에서 변호사 역할을 맡은 것처럼 최수완은 자신을 변호했다. 충분히 협박이고 피해며 이렇게 조용히 따라다니는 게 더 신경 쓰인다고 쏘아 주고 싶었지만 포기했다. 그럼 또 그녀는 다른 반박을 할 테고, 거기에 대거리할 만큼 힘이 남아돌지 않았다. 새벽에 일어나 공부하고, 학교 가서 수업 듣고 다시 공부하다가 과외를 한 뒤 맥주를 날랐다.

오늘따라 몸은 천근만근이라 솔직히 이렇게 걷고 있는 게 기적일 정도였다.

"네. 마음대로 하세요. 저는 그럼 이만 가 보겠습니다."

나는 새벽임에도 피곤한 기색 하나 없는 최수완에게 고개 숙여 정중히 인사하고 인도로 걸어 나왔다.

때마침 버스가 지나치기에 무심코 번호를 확인하고 경악했다. 저걸 놓치면 30분은 기다려야 하건만 도무지 뛸 수가 없었다. 날 버리고 가시는 님은 발병이라도 나지, 다리 대신 타이어가 달린 버스는 손님이 없는 걸 확인하고는 정류장에 정차도 않고 저 멀리 사라졌다.

나는 미적미적 걸어서 정류장 의자에 앉았다. 이렇게 멍청히 앉아 있으면 안 되는데, 뭐라도 꺼내서 몇 자라도 봐야 하는데 손가락 하나 까딱하고 싶지 않았다.

넋 나간 사람처럼 빈 도로를 응시하고 있자니 샛노란 차가 와서 섰다. 내려간 조수석 차창 너머로 최수완의 얼굴이 나타났다.

"타요. 버스 오려면 30분이나 있어야 하잖아요."

자존심이 있으면 타지 말아야 했다. 스토킹하지 말라고 뻗대기까지 한 주제에 말이야. 근데 그 자존심이 밥은 먹여 주지 않더라고. 나는 피곤해 당장 죽어 버릴 것 같은 나보다 어째서인지 더 절박한 최수완의 눈을 가만히 보다 일어섰다.

조수석 문을 열고 올라타며 말했다.

"고맙다. 태워 줘서."

"뭘요. 이러려고 따라다닌 건데."

목소리가 묘하게 들떠 있었다. 흘낏 본 최수완의 뺨이 솜사탕처럼 예쁜 분홍빛이었다. 절 쳐다보는 걸 어찌 알았는지 그녀가 날 돌아봤다. 알기 쉬운 타입이네.

나는 모른 척 차창에 시선을 고정하곤 웃다가 불현듯 심각해졌다. 그저 심심풀이로 이러는 줄 알았는데, 설마.

요 근래 최수완의 행동을 곱씹어 봤다. 그러나 아무리 다른 이유를 짜내어 보려 해도 정상적인 내 머리로 나올 수 있는 답은 단 하나였다.

"너 혹시, 나 좋아해?"

"네. 좋아해요."

이미 아는 수학 문제를 풀듯 경쾌한 어조였다. 이렇게 단번에 고백을 받을 거라 예상 못했던 나는 당황했다.

"좋아하지도 않는 남자를, 욕까지 먹어 가며 따라다닐 미친 년이 어디 있어요."

"그렇구나."

그 상황에서 나온 말이란 게 고작 그거였다. 스스로도 등신 같다고 생각했지만 딱히 할 말이 없었다. 더 어이없는 건, 스토커 여자애의 차를 얻어 타고 고백까지 받은 이 극적인 시점에서 잠이 쏟아지기 시작했다는 거다.

적당히 따뜻한 차 안의 온도. 코끝을 스치는 달큰한 꽃향기. 향수 냄샌가. 되게 좋네. 거기까지가 내 생각의 마지막이었다.

갈수록 무거워지는 눈꺼풀을 결국 이겨 내지 못한 나는 그대로 잠이 들었다. 잠결에 최수완이 뭐라고 물었던 것 같은데 정확히 기억은 나지 않는다.

"선배는 나 어떻게 생각해요?"

너, 재수황은 아니라고 생각해.

다시 눈을 떴을 땐 코앞에 최수완의 얼굴이 있었다. 이게 꿈인지 현실인지 상황 파악을 하느라 나는 숨까지 멈춘 채로 머리를 굴렸다.

그러니까 난 아르바이트를 끝내고 기숙사로 돌아가는 중이었고 도중에 최수완이 날 따라오는 걸 발견했고 그리고.

"기숙사 다 왔어요. 선배."

모든 게 현실이라는 걸 깨닫자마자 벌떡 일어났다. 덕분에 막 비켜나려던 최수완의 턱을 이마로 받아 버렸다. 졸지에 박치기당한 그녀가 턱을 쥐고 아파했다.

"아, 미안."

무심코 사과를 하고 보니 이건 되레 내가 사과를 받아야 하는 상황 아닌가 싶었다. 나는 혀를 깨물었는지 선바이저를 내려 거울을 보는 최수완에게 물었다.

"근데 너 뭐 한 거야?"

아까는 비몽사몽간이라 미처 몰랐는데 입술이 부딪혀도 이상하지 않을 거리였다. 거기서 넌 대체 뭘 하고 있었던 건데?

"그냥 봤어요. 그렇게 곤히 자는 사람 처음 봐서. 왜요? 키스라도 했을까 봐?"

무감한 말투와는 달리 귀 끝은 새빨갰다. 그래, 신참 놀리는 예비역 아저씨 흉내를 내기엔 최수완은 너무 어렸다. 나는 안전벨트를 풀며 받아쳤다.

"어, 너 나 좋아한다며? 너무 당당하게 스토킹하길래, 그 정도 용기는 있을 줄 알았지."

가방을 챙겨 메곤 차 밖으로 내려섰다. 잘 가라고 인사하고 서둘러 기숙사 안으로 들어선 나는 계단참에 멈춰서 한참을 서 있었다. 차 문을 닫기 전 본 최수완의 얼굴, 너무 익다 못해 터져 버린 토마토처럼 새빨개진 그녀의 뺨 때문에.

"쟤 진짜 나 좋아하나 보네."

가슴이 덜컥했다.

"요 근래 재수황이 너를 따라다니는 것 같은데, 내 기분 탓

23

이겠지?"

반나절을 도서관에 처박혀 있다 스트레칭이라도 할 겸 매점으로 나온 참이었다. 바나나 우유를 빨대로 쪽쪽 빨던 신우가 어깨로 날 툭 치며 말했다. 녀석의 시선이 가리키는 매점 2층 테라스엔 아메리카노를 마시며 날 내려다보고 있는 최수완이 있었다.

눈이 마주치자 그녀는 가볍게 손을 흔들었다. 그리곤 계속해서 날 봤다. 나는 차가운 사이다를 한 모금 들이켜곤 한숨을 쉬었다.

"나도 네 기분 탓이면 좋겠다."

"그래, 맞아 내 기분 탓…… 뭐라고?"

"쟤 나 스토킹해."

"뭐?"

신우는 바나나 우유엔 고작 1%의 바나나 과즙이 들었다는 사실을 알았을 때처럼 놀라워했다. 나는 최수완이 있는 2층으로 자꾸만 돌아가는 신우의 고개를 강제로 정면으로 돌렸다.

"날 좋아하신단다."

"저 재수황이? 너를?"

우유를 떨어뜨리려는 걸 양손에 꼭 쥐여 주고 먼저 일어섰다. 한 박자 늦게 정신을 차린 신우가 소리를 지르며 내게 달려왔다.

"야, 박이삭! 뭐가 어떻게 된 건데. 어쩌다 재수황…… 이 새끼야, 말은 해 주고 가!"

중간중간 신우는 나와 최수완에 대해 물었지만 답해 줄 수 있는 건 거의 없었다. 내가 그녀와 함께한 일이라야 밥 한 끼를 얻어먹은 것과 차를 한 번 얻어 탄 것뿐이었다. 그녀가 왜 나를 좋아하게 됐는지 어쩌다 스토킹까지 할 마음을 먹었는지 나는 몰랐고, 알고 싶지도 않았다. 그녀의 감정을 받아 줄 수 없어서 모른 척했고, 그녀 역시 모른 척 나를 티 나게 따라다녔다.

솔직히 신경 쓰이고 피곤했지만 참았다. 나 같은 걸 좋아하는 최수완이 나보다 더 신경 쓰이고 피곤하겠지 싶었고, 그게 쌓이다 보면 얼마 안 가 포기하겠지 그렇게 넘겼다. 그런데 최수완은 생각보다 지구력이 훨씬 좋은 아이였다.

"너 벌써 세 달째야."

나는 식판을 들곤 최수완의 맞은편 자리로 옮겼다. 학교 식당에서 늦은 점심을 먹고 있는데 딱 한 테이블 떨어진 곳에서 밥을 먹고 있는 최수완이 보였다.

3시가 훌쩍 넘어가는 식당엔 사람이 없었고 입만 다물면 인형처럼 예쁜 최수완은 100m 밖에서도 눈에 띄었다. 어차피 눈에 띄게 미행할 거 왜 항상 이렇게 멀지도 가깝지도 않는 어중간한 거리에서 지켜보기만 하는지 미스터리였다.

"나 스토킹한 지 벌써 세 달째라고."

"벌써 그렇게 됐나. 몰랐네."

최수완은 놀란 토끼 눈으로 날 보더니 이내 평정을 찾곤 다시 수저를 들었다. 나는 무심코 국을 퍼먹다가 뱉을 뻔했다.

동태탕이었다.

"진짜 미안한데."

비린내를 가시게 하느라 물을 한 컵이나 마신 후에야 나는 말했다.

"이제 나 좀 그만 좋아하면 안 되겠어?"

제발 커리큘럼에 맞지 않는 청강 그만하고, 도서관에서 나만 쳐다보지 말고, 아르바이트하는 가게 앞에서도 그만 기다리고, 나 밥 먹는 패턴 따라 하느라 끼니 거르지 말고, 익명으로 매달 기숙사에 영양제며 보약 보내는 것도 관뒀으면. 그랬으면 좋겠는데.

대답을 기다리는 날 긴장한 낯빛으로 오래도록 쳐다보던 그녀는 시선을 떨구곤 애써 웃었다.

"선배가 나 좋아하는 게 빠를걸요. 내가 뭐든 쉽게 질려 하는 타입이 아니라, 한 번 꽂히면 죽을 때까지 좋아해요. 아마 선배도."

거기까지 말하곤 최수완은 맨밥을 한 움큼이나 퍼먹었다. 계속 퍼먹었다. 볼이 터져 나갈 정도였다. 저러다 목 막히지, 생각하자마자 그녀의 호흡이 급하게 멎었다. 잔기침을 하는 걸 보자마자 일어섰다. 물을 떠 와 건네는 날 올려다보는 눈동자에 눈물이 그렁그렁했다.

"혹시 선배, 내가 이러는 게 불편하면…… 아, 당연히 불편하겠지. 그러면 내가……."

물을 반쯤 마신 최수완은 컵을 양손에 가둔 채로 횡설수설

했다. 내 말 탓인가. 여태껏 봐 왔던 뻔뻔하고 당당한 태도 따위 온데간데없었다.

근 100일 동안 날 따라다닌 최수완과 본의 아니게 함께 시간을 보내면서 알게 된 사실이 하나 있다. 최수완은 빈말이나 거짓말을 웬만해선 하지 않았다.

특별한 가정 환경 때문인지 타고난 성격 때문인지는 모르겠으나 남들은 곧잘 하는 선의의 거짓말이나 고맙다, 괜찮다는 빈말조차 절대 안 했는데, 별명이 재수황이 된 대부분의 원인이 아마 거기에 있지 않나 싶다.

그러니까 오늘도 날 따라다니지 않겠다는 빈말은 못 할 거고, 날 좋아하지 않도록 노력해 보겠다는 거짓말 같은 건 더더욱 못 할 테고.

나는 비린내 나는 동태탕엔 눈길도 주지 않고 맨밥을 퍼 넣었다. 입안에 단맛이 돌 때까지 씹어 넘기고는 물었다.

"나 같은 게 왜 좋아?"

최수완을 보고 있자면 기분이 이상해졌다. 아무 말 하지 않아도 느껴졌다. 눈이, 손끝이, 목소리가, 하다못해 호흡까지 날 향해 있다는 걸. 아마 최수완이 나를 좋아한단 고백을 하지 않았더라도 나는 눈치챘을 것이다.

그녀는 별로 먹고 싶어 보이지도 않는 밥을 수저에 듬뿍 퍼 담았다. 그러고는 입꼬리를 당겨 장난스레 웃었다.

"나랑 사귀어 주면, 그때 말해 줄게요."

"그러지, 뭐."

100일이 넘게 날 쫓아다니는 그녀의 끈기에 감복했다거나 뒤늦게 그녀가 좋아졌다 하는 이유에서는 아니었다. 태어나서 애처럼 날 좋아하는 사람이 부모님 말고 또 있겠나 싶어서. 무엇보다 반지르르한 껍데기가 아닌 추한 속내를 보고도 여전히 날 좋아해 줄지 궁금했다.

최수완은 가슴께까지 들어 올린 수저를 내리지도 입으로 가져가지도 못한 채 얼어 있었다. 나는 그녀의 손에서 수저를 빼앗아 식판에 내려놓고는 눈을 맞추었다.

그러자고.

"사귀자. 우리."

❀   ❀   ❀

—얼마 전 세간을 떠들썩하게 했던 스폰서 검사 사건이 일단락되었습니다. 검찰은 해당 A검사를 법령 위반과 검사로서의 품위손상을 이유로 지난 1일 면직 처분했습니다. 스폰서로부터 향응을 접대받은 것은 사실이나 그 액수가 적고…….

사람이 일을 안 하면 그게 사람이여, 개돼지지. 부지런한 아버지는 늘 그 말을 입에 달고 살았다.

그 말에 따르면 지난 세 달 동안 나는 개, 돼지였다. 나는 집구석에 처박혀 손가락 하나 까딱하지 않고 누워 있었다.

TV나 신문, 매스컴 따위는 쳐다보지도 않았고 특별한 상황을 제외하곤 외출도 하지 않았다.

잠은 수면 유도제를 먹고 겨우 자고, 죽지 못해 밥이라고 먹긴 했는데 그것도 말라빠진 식빵이나 4분 콘 수프 같은 레토르트 식품이었다.

한 달이 지나자 코피가 났고 몸무게가 3kg이나 빠졌다. 어느 순간부터 거짓말처럼 식욕이 없어졌다. 하루에 한 끼, 가끔은 종일 물 한 모금 입에 대지 않는 날도 있었다. 그렇게 세 달하고도 보름이 되던 날이었다. 욕실에서 샤워를 하고 나오던 나는 혼절했다.

기절을 한 나를 발견한 건 경비 아저씨였다. 경비 아저씨는 보름 넘게 바깥출입을 하지 않는 내가 이상해 우리 집에 와 봤다가, 벨을 눌러도 답이 없자 문을 두드렸고, 혹시나 해서 열어 본 문이 열리는 것에 놀랄 새도 없이 비련의 여배우처럼 쓰러진 나를 목격했다고 했다.

나는 수건 한 장 차림으로 구급차를 타고 응급실에 실려 갔다. 링거 바늘이 팔을 찌르는 순간 의식은 돌아왔다. 하지만 계속 기절한 척했다. 쪽팔렸기 때문이다.

놀이터에서 놀다 넘어져 뒤통수를 깼다는 사내애가 '엄마, 이 아저씨 TV에 나온 사람이야! 아까 팬티도 안 입고 왔었어!'라고 소리치지 않았다면 아마 계속 기절한 척했을 것이다. 나는 마치 금방 깨어난 사람처럼 부스스 눈을 뜨고 마침 곁에 있던 간호사에게 이렇게 말했다.

"여기가, 어디죠?"

영양실조에 운동 부족입니다. 날 보는 젊은 의사의 눈빛이 송곳보다 따가웠다. 내가 누군지 아는 눈치였다. 아마 날 모르는 사람을 찾는 게 더 빠르겠지.

"잘 드시고 운동하세요."

의사가 기계적인 조언을 하고 사라지자마자 링거부터 뽑았다. 원무과에 갔더니 계산은 이미 아저씨가 하고 간 뒤였다.

피해 의식인지 몰라도 여기저기서 사람들이 날 보고 수군거리는 것 같았다. 나는 환자복에 병원 슬리퍼를 빌려 신은 채로 병원부터 나왔다. 유리에 비친 내 모습은 사회 부적응자 그 이상, 그 이하도 아니었다. 후에 만난 아저씨는 내가 실직을 비관한 나머지 자살 기도라도 한 줄 알았다고 했다.

"나야 박 검사님 그럴 사람 아니란 걸 알지만, 세상 사람들은 또 그게 아니잖아. 힘든 거 알아. 그래도 힘내야지 어쩌겠어."

주변을 둘러봤다. 집에서 30분쯤 떨어진 종합 병원이었다. 망할, 돈도 한 푼 없는데. 집까진 어떻게 가야 하나. 그냥 그대로……

죽어 버렸으면 좋았을 텐데.

사람들이 오가지 않는 병원 초입의 골목에 선 채 멍하니 생각했다. 대체 어디서부터 뭐가 잘못된 걸까. 내가 뭘 그리 잘못했기에.

혼자만 고고한 척 선비처럼 뻗대지 말걸, 그냥 같이 썩은 물 마실걸. 아니, 개천에서 난 용 한번 되어 보겠다고 법대 가지 말걸. 애초에 왜 빌어먹을 검사 따월 장래 희망으로 잡아서.

인간이길 포기해 가며 공부해 통과한 사시, 검사가 된 지 5년도 안되어 이런 꼴로 잘릴 줄 알았다면 아예 시작도 안 했을 거다.

시집살이가 귀머거리 3년, 장님 3년, 벙어리 3년이라더니 내 초임 검사 시절도 그랬다. 불행히도 나의 상사들은 전형적인 섹검, 떡검, 스폰검의 완벽한 삼박자를 갖추고 있었고 거기서 내가 할 수 있는 거라고는 들어도 못 들은 척, 봐도 못 본 척, 알아도 입 닥치고 있는 것뿐이었다.

그러나 귀머거리, 장님, 벙어리 흉내를 내는 데에도 한계는 있었다.

흔해 빠진 살인 미수 사건이었다. 거물 사채업자 아래 있는 깡패가 시비 끝에 사람 하나를 죽일 뻔한. 어차피 털어 봤자 대가리는 엮지도 못한다고, 쳐내야 할 다른 케이스가 얼만데 빨리 넘기라고, 선배는 조언이랍시고 그렇게 말했다.

그런데 뭔가 이상했다. 도주한 게 무색하게 이튿날 자수한 피의자. 유난히 사건 종결을 재촉하던 부장, 짜 맞춘 듯 앵무새처럼 같은 말을 하던 목격자. 뒷모습만 녹화된 CCTV와 마치 자신을 알아보라는 듯 피의자가 입고 있던 같은 옷.

사금융 중 최고 자산가라는 새싹금융 회장 손필규가 차장과 만나고 있는 장면을 우연히 목격하고 알았다. 이미 짜 맞춰 놓은 퍼즐. 내가 할 일은 그걸 고스란히 갖다 바치는 것뿐이라는 걸.

쉬웠다. 다 차려 놓은 밥상, 그냥 떠먹기만 하면 됐다. 어차피 일개 검사인 내가 나서봤자 바꿀 수 있는 케이스가 아니었고, 피의자 본인도 다 알고 뒤집어쓴 일이었다. 게다가 피의자는 겨우 20대 중반임에도 전과가 있는 상태였다. 거기서 하나를 보태거나 뺀들 걔 인생이 별로 달라질 것 같지도 않았다.

그런데 나는 왜.

"손은 왜 그렇습니까?"

"검사님도 정신이 영 없으시네. 말했잖아. 그 개새끼가 먼저 칼 휘둘러서 그거 잡느라고 이렇게 됐다고."

"강일형 씨 왼손잡이라면서요."

"그런데?"

"왜 오른손으로 칼을 막았는지 궁금해서."

그걸 못 했을까.

"회장님한테 전하세요. 증거 조작하려면 망나니 아들 새끼 상처 치료할 시간에 부하 손바닥에 칼질하는 성의는 보이라고. 스스로 손에 칼질까지 해서 여기까지 왔는데 미안합니다. 못 속아 줘서."

가짜 범인은 풀려나고 진짜 범인이 잡히는 해피엔딩이었다면 더없이 좋았으련만 세상은 그리 호락호락하지 않았다.

불우했던 가정사와 정당방위를 빌미로 강일형의 선처를 요구하던 변호사는 진범 손필규의 아들 손지수에겐 정신 이상자 타이틀을 씌웠다.

평소에도 정신과 치료를 받고 있었고 당시에도 처방된 약을 복용한 상태인 데다, 그 약이 동기에 영향을 미쳤을 수 있으니 참작해 주시길 바란다며. 구구절절 거창했지만 요약하면 간단했다. 미친놈이 벌인 미친 짓이니 봐 달란 소리였다.

"미친 아들 풀어놨으니 그 아버지도 잡아 와야겠네요."

에둘러 깠던 그날 오후, 차장이 날 호출했다.

"아무리 예쁜 개도 사람 가려 가며 짖어야 봐주는 거야. 쓸데없이 힘 빼지 말고 박 검은 그만 손 떼."

아무나 보고 짖는 미친개인 나 대신 차장이 택한 가려 짖는 개가 연수원 동기 주재욱이었다. 결과는 뻔했다. 손지수는 집행 유예로 소리 소문 없이 풀려났다.

가뜩이나 눈엣가시였던 나는 그 이후로 완전히 투명 인간이 됐다. 부장과 차장은 비롯하고 선배는 물론 후배 검사들까지 나를 따 시키는데, 10대들 일진 놀이도 이것보다는 덜 유치할 것 같았다.

공소장이 찢겨 돌아오고, 회의 때마다 욕을 먹었고, 돈을 갖고 나른 계주를 잡은 피해자들이 계주를 폭행하는 바람에 되레 가해자로 붙잡혀 오는 등의 스트레스는 만땅이나 영양가 없는 사건들만 내게 배당됐다.

나는 그저 견뎠다. 아마 다음 인사 때는 산간오지로 좌천을 당하겠구나. 그래, 차라리 섬으로 가자. 승진 같은 건 꿈도 꾸지 않았다.

"박 검. 독불장군 놀이도 그만하면 됐어. 마침 차장님도 계시고 다들 모였으니까 와서 같이 한잔해. 우리 회사 얼굴 마담이 자꾸 이렇게 빠지면 되나."

부장으로선 마지막 회유였을 것이다. 폭탄을 파묻는 것보단 같이 안고 가는 게 훨씬 낫다는 생각을 했던 것 같다.

그러나 이미 미운털이 박힌 나는 이제 와 그 털을 뽑을 생각은 더더욱 없었다. 거절하는 내게 부장은 결재만 받고 가라 했다. 스무 번이 반려된 공소장이었다. 소득이라곤 없는 실랑이를 하는 것도 이젠 지긋지긋했다. 그래서 그의 말이 미끼일지도 모른다는 걸 알면서도 물었다.

입구에 도착했을 때부터 불안했다. 어두컴컴한 복도를 지나는 화려하고 야한 차림의 여자들을 보면서 이대로 돌아갈까 몇 번을 망설였지만, 어차피 온 거 결재만 받고 돌아오자. 피로에 찌든 나는 어이없을 정도로 단순하게 그런 생각을 했더 랬다.

결재판을 내민 날 불러 앉힌 부장은 술부터 따랐다. 한 잔 이 두 잔이 됐고, 두 잔이 세 잔이 됐다. 갑작스레 들이켠 양주 에 정신이 아찔해질 무렵 차장이 사랑하는 박 검사에게 주는 선물이라며 누군가에게 전화를 했고 곧 여자들이 들어왔다.

누가 봐도 어린 여자애들을 그들은 인형처럼 주물러 댔다. 구역질이 올라왔다. 지금이라도 나가야 했지만 결재판이 부장 의 손에 있었다. 차장이 총애한다는 동기 주재욱은 상사의 술 잔이 빌 때마다 알아서 술을 채웠다.

그렇게 한 시간. 나는 마지막 술잔을 비우고 일어섰다.

"저는 이만 가 보겠습니다."

타이밍이 엿 같았다. 하필 그때, 기자가 들이닥칠 줄이야.

정의는 존재했다. 없는 놈들에게만 존재했다. 존경하는 차 장님은 장인이 모 기업 회장이었으며, 부장님은 언론사 사주 와 절친이었고, 부동산 재벌 부모님을 뒀다는 주재욱을 비롯 한 동기와 선후배는 다들 그들 라인이었다.

겁대가리 없이 홀로 뻗대던 나, 가진 건 반반한 얼굴뿐 돈 도 백도 잘난 부모님도 없는 나는 양주 몇 잔에 그렇게 섹검, 떡검, 스폰검이 됐다.

적당히 구부려지고 흙도 묻힐 줄 알아야 오래간다며 조언하던 부장님께선 다음 날 방으로 나를 호출했다. 그리곤 '이왕 일이 이렇게 된 거 어떡하나. 우리나라 인간들은 냄비 근성이 있으니 금방 가라앉을 거야. 몇 달 쉬다가 내 친구가 하는 법무 법인이 있으니 그리로 가는 건 어떠냐'고 상냥하게 본인들의 죄를 내게 뒤집어씌웠다.

이니셜로 나올 거라던 기사는 어째서인지 풀 네임에 내 증명사진까지 전송됐다.

사고라곤 했지만 그게 차장과 부장의 합작품이라는 건 법무 법인은커녕 다 무너져 가는 변호사 사무소에서도 날 벌레 보듯 하고 난 다음에야 알았다.

홀로 키운 아들이 잘난 검사 됐다고 좋아하던 아버지는 뉴스에서 내 얼굴을 보고 당장 집으로 달려왔다. 나는 서른셋에 아버지를 붙들고 아이처럼 울었다.

"부장 개새끼. 난 아니야. 난 진짜 아니라고."

한동안 뉴스에선 질리도록 그 이야기만 해 댔다. 특이한 이름 탓에 쉽게 잊히지도 않았다. 아버지는 당신 닮아 잘난 얼굴 성형하긴 좀 그렇고, 개명은 어떠냐며 박새싹을 거론했다.

"떡잎도 괜찮은 것 같긴 한데, 떡이면 너 또 떡검 생각날 거 아니냐."

그 와중에도 웃음은 나더라.

아들 요절할까 걱정한 아버지는 본가로 날 데려가려 했다. 나는 거절했다. 대신 하루에도 전화를 수십 번 받아야 했다. 아침, 점심, 저녁, 생각날 때마다 안부를 묻는 아버지에게 나는 늘 같은 말을 반복했다. 밥도 잘 먹고, 운동도 하고, 외출도 한다. 이제 전과 다름없이 멀쩡하니 걱정 말라고. 물론 거짓말이었다.

바깥출입을 시도해 보지 않은 건 아니었다. 하지만 모자를 쓰고 마스크를 껴도 다들 날 알아보는 것만 같았다. 모든 걸 안 신우에게 강제로 이끌려 간 정신과에선 내 병명을 대인 기피에 우울증이라고 했다. 그때부턴 아버지 전화에 신우의 전화가 합쳐졌다.

불과 어젯밤만 해도 두 사람과 통화를 했고 같은 거짓말을 했다. 괜찮아. 멀쩡해. 진짜야. 그러니 이제 와 내가 이 모양이 꼴로 병원에 있으니 데리러 와 달라고 할 수도 없는 노릇이었다. 놀란 아버지 수명 줄어들까 봐. 신우에게는 면목이 없어서.

그러나 그놈의 면목도 추위와 통증 앞에서는 힘이 없었다. 이 추운 날 고작 환자복 하나 달랑 입고 있는 내가 이상한 듯 사람들이 한 번씩 쳐다보고 갔다. 더 버티다간 십중팔구 다시 응급실행일 게 분명했다.

마지못해 병원으로 발길을 돌렸다. 죄송하지만 전화를 쓸 수 있냐고 물어보자 원무과 직원은 깜빡했다는 듯 내 휴대폰과 만 원짜리 석 장을 내밀었다.

"아까 수납하신 보호자 분께서 환자분 나오면 드리라고 했어요."

사람이 죽으라는 법은 없나 보다. 나는 그걸 받아들곤 밖으로 나왔다.

병원 앞에 줄지어 서 있는 택시 중 하나를 잡아타려던 순간이었다. 도로 건너편의 여자가 눈에 밟혔다. 불법 주차를 한 모양인지 견인차에 끌려가는 차를 여자는 망연자실한 채 쳐다보고 있었다.

바닥을 구르는 캔을 짜증스레 걷어찬 여자가 도로 쪽으로 몸을 틀었다. 바람에 넘어간 머리카락 아래로 작은 얼굴이 완전히 드러났다. 순간 고장 난 비디오테이프처럼 세상이 멈추었다. 혹시나 싶은 맘에 가까이 다가가 보려 했지만 여자는 마침 도착한 택시를 잡고 자리를 떠나 버렸다.

그럴 리가 없잖아. 이젠 환각까지 보냐. 어이없어 흘러나온 웃음에 관계없이 내 눈은 여전히 여자가 서 있던 곳에 머물러 있었다.

"야, 박이삭! 이 미친 새끼야!"

넋을 놓은 내 등 뒤에서 익숙한 고함 소리가 넘어왔다. 신우는 병원 앞 도로에 급정차한 차 안에서 뛰어나왔다.

"어떻게 알고……."

"지금 그게 문제야? 너 미쳤냐? 돌았냐고! 약 처먹고 안 죽으니까 이젠 도로에 뛰어들어서 뒈지려고?"

"무슨 소리야."

여태껏 들리지 않았던 클랙슨 소리가 함께 귀를 강타했다. 죽으려고 환장했냐. 누구 인생 망치려고 도로에서 지랄병이냐. 또라이 새끼야, 정신 차렸으면 빨리 비켜라! 운전석에서 고개를 뺀 남자들이 욕을 퍼부었다. 그제야 나는 내가 6차선 도로 한중간까지 나와 있다는 걸 깨달았다.

이 정도면 신경 쇠약인데. 무감하게 그런 생각을 하고 있는 나를 신우는 도로에서 끌고 나왔다. 죄송합니다. 죄송합니다. 고개 숙여 사과하는 모습이 사고 친 아들 덕에 학교 징계 위원회에 호출당한 부모 같았다.

"어떻게 알고 왔는데?"

녀석의 차에 타자마자 다시 물었다. 죽다 살아난 판국에 그게 궁금하냐고 신우는 면박부터 했다.

"전화했는데 웬 아저씨가 받더라. 너 약 먹고 응급실에 실려 갔다 그래서 내가 얼마나, 얼마나……. 미친 내가 지금 회사에 말도 안 하고 나온 거 알아?"

"약 안 먹었어."

"그러시겠죠."

"진짜 안 먹었어. 단순한 영양실조야."

부드럽게 도로를 달리던 차가 순간 급정차했다. 신우는 정색하곤 나를 노려보았다.

"그래서, 내가 지금 너 칭찬해야 되냐?"

"미안."

"미안할 거다. 내가 아니라 네 몸뚱이한테."

이 나이에 여자 친구도 아니고 같은 거 달린 사내새끼 뒤치 다꺼리나 하고 있고. 이게 다 내 죄라며 구시렁거리면서도 신우는 날 걱정했다.

"괜찮아? 진짜 입원 안 해도 돼?"

나는 그때까지도 견인차를 좇던 여자 생각을 하다가 뜬금없 이 물었다.

"너, 최수완 소식 알아?"

"재수황? 야, 너도 모르는 걔 소식을 내가 어떻게 알아? 미 국에서 결혼했다는 소릴 들은 거 같긴 한데."

"그래?"

"근데 너 이상하다? 너 버리고 한국 날라 버린 그 나쁜 년 을 갑자기 왜 찾아? 벌써 10년이 넘었구만."

"아까 본 것 같아서."

"뭐?"

신우는 말없이 차를 돌렸다.

"어디 가?"

"정신과. 너 병원 안 간 지 꽤 됐지?"

끌려간 김에 진료를 보는 것도 괜찮다 싶어 잠자코 있었다. 왜 안 말리냐는 듯 날 보던 신우는 병원 대신 근처 대형 마트 로 향했다. 날 차에 내버려 둔 채 마트에 다녀온 녀석의 손에 는 3개월을 먹어도 될 분량의 식료품이 들려 있었다.

나를 집에 데려다주고 냉장고를 음식으로 채운 후에도 신우는 쉽게 발을 떼지 못했다.

"그냥 우리 집 갈래?"

"회사에나 가 봐. 그러다 진짜 잘릴라."

"사랑하는 우리 베이비 또 안 처먹고 지랄하다 이번엔 황천길 갈까 그러지."

"걱정 마. 가더라도 혼자 갈 테니까."

"새끼, 말을 해도."

나는 얼른 나가라고 녀석의 등을 떠밀었다. 억지로 구두를 끼워 신던 녀석이 갑자기 나를 돌아봤다.

"너."

"왜?"

"설마, 아직도 재수황을 못 잊었다거나 그런 거 아니지?"

걱정스런 기색이 역력한 녀석을 문밖으로 쫓아내며 나는 상냥하게 손을 흔들었다.

"얼굴도 잘 기억 안 나. 오늘 일은 고마운데 귀찮으니까 이만 꺼져."

"너 명심해! 재수황 그 악마 같은 기집애는 절대 안 돼! 내 눈에 흙을 퍼 넣어도, 그 기집애가 천사로 다시 태어나도 안 돼!"

신우는 문 앞에서 고래고래 소리를 지르다가 시끄러워 뛰어나온 주민에게 혼나 쫓겨났다.

나는 환자복을 갈아입지도 않은 채 부엌으로 갔다. 신우가 사다 놓은 죽을 꺼내 식탁에 앉았다. 한 그릇에 2만 원이라는 전복죽은 전복보다는 참기름 맛이 강했다. 허기는 느껴지지 않았지만 억지로 퍼 넣었다.

이젠 얼굴도 기억 안 난다고 거짓말했지만 내 기억 속 최수완은 마치 어제 만났다 헤어진 것처럼 생생했다. 날 볼 때마다 유난히 반짝거리던 눈동자. 깍지 껴 잡으면 바스러질 것 같던 손가락. 도둑 키스를 하고 느긋한 척 돌아서던 뒷모습까지.

사랑은 타이밍이라던데, 나와 최수완은 그 타이밍이 안 맞았다. 내가 그녀를 좋아하게 됐을 때 그녀는 날 떠나야 했으니까.

"나 다음 주에 미국 가요."

겨우 6개월을 사귀고 처음 맞았던 여름. 통보하듯 그녀가 말했을 때 나는 놀라지 않았다. 그 전 주에 그녀 아버지의 비서란 작자가 날 찾아와 이미 말했었다. 그때까지도 난 비현실감에 드라마나 영화에서 흔히 접했던 물세례나 돈 봉투 따위를 떠올리고 있었다. 그러나 그가 던진 건 물도 돈도 아니었다. 협박이었다.

"차기 대권 주자이십니다. 지금은 어떤 이유로든 구설수가 생기는 걸 원치 않으십니다. 사시 패스가 목표 아닙니까. 이런 일로 법복 못 입게 되면 박이삭 씨 노력이 너무 아깝지 않습니까?"

나는 속물이었다. 여자 하나만 믿고 내 인생을 맡기기엔 갖고 싶고, 가져야 하고, 하고 싶고, 해야 할 일이 너무 많았다. 그래서 매달리듯 날 보는 최수완의 눈을 모른 척했다.

"그래. 잘 가."

"진짜 나 안 잡아요? 이번에 가면 언제 올지 몰라요. 선배가 잡으면 나……."

"너희 아버지 비서가 날 찾아왔었어."

누군가는 사랑하는 이가 아플까 끝까지 숨길 사실을 나는 기다렸다는 듯 모두 폭로했다. 이왕이면 최수완이 최대한 상처 받고 나 따위는 쉽게 떠날 수 있도록 과장을 보태서.

"사시 통과해도 판검사 못 하게 하겠다더라. 개천에서 용 나는 시대는 끝났다고, 용인 척하는 지렁이일 뿐이지. 밟아 죽이는 건 일도 아니라 하시던데."

"아버지 대신해서 사과할게요. 근데 선배, 난 선배만 좋으면 아버지는……."

"미안. 난 날 담보로 걸 정도로 널 좋아하진 않아. 이게 내 대답이야."

지금 생각하면 다 부질없는 짓거리였다. 검사가 되어 성공하고 싶다고, 그렇게 될 거라고 개 심장에 쇠말뚝을 박았는데도 내 인생은 망했으니까.

사주를 보진 않았지만 아마 내겐 살이 껴 있지 않나 싶다. 뭘 해도 망하는 살.

최수완의 아버지 최국환 의원도 그건 마찬가지였다. 그해 대선, 그는 상대 정당에 대패했다.

당연히 나는 그를 뽑지 않았고, 그날 밤 드디어 새 세상이 왔다며 맥주를 궤짝으로 사 온 신우와 기절할 때까지 술을 마셨다. 내가 생각보다 최수완을 많이 좋아하고 있었다는 걸 그때쯤 깨달았다.

나는 대선 결과의 기쁨 때문이 아니라 최수완 때문에 술을 마셨다. 뭘 하든, 어디서든 떠오르는 그녀의 잔상 때문에. 그녀가 걱정됐다. 아버지의 낙선에 마음 아파할 그녀가. 신우가 들으면 거지가 공주 걱정한다고 욕을 한 사발 해댔을 것이다.

덕분에 난 그해 2차 시험에서 또 떨어졌다. 아무것도 모르는 신우는 그게 바로 재수황의 저주 때문일 거라고 부적을 사 왔었다.

"나쁜 년. 좋다고 쫓아다닐 때는 언제고 미국으로 날라? 내가 뭐랬어? 걔 재수황이랬지?"

나는 기숙사 베개 아래 부적을 쑤셔 넣는 신우한테 차마 이야기하지 못했다. 걔한테는 아마 내가 재수황일 거라고. 그날 백만 원을 주고 산 게 후회될 만큼 쓰레기, 속물이라고.

최수완은 아마 내가 끔찍하게 싫어졌을 것이다. 그해 그녀를 미워하던 동기들보다 더. 지금 섹검, 떡검, 스폰서 검사라고 나를 미워하는 수많은 사람들처럼.

세상은 나를 싫어한다. 그리고 나도 이런 내가 싫다.

최수완

02. 행운을 돌려줘

내 인생의 모든 운은 이삭 선배를 사귀는 데 죄다 써 버린 게 분명하다. 그렇지 않고서야 이럴 순 없어. 운전 경력 20년 동안 단 한 번도 이런 경우가 없었는데, 하필 내가 탄 순간 시동이 꺼져 움직이지 않는다는 택시에서 나는 잠자코 내렸다.

어제는 약국에 잠깐 다녀온 사이에 견인차가 내 차를 끌어갔었다. 세세히 안 따져서 그렇지 사소한 건 셀 수도 없었다. 주문한 휴대폰이 내 것만 먹통이라거나 내가 타야 할 비행기만 연착된다거나 하는.

거슬러 올라가 보면 이삭 선배와 헤어진 그 순간부터 내 인생은 불행해졌다. 아니, 정확히 말하자면 이삭 선배와 사귀었던 6개월 동안만 행복했던 것 같다.

아버지가 선배에게 그딴 짓을 했단 걸 알고 나서 나는 한

떨기 망아지처럼 집안을 뒤집어 놨었다. 아버지가 고리타분한 꼰대라는 걸 누구보다 잘 알고 있었지만 그처럼 천박한 짓을 할 사람이라고는 생각지 않았다. 그래서 실망했고 화가 났다.

3일 동안 한 단식이 안 먹히자 나는 다른 방법을 고안했다. 아버지의 선거에 똥을 투척하는 것이었다.

클럽에서 술을 먹고 꽐라가 되어 경찰차에 실려 가고, 날 성희롱하려는 놈을 핸드백으로 때려 이빨 두 대를 부러뜨렸다. 인생의 낭비라는 SNS에 가입해 숨 쉴 때마다 개소리를 했다. 내가 최국환의 딸이라는 걸 대놓고 프로필에 밝히고서.

오늘은 아빠 찬스로 가방을 다섯 개 샀다. 근데 요즘 명품관엔 개나 소나 다 들어오더라. 명품 걸친다고 지렁이가 용 되나? 지렁이들은 진흙탕에서 흙이나 묻히고 살지 어디 용들 노는 데 들어와서 물을 흐려. 더티하게.

하지만 아버지는 그 모든 걸 손가락 하나로 덮을 수 있는 사람이었다.

나는 하는 수 없이 최후의 수단을 썼다. 내 몸에 해를 입히는 거.

하나뿐인 외동딸을 아버지는 끔찍하게 여겼다. 나는 흔한 자살 방법이긴 하지만 죽진 않는다는 약물 중독으로 아버지를 협박하기 위해 수면제 수십 알을 삼켰다. 그러나 아버지는 나보다 독한 사람이었고, 어떻게 해야 내가 고집을 꺾을지 누구

보다 잘 알았다.

"평생 사시만 보게 할 수도 있어. 한 번만 더 이러면 그것마저 못 하게 할 거고. 그 녀석 같은 인간들을 내가 아는데 그것만으로 도 알아서 불행해질 거다. 노력에 배반당한 인간들은 쉽게 자길 내 던지지."

위세척으로 비몽사몽이 된 상태에서 나는 그렇게 선배를 포 기했다. 아버지가 간과한 게 있는데 나 역시 다른 의미로 선배 와 비슷한 인간이었다. 노력에 배반당한 나는 미국에 가자마 자 날 내던졌다.

하루 24시간 중 열두 시간을 술독에 빠져 살았으며 사흘에 한 번씩 남자를 갈아 치워 가며 데이트했다. 모두 아버지가 경 멸할 종류의 사람들이었다.

머리를 어깨까지 기른 기타리스트, 가진 건 신념밖에 없는 인권 운동가, 막 미성년자 티를 벗은 클럽 바텐더. 나는 그들 과 섹스는 안 할지언정 사진은 꼭 찍었는데 SNS에 올려 아버 지의 화를 돋우기 위함이었다.

화룡점정은 온몸에 문신을 한 타투이스트와 클럽에서 껴안 고 있는 사진이었다. 술 때문에 풀린 내 눈 때문이었는지 노출 이 심한 옷 때문이었는지 반응들이 대단했다.

아버지는 낙선했고 다음 해 봄, 나는 아버지의 정치생명을 걱정한 엄마에 의해 한국으로 끌려 들어갔다.

날 기다리고 있던 이는 아버지가 점찍어 뒀다는 모 기업 회장의 차남이었다. 나는 그 남자와 겨우 다섯 번을 만나고 약혼했다.

끝까지 고집부렸으면 안 했을지도 모르는 결혼을 허락한 것도 어차피 망한 인생 될 대로 되라 싶어서였다. 그러나 운명에 날 내던진 대가는 생각보다 혹독했다.

내 남편은 쓰레기 중의 쓰레기였다. 부하 직원을 폭행하거나 약물 중독으로 집행 유예 선고를 받은 등의 소소한 일은 귀여울 정도였는데, 무엇보다 내가 참을 수 없었던 건 미성년자와의 원조 교제였다.

시부모의 손자 타령도 지겨웠다. 때마침 나는 불임 선고를 받았고 쓰레기의 부모님들은 대리모, 속된 말로 하자면 전설의 고향 에피소드에서나 봤던 씨받이를 강요했다. 나는 교복 입은 여자애들의 사진으로 가득한 그 새끼의 휴대폰을 들고 집을 나왔다.

이혼은 쉬웠다. 말릴 거라 예상했던 아버지는 일분일초라도 빨리 쓰레기와 헤어지길 종용했다. 그들은 하자 있는 물건을 판 건 당신네들 아니냐고 위자료를 요구했지만 나는 쓰레기의 휴대폰에서 여고생과 원조 교제를 하는 영상을 재생해 그들의 입을 다물게 만들었다.

이혼녀가 되어 나는 다시 한국을 떴다. 서른이 넘도록 미국에서 혼자 살다 귀국한 것이 한 달 전이었다.

나는 사소하게는 타이어가 터졌을 때, 크게는 뒤에서 들이

박은 차 때문에 차가 반파되고 몇 달간 병원 신세를 져야 했을 때, 그러니까 불행해질 때마다 내 인생 최고의 행운이었던 이삭 선배를 떠올렸다.

나는 내가 불행한 만큼 선배가 행복하다면 그걸로 괜찮았다. 그때 날 붙잡지 않은 걸로 선배가 행복해졌다면 내 불행쯤은 아무렇지도 않았다.

하지만 아직까지도 궁금한 게 하나 있다. 당시엔 선배와 함께하는 것만으로도 벅차서 물을 생각도 하지 못했던 말.

"이제 나 그만 보고 책 좀 봐."
"난 책 보는 것보다 선배 보는 게 더 좋아요."
"내 얼굴 보는 것도 지겨울 때 됐는데?"
"그럴 리가. 난 세상에서 선배 얼굴 보는 게 제일 재밌어요."

그해 선배에게 난 행운이었을까. 아니면 불행이었을까.

✦　　　✦　　　✦

지금 나는 불행하다. 황금 같은 일요일 저녁. 쇼핑으로 아버지의 돈을 물처럼 써 대도 모자랄 시간에 마음에 들지도 않는 남자와 선을 보고 있기 때문에 더 불행했다.

첫 번째 결혼이 어떻게 파투가 났는지, 겉보기에 번지르르한 인간들의 속이 얼마나 썩어 문드러졌는지 누구보다도 잘 알면서도 아버지는 날 다시 결혼시키기 위해 동분서주했다. 마치 다른 멀쩡한 남자를 만나면 사춘기 청소년처럼 방황하는 지금의 내가 안정을 찾기라도 할 것처럼.

한 번 결혼에 실패한, 그것도 불임인 나의 선 상대는 처음보다 다운그레이드됐다. 주로 본인 능력은 있지만 부모님은 평범하거나, 부모님은 잘났지만 본인은 머저리 같은 남자들이 대상이었는데 요즘은 대부분 전자였다. 내가 한국 땅을 밟은 그날부터 찌라시처럼 퍼진 내 소문 때문이었다.

'남자관계가 문란한 데다 싸가지 없고 돈만 써 대며 결정적으로 가문의 대를 이을 수도 없는' 나를 며느리 삼고 싶어 하는 집안은 어디에도 없었다. 아버지의 이름값도 불임에는 방패막이가 되어 주지 못했다. 나로선 반길 일이었다.

오늘은 자수성가한 벤처 사업가가 나왔다. 선을 주선한 아주머니에 의하면 남자의 부모님은 시골에서 사과 농사를 크게 지으시고, 남자는 3남 1녀 중 막내였으며 손이 많은 집안이니 아이 걱정은 하지 않아도 된다 했다. 개천에서 난 용이라면 끔찍해하시더니 우리 아버지도 참 많이 변하셨어.

밥만 먹고 헤어질 생각이었으나 눈치 없는 남자는 2차로 술을 마시러 가길 원했고 나는 얼결에 남자를 따라 와인 바에 와 버렸다. 어차피 취하고 싶긴 했으니까. 나는 눈앞의 남자가 장식품이라고 생각하기로 했다.

"수완 씨는 취미가 어떻게 되시죠? 저는 체스를……."

관심에도 없는 남자의 말을 듣는 척하는 와중에도 머릿속에는 약 세 시간 전 상황이 리플레이 되고 있었다.

"애비 얼굴에 먹칠하지 말고 잘 봐. 인성도 바르고 괜찮은 놈이라니까, 색안경 쓰지 말고."

보란 듯이 매번 선을 망치고 돌아오는 내게 아버지는 잔소리를 했다. 나는 몇 년 만에 사랑하는 아버지와 재회하고 한달여 간 함께 지낸 감상을 상냥하게 털어놓았다.

"용인 척하는 지렁이 밟아 죽이는 건 일도 아니라면서 날 그 지렁이한테 시집보내려 하시네."
"설마 아직도 그놈을 맘에 두고 있는 거냐?"
"누구요? 이삭 선배요? 당연하죠. 지금 내가 제일 후회하는 게 뭔지 알아요? 그때 아버지 말 듣고 미국 간 거. 인생 포기하고 그 쓰레기랑 결혼한 거. 아버지도 원조 교제 하는 아동 성애자 약쟁이 사위보단 개천에서 난 팔방미인 평검사 사위가 천배 낫지 않겠어요?"

아버지는 내 말에 대거리 없이 신문 하나를 덜렁 던져 줬다. 다섯 달 전 신문이었다. 펜대 하나로 사람 죽이는 걸 즐겨하는 쓰레기 언론.

"분리수거는 아버지가 하세요."

"박이삭 그놈 소식 궁금해할 줄 알았는데."

"무슨 말씀……."

불안해하며 펼친 신문 1면의 헤드라인은 다음과 같았다.

스폰서 검사, 이대로 괜찮은가.

검찰은 사업가 모 씨에게 수차례에 걸쳐 술 접대와 향응을 제공받은 혐의로 하성 중앙 지방 검찰청 박이삭 검사(33)를…….

"말도, 안 돼."

충격에 중얼거리는 날 보며 아버지는 혀를 찼다.

"세상엔 말이 되는 일보다 말 안 되는 일들이 자주 일어나는 법이지. 세월이 지나면 사람도 변하는 법이고."

차라리 선배가 머리를 깎고 출가해 스님이 되었다는 소식이면 믿었을 거다. 선배가 접대를 받았다고? 박이삭이? 내가 아는 그는 접대를 받을 인간이 절대 아니었다. 접대에 쓰였으면 몰라.

학교 다닐 때도 집과 도서관, 아르바이트, 공부밖에 모르던 사람이었다. 시험 때문이라는 걸 차치하고도 여자 보기를 너무 돌같이 해서 한때는 게이라는 헛소문도 돌았었다.

여자애들 사이에선 암암리에 이삭줍기라는 내기가 유행했다. 법대 박이삭을 먼저 넘어뜨려 줍는 사람이 승자였는데 삼삼오오 각출해 모은 돈으로 산 모 명품백이 상품으로 내걸렸지만 아무도 가져가진 못했다.

후에 선배와 내가 사귄다는 사실이 우연히 알려졌으나 다들 믿지 않았다. 특히 이삭 선배의 절친한 친구이자 유모, 본인이 말하길 피보다 진한 술로 이어진 형제 사이인 한신우는 '재수황, 네가 이삭이 따라다니면서 협박한 거 아니냐'며 보름이 넘게 날 추궁했었다.

그런 선배가 접대? 만 원짜리 선물도 쉽게 못 받던, 키스까지 무려 세 달이나 걸린 벽계수가?

"다음에 집에 놀러 오시면 체스 가르쳐 드릴게요."

선배가 행복하게 잘살고 있었다면 깨끗하게 포기하고 뒤도 돌아보지 않았을 텐데. 예상과 달리 불행해져 버린 선배를 걱정하느라 나는 반쯤 넋이 나가 있었다. 매스컴에서 실명까지 까발렸을 정도면 선배는 대체 지금 어디서 어떻게…….

"체스가 어려워 보여도 원리는 단순하거든요. 해리포터 보셨어요? 거기에도 체스 게임이 나오는데요."

신나서 늘어놓는 남자의 말 따위는 더 이상 들리지 않았다. 나는 마시지 못한 채 입가에만 머물러 있던 와인 잔을 천천히 테이블에 내려놓았다.

"한 시간이나 일찍 왔네요, 오빠. 주방이 아니라 홀에서 보니 더 반갑다!"

"새 알바 구할 때까지만이에요. 아무래도 홀은 불편해서."

"어, 사장님이 이번엔 주방 아주머니만 한 분 더 구하실 거라 그랬는데."

"네?"

처음엔 헛것이 보이나 했다. 하지만 술에 취해 부모는 몰라봐도 선배는 한눈에 알아보는 게 바로 나 최수완이었다. 게다가 지난 세월 동안 단 한 번도 보지 못했던 신기루가 하필 지금 나타나는 것도 이상하잖아?

그러니까 지금 저기 스태프 룸 앞에서 홀 직원과 조근조근 대화를 나누고 있는 남자는 진짜 선배였다.

박이삭.

속으로 이름을 되뇌기 무섭게 선배가 내 쪽으로 몸을 틀었다. 어두운 조명 아래에서도 그의 얼굴은 스포트라이트를 쏜 것처럼 투명하게 빛났다. 예전과 별다를 바 없는 모습이었지만 분위기만은 완전히 다른 사람이었다. 학업과 아르바이트로 늘 수면 부족에 시달렸던 그때에도 생기만은 넘쳤었는데, 지금 선배는 적국에 인질로 잡혀간 왕세자처럼 무기력하고 우울해 보였다.

피로한 듯 느리게 시선을 든 그가 천천히 홀을 둘러봤다. 내일 당장 죽어도 생에 미련이 없을 것 같은 무감한 표정이었다. 시선이 마주치기 직전 나는 급히 고개를 돌리곤 남은 와인을 들이켰다. 긴장 때문인지 목이 타들어 가는 것 같았다.

"수완 씨? 천천히 마셔요. 시간도 많은데."

잠시 후 다시 돌아봤을 때 선배는 그 자리에 없었다. 옷을 갈아입기 위해 스태프 룸으로 간 모양이었다.

갑자기 속이 안 좋았다. 나는 빈 잔에 와인을 채우는 남자를 내버려 둔 채 일어나 화장실로 향했다.

비어 있는 칸 안으로 도망치듯 들어가 변기 위에 동그마니 앉았다. 나도 모르게 가빠진 호흡을 의식적으로 늦추었다. 발 끝까지 가라앉았던 피가 서서히 제자리를 찾아 돌기 시작했다.

첫사랑은 다시 만나면 안 된다는 말을 이럴 때 쓰나 보다. 어느 정도 짐작했음에도 불구하고 나는 상처 받았다. 인생을 걸 만큼 날 사랑하지 않는다던 선배가 행복해 보이지 않아 슬펐다.

과거에는 단 한 번도 본 적 없는 표정, 단 한 번도 본 적 없는 눈을 하고 있어 슬펐다. 그럼에도 여전히 내 환상 속 모습 그대로라 더 슬펐다.

어느 정도 안정을 찾은 다음 화장실을 나왔다. 굳어진 표정을 관리하고 날 기다리고 있을 남자에게 향했다.

"괜찮아요, 수완 씨? 많이 안 좋으면 제가 데려다……."

"아뇨. 혼자 갈게요. 오늘 즐거웠어요."

겉옷만 챙겨 들고 바쁘게 바를 나왔다.

일단 집에 가자. 집에 가서 생각하는 거야. 계단을 내려오면서 휴대폰을 꺼냈다. 저장된 대리업체 번호를 누르며 도롯가로 나오자마자 기막힌 웃음이 터졌다. 차가 있어야 할 자리에 차는 없고 불법 주정차 딱지만 덩그러니 놓여 있었다. 이쯤 되면 견인차 기사들이 내 차에 위치 추적 장치라도 달아 놓고 나만 따라다니는 건 아닌가, 의심이 될 정도였다.

─반갑습니다, 고객님. 빠르고 안전한 대리운전 안 대리입니다. 위치를 말씀해 주시면…….

"죄송합니다. 다음에 걸게요."

나는 기껏 걸린 전화를 끊고 주저앉았다. 취기가 뒤늦게 오르는지 두통이 일었다.

이 정도면 운명인가. 집에 가지 말고 선배나 만나 보라는 신의 계시?

나는 평소와 다름없이 재수 없을 뿐인 일을 어떻게든 선배와 엮었다. 뒤 한 번 돌아보지 않고 도망치듯 그곳을 나온 건, 혹 선배와 마주치기라도 하면 내가 나를 제어할 수 없을까 봐 걱정이 됐기 때문이었다. 만나고 싶지 않아서가 아니었다. 너무 만나고 싶어서. 그래서.

자리를 털고 일어나 도로 건너편의 편의점으로 향했다. 숙취 해소 음료 두 병과 바닐라 아이스크림 한 통을 사서 유리창 앞 테이블에 앉았다.

숙취 해소 음료는 술을 깬 맨 정신으로 선배를 만나기 위해서, 아이스크림은 무려 10여 년 만의 재회에 술 냄새나 풍기는 주정뱅이로 각인되고 싶지 않아서 샀다.

"떡 줄 사람은 생각도 않는데 가지가지 하네."

나는 음료 두 병을 원 샷 하고 아이스크림을 퍼먹었다. 두 눈은 언젠가 선배가 나올 와인 바 입구에 고정한 채였다.

인터넷으로 가게 이름을 검색해 영업 종료 시간을 찾았다. 새벽 2시 반. 지금이 겨우 9시니까, 앞으로 다섯 시간 반이 남아 있었다.

아이스크림 반 통을 먹었더니 너무 추워서 유자차를 세 잔이나 마셨다. 따뜻한 걸 마셨더니 이젠 잠이 왔다. 나는 봄볕 아래 병아리마냥 졸다가 휴대폰 벨소리에 잠이 깼다. 아버지였다. 보나 마나 오늘 맞선에 관한 잔소리를 할 게 뻔해서 무음으로 바꾸곤 무시했다.

졸다가 생강차를 마시고, 또다시 졸다가 잠을 깨기 위해 새로 산 아이스크림을 먹다 보니 어느덧 2시 반. 선배가 나타난 시각은 그로부터 30분이 지난 3시쯤이었다.

선배는 경찰에게 쫓기는 현상 수배범처럼 캡 모자를 푹 눌러쓴 채였다. 나는 혹여 그를 놓칠세라 급히 편의점을 나가 도로를 뛰어 건넜다.

큰 보폭에 빠른 걸음을 걷는 선배를 10cm짜리 힐을 신은 내가 따라잡기는 힘들었다. 마침 보도블록에 굽이 끼인 구두가 볼썽사납게 벗겨졌다. 나는 한쪽 구두를 마저 벗어 버리고 나서야 그를 따라잡을 수 있었다.

너른 등이 닿을 듯 가까워지자마자 선배의 팔부터 붙잡았다. 불시에 낯선 이에게 잡힌 그가 의아한 듯 돌아봤다.

뭐라고 말을 해야 하는데 벌어진 입술은 숨을 쉬기에도 바빴다. 이럴 줄 알았으면 평소에 운동 좀 할걸. 나는 꼴사납게 헉헉거리면서 후회했다.

거칠게 호흡하고 있는 날 고요히 내려다보던 선배의 표정이 서서히 바뀌었다. 이 여자는 대체 뭐지, 하는 당황스러움, 새벽녘에 맨발로 달려와 자신을 붙잡은 이 이상한 여자가 대학생 때 잠깐 사귀었던 나라는 걸 알게 된 놀라움. 그리고…….

"선배."

"오랜만이다."

선배는 마치 어제 헤어진 후 오늘 다시 만난 사람처럼 인사했다. 그림처럼 화사한 미소가 꿈같아서 나는 한참을 선배의 얼굴만 쳐다보고 있었다.

새벽 3시가 훌쩍 넘은 시각, 문은 연 가게는 거의 없었다. 나는 하는 수 없이 아까 그 편의점으로 선배를 이끌었다.

몇 걸음을 걷던 그는 문득 멈춰서더니 날 그 자리에 기다리게 했다. 짧은 찰나 별생각을 다 했다. 10여 년이 지나도 자길 쫓아다니는 나에게 소름 끼친 선배가 이대로 날 두고 튀어 버리는 건 아닌가. 걱정이 돼 따라가려는 순간 그가 나타났다. 손에는 아까 내가 인도 어딘가에 벗어 던지고 온 구두를 든 채였다.

"누가 보면 내가 네 돈 떼어먹은 줄 알겠다."

희고 단정한 손이 내 발 앞에 구두를 가지런히 내려놨다.

"고마워요."

목소리가 젖은 게 들킬까 봐 나는 최대한 작게 인사했다.

다시 들린 편의점엔 여전히 손님이 없었다. 어서 오세요. 인사하던 아르바이트생이 네 시간을 죽치고 있더니 남자와 함께 나타난 나를 의아한 눈으로 쳐다봤다.

나는 따뜻한 캔 커피 두 병을 꺼냈다. 선배는 그중 하나를 유자차로 바꾸더니 내 것도 함께 가져가 계산했다.

우리는 밖이 보이는 테이블에 나란히 앉았다. 나는 아까부터 선배의 손에 들린 유자차만 쳐다보고 있었다. 공부한답시고 쓰디쓴 아메리카노를 1L씩 마시던 사람이었다. 단 게 싫다며 유자차 같은 건 거들떠보지도 않았었다. 그런 사람이…….

"커피 안 마셔. 불면증 있거든."

뚜껑을 딴 커피를 건네며 선배가 말했다. 별일 아니라는 듯 담담한 어조에 가슴이 덜컥 내려앉았다. 선배는 왜인지 말해주지 않았지만 나는 단번에 알아챘다. 무엇이 그를 잠 못 들게 하는지.

어쩔 줄 모르고 커피를 들이켜는 나를 보곤 선배는 작게 웃었다.

"안 물어보는 걸 보니 왜인지 아는 눈치네. 하긴, 한국에서 나 모르는 사람 찾기 힘들지."

얄팍한 눈꺼풀에 드리운 피로와 자조 섞인 목소리에 속이 아렸다. 나는 최대한 아무렇지 않은 척 목을 가다듬었다.

"어쩌다 그딴 거지 같은 누명은 썼어요?"

"누명?"

"스폰서 자질을 모두 갖춘 나도 써먹질 못했던 등신이 선밴데, 그깟 나이 좀 먹었다고 다른 사람 등 처먹을 수 있겠어요? 접대를 받아? 차라리 게이란 걸 믿겠다."

등신이라는 대목에서 눈을 크게 뜨던 선배는 게이에서 웃음을 터뜨렸다. 처음으로 과거 내가 알던 그의 모습이 겹쳐 보였다. 내가 이상한 짓거리나 헛소리를 할 때마다 어이없어 하면서도 웃어 주던 선배. 세상에 찌들지도, 상처 받지도 않았던. 가진 건 없었지만 뭐든 가질 수 있을 것 같았던 선배.

"너야말로 어떻게 된 거야? 난 어떻게 찾았어?"

그 일에 대해선 더는 얘기하고 싶지 않은 듯 선배는 자연스레 화제를 돌렸다. 나는 더 캐묻지 않기로 했다.

"스토킹했어요."

"뭐?"

"와인 마시러 갔더니 선배가 있더라고. 여태껏 단 한 번도, 우연이라도 마주친 적 없었는데 어떻게 이런 일이 있을 수 있나. 이건 운명이다 싶어서. 그래서 선배 나올 때까지 여기서 기다렸지."

목소리가 떨리면 어쩌나 걱정한 게 무색하게 말은 술술 흘러나왔다. 사람이 나이를 먹으면 여러모로 능숙해지나 보다. 아마 내가 스무 살이었다면 이처럼 아무렇지 않게 선배를 대할 수 없었을 텐데.

선배는 복잡한 눈으로 날 빤히 쳐다봤다. 웬만하면 모른 척하려고 했는데 뺨에 와 닿는 그 시선이 너무 강렬해서 도저히 가만히 있을 수가 없었다.

"왜 그런 눈으로 봐요? 꼭 가출한 여동생 보는 눈이네."

"늦었어. 그만 들어가야지. 남편이 걱정하겠다."

내 대답은 듣지도 않고 선배는 먼저 일어섰다. 그제야 난 그의 시선에 담겨 있던 묘한 걱정과 의아함의 이유를 깨달았다.

"걱정할 남편 같은 거 없어요."

내 앞의 빈 캔을 챙기던 그의 손이 순간 움직임을 멈췄다.

"이혼했거든요."

나는 어울리지 않게 당황한 선배를 따라 일어섰다. 그의 손에서 캔과 종이컵을 빼앗아 쓰레기통에 버렸다.

"나가요. 선배도 쉬어야죠."

사실은 붙잡고 싶었다. 보내고 싶지 않았다. 하지만 재회한 첫날부터 그렇게 내일 없이 미친년처럼 들이대면 선배가 날 무서워할 것 같았다.

무엇보다 가뜩이나 피로한 그의 인생에 짐이 되고 싶진 않았다. 불면증이 있다는, 사람들의 시선이 두려운지 그 잘난 얼굴을 반쯤 가리고 다니는 선배는 평범한 생활을 하는 것조차 버거워 보였다.

나는 남는 게 시간이고 가진 게 돈이니까, 얼마든지 기다릴 수 있었다. 그러니까 선배는 손만 내밀면 돼요. 아마 선배에겐 그 일이 세상에서 제일 힘들 테지만.

"조심해서 가."

"선배도요."

우리는 길에서 우연히 만난 동창들처럼 쿨하게 헤어졌다. 편의점에서 네 시간 반 동안 선배가 나오길 기다리는 일보다 새벽녘 어둠을 등지고 걷는 그를 무시하는 게 백배는 더 힘들었다.

집에 도착했을 땐 새벽 5시가 다 되어 있었다. 지나치게 아침형 인간인 아버지의 기상 시간이 그쯤이었다.

현관에 발을 내딛자마자 거실 소파에 앉아 신문을 보고 있는 아버지가 보였다.

"다녀왔습니다."

기계적으로 인사하고 그의 등 뒤를 지나쳤다. 계집애가 겁도 없이 여태까지 뭘 하고 돌아다니는 거냐고 한소릴 들을 줄 알았건만 아버지는 유순히 다른 말을 꺼냈다.

"이민석이가 네가 맘에 든다 했다더구나."

"그게 누군데요?"

"넌 어제 만난 남자 이름도 그새 잊어버린 거냐."

"아."

"오늘 중에 너한테 다시 전화……."

"전 싫어요."

사진보다 실물이 훨씬 못생겼더라고. 그 정도면 사기 아닌가? 다음엔 좀 잘생긴 사람으로 부탁드릴게요. 돈이 없으면 얼굴이라도 잘생겨야 할 거 아니야. 나는 아버지가 신문을 접고 그 매처럼 인간미 없는 눈으로 날 노려보기 전에 재빨리 돌아섰다.

"수완아. 꿀물 먹고 가."

부엌에서 나온 엄마가 날 불렀지만 손사래를 치고 계단을 두 칸씩 뛰어올랐다.

"아버지나 드려. 나 때문에 속이 얼마나 썩어 들어가시겠어."

"얘가 정말."

"나 잘 거야. 방에 아무도 들어오지 마요."

화장도 지우지 않고 옷도 갈아입지 않은 채로 침대에 엎어졌다. 반사적으로 선배의 얼굴을 떠올리다가 문득 깨달았다. 휴대폰 번호도 알아내지 못하고 헤어졌다는 걸.

만약 선배가 그 아르바이트를 그만두면?

나는 어느새 선배가 나를 피해 와인 바를 때려치우고 다른 일자리를 구하다가 돈 많고 예쁜 여사장의 꼬임에 넘어가 여러모로 착취당하는 최악의 경우를 상상하곤 벌떡 일어나 앉았다.

휴대폰 주소록을 뒤져서 번호 하나를 찾아냈다. 천 사장. 내 쓰레기 전남편의 뒤를 캘 때 많은 도움을 줬던 흥신소 대표의 번호였다.

나는 새벽인 것도 잊은 채 전화를 했고 얼마 가지 않아 잠이 덜 깬 남자의 목소리가 들려왔다.

—네, 천사 심부름 센터입니다. 무엇을 도와…… 고객님? 아무리 고객님이라도 이 시간엔…….

"5백."

―네?

"열두 시간 안에 일 처리 끝내면 5백 더 드리죠. 사람 신상 하나만 캐 줘요."

돈이 좋긴 좋았다. 쓰러지듯 곯아떨어졌다가 점심때쯤 일어 났더니 벌써 메일이 와 있었다. 나는 입가에 흐른 침은 닦지도 않고 노트북부터 가져와 부팅했다.

파일엔 선배의 생년월일부터 대학 졸업 일자, 검사 임용 시기부터 사직 이유, 해당 사건이 터지고 쏟아져 나온 기사까지 날짜별로 세세히 정리되어 있었다.

마낭발인 천 사장의 정보동에 따르면 선배가 접대와 스폰을 받았다는 사실은 거짓이라 했다. 초임 시절 회식이 잦긴 했지만, 단순히 저녁 식사에 반주를 하거나 기껏해야 노래방 정도 였다고 한다.

선배가 룸살롱에 출입한 건 기자가 접대 현장을 덮쳤다던 그날 단 한 번.

고작 한 번, 그것도 몇 시간 만에 파투 난 술자리의 선배를 그녀들이 기억하는 건 그의 태도 때문이었다. 제 상사들을 보던 경멸 어린 눈빛과 그녀들에겐 너무 깍듯해 되레 무서웠다던 그.

나는 메일에 첨부된 선배의 증명사진을 화면에 띄운 채 넋 놓고 보다가 정신을 차리고 다음 단락을 읽기 시작했다.

대인 기피와 우울증으로 정신과 치료를 받고 있음. 해당 사건 이후로 사료됨. 자살 기도로 인한 약물 중독으로 응급실에 실려 왔다는 소문이 있으나 병원엔 단순 영양실조로 기록. 현재 와인 바 Sourire 아르바이트 중. 금, 토, 일 3일을 일하며 시작한 것은 보름 전. 거주하는 오피스텔 주인의 가게라고 함.

유일하게 만나는 사람은 한신우(33세) 청아그룹 인사팀장으로 고등학교부터 대학까지 동창. 모친은 박이삭이 열여섯 되던 해 병사, 아버지는 시내에서 횟집(꽃보다회)을 운영하고 있으며 빚보증(현재 원금 4억, 이자가 1억. 사금융 새싹금융으로 확인)을 서 준 지인이 최근 잠적함에 따라 금전 난을 겪고 있는 것으로 보임. 박이삭은 해당 사항을 알지 못함.

자살 기도에서 시체처럼 굳어진 내 낯빛은 빚보증 5억에서 10년은 썩은 유골처럼 탁해졌다.

5억이라니. 5억. 나는 핏기라곤 없이 창백하던 선배의 뺨을 떠올리곤 머리를 감싸 쥐었다.

그까짓 5억쯤 나에게는 별거 아니었다. 설사 10억이라고 해도 별거 아니었을 거다. 그런데 선배는. 선배 같은 사람들은.

"그냥 죽으라는 거잖아."

✿   ✿   ✿

나는 내가 지지도 않은 빚 5억 때문에 이틀을 앓아누웠다. 가진 게 돈뿐임에도 불구하고 그 돈으로 선배를 도와주지 못

하는 이 거지 같은 상황에 진저리를 치다가 3일째 되는 날 침대를 박차고 나왔다.

차를 끌고 흥신소에서 알려 준 선배의 집으로 무작정 향했다. 너무 많이 봐서 선배의 주소와 전화번호는 이미 외운 후였다.

아침 9시부터 저녁 6시까지. 잠복근무하는 경찰처럼 나는 선배의 오피스텔 주차장에 대기하고 있었다. 이럴 줄 알았으면 햄버거라도 사 오는 건데. 이 와중에도 고픈 배를 참아 가며 먹지도 마시지도 자지도 않았다.

그러나 선배는 얼굴은커녕 머리카락 한 올도 보여 주시 않았다. 대인 기피증이라더니 정말인가 보다. 일찍 어둠이 내린 하늘은 어느덧 선배의 머리카락처럼 새카만 먹물 빛이었다.

"저기 아가씨. 우리 오피스텔엔 무슨 볼일이에요? 하루 종일 서 있기만 해서 물어보는 거니까 기분 나빠하지 말고."

창을 두드린 경비 아저씨는 친절하게 내 용무를 물었다. 탄수화물 부족으로 뇌가 고장 난 상황에서도 나는 입에 침도 안 바르고 거짓말을 했다.

"사람이 며칠째 소식이 없어서 걱정이 돼서요. 집에 찾아가 보고 싶은데 주소를 몰라요."

"누구? 남자 친구?"

"네."

"내가 이 오피스텔 경비 5년 차거든요. 이름 말하면 몇 혼지 알지도 몰라요. 남자 친구 이름이 어떻게 돼?"

"그게……."

바로 그 순간 입구에서 선배가 나타났다. 흠칫 굳은 내 시선을 따라간 경비 아저씨는 알겠다는 듯 고개를 끄덕이곤 자리를 비켰다.

"902호 검사님이 애인인가 보네. 잘해 줘요. 요즘 힘들 거야. 얼마나 힘들면 사람이 쓰레기 분리수거할 때 말고는 집 밖으로 잘 나오지도 않는다니까."

아저씨의 말마따나 선배의 품엔 분리수거를 해야 할 쓰레기들이 상자째 쌓여 있었다. 고작 오피스텔 앞 분리수거장에 나오는 건데도 그는 후드 모자를 뒤집어쓰고 마스크까지 한 모습이었다.

"잘난 얼굴 좀 보여 주지."

나는 차창에 코가 닿을 정도로 얼굴을 붙인 채 선배를 지켜봤다. 과거 내가 그를 쫓아다닐 때와 다른 점이 있다면 훨씬 능숙해졌다는 거다. 선배가 눈치채지 못할 정도로.

선배는 빠르고 신속한 동작으로 분리수거를 시작했다. 귤상자나 우유병 같은 게 나올 때마다 안도했다. 그래도 먹고는 사는구나 싶어서.

이대로 몇 시간 동안 분리수거를 했으면 하는 내 바람과는 다르게 상자 속 쓰레기는 금세 동이 났다.

이렇게 들어가면 또 언제 나올지 모른단 말이지. 나는 선배의 뒷모습을 친한 친구의 애인 보듯 바라봤다. 가지고 싶지만 절대 가질 수 없는 것.

점점 멀어져 가던 선배가 문득 돌아선 건 다음 순간이었다. 보일 리가 없건만 나는 핸들 쪽으로 몸부터 숙였다. 속으로 스물을 셌다. 이쯤 되면 어디든 갔겠지, 한숨을 쉬고는 고개를 드는데.

사라졌어야 할 선배가 차창 가에 서 있었다.

놀란 난 도망갈 곳도 없으면서 뒤로 물러났다. 허리가 꺾여 조수석 쪽으로 기우는 걸 필사적으로 핸들을 붙잡아 막았다. 빠아앙. 클랙슨이 길게 울렸다. 선팅이 되어 안을 볼 수 없음에도 내가 어떤 짓거리를 하고 있는지 뻔히 알겠다는 듯 선배는 웃었다.

"창문 열어 봐."

그는 마스크를 벗어 턱에 걸치고는 창을 두드렸다. 나는 급히 버튼을 눌러 창을 열었다. 들이치는 바람에 선배의 냄새가 묻어났다. 세상 어떤 향수보다 좋은 냄새. 진정해도 모자랄 판국에 어째서인지 점점 흥분하고 있는 가슴을 누르고 애써 침착한 척 표정을 관리했다.

"어떻게 알았어요? 이번엔 진짜 잘 숨었는데."

"우리 동네에 이렇게 좋은 차를 타는 사람이 없어서요."

또 차 때문이야. 다음부턴 맨몸으로 오든가 해야지.

쓸데없는 전의를 다지면서도 나는 졸아 있었다. 또 스토킹하는 거냐고. 선배가 정색하면 어떡하나. 뻔뻔하기 짝이 없는 나라도 지금의 선배에게 스트레스를 주고 싶진 않았다. 그러나 선배는 내 예상과는 전혀 다른 말을 했다.

"저녁 먹고 갈래?"

너무 상상외의 말이라서 순간 머저리처럼 네? 하고 되물었다. 그는 마스크를 다시 쓰며 말했다.

"저녁 먹을 참이었거든. 싫으면 말고."

"싫을 리가 없잖아요."

급히 문을 열고 밖으로 내려서려던 나는 내가 맨발임을 깨닫고 다시 돌아와 신발부터 신었다. 그는 두어 걸음 떨어진 거리에서 내가 머저리 짓을 하는 걸 지켜보고 있었다. 후드 모자 아래 겨우 드러난 눈이 예쁘게 휘어지는 걸 보며 나는 생각했다. 쪽팔려 죽을 것 같았지만 그가 조금이라도 즐거워한다면 이까짓 쪽쯤 몇천 번도 팔 수 있다고. 선배는 내 자존심과 바꿀 수 있는 유일한 사람이었다. 날 머저리로 만드는 유일한 사람이기도 했다.

"그게 더 수상해 보이는 거 알아요?"

엘리베이터에 그와 나란히 선 나는 기다렸다는 듯 마스크를 가리켰다.

"범죄자 같잖아. 그러고 있으면 한 번 볼 거 두 번 보게 돼요. 특히나 여자 입장에서는."

"아."

후드에 마스크로 가려도 선배의 잘난 얼굴을 숨길 수 없어서 그럴 거라는 말은 굳이 하지 않았다.

내가 시선을 거두지 않자 선배는 마지못해 마스크를 벗어 주머니에 넣었다. 그는 밝은 조명에 얼굴을 드러낸 게 어색한 듯 자꾸만 고개를 아래로 떨어뜨렸는데 그때마다 가슴이 조여 들었다.

예상치 않게 3층에서 엘리베이터가 멈추고 주민 두 명이 더 타자마자 그의 표정은 급격히 얼어붙었다. 그저 스치듯 지나 간 찰나의 시선에도 그는 긴장했다. 나는 앞으로 걸어가 그와 나란히 섰다. 주먹 쥔 그의 손을 풀고 꽉 붙잡았다.

죄인처럼 바닥에만 꽂혀 있던 그의 시선이 날 향했다. 나는 보란 듯이 턱을 들고 웃었다. 초조한 듯 굳어 있던 그의 입술 이 찰나 부드럽게 풀어졌다.

선배가 고개를 숙이는 건 정말이지 싫었지만 좋은 점이 하 나쯤은 있었다. 바로 내 눈높이와 그의 눈높이가 비슷해진다 는 것. 키스하기 딱 좋은 위치였다. 선배는 모르겠지. 이 와중 에도 음란한 생각을 하고 있는 나를.

복층 구조의 집은 아담했지만 깨끗하고 포근했다. 영화 속 에서 봤던 우울증 환자의 우중충한 집과는 거리가 멀어 보여 다행이었다.

손을 씻은 그는 부엌으로 향했다. 나는 그가 건넨 오렌지 주스를 모두 마시고 서둘러 거실로 나갔다. 거실 한쪽 면을 가 린 커튼을 걷자 벽 하나가 온통 창이었다. 이렇게 좋은 걸 가 리고 살다니.

"집 구경해도 되죠?"

"어."

나는 먹이를 찾는 하이에나처럼 집 여기저기를 오갔다. 말끔한 욕실, 상자와 책들만 가득한 창고 방을 지나 마지막으로 계단을 올랐다.

선배의 키엔 턱없이 낮아 보이는 복층엔 침대 프레임은 없고 킹사이즈의 매트리스만 달랑 놓여 있었다. 거기에 너부러진 나만한 곰 인형을 발견한 나는 이 귀여움을 어떻게 해결해야 할지 몰라 잠시 얼어 있었다.

뒤늦게 곰 인형을 끌어안고 매트리스에 앉으려던 찰나였다. 아래에서 선배가 날 불렀다.

"밥 먹어."

오므라이스는 맛있었다. 그러나 선배는 어째서인지 먹지 않고 내가 먹는 것만 쳐다보고 있었다. 오전부터 때아닌 금식에 배가 고팠던 나는 이성을 잃고 열심히 퍼먹다가 그제야 수저질을 멈추었다. 내가 너무 돼지같이 먹었나?

"선배는 왜 안 먹어요?"

"아까 군것질을 했더니 식욕이 없어."

우울증 환자들은 식욕이 감소하거나 반대로 폭식을 하는 경우가 있는데, 그는 보나 마나 전자였다. 나는 그의 손에 수저를 쥐여 줬다.

"먹는 시늉이라도 해요. 혼자 먹으니까 있던 밥맛도 떨어지는 것 같아."

그는 마지못해 밥을 먹기 시작했다.

설거지는 내가 한다고 우긴 끝에 개수대를 차지했지만 도움은 못 되고 그릇만 하나 깨 먹었다.

그가 과일을 깎는 동안 소파로 쫓겨난 나는 고민하기 시작했다. 선배의 아버지가 떠안게 된 빚 5억에 대한 얘길 해야 하나, 말아야 하나. 마음 같아선 몰래 갚아 주고 싶은데 사람 일이 그렇게 단순한 게 아니었다.

그때쯤 과일 쟁반을 든 선배가 거실로 나왔다. 옆으로 자리를 옮긴다는 게 리모컨을 눌렀나 보다. 전원이 들어온 TV에서 뉴스가 흘러나왔다.

—연대 보증으로 수억 원의 빚을 지게 된 청년이 사망한 지 일주일 만에 이웃에게 발견되었습니다. 올해 스물아홉 살인 김 모씨는 처지를 비관하여…….

급히 채널을 돌렸다. 미니시리즈가 재방송되고 있었는데 하필 남자 주인공 직업이 검사였다. '존경하는 재판장님'이라는 대사가 나오기 무섭게 선배의 고개가 돌아갔다.

나는 다시 채널을 돌렸고, 분명 범죄 수사가 주제인 미국 드라마에선 난데없는 베드 신이 펼쳐지고 있었다. 고요한 거실을 인위적인 신음 소리가 채웠다. 놀라 전원을 꺼 버리려 했으나 이게 갑자기 말을 안 들었다. 선배는 조용히 내 손에서 리모컨을 가져가더니 단번에 TV를 껐다.

나는 동요를 멈추고 선배가 제 얼굴마냥 예쁘게 깎아 온 사과를 한 입 깨물었다. 선배는 내가 사과 한 조각을 다 먹길 기다리곤 말했다.

"언제부터 기다렸어?"

"응?"

"내가 나오자마자 때마침 도착한 건 아닐 테고, 언제부터 거기서 나 기다린 거냐고 묻는 거야."

"3시?"

능청스레 거짓말을 해 봤지만 그는 웃기지 말라는 듯 날 바라봤다. 결국 나는 1시, 12시라는 두세 번째 거짓말을 거치고 나서야 사실을 털어놨다. 이래서 직업병이 무서웠다. 완전 피의자 다루듯 하는구만.

"9시. 9시에 출발했으니까 9시 반쯤 됐을 거예요."

그게 뭐 잘못됐냐는 듯 대꾸하는 내게 그는 이번엔 다른 걸 물었다.

"왜 날 기다렸는데?"

"……그거야."

선배를 여전히 좋아하니까, 라는 고백은 하지 못했다. 뭔가 착각하는 모양인데. 한숨을 쉰 선배가 차갑게 내 말을 잘라 냈기 때문이다.

"그때랑 달라."

선배의 말이 무슨 뜻인지, 앞으로 어떤 얘기를 하려는지 나는 완벽히 이해했다. 그러나 모른 척 되물었다. 그건 받아들이고 싶지 않은 상황에 들이닥쳤을 때 내가 곧잘 하는 짓이었다.

"뭐가요? 대체 뭐가 다른데?"

"네가 제일 잘 알잖아."

"몰라요, 난."

"밖에 나가 봐. 잘난 남자들 널렸어. 고작 옛정으로 나 같은 새끼 따라다니기엔 네 시간이 아깝잖아."

"선배가 뭐 어때서?"

감정적이지 않으려고, 선배가 무슨 마음으로 이런 소릴 하는지 아니까 절대 흥분하지 않으려고 참고 또 참았다.

"수완아."

"선배는 선배를 너무 과소평가해요."

"네가 날 너무 과대평가하는 기야. 난 네가 생각하는 것만큼 그렇게 괜찮은 놈이 아니야. 도대체 왜 나 같은 걸……."

그런데 선배가 자학하듯 그 말을 내뱉는 순간 애써 붙잡고 있던 이성의 끈이 통째로 날아갔다.

"그래서 그렇게 등신같이 당하기만 한 거예요?"

"뭐?"

"나는 하지 않았다고, 억울하다고 말도 못 하고, 하지도 않은 쓰레기 짓거리, 짓지도 않은 죄 전부 뒤집어쓴 거냐고!"

혼자 악에 받쳐 소리 지르는 나를 선배는 검게 가라앉은 눈으로 바라보기만 했다. 나는 애써 그 시선을 외면하고 자리에서 일어났다.

"차 잘 마셨어요."

도망치듯 현관 앞에 서서는 마지막으로 말했다.

"근데 고작 밥 한 끼로 달래려 하다니, 나를 너무 싸게 본 거 아니에요? 날 달래려면 그보다 훨씬 비싼 걸 줘요."

이왕이면.

"선배 같은 거."

03. 그런 말 하지 마요

수완이 다녀간 뒤로 내 불면은 더 심해졌다. 의사는 이제부턴 약을 서서히 줄이고 스스로 잠들도록 노력하라고 했지만 난 처방된 약을 먹고도 쉬이 잠들지 못했다.

그녀가 원망스러웠다. 생각지 못한 장소에서, 생각지 못한 모습으로 나타나, 생각지 못한 행동과 말로 날 흔들어 대는 그녀가.

아마 '그 일'이 일어나지 않았더라면 미친 척 넘어갔을지도 모르겠다. 그런데 지금은 그때와 달라도 너무 달라졌다. 넌 그때보다 훨씬 눈이 부신데, 난 그때보다 훨씬 더 못나졌어. 가진 건 우울증에 대인 기피증뿐인 히키코모리 백수.

뜬눈으로 파랗게 날이 샐 때까지 생각해 봤지만 나는 10여 년 전 그때보다 더 수완을 이해할 수 없었다. 이젠 내게서 예전의 네가 좋아했던 모습 같은 건 찾아볼 수 없는데. 어딜 뜯어봐도 실망하고 미워하고 혐오할 구석들뿐인데.

그런데 대체 넌⋯⋯.

"그냥 좋아요. 선배가 공부하는 거, 걷는 거, 화내는 거, 심지어는 숨 쉬는 것까지. 이렇게 말하니까 나 되게 변태 같다. 그런 기념으로 우리, 키스할래요?"

나 같은 게 왜 좋아?

✿   ✿   ✿

"저분 오늘 또 선보시나 봐요."

저녁 타임 아르바이트생인 혜진의 고개를 따라간 테이블엔 수완이 있었다. 어제와는 다른 남자와 함께였다.

정나미가 떨어졌을지도 모른다는 예상과는 다르게 수완은 시위하듯 나를 찾아왔다. 아르바이트하는 금, 토, 일 3일 내내 남자를 바꿔 가면서.

첫날엔 새로운 남자 친구인가 했다. 그런데 서빙 도중 우연히 두 사람의 대화를 듣고 알았다. 둘은 오늘 처음 본 사이이고, 맞선을 보는 중이라는 걸. 남자는 시종일관 제 자랑을 했고, 수완은 시종일관 심드렁했다. 대단하시네요. 그러세요. 그렇구나. 기계적인 선보기를 끝낸 그녀는 날 기다렸다.

마감을 하고 가게를 나오자마자 때맞춰 차에서 내리는 수완을 보고 얼마나 놀랐는지 모른다. 어째서 거기 있는 거냐고 눈으로 묻는 내게 그녀는 조수석 문을 열어 보였다.

"선배 데려다주려고. 아, 내 인생은 내가 결정할 거니까 이래라저래라 하지 마요."

나는 다가가 수완이 잡고 있는 조수석 문을 다시 닫았다. 추위에 상기된 그녀의 뺨이 일순 굳어졌다.

"날 좋아하는 건 네 맘인데, 널 거절하는 것도 내 맘이야. 들어가. 감기 걸릴라."

수완은 나를 붙잡거나 떼쓰듯 매달리지 않았다. 다만 이튿날도, 모레도 같은 일을 반복했다. 오늘이 벌써 2주째, 날짜로만 따지면 엿새째였다.

홀 서빙 대신 주방 인원을 보충할 거라는 사장님의 말은 거짓이 아니었다. 사람이 구해지지 않으면 다시 주방으로 돌아갈 수 있지 않을까, 하는 내 바람과는 다르게 지원자는 넘쳐났다.

합격한 아주머니는 20년을 나이트클럽 주방에서 일했다는 경력자였다. 수박에 승천하는 용을 조각하는 모습을 보고 나는 조용히 홀로 나왔다.

그렇게도 피하던 사람들을 졸지에 상대하게 된 나는 패닉에 빠졌다. 주방 보조는 안 되겠냐며 애원도 해 봤지만 사장님은 단호했다.

"박 검사님, 아니 이삭 씨. 일단 해 봐. 해 보고 죽겠다 싶으면 그때 이야기해. 죽지 않을 정도면 그냥 하고."

사장님의 말이 맞았다. 나는 죽을 것 같았지만 죽지는 않았다. 서빙을 하는 동안 가끔 머저리 같은 짓을 했지만 여태 잘 살아 있다. 대인 공포증으로 급사했단 소리는 여태까지 듣도 보도 못했으니 당연한 결과였다.

"오빠, 저 테이블 내가 맡을까요?"

수완의 테이블을 쳐다보는 날 느낀 듯 혜진이 권유했다. 말하지 않았음에도 혜진은 내 상태에 대해 알고 있었다.

하긴, 출근부터 퇴근할 때까지 주방에 처박혀 도무지 나오질 않지, 서빙 대타하랬더니 손님 눈도 제대로 못 마주치지. 첫날엔 와인도 몇 병 깼다. 사람들의 시선이 노골적으로 날 향할 때면 가끔은 손도 떨었는데, 그때마다 날 구제해 준 게 그녀였다. 모르는 게 이상하지.

하지만 오늘은 그 때문이 아니었다. 수완의 맞선 상대는 나도 아는 사람이었다.

주재욱.

나와는 상극이었던 검사 동료. 앉아서 봉이나 두드리는 판

사보다는 칼로 뭐라도 벨 수 있는 검사가 있어 보여 택했다 말하던 놈. 범죄자 잡으라고 쥐여 준 칼을 주로 제 앞길을 닦는 데 쓰니 문제였다.

마지막으로 봤던 주재욱이 떠올랐다. 검찰청에서 짐을 싸 나오던 길, 그렇게 뻗대더니 축하한다, 비웃던 녀석의 얼굴이 눈에 선했다.

나는 저 새낄 하필 여기서 이 꼴로 조우했다는 사실보다 저 새끼가 수완의 선 상대라는 게 더 끔찍했다.

"아뇨. 내가 해요."

나는 수완의 테이블로 향했다. 사람을 상대하는 게 이처럼 긴장되지 않은 적은 또 처음이었다.

메뉴판에 꽂혀 있던 수완의 눈이 순간 날 향했다. 가게를 방문했던 지난 2주 동안 단 한 번도 내가 그녀의 주문을 받은 적이 없기 때문이다.

"주문하시겠습니까?"

"여기서 제일 비싼 거 사 줄게요. 안주는 뭐로 할래요?"

"맘대로 해요. 난 뭐든 잘 먹어요."

"그럼 이걸로 할게요."

주재욱은 자신만만한 태도로 가게에서 제일 비싼 와인과 안주를 주문했다. 사물이라도 되듯 내겐 눈길 한 번 주지 않은 채로. 나는 기계적으로 주문 확인을 하고 돌아섰다.

"잠깐만."

주재욱이 내 팔을 붙잡았다. 손님이 부르는데 무시할 수는 없어 돌아섰다. 녀석은 날 뚫어져라 보더니 입술을 끌어 올렸다.

"박이삭, 맞지? 맞네. 와, 우리가 여기서 또 만나냐. 이게 대체 얼마 만이야."

주재욱은 마치 소꿉친구를 조우한 듯 반갑게 인사했다. 어이없어 터지는 헛웃음을 나는 숨기지 않았다. 수완은 어리둥절해했다. 우리 둘 사이가 궁금한 모양이었다. 녀석은 설명했다. 자신에게 유리한 방향으로 적당히 이야기를 포장해 가면서.

"검사 시절 동기였거든요. 지금은 여기서 이러고 있지만 얘 그땐 되게 잘 나갔어요. 보시다시피 비주얼이 죽여주잖아요. 진짜 웃기는 게 검사질 할 때도 얼굴이 무기더라니까. 아니, 검사는 일만 잘하면 되지 않나."

나는 주재욱이 날 돌려 까는 걸 잠자코 듣고 있었다. 초임 검사 시절에는 이 새끼 화법에 꼭지가 나가 받아 버린 전적도 있었는데 3년쯤 듣다 보니 알게 됐다. 그게 다 열등감의 발로라는 걸.

모든 걸 다 가진 주재욱은 제 말대로라면 가진 건 반반한 낯짝 하나뿐인 나를 질투했다. 그때야 그렇다 치지만 지금은 미스터리였다. 쓰레기 검사로 매장당하고 바에서 술이나 나르고 있는 내게 질투할 게 대체 뭐가 있는지.

"야, 근데 아무리 그래도 서빙이 뭐냐. 전직 검사 가오가 있지. 우리 이런 데서 일할 급은 아니잖아."

이딴 개소리쯤 이젠 아무렇지도 않았다. 그런데 수완은 아니었나 보다. 주재욱이 내 얘길 떠벌릴수록 그녀의 표정은 점점 얼어붙어 갔다.

나는 어느새 입술을 꽉 깨문 그녀와 시선을 맞추곤 처음으로 대답했다.

"글쎄. 검사 배지 달고 술집에서 여자 주무르던 변태 새끼들이랑 일하는 것보단 여기서 술 나르는 게 낫다고 보는데, 나는."

"뭐?"

"다른 주문 없으시면 전 이만 가 보겠습니다."

주재욱의 입가에 내걸린 웃음이 거짓말처럼 사라지는 걸 마지막으로 나는 테이블을 떴다.

주방으로 가서 메뉴를 전달하고는 화장실로 향했다. 세면대에 서서 콕을 틀고 손부터 씻었다. 결벽증 환자는 아니었지만 주재욱과 닿는 건 싫었다.

페이퍼 타월로 손의 물기를 닦아 내고 있을 때였다. 꾸며 낸 미소를 단 주재욱이 거울에 비쳤다.

"천하의 박이삭도 법복 벗고 나니까 별거 없다. 그치?"

팔짱을 낀 채 벽에 비스듬히 기대선 주재욱은 물건 품평하듯 나를 위아래로 훑어보았다.

"네 말대로 넌 검사보다 이쪽이 잘 어울려. 이왕 이 길로 빠진 거 네 특기인 얼굴 살려서 페이 더 센 쪽으로 가 보는 건 어때? 너라면 사모님들이 스폰 대려고 치마도 벗고 달려올 것 같은데."

녀석이 부러 더러운 단어만을 골라 토해 내건 말건 나는 젖은 페이퍼 타월을 쓰레기통에 버리고 화장실을 나섰다. 녀석이 짜증스레 내 앞을 막아섰다.

"이 새끼 사람 무시하는 건 여전하네."

"내가 쓰레기와 대화하는 재주는 없어서. 미안."

고작 그 말 한마디에 주재욱은 약 먹은 망아지처럼 미쳐 날뛰기 시작했다. 주먹이 날아왔고 나는 피하지 않았다. 녀석의 어깨 너머 복도에 수완이 서 있었다.

"쓰레기는 내가 아니라 너 같은 새끼를 쓰레기라고 하는 거야. 가진 건 쥐뿔도 없는데 자존심만 센 새끼."

주재욱은 내 멱살을 틀어쥐고 욕을 내뱉었다.

"그렇게 혼자 고고하고 깨끗한 척 뻗대더니, 지금 네 꼴을 봐. 세상 사람들 다 널 욕하잖아. 돈 받고 접대받은 쓰레기 검사? 그거 나 아니야. 너지."

"할 말은 그게 다야?"

"뭐?"

터진 입가에서 피비린내가 올라왔다. 나는 멱살을 잡은 주재욱의 손을 끌어 내리곤 고개 숙여 인사했다.

"일하는 중이라 자리를 길게 비워 둘 수 없어서요. 좋은 시간 보내세요."

"이 개새끼가, 끝까지!"

날 쫓아오려던 주재욱은 문가에 선 수완을 보고 놀라 걸음을 멈추었다. 나는 입가의 피를 성의 없이 문질러 닦으며 그녀를 지나쳤다. 미친놈처럼 자꾸 웃음이 나왔다. 날 보던 수완의 눈빛 때문이었다.

"무슨 일이야. 큰 소리 나는 것 같던데?"

홀로 나갔더니 일주일에 한 번 출근하는 사장님이 하필 지금 있었다. 별일 아니라고 둘러대려는데 혜진이 눈치 없이 물었다.

"오빠 입술은 왜 그래요? 누가 때렸어요?"

"어디 봐? 진짜네. 요즘 진상들이 뜸하다 했다. 어떤 놈이야? 이번엔 진짜 그냥 못 넘어가. 고소를 하든지 해야지. 어디 감히 금쪽같은 내 직원한테 손찌검이야?"

당장이라도 화장실로 달려가려는 사장님을 급히 붙잡았다.

"문에 부딪혔어요."

"정말이야?"

"네."

누가 봐도 거짓임에 분명한 말을 사장님은 못 이긴 척 믿어주었다.

얼마 가지 않아 싸늘한 표정의 수완이 홀로 나왔다. 그녀는 테이블로 가서 제 가방을 챙겨 들더니 곧장 가게를 나갔다. 뒤늦게 나타난 주재욱이 황급히 수완을 쫓았지만 사장님에게 저지당했다.

"손님. 계산은 하고 나가셔야죠?"

주재욱은 카드를 던지듯 건넸다. 일시불이라고 자신감 있게 외친 것과는 다르게 카드는 한도가 초과됐다는 경고음을 냈다. 당황한 녀석이 황급히 다른 카드를 찾기 시작했다.

"손님?"

"보채지 마요. 고작 백 가지고, 별."

그러나 하필 그날 주재욱의 지갑엔 다른 카드는 없었고, 결국 손목에 찬 시계를 내놓고 나서야 녀석은 가게를 나갈 수 있었다.

"내일 찾으러 올 테니까 잘 모셔 놔요. 2천이야. 스크래치 하나라도 나기만 해 봐."

시계가 2천만 원짜리 명품이면 뭘 하나. 알맹이가 폐기물인데. 사장님은 무성의하게 시계를 카운터 서랍에 던져 넣고는 주문이 들어온 다른 테이블로 향했다. 가면서 내겐 스태프 룸을 가리켰다.

"이삭 씨는 오늘 이만 퇴근해."

"괜찮⋯⋯."

"그 꼴로 그러고 있으면 내가 안 괜찮으니까 퇴근하세요."

나는 30분을 못 버티고 결국 쫓겨났다. 자정이 다 되어 가건만 금요일 시내는 사람들로 북적였다. 모자를 눌러쓰고 버스 정류장을 향해 걷기 시작했다. 평소 퇴근 시간인 3시보다는 승객이 많을 테지만 그 정도는 견뎌 내야 했다. 평생 집구석에 처박혀 있을 작정이 아닌 이상.

그 일이 있은 지도 이제 반년이 다 되어 갔다. 사람들은 생각보다 남의 일을 쉽게 잊었다. 기분 탓일 뿐, 내 얼굴을 기억하는 사람도 거의 없을지 모른다. 그런데 왜 난 아직도 등신같이 사람들이 무서운 건지.

"선배."

수완은 불현듯 내 앞에 나타났다. 빠른 걸음으로 걷던 나는 놀라 멈춰 섰다.

"오늘은 일찍 퇴근하네요."

"너……."

"입술 터졌죠? 약 사 왔어요. 바르고 가요."

가볍게 약 봉투를 흔드는 그녀를 무시한 채 걸음을 재촉했다. 그녀는 무작정 내 손부터 붙잡았다. 수완은 스킨십이 거침없었다. 손을 잡는 것 따위는 숨 쉬는 것보다 쉬워 보였다. 과거에도, 그리고 지금도.

"이제 선배 가게 안 찾아갈게요. 그러니까 약만……."

"넌 참 쉬워서 좋겠다."

"선배?"

"찾아오는 것도 쉽고, 떠나는 것도 쉽고."

나는 내가 지금 무슨 소리를 지껄이는지도 알지 못했다. 다만 뭐라도 내뱉지 않으면 머리가 터져 버릴 것 같았고 하필 내 앞에 있는 사람이 수완이었을 뿐.

같은 과 동기와 선후배에게 미움받아도 '계속 미워하라 그래요. 나도 걔네들 별로 안 좋아하는데, 뭐' 하고 웃던 수완은 지금 내 말 한마디에 상처 받은 표정을 했다. 아까 주재욱이 날 향해 개소리를 지껄일 때도 같은 얼굴이었지.

"약은 내가 알아서 바를 테니까. 앞으로 맞선은 다른 데서 보면 좋겠다."

날 붙잡고 있던 가냘픈 손이 맥없이 떨어져 나갔다. 나는 족쇄가 풀린 노예처럼 그제야 다시 걷기 시작했다.

목덜미를 잡아채는 젖은 시선을 무시한 채 겨우 그녀를 지나친 참이었다. 주머니 속의 휴대폰이 진동했다. 모르는 번호였다.

"여보세요."

—이삭아.

"누구시죠?"

—나야. 장어 가게 이 씨 아줌마.

"네. 안녕하세요."

—안녕이고 자시고 느이 아버지 지금 병원에 있다.

"아버지가요?"

—도다리 썰다가 갑자기 쓰러져 가지고 119 타고 병원에 실려 왔어. 구급대원들이 뇌경색 어쩌구 하던데. 지금 여기가 어느 병원이냐면…….

눈앞의 세상이 아득하게 멀어졌다. 길을 잃어버린 아이처럼 어쩔 줄 모르고 서 있던 나는 뒤늦게 정신을 차리고 도로로 뛰어나갔다. 택시를 잡아야 했다. 영일동 제일종합병원, 영일동 제일종합병원. 병원 이름을 잊기라도 할까 봐 입으로는 소리 내 중얼거리면서.

금요일 밤, 술집이 즐비한 번화가의 택시는 쉽게 잡히지 않았다. 무슨 짓이라도 하려던 참에 차 한 대가 달려와 급하게 섰다.

"타요. 나 오늘 술 안 마셨어요. 빨리."

수완이었다.

반쯤 넋이 나간 채로 그녀의 차에 올라탔다.

"영일동 제일종합병원, 맞죠?"

그녀는 알아서 내 안전벨트를 매어 주곤 핸들을 틀었다.

나는 아까부터 꼴사납게 떨리기 시작하는 손을 숨기느라 주먹을 움켜쥐었다. 열여섯 겨울 방학, 내 앞에서 가슴을 쥐고 쓰러진 뒤 다신 돌아오지 못했던 어머니가 아까부터 계속 머릿속을 맴돌고 있었다.

교차로에 들어서자 차가 밀렸다. 나는 초조한 맘을 억누르며 주문처럼 되뇌었다. 괜찮아. 별일 아닐 거야. 괜찮아. 주문처럼 되뇌고 있는 내 차가운 손을 따뜻한 온기가 뒤덮어 왔다.

"괜찮을 거예요. 걱정 마요."

날 달래려는 듯 침착한 목소리와는 달리 긴장된 낯빛과 떨리는 눈동자. 수완을 보면서 나는 깨달았다. 진짜 이기적인 건 나라는 걸. 네가 날 좋아한다는 핑계로 필요할 때만 널 밀어내지 않는 나.

나는 내 손을 깍지 껴 잡은 그녀의 손을 차마 풀어내지 못했다.

병원에 도착하자마자 응급실로 뛰어들어 갔다. 처음 보이는 간호사를 붙잡고 아버지의 행방부터 물었다.

"박규진 환자는 어디 있죠?"

달리다시피 한 걸음은 간호사가 안내한 구석 자리가 가까워지자마자 점점 느려졌다. 긴장에 뛰기 시작하는 가슴을 진정시키느라 잠시 서 있는데 커튼 안쪽에서 익숙한 목소리가 넘어왔다.

"아니, 이 아줌씨가. 우리 이삭이 부르지 말라니까. 고새를 못 참고 부르고 지랄이여, 지랄이."

"구해 줬더니 보따리 내놓으라고 한다더니만. 지랄은 박 씨당신 같은 사람보고 지랄 염병이라고 하는 거야."

"뭐시 어째!"

나는 커튼부터 열어젖혔다.

"아버지, 괜찮아? 어디 다친 덴 없어?"

"다치긴 어딜 다쳐. 그냥 아부지가 잠깐 쓰러진 거재. 과로를 해 가지고."

괜찮다는 아버지의 말을 뒤로한 채 아버지의 몸 이곳저곳을 살폈다. 다행이라고 안도하려는 순간, 등 뒤로 어설프게 감춘 아버지의 오른손이 보였다.

"손은 왜 숨겨?"

"숨기긴 뭘 숨겨."

"오른손. 내놔 봐."

"내가 개새끼도 아니고 뭔 손을 내라 마라여."

"아버지."

아버지는 마지못해 오른손을 내밀었다. 인형처럼 동그랗게 오므라든 손가락은 이리 만지고 저리 만져도 별 반응이 없었다.

"의사 양반이 잠깐 마비된 거라 카드만. 금방 나을 거래니까 걱정 말어. 글고 느 아버지가 왼손잡이 아니냐. 오른손이깟 거 어떻게 된다고 사는 데 지장 없어."

아버지는 멀쩡한 왼손을 보란 듯이 흔들어 보였다. 순간 거대한 돌덩이가 목구멍을 틀어막은 것처럼 숨이 막혔다. 바보처럼 아버지만 쳐다보고 있는데 '박규진 씨 보호자 분'이라며 간호사가 나를 호출했다.

"가벼운 뇌경색입니다. 병원 호송도 빨랐고 응급 처치도 잘돼서 큰 문제는 없는데 오른 손발 편마비가 있으세요."

차트를 읽으며 친절하게 설명하던 의사는 날 올려다보곤 잠시 말을 멈추었다. 마스크도 모자도 내팽개친 맨얼굴이라는 걸 그제야 깨달았다. 무심코 시선을 피했다. 이 순간조차도 그걸 신경 쓰는 스스로가 등신 같았다.

"경과도 지켜봐야 하고 이왕이면 입원 후 재활 치료를 하는게 좋을 것 같은데, 어떻게 하시겠어요?"

"말씀대로 하겠습니다."

"이삭아, 잠깐만."

대화가 끝난 후 돌아가려는 나를 언제 나왔는지 모를 이 씨아주머니가 붙잡았다. 그녀는 나를 인적 드문 응급실 구석으로 이끌었다.

"느이 아버지 말이다. 내가 진짜 엄청나게 고민을 하고 또 해 봐도 이건 말을 해야겠다 싶어서."

"네."

"네 아버지가 그러니까, 보증을 서 준 모양이야."

구급차 소리, 이동식 침대를 끄는 소리, 사람들의 울음소리 와 의사들의 고함 소리. 그러니까 응급실의 모든 소음이 그 말 한마디에 모두 사라졌다. 멍한 귓가로 아주머니의 목소리만 에코처럼 되울렸다.

"아무래도 사채 같아. 독촉장 날아 온 지는 한참 됐고 일주 일 전부턴 가게 전화로 하루에도 수십 번씩 협박이야. 말 안 하려는 걸 부득불 보채서 물어보니까 보증 선 돈이 4억이란 다, 4억. 근데 이자만 1억이래. 어제는 찾아오겠다고 했댄다. 네 이름까지 들먹이면서. 쓰러진 것도 그래서야. 그 썩을 놈들 이 너 건드릴까 봐. 근데 그 큰돈을 당장 어디서 구해? 손대식 이 그 개잡놈의 새끼. 그 새끼 내가 믿으면 안 된다고 그렇게 잔소리를 했는데. 멍충이 같은 느이 아버지가 그걸 못 뿌리쳐 가지고 이 사달이다, 사달이."

더 있다 가겠다는 아주머니를 배웅한 뒤 가까운 화장실로 숨어들었다. 비어 있는 칸 안으로 들어가 문을 잠그고 기대섰 다.

메마른 입술로 가장 먼저 터져 나온 건 웃음이었다. 왜 내 겐 항상 최악의 일만 벌어지는 걸까. 내가 뭘 그렇게 잘못했다 고. 신은 날 엿 먹이려고 이 세상에 태어나게 했나 보다. 그렇지 않고서야…….

오랜 세월 칼질로 인이 박여 버린 아버지의 거친 손이 감은 눈을 뒤덮었다. 검찰청을 떠나던 날, 내 어깨를 두드리던 부장 검사의 매끄럽고 고운 손도.

세상이 뿌리친 건 아버지의 손이었다. 교통 신호 하나 어기는 법 없고 길바닥에 쓰레기 한 번 버리지 않았던, 옳은 일을 하면 복을 받고 나쁜 일을 하면 벌을 받을 거라 믿는 정직하고 부지런한 아버지의 손.

차가운 물로 뺨이 얼어붙을 때까지 세수를 하고는 거울을 보고 표정 연습을 했다. 뉴스를 앞둔 아나운서처럼 입술을 풀며 응급실에 들어갔더니 거기 수완이 있었다.

"그래, 맞아! 어디서 많이 봤다 했더니 우리 이삭이 구 여친이었구만."

"섭섭해요. 구 여친이 뭐예요. 이왕이면 첫 번째 여자 친구라고 해 주세요."

"응? 우리 이삭이 그놈이 아무리 숫기가 없었기로서니 아가씨가 처음일라고. 고등학교 다닐 때도 인기 허벌라게 많아가지고 아주 그냥 저녁만 되면 우리 횟집에 줄이, 줄이 백매다가 뭐야, 천매다는…… 이삭이 너 언제 왔냐? 왔으믄 기척을 내야지."

멀찌감치 떨어져 둘을 보고 있던 나는 아버지의 침대로 향했다.

"내일이면 병실로 옮길 수 있을 거래요."

"병실은 무슨 병실. 나 멀쩡해. 그냥 약이나 받아 가자고."

"한 손으로 뭘 어쩌시려고요. 이번엔 나머지 한 손까지 자르시게?"

"선배!"

소리를 지른 사람은 수완이었다. 아버지는 입술을 꾹 다문 채 내 얼굴만 오래도록 살필 뿐이었다.

"근디 이삭이 너 얼굴이 왜 그러냐?"

"제 얼굴이 뭐요."

"어디 아픈 거 아니지?"

걱정스런 눈동자 두 쌍이 동시에 내게 머물렀다. 나는 수완을 데려다준다는 핑계로 돌아섰다. 수완이 다급히 내 뒤를 따르며 인사했다.

"몸조리 잘하세요. 또 올게요."

"그랴. 조심해서 가라, 수완아! 이삭이 너도 이만 집에 가. 나는 혼자서도 충분하니께. 알았냐, 이눔아!"

엘리베이터를 타고 내려온 우리는 지하 주차장 입구에 멈춰 섰다.

"고마웠다. 잘 가."

감사 인사라기엔 무성의하게 중얼거리는 나를 수완이 붙잡았다.

"잠깐만요. 줄 게 있어요."

그녀는 핸드백에서 무언가를 꺼내 내밀었다. 액체로 된 우황청심원 두 병이었다. 그녀는 그중 한 병을 따 내게 건네곤 나머지 하나를 들이켰다.

"뭐 해요? 안 마셔요?"

이건 언제 사 왔을까. 의문은 접어 버린 채 약을 받아 마셨다. 한약 특유의 쓴맛에 혀가 마비되는 것 같았다.

"이번엔 내가 선배를 살게요."

처음엔 잘못 들은 줄 알았다. 그러나 어리둥절한 눈으로 되묻는 내게 그녀는 같은 말을 반복했다.

"과거엔 선배가 날 구해 줬으니까 이번엔 내가 선배 구하게 해 줘요."

"대체 무슨 소릴 하는……."

"5억."

차분한 눈, 차분한 목소리였다.

"선배 아버지 친구, 아니 이제 선배 아버지가 진 빚 5억. 내가 갚을게요."

금방 마신 약 탓인가. 머릿속이 멍했다. 내 앞의 수완도, 그녀가 지껄이고 있는 이 허황된 말도 모두 비현실처럼 느껴졌다. 나는 한참 만에야 모든 걸 이해하고 웃었다.

"너 내 뒷조사했어?"

"네, 했어요. 근데 선배도 잘 알잖아요. 사채업자들 쓸어버리는 거 쉬운 일 아니라는 거. 웬만한 사금융들 정치인에 검찰까지 죄다 연결되어 있어요. 어차피 잔챙이들만 잡혀 들어갈 거 신고하는 것보다 그냥 줘 버리는 게 빨라요."

"그래서 네 말은 지금 돈 5억에 날 사 주겠다고?"

"네."

"나 같은 거 사서 어디다 쓰게?"

나는 장난스레 물었고, 그녀도 장난이어야만 했다. 질이 아주 나쁜 장난. 그랬다면 조금 덜 아팠을 것이다. 그러나 이런 일로 장난을 칠만큼 수완은 쓰레기가 아니었고, 그 사실이 날……

"결혼해요. 나랑."

미치게 만들었다.

사람이 너무 코너에 몰리면 울음이 아니라 웃음이 나온다더니 내가 딱 그 짝이었다. 하필이면 오늘 나타나 내 속은 뒤집어 놓은 주재욱. 하필이면 오늘 쓰러진 아버지. 하필이면 오늘 알게 된 빚. 하필이면 난.

"넌 내가 우스워?"

"선배."

"누명이나 쓰고 다니는 등신에 사람 눈도 제대로 못 마주치는 머저리. 스스로는 돈 하나 제대로 못 버는 인간이니까 뭘 하든 다 받아 줄 것 같아?"

"나는 그런 뜻으로……."

안다. 그런 뜻으로 한 말이 아니라는 걸. 이 세상 그 누구보다 내가 가장 잘 알았다.

날 좋아하는 수완은 내가 상처 입으면 몇 배는 더 아파했다. 그런 그녀가 내가 상처 받을 소릴 할 리 없었다. 그럼에도 상처를 받은 건 지금의 내가 너무 못나서였다.

그녀의 제안을 웃으며 넘길 만큼 여유롭지 못해서, 네 도움 없이 혼자서 해결할 수 있다고 큰소리칠 만한 처지도 능력도 없어서, 지금 이 순간에도 미친 척 그러자고 할까 흔들리고 있는 스스로가 너무 역겨워서.

과거에 난 널 보며 그런 생각을 했더랬다. 국회 의원 딸이 별건가. 그저 돈 많고 잘난 아버지를 둔 것뿐인데. 너만큼 잘 될 거라 자신했고, 그래서 널 쉽게 포기했다.

지금 난 널 보며 이런 생각을 한다. 누명이든 어쨌든 사람들이 손가락질하는 전직 쓰레기 검사, 우울증에 대인 기피증까지 가진 사회 부적응자, 더불어 가진 건 5억짜리 빚뿐인 나는 네 피를 빨아먹고 널 진흙탕으로 끌고 들어갈 거머리 같은 존재일 뿐이라고.

"네가 무슨 뜻으로 그런 말을 했든, 네 진심이 뭐든 상관없어."

마주한 수완은 낭떠러지 끝에 겨우 서 있는 조난자 같은 얼굴이었다. 나는 차가운 손으로 그녀의 등을 떠밀었다. 그녀가 다시는 나 같은 건 돌아보고 싶지 않도록.

"부탁할게. 이제 그만, 내 인생에서 꺼져 주라."

❀   ❀   ❀

아버지가 병실로 옮긴 지 일주일. 수완이 내 앞에 나타나지 않은 지도 오늘로 일주일째였다. 아르바이트하는 가게에도,

병원에도, 그리고 집 근처에도 그녀는 머리카락 한 올 보이지 않았다.

습관이 무서웠다. 나는 와인을 나르다가, 병원 복도를 걷다가, 오피스텔 주차장을 지나다가 문득 멈춰서 주변을 살폈다. 마치 거기 그녀가 있길 바라기라도 하듯이.

"이삭아."

차라리 다시 만나지 않았다면 좋았을 텐데, 라는 부질없는 생각을 그사이 수백 번은 했다. 10여 년 전 수완을 처음 만났던 그때에는 가진 건 없었지만 적어도 행복했다. 그녀가 기억하는 내 마지막 모습이 그때였다면. 진흙탕에서 허우적거리고 있는 지금이 아니라 적어도 내가 개천에서 난 용인 줄 알았던 그때였다면.

"박이삭. 이 녀석아."

빈 웃음이 샜다. 오피스텔 전세금이 1억 3천, 그것도 반 이상 대출에 은행 잔고는 천만 원도 안 되는 비정규직 아르바이트생 주제에, 앞으로 갚아야 할 빚이 아니라 수완이 날 어떻게 기억할까를 걱정하고 있다니.

아직 살 만한가 보네, 박이삭.

당장 그들이 병원에 들이닥치지 않는 게 다행이었다. 당사자가 연락이 안 되면 무조건 그 가족부터 찾아내는 게 사채업자들의 불법 추심 순서였다.

매뉴얼대로라면 경찰에 신고해야 했지만 수완의 말대로 그건 '단순한' 매뉴얼일 뿐이었다. 신고 절차와 제출해야 할 증

거는 터무니없이 복잡했고, 그걸 받을 경찰은 그 외에도 할 일이 너무 많았고, 그사이 사채업자들의 추심과 협박은 갈수록 심해질 것이다. 피해자들의 선택은 대개 두 가지였다. 참다못해 목숨을 끊거나 목숨을 부지할 만큼의 돈을 그들에게 매달 상납하거나.

검사 시절 나는 사채를 쓴 사람보다 보증을 선 사람들을 더 이해하지 못했다. 나도 못 믿는 세상에서 대체 누굴 믿고 그 거대한 빚의 보증을 서 준단 말인가.

"썩어 빠진 동태 대가리가 아니고서야……."

"이놈 시키가!"

이마를 강타하는 손가락에 앞을 보니 아버지와 병문안을 온 이 씨 아주머니가 일회용 접시에 동태전을 든 채 날 쳐다보고 있었다.

"썩어 빠지긴 네 정신이 썩어 빠졌겠지. 이 자식아!"

"이거 썩은 동태 대가리로 만든 거 아니야, 이삭아. 제일 좋은 놈으로 것도 흰 살만 발라서 구운 거야."

"아이고, 요즘 우리 이삭이가 나 간호한다고 정신이 동태 눈깔처럼 썩어 빠져 부렸어. 원래는 허벌라게 똑똑한 놈인디. 그 짝도 알잖어. 우리 이삭이 공부 잘한 거. 고등학교 때까지 전교 1등에다가 아주 그냥 대학도 법대에 철썩 붙어선 장학금 받고 다녀. 졸업하고 나선 곧바로 검사까……."

아버지는 시골 약장수 약 팔듯 과장을 백배 보탠 내 자랑을 늘어놓다가 그 대목에서 날 봤다. 죄송하다는 말을 스무 번 하고 먹지도 못하는 동태전을 먹는 척하고 있던 나는 물을 떠 오겠다는 핑계로 일어섰다.

습관처럼 주머니 속의 마스크부터 꺼내 쓰려는데 아버지의 시선이 따라왔다. 보지 않아도 안다. 아버지가 날 어떤 눈으로 쳐다보고 있을지. 나는 표정을 바꾸고 돌아서 물었다.

"빵 드실래요? 아버지 밤 식빵 좋아하잖아."

"밤 식빵? 나야 좋지! 이왕 사 오는 거 여섯 개 사 와. 침대가 여섯이니까."

"아이고, 이웃 잘 둔 덕에 맛있는 거 많이 얻어먹네. 근데 아무리 생각해도 아들 잘 키우셨어. 키도 훤칠해, 얼굴도 뽀얀게 TV에 나오는 탤런트들보다 훨씬 잘났어, 게다가 똑똑하기까지 해. 아저씨는 밥 안 드셔도 배부르겠어요."

밤 식빵에 감동한 보호자 한 분이 칭찬을 거들었다. 그녀는 이 씨 아주머니가 건네는 동태전을 고맙게 받더니 걱정스레 물었다. 눈이 내 한쪽 귀에 걸린 마스크에 고정되어 있었다.

"근데 마스크가 얼굴에서 떨어질 날이 없네. 감기 아직 안 나았어?"

"그게 다 제 못난 아버지 간호한다고 골병들어 그래요. 그리고 우리야 팔팔해서 괜찮지만 밖에 나가면 중병 환자잖아. 조심해서 나쁠 건 없지."

당황한 나와 아버지를 대신해 이 씨 아주머니가 말했다. 배우를 해도 될 만큼 능청스러운 연기였다.

"잘생긴 얼굴 가리니까 아까워서 그러지."

"에이, 그쪽은 여기서 만날 보잖아."

"그건 그래도."

"이 아줌씨들이! 우리 이삭이 얼굴 닮으니께 그만 보고 날 봐. 자세히 좀 봐봐. 나가 한 두 배 정도는 더 잘생기지 않았어?"

아버지는 부러 내 눈을 마주하며 웃었다. 다녀오겠다는 손짓을 하곤 병실을 빠져나왔다. 와르르 웃는 소리가 복도까지 넘어왔다. 코너를 돌며 쓰다만 마스크를 마저 썼다. 내 잘난 얼굴을 드러내기엔 이곳은 너무 밝았다.

밤 식빵 여섯 개를 상납하고 휴게실로 향했다. 물을 받기 위해 정수기에 물통을 밀어 넣은 채로 이번 달에 내야 할 대출금과 공과금, 병원비를 계산하고 있는데 복도 저편에서 최수완이 나타났다.

나는 놀란 나머지 물을 받다 말곤 자판기 옆으로 몸을 숨겼다. 또 나를 찾아온 건 아닌가 했지만 그녀는 누군가를 찾는 기색이 아니었다.

멀리서도 수완은 눈에 띄었다. 쉽게 찾아볼 수 없는 외모 탓도 있지만 그걸 빼고서도 묻히는 인상은 아니었다. 머리부터 발끝까지 풀 세팅한 화려한 차림. 덕분에 정물화처럼 죽어 있는 표정이 두드러졌다.

날 만날 땐 저렇진 않았었는데, 홀로 있을 때 그녀는 조화 같았다. 여느 꽃보다 예쁘고 화려한데 생명은 없는.

수완이 나온 복도는 산부인과가 있는 쪽이었다. 큰 의미는 두지 않은 채로 점차 가까워지는 그녀를 쳐다보고만 있었다.

"이봐요, 총각."

"네?"

"물을 받았으면 뚜껑을 닫아야지. 아주 그냥 병원을 물바다로 만들 기세구면."

"물이요?"

"아이고, 또 쏟아진다. 또, 또."

할머니의 삿대질에 아래를 내려다봤을 때 이미 물통의 반이상이 쏟아져 있었다. 바닥에만 흘렸으면 다행이게, 셔츠며 바지까지 전부 엉망이었다.

"멀쩡하게 생겨서 정신을 어디다 빼놓고 다니는 거여."

꼭 물에 빠진 우리 누렁이 같다며 할머니는 휴게실이 떠나가도록 깔깔 웃어 댔다. 때마침 휴게실을 지나가던 수완이 이쪽을 쳐다봤다. 나는 대걸레로 바닥을 훔쳐 내다가 이번엔 쓰레기통 뒤에 숨었다. 자판기에서 음료수를 뽑아 마시던 의사가 의심스런 눈으로 날 봤다. 가운에 박힌 이름 세 글자보다 그 앞의 전공에 시선을 빼앗겼다.

신경 정신과.

물 가지러 간다더니 그 물에서 헤엄이라도 치고 온 꼴로 돌아온 나를 보고 병실 사람들은 먹던 식빵을 떨어뜨렸다.

"오다가 다른 분이랑 부딪쳐서요."

어설프게 웃는 나를 빤히 보던 보호자 아주머니가 눈을 야릇하게 떴다.

"어머, 총각 그렇게 안 봤는데 몸 좋다? 복근도 있네."

아래를 내려다본 후에야 젖은 셔츠는 내 몸을 가리기엔 너무 얄팍하다는 걸 깨달았다.

"아까도 말했다시피 우리 이삭이가 날 닮았잖수. 내가 몸이 또 끝장나거덩."

"그런가?"

"아, 네, 뭐."

나는 로봇처럼 인위적인 미소를 지으며 왔던 걸음 그대로 병실을 나갔다. 데스크에 도착하자마자 절박하게 간호사를 불렀다.

"저기요."

"네. 몇 호실이죠? 환자분 상태가 나빠졌나요?"

"그게 아니라, 혹시 남는 환자복 있습니까."

피곤한 듯 멍해 보이던 간호사의 눈이 날 보곤 커졌다. 최수완 때문에 당황하느라 떨어뜨린 마스크를 미처 주워 오지 못했다는 게 그제야 떠올랐다.

환자복을 받아 화장실에서 갈아입었다. 큰 사이즈로 받았는데도 불구하고 팔과 다리 길이가 짧았다. 막 칸 밖으로 나가려던 참에 의사들이 지껄이는 소리를 우연히 들었다.

"야, 그 여자 또 왔다더라."

"누구?"

"있잖아. 국회 의원 최국환 딸."

"치료 끝난 거 아니었어?"

"지푸라기라도 잡고 싶은가 보지. 하긴, 그 나이에 조기 폐경이라니. 내가 여자라도 안 믿고 싶겠다."

"찌라시에 걔 그것 때문에 이혼당했다며. 아기 못 가져서."

"너 같으면 같이 살고 싶겠냐? 임신이 문제가 아니라 폐경이면 솔직히 여자로서도 끝, 게임 오버잖……."

부러 소리 내 문을 열고 밖으로 나왔다. 소변기에 줄줄이 소시지마냥 서 있던 의사들이 놀란 눈으로 날 봤다. 나는 젖은 옷은 세면대에 내려놓고 씻을 필요 없는 손을 느긋하게 씻었다. 단지 얼굴과 가슴팍에 수놓인 이름들을 쳐다봤을 뿐인데, 그들은 싸던 오줌까지 끊으며 도망치듯 화장실을 나갔다.

밤마다 여자 주물럭거리는 검사 새끼들이나 환자 뒷담이나 까는 의사 새끼들이나.

그들의 뒷모습을 노려보던 나는 뒤늦게 깨달았다. 낯선 이의 눈을 이처럼 한참 동안 마주 본 건 아주 오랜만이었다.

병실에 옷을 가져다 놓고는 아버지의 슬리퍼로 바꿔 신었다. 과일 먹으라는 아버지를 물리친 채 은근슬쩍 밖으로 나왔다. 서른셋 나는 아버지의 병실에서 가장 어렸다. 이 씨 아주머니 말대로 한창 좋은 나이였다. 놀려먹고 부려먹기 딱 좋은 나이.

나는 어두침침한 비상구 계단에 앉아 의사들이 했던 최수완의 이야기를 곱씹었고, 시간을 죽이느라 휴대폰으로 부루마블 게임을 하는 동안에도 아까 봤던 최수완의 창백한 얼굴을 계속 생각했다. 그렇게 10시 반. 뒷덜미를 움켜쥐는 수완의 잔상을 애써 떨쳐 내고 일어섰다. 인적 드문 병동 구석의 의자로 향했다. 쪽잠이나 조금 자다 새벽이 되면 병실로 돌아갈 작정이었다. 의자 위 열린 창을 닫으려고 보니 비 냄새가 풍겼다.

비 온다는 말은 없었는데.

창 사이로 들이치는 찬바람에 그냥 병실로 돌아갈까, 고민하던 참이었다. 빗방울에 얼룩진 유리 너머로 익숙한 뒤통수가 보였다. 행여나 닮은 사람인가, 창밖으로 고개를 빼고 살펴봤지만 맞았다. 최수완.

비가 내리기 시작하는 병원 야외 벤치에 수완은 한 많은 처녀 귀신처럼 우두커니 앉아 있었다.

"저기서 대체 뭐 하는 거야?"

아까 수완과 마주친 시각이 6시. 그때부터 저러고 있었다고 가정하면 벌써 네 시간째였다. 궁상을 떨려면 혼자 곱게 떨든가. 왜 비까지 내리는 야외에서, 사람 신경 쓰이게.

나는 가까스로 수완을 외면했다. 창을 닫고 의자에 모로 누웠다. 눈을 감고는 여태 그래 왔던 것처럼 잠을 청했다. 몸 상태를 보면 금방 곯아떨어져야 정상인데 내 정신은 30분 전보다 명료해지고 있었다. 창을 때리는 빗소리가 점점 더 거세지고 어두운 복도에 드리운 나무 그림자가 바람에 취객처럼 휘청거리기 시작했다.

빌어먹을.

나는 짜증스레 일어나 창을 열어젖혔다. 예상대로 수완은 여전히 그 자리에 앉아 있었다.

내리는 비를 고스란히 다 맞고서.

"그 나이에 조기 폐경이라니 내가 여자라도 안 믿고 싶겠다."
"폐경이면 솔직히 여자로서도 끝, 게임 오버잖아."

아까 의사들이 지껄이던 개소리가 왜 지금 떠오르는지 모를 일이었다. 신경 끄자. 비 좀 맞는다고 사람이 죽지는 않아. 염불을 외면서도 나는 복도를 걸어 계단을 내려갔다. 병원 내 편의점에서 일회용 우산을 하나 샀을 즈음에는 거의 뛰다시피 하고 있었다.

부는 바람 때문에 우산은 쓰나 마나였다. 보도블록에 뛴 빗물이 환자복 바지 자락을 적셨다. 기껏 갈아입었더니만.

나는 자포자기한 채 걸음을 늦췄다. 보라고 광고라도 하는 모양인지 가로등 아래 앉아 있는 수완의 머리 위로 우산을 씌웠다. 갑자기 멈춘 비에 어리둥절한 그녀가 날 돌아봤다. 나는 한숨 쉬듯 물었다.

"여기서 뭐 해. 세상이 얼마나 무서운데 이 시간에 혼자."

최수와

04. 1%

처음엔 이상하리만큼 아무렇지도 않았다. 조기 폐경이래 봤자 남들보다 빨리 생리가 멈춘 것뿐이라 단순히 생각했고 불임, 하루에 버려지는 아이가 수백인데 입양하지 뭐, 그리 가볍게.

충격은 시간차를 두고 찾아왔다. 내 나이의 딸을 둔 엄마들이 겪는다는 갱년기 증상이 날 덮친 건 둘째 치고, 수많은 여자들을 미치게 한다는 PMS(Premenstrual Syndrome)*가 며칠에 한 번꼴로 찾아와 날 악마로 만들었다. 하루에도 수십 번씩 기분이 치솟아 올랐다가 바닥으로 떨어지길 반복했다.

---

* Premenstrual Syndrome : 월경 전에 반복적으로 발생하는 정서적, 행동적, 신체적 증상들을 특징으로 하는 일련의 증상군.

그러나 그것도 블랙홀처럼 내 존재를 빨아들이기 시작한 상실감에는 비할 바가 못 되었다. 다른 여자들은 다 가지고 있는 걸, 나는 가지지 못했다는 우울. 언제라도 손에 쥘 수 있는 걸 내려놓는 것과 현재도, 그리고 앞으로도 쥘 수 없는 걸 놓는 것에는 아주 큰 차이가 있었다.

여자도 아닌 걸 며느리라고 데려왔다며 통곡하던 시어머니. 내 불임의 원인이 폐경이란 걸 알자마자 이젠 콘돔을 안 써도 되니 편하겠다던 전남편.

"섹스하는 덴 별문제 없는 거지? 전보다 감이 덜하다거나?"

내 안위보단 본인의 성생활을 걱정하는 그 새끼의 혀를 깨물어 피범벅을 만들어 놨던 그때는 이혼만 하면 모든 게 해결될 줄 알았다. 더 이상 그놈과 감정 없는 섹스를 하지 않아도 되고, 마르고 닳도록 아이 타령만 하는 시어머니를 떠나면 절로 행복해질 거라 낙관했다.

그러나 그 후에도 나는 여전히 우울했다. 혼자라 그런가 싶어 닥치는 대로 남자들을 만났지만 늘 외로웠으며 세상을 다 가진 것 같다가도 당장 죽고 싶어지는 하루가 이어졌다. 이유 없이 자꾸 허기가 졌고, 그걸 채우기 위해 필요도 없는 물건들을 샀다.

그게 나였다. 이삭 선배 덕에 잊고 있었던 진짜 나.

지난 몇 주간은 선배를 만나 기뻐하고, 쫓아다니느라 용쓰고, 걱정하고 좋아하고 서운해하고, 혼자 별의별 망상을 하느라 우울할 틈이 없었다. 선배를 생각하는 것만으로도 배가 부르고 뭘 해도 즐거웠다. 선배가 당장이라도 죽을 것 같은 눈으로 날 밀어내기 전까지만 해도 그랬었다.

"냉정하게 들릴지 모르겠지만 최수완 씨를 위해 하는 말입니다. 같은 치료를 반복해도 일시적인 효과일 뿐, 자궁이 제 기능을 할 가능성은 거의 제롭니다."

의사들은 모두 이유를 알 수 없다 했다. 망할 놈의 호르몬 치료는 진즉에 그만뒀지만 검진을 한다는 핑계로 심심하면 병원에 들락거렸었다. 더는 상처 받을 것도 없다 자만했는데 아니었나 보다. 의사의 말은 메스처럼 가슴을 후벼 팠다.

잠깐만 앉았다 갈 생각이었다. 그런데 한 시간이 가고, 두 시간이 지나도 도무지 일어날 수가 없었다. 누가 커다란 쇳덩어리를 발목에 채워 놓은 것 같았다.

멍청히 앉아서 새카만 밤하늘을, 달을 삼키는 구름을 구경했다. 비가 내리기 시작했을 땐 잘됐다 싶었다. 몸이 얼어붙으면 다른 고통도 무뎌지지도 않을까. 다른 사람들은 이럴 때 펑펑 잘만 울던데 난 그 흔한 눈물 한 방울 나오지 않았다. 쫄딱 젖은 채로 나는 피식 웃었다. 와, 진짜 여성성 제로다. 최수완.

"여기서 뭐 해? 세상이 얼마나 무서운데 이 시간에 혼자."

우산을 든 선배가 내 앞에 기적처럼 등장했을 때 내 머릿속엔 오로지 단 한 가지 생각뿐이었다.

어째서, 선배는 왜 하필, 이럴 때에만 내 앞에 나타나는 걸까.

무슨 이유에선지 환자복 차림으로 나를 내려다보고 있는 그를 나는 신처럼 올려다보았다. 짜증을 억누른 탓인지 구겨진 눈가를 마주하는 순간, 기다렸다는 듯 눈물이 터졌다. 날 보던 선배의 표정이 당황으로 물들었다.

"아, 나는. 그러니까……."

처음 아이를 달래는 초보 아빠처럼 그는 어쩔 줄 몰라 했다. 그러나 이내 결심한 듯 우산을 접곤 내 곁에 앉았다. 예상치 못한 전개에 나는 숨을 멈췄다.

나와 한 뼘 정도의 거리를 두고 앉은 그는 담담하게 말했다. 젖어 가던 환자복과 바람에 실려 오던 샴푸 냄새.

"잘됐네. 나도 울고 싶었는데."

비는 오래도록 내렸다. 어느덧 눈물이 멎고 내가 안정을 되찾을 때까지도 그칠 기미를 보이질 않았다. 선배는 여전히 내 곁에 있었다. 물웅덩이 위로 떨어지는 빗줄기를 하염없이 바라보고 있자니 때늦은 수치심이 날 부끄럽게 했다.

차라리 재수황, 또라이가 낫지. 이 나이 먹고 애처럼 질질 짜다니.

어떻게 해야 가장 자연스럽고도 아무렇지 않게 보일 수 있을까. 궁리하던 내 눈에 그의 모습이 들어왔다. 나야 내 의지로 이러고 있다지만 선배는 어쩌다 보니 전 여자 친구이자 현

스토커인 나를 목격하고 외면하지 못해 이러고 있는 것뿐이었다.

외투까지 걸친 나와 달리 고작 환자복 하나를 입고 있는 그의 긴 손가락 끝이 새빨갰다. 더 이러고 있다간 나보단 선배가 먼저 쓰러질 것 같았다. 나 아니어도 죽을 만큼 피곤할 텐데.

빤히 쳐다보는 내 시선을 느꼈는지 선배의 고개가 돌아왔다. 나는 피하고 싶은 걸 꾹 참고 그를 마주 보았다.

"어디 아파요? 환자복은 왜 입고 있어?"

뜬금없는 물음에 그는 희게 질린 뺨으로 기가 찬 듯 웃었다.

"다 울었으면 들어가자. 얼어 죽겠다."

병원 안으로 들어서는 선배의 뒤를 나는 물색없이 따라갔다. 휴게실에 나를 앉힌 그는 건너편 복도로 사라지더니 수건 두 장을 들고 나타났다. 제 머리의 물기를 강아지처럼 털어 내면서.

수건을 받아 젖은 몸을 닦기 시작했다. 흰 수건에 시커멓게 묻어나는 마스카라를 보고서야 지금 내 꼴이 어떨지 짐작됐으나 품위를 위해 계속 모른 척하기로 했다.

선배는 자판기에 동전을 넣고 코코아 두 잔을 뽑았다. 싸구려 향신료가 만든 달콤한 향기가 휴게실에 방향제처럼 퍼졌다. 나는 짧은 환자복 바짓단 아래로 드러난 그의 마른 발목을 넋 놓고 보다가 종이컵을 받아들었다.

"진짜 아픈 거 아니죠? 선배."

"수건은 가져. 콜택시 부르면 금방 올 거야. 근처에 죽치고 있는 기사들 많으니까."

선배는 내 질문과 상관없는 말을 하며 일어섰다. 커다란 손이 종이컵을 구기더니 자판기 옆 쓰레기통에 던져 넣었다.

"내 질문에 아직 대답 안 했는데."

나는 뭣 모르는 신입생 여자애를 꼬시려는 군필 복학생처럼 그에게 질척거렸다. 제 발보다 작은 슬리퍼를 질질 끌듯 휴게실 입구로 향하던 그가 빙글 돌아섰다.

"멀쩡해. 누구 씨 덕분에 비 맞아서 진짜 아프게 될지도 모르겠지만."

선배는 뒤 한 번 돌아보지 않고 복도 너머로 사라졌다. 너른 등이 어둠 속에 묻힐 때까지 나는 눈 한 번 깜빡이지 않고 그를 지켜보았다. 그러면 그를 가질 수 있기라도 하는 양.

선배를 짝사랑하던 스무 살 그때에는 그의 등을 보는 게 마냥 좋았다. 선배는 좋은 사람이었고 그를 좇다 보면 늘 기분 좋은 일들을 목격하곤 했다.

그를 처음으로 마주쳤던 그날 그랬듯이.

스물, 딱히 장래 희망이랄 것도 없던 나는 아버지가 원하던 법대에 입학했다. 아버지는 입학 선물로 뭘 갖고 싶냐 물었다. 독립할 수 있는 집을 바랐으나 샛노란 외제차가 돌아왔다. 유치하고 촌스런 색깔에 거부감이 들었지만 타기로 했다. 차야 잘 나가기만 하면 그만이었다.

캠퍼스 라이프는 예상대로 고리타분했다. 공부만 하다 보니 세상살이에 무지한 반 멍청이들과 똑똑한 꼰대들, 그 외의 정상인들을 각각 4대 4대 2의 비율로 모아 놓은 감옥에 갇힌 기분이었다.

참새처럼 몰려다니는 새내기들과 달리 나는 철저히 혼자였다. 그들 중 누구와도 엮이지 싶지 않았는데, 아마 그들도 나와는 친해지고 싶지 않았을 것이다. 나는 수백 명의 사람들 중 누가 법대생인지 누가 선배이고 동기인지 알 수 없었으며 알고 싶지도 않았고, 그래서 인사를 하지도 받지도 않았다.

강제로 입회한 법철학회는 꼰대 집합소였다. 처음 며칠만 가고는 발길을 끊었다. 단순히 재미가 없었기 때문이었다. 그 와중에도 내게 고백하는 복학생이나 내가 마음에 든다며 다가오는 아이들이 더러 있었다. 그러나 그들은 나와 몇 마디를 하고는 전부 질린 표정으로 돌아섰다. 그러려니 했다.

내 별명이 '재수황'이고 법대생 대부분이 나를 무지하게 싫어하고 있다는 건, 수업이 끝난 빈 강의실에서 자빠져 자다 우연히 알게 됐다.

그들은 내가 우리나라를 좀먹는 희대의 국개 의원 최국환의 딸이라서 싫다고 했다. 날 때부터 떠받들어 그런지 공주처럼 군다고, 학교에 돈지랄하는 차를 끌고 다녀서 싫다고 했다. 학회 행사에 참여하지 않는 것도 싫고, 사람들과 어울릴 노력도 하지 않고 저 혼자 잘난 듯 다녀서 더 싫다 했다.

"누가 알아? 여기도 그 잘난 아버지 백으로 들어왔을지."

나는 책상에 처박았던 고개를 들고 일어섰다. 저쪽에서 열심히 내 뒷담을 까고 있던 선배와 동기 무리가 놀란 듯 말을 멈추고 날 봤다.

나는 책과 가방을 챙겨 들고 나왔다. 수능 만점으로 대학을 골라 들어왔다는 사실 따위는 굳이 말하지 않았다. 내가 어떤 사람이든 뭘 하든 어차피 그들은 날 싫어할 테니까.

선배를 만난 날은 학교 축제가 한창이던 5월 말이었다. 나는 멀쩡히 가다가 고장 난 차 때문에 어쩔 수 없이 대중교통을 이용해야 했고, 그날 급히 올라탄 버스에서 선배를 처음 봤다.

봄치고는 기온이 높았던 날이었다. 택시를 잡느라 땡볕에서 10분을 서 있던 나는 학교 이름이 적힌 버스를 발견하고 냅다 뛰어 탔다. 출결이 생명인 교수의 수업이었다. 이딴 이유로 불이익을 받고 싶지 않았다.

문제는 그 후였다. 가방을 뒤지고 나서야 나는 차 안에 지갑을 놓고 왔다는 걸 깨달았다. 미치겠네. 기사 아저씨는 나를 쳐다봤고 기다리다 못한 사람들은 나를 스쳐 지나가며 카드를 찍고 현금을 냈다. 방법이 없었다. 다시 내리는 수밖에.

돌아서는 순간, 막 올라탄 남자가 천 원짜리 두 장을 집어넣었다. 뒤에 아무도 없다는 걸 확인한 기사님이 어리둥절해 말했다.

"학생, 차비 천 원이야."

그는 나를 지나치며 대답했다.

"같이 낼게요."

아저씨는 문을 닫고 버스를 출발시켰다. 멀뚱히 있던 나는 그의 곁으로 가서 섰다. 감사 인사를 하려고 보니 그의 귀엔 이어폰이 꽂혀 있었다.

버스엔 사람이 많았다. 어쩔 수 없이 나는 그와 붙게 됐다. 버스가 흔들릴 때마다 팔이 스치듯 닿았다 떨어졌다.

나는 걷어 올린 흰 티셔츠 소매 아래로 쭉 뻗은 그의 팔을 보다가 서서히 위로 눈동자를 굴렸다. 졸린 듯 무겁게 드리운 눈꺼풀을, 남자치곤 섬세하게 뻗은 코를, 매끈한 피부 탓에 상대적으로 도드라져 보이는 입술을 차례로 감상했다. 시선을 느낀 그가 의아하게 날 쳐다볼 때까지.

나는 모른 척 창으로 시선을 고정했다. 창유리에 비친 그의 입가에 가벼운 미소가 걸려 있었다. 비웃음이 아니었다. 가슴이 철렁했다. 과속 방지턱 때문이었다.

열린 창문 사이로 바람이 불 때마다 청결한 향기가 코끝을 스쳤다. 그게 그에게서 나는 냄새라는 건 눈을 감고도 알 수 있었다.

손목에 찬 그의 시계가 9시 40분을 가리킬 무렵, 버스는 학교 앞에 도착했다. 출입문 계단을 내려서는 그의 손에 책 한 권이 들려 있었다. 민법요해. 왜 법대 기본서를 그가 들고 있는지를 멍청히 생각하다가 나는 내릴 타이밍을 놓쳤다.

"아저씨, 잠깐만요."

다행히 기사 아저씨는 버스를 세우고 날 내려 주었다.

법대 건물까진 10분을 걸어가야 했다. 나는 학교 정문을 향해 뛰었다. 운동 부족인지 몇 미터도 못 가 숨이 턱 끝까지 찼다. 모르겠다. 지각하든지 말든지. 자포자기한 채 근처 벤치에 주저앉는 순간, 그가 보였다. 나는 동작을 멈춘 채 눈을 크게 떴다.

그는 횡단보도 너머 정류장에 있었다. 웬 할머니와 함께였다. 그의 손에 들린 거대한 보따리를 보고 나는 그가 왜 거기 있는지 알게 됐다.

도착한 버스에 할머니와 보따리를 태우고 나서야 그는 다시 횡단보도를 건너 교내로 뛰었다. 반듯한 등을 한동안 보고 있던 나는 일어나 달렸다. 그냥 그래야만 할 것 같았다.

겨우 지각을 면한 강의실에선 2학년 여선배들이 삼삼오오 모여 수다 삼매경이었다. 재수강도 단체로 하는구나. 신기하네. 시답지 않게 생각하곤 빈 창가 자리에 엎드렸다.

"야, 이삭 선배 복학한 거 맞아?"

"학기 시작한 지가 언젠데 뒷북은. 고조선에서 오셨어요?"

"아니. 복학했다는데 도무지 안 보여서 그러지."

"네 눈에 잘 띄면 그게 박이삭이냐, 한신우지."

"이삭 선배 없는 1년 동안 이 법대가 얼마나 암흑 같았던지."

"우리 박이삭 휴학 방지 등록금 모금이라도 해야 되는 거 아니야?"

"어? 야! 이삭 선배!"

그녀들 중 하나가 창밖으로 고개를 빼며 소리쳤다. 커튼 사이로 미지근한 바람이 훅 들이쳤다. 나는 지친 와중에도 그들을 따라 눈을 돌렸고 거기서 그를 다시 보았다.

박이삭.

머문 자리, 돌아서는 등이 아름다운 남자. 앞모습은 그보다 더 아름다운 남자. 167cm인 나보다 키가 한 뼘 반이 크고 나이는 나보다 두 살 많은 법대 선배.

남녀노소 인기가 많으나 본인은 사시 패스 외엔 뭐든 무관심, 무신경, 무정한 법대 사시오패스. 도움을 요청하기도 전에 손이 먼저 나가는 착한 사마리아인. 숱한 아르바이트에도 하루 여덟 시간은 책상 앞에 붙어 지낸다는 인간형 안드로이드 로봇.

이라는 게 귀동냥으로 알게 된 선배의 신상명세였다.

그때부터였다. 나는 버스에서 단 한 번 마주쳤던 선배를 아침에 일어나서 잠들기 전까지, 심지어는 꿈에서도 생각했다. 보름쯤 그 짓을 반복한 후에야 깨달았다. 내 행동이 짝사랑하는 인간이 보이는 전형적인 증상이라는 걸.

나는 겨우 한 번 본 그가 좋았다.

학교 근처에만 가면 습관처럼 그를 찾아 주변을 헤맸다. 하지만 그는 그날 이후 좀처럼 눈에 띄지 않았다. 마음에도 없는 학회 자선 바자회에 참석한 까닭도 그 때문이었다. 학회장과 동기들이 하는 말을 들었다. 신우 선배가 이삭 선배 데리고 오기로 했다고. 그러니까 선배 보고 싶으면 너희도 참석해.

넋을 놓고 있느라고 내가 노예팅의 매물로 올라가고 있다는 것도 눈치채지 못했다. 수완이 너 진짜 할 거야? 학회장의 놀란 되물음에 내가 무심코 대답했다는 것 역시.

선배는 모른다. 엿 같은 노예팅 때문에 쪽팔려 죽고 싶던 와중에도 선배를 본 내가 얼마나 설레었는지. 선배가 손을 들어 날 샀을 때 얼마나 놀랐는지. 고작 백만 원이라는 헐값에 선배의 한 시간을 얻게 돼서 얼마나 기뻤는지.

내가 얼마나.

"나 너 안 싫어하거든. 그렇다고 딱히 좋아하지도 않지만."

선배를 좋아하는지.

나는 식어 빠진 코코아를 모두 마시고 일어섰다. 젖은 수건을 소중히 든 채로 택시를 부르려 휴대폰을 빼 드는데 시야에 우산이 걸려들었다. 강렬한 빨간색의 우산은 보란 듯이 출입구에 세워져 있었다. 누구든지 여길 나가는 사람이라면 보지 않으려야 않을 수 없는 위치였다.

아까보다 거세진 빗소리가 텅 빈 휴게실로 쏟아졌다. 나는 겨우 그친 울음을 다시 터뜨릴 수가 없어 그냥 웃었다.

선배 인생에서 꺼져 달라면서. 선배가 이러면 내가……

꺼져 줄 수가 없잖아요.

❀   ❀   ❀

불면증 환자들은 자려고 노력하면 할수록 더욱 잠들지 못하는 모순에 시달린다고 한다. 지금 내가 그랬다. 선배를 머릿속에서 떨쳐 내려 하면 할수록 그는 더욱 자주, 선명하게 내 안에서 커져만 갔다.

며칠 전 빗속에서 삽질을 한 덕분에 걸린 몸살감기도 상사병은 못 이겼다. 나는 약을 먹고 자고, 다시 일어나 죽을 먹고 자고, 또 약을 먹고 자는 내내 선배를 떠올렸다.

쏟아지는 빗속에서 우산을 들고 서 있던 선배. 날 내려다보던 걱정스런 눈빛. 한겨울의 공기처럼 차갑던 목소리. 추위에 새빨갛게 얼어 가던 귀 끝. 바짓단 아래로 드러난 복숭아뼈. 싸늘한 손이 건넨 따뜻한 코코아. 거기서 나던 싸구려 설탕의 단맛. 마지막으로 그가 모른 척 남기고 간 우산.

감기약 탓에 종일 잠만 잔 덕분에 꿈에서 선배를 마음껏 볼 수 있었다. 그게 아직 일어나지 않은 일이 아니라 이미 일어났던 과거의 일이라 아쉬울 뿐이었다.

나는 생각보다 체력이 좋았다. 다른 사람들은 일주일은 앓는다던 감기를 고작 이틀 만에 떨쳐 냈다.

몸은 가뿐했으나 마음은 무거웠다. 아플 땐 이것저것 따질 것 없이 그저 본능대로 먹고 자고 선배 생각을 하면 됐는데, 멀쩡해진 지금은 선배 얼굴 하나를 떠올리는 데도 이것저것 따질 게 많고, 미안하고, 잘못하고, 못해 준 것만 생각나서 금세 우울해졌다.

공허감과 우울에서 벗어나기 위해 나는 노트북을 침대로 가져와 켰다. 필요도 없고 갖고 싶지도 않은 물건들을 사기 시작했다. 종류는 중구난방이었다. 값비싼 화장품부터 싸구려 양말까지. 한 시간 동안 백만 원이 훌쩍 넘는 물건을 사 대고 있었다.

노크와 동시에 방문이 열렸다. 우리 집에서 저런 식으로 내 방에 출입하는 사람은 단 한 명뿐이었다. 아버지.

"대체 뭘 사기에 메시지가 끊이질 않고 오는 거냐."

"아, 뭐 이것저것요. 시끄러우면 알람 꺼 두세요."

나는 이 나이에 아버지 카드를 썼다. 또래의 다른 직장인들을 생각하면 내가 얼마나 축복받은 인생이며 철없는 삶을 살고 있는지 알고 있다. 아는데.

"언제까지 그러고 살 거야? 어떤 애들은 한 번도 못 가는 대학을 두 번이나 갔으면 번듯한 직장은 아니라도……."

"뭐 하러 다녀요."

"뭐?"

"일 안 해도 쓸 돈은 넘쳐 나는데, 뭐 하러 피곤하게 일을 해요. 아버지 자식은 나 하나뿐이니까, 아버지 돈 그거 다 내 거 아냐?"

"이놈이 진짜!"

내게 실망할 구석이 남았던지 아버지는 혈압을 올렸다. 고함 소리를 듣고 엄마가 올라와 아버지를 말렸다.

"애 이러는 거 한두 번도 아닌데, 그냥 놔둬요. 애가 앉아서 쇼핑을 해 봤자 얼마나 한다고."

때마침 도우미 아주머니께서 택배 박스를 한 아름 안고 나타났다. 나는 맨발로 뛰어나가 상자를 받았다.

"부르시죠. 제가 내려가서 가져오면 되는데."

"아래에 스무 박스 더 있어요, 아가씨."

그 말을 듣고 엄마는 입을 다물었다. 나는 부모님은 내버려 둔 채 1층으로 뛰어 내려갔다.

행복의 잣대는 상대적이다. 남들은 축복받았다는 삶을 살고 있는 나는 모든 것을 다 가졌음에도 하나를 갖지 못해 불행했다.

선배. 아버지 재산을 다 털어 준대도 가질 수 없는,

박이삭.

바닥에 앉아 서른다섯 개의 택배 상자를 차례로 뜯기 시작했다. 언제 샀는지 왜 샀는지 모를 물건들이 여기저기서 쏟아졌다. 새로 산 양털 슬리퍼를 발에 끼워 넣던 나는 곧 열어젖힌 상자에서 넥타이와 커프스를 발견하고 침울해졌다. 선물하지도 못할 걸 왜 산 거야. 한 번 터진 생각의 물꼬는 다급히 선배 쪽으로 방향을 틀었다.

선배는 지금 뭐 하려나. 병원비 많이 나왔을 텐데. 사채업자들이 찾아가진 않았을까. 선배 건드리기만 해 봐.

나는 과잉 행동 장애 아이처럼 방 안을 부산스럽게 오가길 반복하다 결국 코트를 챙겨 입었다. 밤중에 차 키를 들고 내려온 나를 엄마가 쫓아왔다.

"이 시간에 어디 가니?"

"남자 만나러."

"농담하지 말고."

"먼저 자. 나 늦어."

"얘, 수완아!"

시동을 걸고 잠시 고민했으나 곧 결정했다. 나는 선배가 있을 와인 바의 정반대 방향으로 핸들을 돌렸다. 병원이었다.

병원 안에 들어서고 나서야 지금 내 꼴이 아주 우습다는 걸 깨달았다. 집에서나 입던 추리닝에 코트. 게다가 신발은 좀 전에 택배로 받은 양털 슬리퍼였다. 완전 돌았구만. 정신이 나갔어. 병원 로비의 거울을 보며 까치집인 뒷머리를 정리하고 있자니 지나가던 의사가 우뚝 멈춰서 날 쳐다봤다. 나는 지지 않고 마주 봐 주었다.

―신경 정신과 서재영 선생님. 신경 정신과 서재영 선생님은 지금……

안내 방송과 함께 의사가 사라지고 나서야 나는 방금 전 그와 비슷한 눈으로 날 봤던 사람을 떠올렸다.

"뭐? 사귄다고, 네가? 저 재수황이랑? 거짓말! 쟤가 너 막 협박했어? 아님 돈으로 꼬신 거야? 이삭아, 그 돈 이 형아가 줄게. 얼마면 돼? 얼마면 되겠니?"

10여 년 전 이삭 선배와 내가 사귄다는 걸 처음 알게 된 한신우가 꼭 저런 눈으로 날 봤었다.

나는 첩보 작전을 펼치는 제임스 본드처럼 신속하게 선배 아버지의 병실을 찾았다. 물론 꼴이 이런 탓에 눈에 안 띌 수는 없었다. 하지만 오늘은 금요일, 한창 일하는 중일 선배와는 마주칠 리 없으니 그거면 됐다.

아저씨는 오른손에 색연필을 쥔 채 스케치북에 뭔가를 그리고 있었다.

"저 왔어요, 아저씨. 몸은 좀 어떠세요?"

나는 아버지가 보면 놀랄 표정과 목소리로 인사했다. 고갤 들어 날 본 아저씨의 표정이 순식간에 밝아졌다.

"어이구, 이게 누구야. 수완이 아니야?"

나는 아버지에게 가장 최근 들어온 선물인 홍삼정과 상자를 내밀었다. 뭘 이런 걸 다 가져왔어? 보자기를 연 아저씨의 입이 함지박만 하게 벌어졌다.

"세상에 이 귀한 걸. 같이 나눠 먹어도 되지?"

"당연하죠. 지금 드실래요?"

나는 아저씨를 도와 병실 사람들에게 홍삼정과를 돌렸다.

"누구야? 이삭이 여자 친구?"

이씨 아주머니가 아저씨의 옆구리를 찌르며 물었다. 아저씨는 나와 홍삼정과를 번갈아 보더니 짧게 윙크했다.

"그렇지! 우리 이삭이 애인이여. 예쁘쟈? 맘은 더 예뻐! 아주 엘레강스하다니께!"

나는 아닌 척 아저씨에게 이것저것을 물었다. 손은 괜찮으신지, 요즘 별일은 없는지. 아저씨는 스케치북부터 먼저 보여 줬다. 세 살 아이가 그린 것마냥 삐뚤어진 그림들이 가득 차 있었다.

"재활 치료인가 뭔가를 했더니 훨 나아졌어. 이젠 퇴원해도 될 것 같구먼 이삭이 그놈이 죽어도 안 된다고 고집이여. 병원비도 만만치 않을텐디. 근디 수완아. 이것 봐라. 내 그림 실력 어떠냐. 아주 환상적이지? 특히 이거."

"이거? 강아지요?"

"그거이 이삭이 얼굴인디. 강아지로 보이냐?"

아니라고, 어딜 봐도 선배라고 아저씨를 달래느라 30분을 소비했다.

9시 반, 소등 직전에야 병실을 나왔다. 쉽게 병원을 떠나지 못하고 로비를 돌아다녔다.

병원비를 내고 싶었지만 사실을 알게 된 선배는 나부터 의심할 것이었다. 어차피 걸릴 거 그냥 내버리는 것도 나쁘진 않겠단 생각을 하고 있었더랬다. 아르바이트를 하고 있어야 할 선배가 자동문을 가르고 나타났다. 마스크에 캡 모자까지 눌러쓴 완벽한 강도 차림이었다.

당황한 나는 마침 앞을 지나가는 남자의 뒤에 황급히 숨었다. 놀란 남자가 돌아보려 했지만 코트를 당겨 막았다.

"잠깐만요."

위기 상황 속에서도 나는 선배의 안색을 살피는 걸 잊지 않았는데, 선배는 마지막으로 봤던 그날보다 야위고 고단한 얼굴이었다. 어디 아픈 건 아니겠지. 그가 아저씨의 병실 쪽으로 사라지고 나서도 나는 쉬이 시선을 거두지 못했다.

"저기요. 이보세요?"

가리개 역할을 하던 남자가 짜증스레 내 어깨를 두드렸다. 나는 늦은 감사 인사를 하려다 굳어 버렸다. 남자도 마찬가지였다.

"선배가, 왜 여기 있어요?"

"그건 내가 할 소리야. 이거 꿈 아니지? 재수황, 네가 왜 여기 있어?"

남자는 한신우였다.

또 이삭이 스토킹한 거냐고. 재수황 너 그렇게 안 봤는데 무서운 사람이네. 흥분하는 그를 겨우 바깥의 벤치로 끌고 나왔다.

"나가요. 나가서 이야기해요."

우리는 벤치의 끝과 끝에 나란히 앉았다.

"아까는 흥분해서 미안하다."

그는 헛기침을 하며 사과부터 했다. 그리곤 곧장 본론으로 들어갔다.

"어쨌거나 너 그럼 이삭이 때문에 여기 있는 거 아니지?"

"맞는데요."

"뭐?"

"이삭 선배 때문에 여기 있는 거예요."

내 직구에 그는 말문이 막힌 듯했다. 나는 뻔뻔하게 반문했다.

"왜요? 나는 선배 만나면 안 돼요?"

"너 그걸 말이라고. 아무리 이혼을 했어도 그렇지. 이제 나타나서 뭘 어쩌겠다는 거야?"

"선배는 생각보다 내 신상에 대해 잘 알고 있네요."

"동창회에서 들었어. 이삭이는 몰라."

"이제 알아요. 내가 말했거든요."

나는 이 이야기를 왜 한신우에게 말해야 하는지 알 수 없었지만 일단은 이야기했다. 그는 이삭 선배와 가장 친한 친구였고, 또 가장 아껴 주는 사람이었다.

잔소리가 날아올 거라 생각했건만 그는 말이 없었다. 나는 문득 생각이 나 물었다.

"선배는 날 왜 미워해요?"

"그걸 꼭 말해야 아냐?"

"말 안 하면 모르죠."

"네가 이삭이 가지고 놀았으니까. 좋다고 먼저 다가와 놓고선 미국으로 날았잖아."

"난 이삭 선배 가지고 논 적……."

"너 때문에 이삭이가 얼마나 힘들어했는데. 그해 2차 또 떨어지고 애가 완전 맛이……. 아니다, 내가 이 이야기를 너한테 왜 하고 있냐. 어쨌거나 이삭이 그만 괴롭혀. 너 아니어도 걔 지금 힘드니까."

그는 주절주절 떠벌렸지만 하나도 귀에 들어오지 않았다. 나는 그가 했던 말을 곱씹으며 멍청하게 되물었다.

"지금 뭐라고 했어요? 저 떠나고 선배가……."

"그럼 잘 먹고 잘 살 줄 알았냐? 그 벽창호 같은 새끼가 널 얼마나 좋아했으면 싫어하는 술을 궤짝으로 퍼마시고, 독감에 열이 39도까지 올라도 안 거르던 공부를 한 달씩이나 빠졌어. 가만 보면 이삭이 그 자식도 취향이 아주 이상하다니까. 저 좋다는 다른 여자애들 다 놔두고 왜 너같이 무서운 애를."

한신우는 곁눈질로 나를 보며 몸을 부르르 떨었다. 아까 정신과 전문의가 날 보던 눈이었다.

그러거나 말거나, 나는 기쁨을 감출 수 없었다. 선배는 나 때문에 아팠다는데, 나 때문에 힘들었다는데. 온몸의 세포가 환희로 날뛰었다.

나만 힘든 게 아니었어. 나만 아팠던 게 아니었어. 선배도. 선배도 날……

"야. 너 사람 무섭게 갑자기 왜 실실대."

"좋아서요."

"뭐가."

"선배가."

"야, 난 너 싫어해, 아냐 싫다기보단 무서워! 내가 막말을 해서 미안은 한데. 저기, 이혼하고 많이 힘들었니? 애가 이상 해졌잖아!"

한신우의 말도 안 되는 오해에도 나는 행복했다. 99%의 절망 속에서 기적처럼 찾은 단 1%의 희망 때문에.

세상은 단 1%로 인해 뒤집어지기도 한다. 그래서 나는 선배를 포기하지 않기로 했다. 99%의 절망 속을 헤매고 있는 선배에게 내가 그 1%의 희망이 되고 싶어서.

집으로 가는 길, 마음이 한결 가벼웠다. 사람 없는 횡단보도 앞에서 신호를 기다리고 있는데 전화가 왔다. 모르는 번호라 받았더니 목소리가 낯익었다.

"누구시죠."

—서운한데요. 내가 그렇게 존재감이 없나? 나 주재욱이에요.

상대는 웃으며 말했다. 때마침 신호등이 빨간불로 바뀌었다. 나는 차를 출발시키며 무성의하게 대꾸했다.

"그런데요."

—지금 어디예요?

"제가 그걸 왜 그쪽한테 말해야 하죠?"

—수완 씨는 제가 맘에 안 드나 봐요.

"네. 주재욱 씬 내 취향 아닙니다. 됐나요? 우리 서로 시간 낭비하지 말죠."

—원래 그렇게 까칠해요?

"운전 중이라 이만 끊을게요."

나는 일방적으로 전화를 끊었다. 겨우 한 번 만난 주재욱이 어떤 인간인지 판단하기는 이르지만 한 가지는 알았다. 이삭 선배를 싫어하는 사람. 그리고 이삭 선배가 싫어하는 사람. 선배가 추락한 걸 기꺼워할 정도면 알 만했다. 그날, 바 화장실에서 빈정거리며 주먹질을 하던 주재욱이 떠올랐다. 검사? 요즘은 개나 소나 검사 하는구나.

주차장에 차를 대어 놓고는 급히 계단을 올랐다. 손에는 캔 맥주 봉투를 든 채였다.

"다녀왔습니다."

졸지에 외출용이 되어 버린 슬리퍼를 벗어 던지고 현관으로 들어섰다.

"11시가 다 되도록 어딜 다녀오는 거야."

"늦었네요, 수완 씨."

나는 눈을 의심했다. 주재욱이 우리 집 소파에 있었다.

"얘, 너 꼴이 그게 뭐니."

차를 마시던 엄마가 급히 달려와 내 머리부터 정리했다. 나는 부드럽게 그 손을 거둬 내며 물었다.

"저 사람이 왜 여기 있어?"

"목소리 낮춰, 다 들리겠다."

"들으면 좀 어떻다고."

빈정거리는 나를 엄마는 가까운 안방으로 끌고 갔다. 나는 코트부터 벗었다.

"온 지 한참 됐어. 너 보고 간다고 지금껏 기다린 거야. 어디 봐. 어머, 너 화장도 안 하고 그 모양 그 꼴로 돌아다녔니? 일단 옷부터 갈아입고."

"옷은 무슨."

나는 그 모양 그 꼴로 거실로 나가 소파에 앉았다. 주재욱이 기다렸다는 듯 말했다.

"아프셨다더니 해쓱해지셨네요."

"살쪘는데요. 3kg이나 불었어요."

"얘가 참."

내 말이 뭐가 웃긴지 주재욱은 웃었고 나는 아주머니 솜씨임에 분명한 사과를 손으로 가져와 물었다.

"벌써 11신데 안 가세요?"

주재욱의 웃는 낯에 드디어 금이 갔다.

"검사들은 눈코 뜰 새 없이 바쁘다던데. 주재욱 씨 보면 그런 것도 아닌가 봐요."

아버지가 헛기침을 했다. 다른 때 같았으면 한소리 했을 텐데, 이 남자 하나 있다고 체면을 차리는 걸 보니 재밌었다.

"가야죠. 수완 씨 얼굴 봤으니."

그는 굳은 표정을 애써 바로 하며 일어섰다. 나는 앉아서 인사했다.

"안녕히 가세요."

"그래도 너 때문에 온 손님인데 배웅은 해야지."

내가 한마디 할 때마다 고운 얼굴을 찌푸렸다 폈다 하던 엄마가 억센 힘으로 날 떠밀었다. 배웅은 무슨 배웅이야. 거부하려 했지만 연약한 엄마는 이럴 때만 천하장사였다. 나는 결국 주재욱과 함께 현관 밖으로 쫓겨났다.

기다리고 있던 주재욱을 앞질러 걷기 시작했다. 최대한 빠른 걸음으로 마당을 가로질렀다. 대문을 열고 보니 낯선 차 한 대가 거기 서 있었다. 아깐 왜 못 봤지. 나는 시력을 탓하며 고개만 까딱했다.

"잘 가요. 아, 나 그쪽한테 진짜 관심 없으니까 앞으론 이런 개수작……."

"박이삭이랑은 어떤 관계예요?"

막 등을 돌리던 나는 다시 고개를 틀어 주재욱을 봤다.

"그날 분위기가 이상해서 알아보니까, 두 분 대학 선후배 사이더라고요."

기분이 더러웠다. 우습게도 그 순간 든 생각은 내가 5억 운운하며 선배를 몰아세울 때 선배도 이런 기분이었겠구나, 하는 자기반성이었다. 자신과 함께 있는 이 순간에도 내가 그 박이삭 생각을 하고 있는 걸 모르는지, 주재욱은 한쪽 입꼬리를 올리며 지금 여기 없는 그를 비웃었다.

"과거에 둘이 어땠는지 몰라도 지금까지 엮이는 건 좀 그렇지 않나?"

"왜요? 선배가 스폰이나 받는 쓰레기 검사라서?"

"어? 알고 있었어요? 난 또."

"그게 뭐 어때서요?"

한껏 여유롭던 주재욱의 얼굴이 당황으로 일그러졌다.

"쓰레기 검사면 뭐 어때서. 난 선배가 사람을 죽였대도 좋아할 건데."

나는 환하게 웃었다. 지금 내 앞에 바로 그 선배가 있기라도 하듯이.

"대답이 됐어요?"

한 방 먹은 주재욱을 내버려 두고 돌아선 것까진 좋았다. 그러나 그 뒤가 문제였다. 후련한 마음으로 올라선 돌계단 끝에 아버지가 있었다.

"무슨 소리냐. 설마 그놈을 또 만나기라도 하는 거야?"

"아버지가 알려 주신 덕분에 쉽게 찾았어요."

"하다 하다 이젠."

"아버지가 제일 잘 아시잖아요. 누명인 거."

이삭 선배가 몸담았던 형사 3부를, 거기 부장 검사를, 다시 그 위의 차장 검사를 따라가다 보니 알게 됐다.

"거기 검사장이 아버지 친구분이시더라고. 어쩐지 낯이 익더라."

틀린 말은 아니었던지 아버지는 입을 다물었다. 세상 풍파를 겪으며 완고하게 굳어진 눈동자를 향해 나는 물었다.

"아니죠? 아버지."

"그런 애송이 건드릴 정도로 이 애비는 한가하지 않다."

아버지는 협박을 했으면 했지 거짓말을 할 사람은 아니었다. 나는 한동안 내 마음을 짓누르던 죄책감을 털어 버리곤 진심으로 말했다.

"앞으로도 계속 바쁘셨으면 좋겠네."

걱정과 달리 아버지는 이삭 선배를 언급하지 않았다. 다만 주재욱을 종종 입에 올렸다. 엄마 역시 심심하면 주재욱 이야길 했다. 나는 그때마다 못 들은 척하거나 말을 돌렸다.

"엄마는 주 검사 괜찮던데. 얼굴도 그 정도면 잘생겼고, 성격도 좋은 것 같고."

"그러니까 엄마가 아빠 같은 사람이랑 결혼한 거야."

"애, 네 아빠가 어때서 그러니?"

"나 쇼핑이나 갈래요."

집에 있어 봤자 선배 생각을 하다가 엄마의 주재욱 타령에 시달리고, 인터넷으로 쓸모없는 물건들을 지르다가 결국 또 선배 생각만 하게 될 텐데. 그럴 바엔 나가서 돌아다니는 게 백배는 나을 것 같았다.

백화점을 세 시간 돌고 한 시간 동안 밥을 먹은 후, 귀가했다. 선배의 오피스텔로.

주차장에 도착하고 나서야 그 눈에 띈다는 차를 타고 왔다는 걸 알았지만 다시 돌아갈 수는 없었다. 최대한 눈에 띄지 않는 구석 자리에 주차를 한 채 선배를 기다렸다. 전등까지 끄고 테이크아웃 해 온 밀크티를 들이켜고 있자니 어떻게 알고 왔는지 경비 아저씨가 날 찾아왔다.

"여기 외부 주차…… 어? 그때 그 아가씨네."

"네. 안녕하세요."

"근데 검사님 이사가? 902호 집 내났더라고."

"네?"

무슨 소리냐고 물어보려 했으나 주민의 호출로 아저씨는 다시 경비실로 뛰어가 버렸다. 나는 컵을 내려놓은 채 아저씨의 말을 곱씹었다.

"계약 기간도 많이 남았나 보던데, 돈이 급한가 봐."

선배가 갑작스레 집을 내놓을 이유는 하나밖에 없었다. 갑작스레 떠안게 된 거액의 빚. 뒷좌석에 가득 찬 쇼핑백이 불현듯 가슴을 짓눌러왔다.

차창을 열고 밖을 확인했다. 선배의 집인 9층 두 번째 창은 아직 불이 꺼져 있었다. 시동을 걸고 그가 있을 와인 바로 향했다.

금요일, 번화가 도로는 차 한 대 들어갈 공간이 없을 정도로 번잡했다. 또다시 차가 견인되는 불상사를 막기 위해 바와 떨어진 유료 주차장에 주차를 했다. 한시라도 선배를 빨리 만나고 싶어서 뛰다시피 걷기 시작했다.

지름길로 가기 위해 유흥가 뒷골목으로 들어섰다. 가로등이 고장 났는지 어두컴컴했다. 가끔 과음으로 구토하는 취객들을 보긴 했어도 그리 위험한 곳은 아니라 묵묵히 걸었다. 공사 중인 건물 구석에 웬 남자들 여럿이 모여 서 있었다. 뒷모습뿐이지만 알았다. 보통의 동료나 친구 무리는 아니라는 걸.

"사람이 그래요. 똥 싸러 들어갈 때 마음 다르고 똥 누고 나서 마음이 또 다르다니까. 왜 사람이 도리를 안 지켜. 왜 약속을 안 지키느냐고? 이러고 우리만 나쁜 새끼, 개새끼들이라 그런다? 진짜 나쁜 새끼, 개새끼, 씹새끼들이 누군데? 우리도 이러고 싶어서 이러겠습니까? 다 위에서 시키니까. 안 하면 우리만 좆 되거든."

나는 남의 일에 끼어들 만큼 정의로운 인간이 아니었다. 그 래서 늘 그랬던 대로 지나쳐 걸었다. 하필 그때 벨이 울렸다. 적막하던 공기가 야구 배트에 맞은 유리창처럼 깨어져 나갔 다. 동시에 그들의 시선이 내 얼굴에 와 꽂혔다. 아무것도 못 본 것처럼, 아무것도 못 들은 것처럼, 모른 척하려 했다. 그런 데…….

"검사님은 잘 아시지 않습니까. 법, 그거 우리 같은 새끼들 한테는 아무짝에도 쓸모없다는 거."

거기 선배가 있었다.

05. Marry Me

처음 보는 번호였다. 비를 맞고 있던 수완을 돌려보냈던 그 뒷날부터 전화는 시작됐다. 처음엔 잘못 걸었을 거라 생각해 받지 않았고, 열 번쯤 왔을 때는 스팸이겠거니 차단했다. 당연 히 메시지는 보지도 못했다.

그랬더니 찾아왔더라. 집에.

"또 보네요, 검사님. 이렇게 다시 만날 줄은 몰랐는데. 근데 왜 전화를 안 받아요? 사람이 빚을 졌으면 성의라도 있어야 지."

예상보다는 늦은 방문이었다.

세상은 수많은 이해관계로 얽혀 있다. 처벌받아야 마땅한 피의자가 권력가와 친인척 관계라서, 재벌의 아들이라서, 고 위직이라서, 혹은 다른 이유로 무죄로 풀려나는 이유가 허다

했다. 검사는 단독 관청이라고들 하는데 개소리, 그보다 고위 관청의 말 한마디에 한직으로, 나처럼 죄까지 뒤집어쓰고 잘릴 수도 있었다.

지금 나를 찾아와 돈을 갚으라고 협박하는 남자들 중 하나는 검사 시절 이미 만났던 녀석이었다. 강일형. 새싹금융 회장 손필규의 아들 손지수 대신 살인 미수 혐의로 자수했던. 폭행, 협박, 감금 등으로 경찰서를 들락거리기엔 어린 나이의 강일형은 누명을 벗고도 여전히 손필규의 아래에 있었다.

이해가 안 가는 바는 아니었다. 옷 벗기 쉬우면 그게 검사지, 깡패가.

손필규는 정, 검, 경 어느 한 곳 발이 걸쳐 있지 않은 곳이 없었다. 있는 죄를 없애는 것도, 없는 죄를 뒤집어씌우는 것도 그에겐 채무자 모가지를 따는 것만큼 쉬운 일이었다. 하물며 이미 쓰레기 검사로 낙인찍힌 나를 짓밟는 건 일도 아닐 테지. 이게 내가 그들을 경찰에 신고하지도, 고소하지도 않는 이유 중 하나였다.

그들이 요구하는 액수는 5억 2천이었다. 원금이 4억에 이자가 1억 2천. 1억이었던 이자는 그새 2천으로 늘어나 있었다. 어떻게든 갚겠다고 하고 돌려보낸 게 화요일이었다.

"그거 압니까? 우리 영감이랑 그쪽 검사들이랑 존나게 친한 거. 검사님은 숫기가 없으셔서 모르시겠지만 그동안 검사님들 처먹은 술이랑 아가씨, 그거 우리 영감 거거든요."

가게 안까지 들이닥칠까 서둘러 나간 내게 강일형은 처음으로 칼을 들이밀었다. 살의라곤 없는 눈빛을 보고 단순한 협박용이란 걸 알았다. 웃음이 터졌다. 이 칼보단 앞으로 갚을 돈이 더 무섭다 느꼈기 때문이었다. 이참에 한번 찔려 보는 것도 나쁘지 않겠단 생각도 몇 초간 했던 것 같다.

갑자기 모든 게 지긋지긋해졌다. 아버지가 쓰지도 않은 돈을 갚아야 하는 것도, 하지도 않은 짓으로 쓰레기 취급당하는 것도. 잘못 건드렸다간 빚 5억에 깽값까지 물어 달라고 할까 봐 깡패 새끼들 협박에 고스란히 당하고 있는 나도 끔찍했다.

이 상황에 피식거리는 내가 기분 나빴는지 칼을 쥔 강일형의 손에 힘이 들어갔다. 칼날이 닿은 목이 따끔했다.

"지금 내가 장난하는 거 같습니까?"

"아뇨."

나는 칼날을 잡아 쥐고 아래로 끌어 내렸다. 그는 나와 핏방울이 맺히기 시작하는 내 손을 번갈아 보더니 의외로 쉽게 물러나 주었다. 멱살이 잡혀 구겨진 셔츠를 털어 내고 물었다.

"요즘도 신장 같은 거 팝니까?"

"뭐?"

"장기 매매 하냐고 물었습니다."

돈 갚으랬더니 갑자기 장기 매매 운운하는 내가 이해되지 않는지 그는 묵묵부답이었다.

"회장님이 검사들과 절친이시라니 잘 아시겠네요. 제가 가진 게 없습니다. 이 몸뚱이밖에. 그러니까."

나는 재미난 영화라도 보듯 흥미로운 표정의 강일형과 눈을 맞추었다.

"돈 나올 구멍이 생길 때까지 기다리시든지, 아님 내 신장이라도 떼어 가든지. 전화하면 개새끼처럼 꼬리 치며 나올 테니 도망갈 걱정은 안 하셔도 됩니다. 갈 곳도 없고."

일하던 중 나왔으니 다시 돌아가겠다는 나를 곁에 있던 다른 남자들이 막아섰다. 강일형은 가볍게 웃음을 터뜨리더니 그들을 비켜서게 했다.

"한 번입니다, 검사님. 그때 검사님도 날 한 번 봐줬으니 나도 한 번 봐주는 겁니다."

가로등이 고장 난 탓에 암흑처럼 캄캄한 공터를 가로질러 골목에 들어섰다. 어떻게 알고 온 건지 아까부터 나를 지켜보고 있는 수완은 모른 척 지나쳤다. 칼에 베인 손바닥이 그제야 아프기 시작했다.

바닥으로 뭔가 떨어진다 했더니 내 손에서 흐른 피였다. 이대로 가게까지 갔다간 여러모로 민폐가 될까 봐, 근처 건물 화장실로 들어갔다. 피 맺힌 목덜미를 닦아 내고 손을 씻었다.

지혈은 쉽지 않았다. 여러 번 씻어 내도 별 차도가 없기에 포기하고 물을 잠갔다. 페이퍼 타월로 상처를 닦아 내고 있자니 헛웃음이 터졌다.

당장 5억을 어떻게 만들어.

비리 검사로 전 국민에게 얼굴이 공개된 뒤 충격받아 집구석에 처박혀 있을 때가 지금보다 마음은 편했다. 그땐 하고 싶은 일도 해야 할 일도 없었다. 무기력하고 우울했지만 억지로 애써 가며 힘내진 않아도 됐다.

그런데 지금은 해치워야 할 일이 산더미였다. 닥치는 대로 뭐든 해야 했고, 그러기 위해선 없는 힘도 만들어야 했다. 최악은 아무리 발버둥 쳐도 자꾸만 나락으로 떨어질 뿐, 도무지 나아질 기미를 보이지 않는 내 앞날이었다.

"죽고 싶다, 정말."

피투성이가 된 페이퍼 타월을 쓰레기통에 처박고는 힘없이 화장실을 나왔다. 손수건으로 손바닥을 대충 두르며 걷는데 화장실 입구 쪽 벽에 수완이 서 있었다.

순간 가슴이 내려앉았다. 자정이 다 되어 가는 밤, 화장실 앞에 귀신처럼 음산하게 선 수완 때문만은 아니었다. 내가 중얼거린 말을 혹시나 그녀가 들었을까 싶어서였다.

모른 척 자리를 피하려는 날 그녀가 붙잡았다. 어찌나 세게 잡았는지 하얀 손등에 가는 뼈가 도드라졌다.

"피 나잖아요."

"괜찮아."

"하나도 안 괜찮아 보이는데."

"괜찮으니까 신경 쓰지 마."

나는 수완의 손을 최대한 정중하게 풀어내려 했다. 그러자 그녀는 나머지 오른손까지 보태 내 팔목을 그러쥐었다.

"최수완."

"알았어요. 신경 안 써. 신경도 안 쓰고 귀찮게도 안 할 테니까……."

떼쓰는 아이 같은 표정이었다. 갖고 싶은 장난감보단 버려진 강아지를 집에 데려가지 못해 어쩔 줄 모르는 눈빛에 가까웠지만.

"일단 치료부터 해요."

못 이긴 척 그녀를 따라갔다. 열흘 전 제발 내 인생에서 꺼져 달라고 협박한 걸 생각하면 이율배반적인 행동이었다.

나는 수완이 두려웠다. '나'라는 이유만으로 쏟아지는 그녀의 호의와 믿음. 내가 갖기엔 너무 분에 넘치는 그녀의 사랑이. 나만 보고, 나만 듣고, 나를 위해선 뭐든 할 수 있다는 그 맹목이.

"손은 피투성이를 해 가지고 무슨 신경을 쓰질 말래. 내가 사이코패스야? 아니, 그렇잖아요. 반대로 선배는 내가 그러고 있으면 그냥 갈 거예요? 그럴 수 있어요?"

가끔 기대고 싶을 만큼 너무 따뜻해서.

"어."

네가 내게 조금이라도 덜 소중했다면 얼마나 좋았을까. 그랬다면 난 다가오는 널 밀어내지 않고, 나 때문에 네가 다칠까 봐 걱정하지 않고, 모른 척 네 손을 잡을 수 있었을 텐데.

"난 너 버리고 갈 거야."

로봇처럼 딱딱하게 대꾸하는 날 잠시 쳐다보던 수완은 이내 웃었다.

"선배 되게 거짓말 못 하는 거 알아요?"

그녀는 나를 근처 약국으로 데려갔다. 그때까지도 내 팔목을 붙잡은 채였다. 피투성이가 된 내 손을 약사에게 내밀어 보이며 이것저것 물어보는 그녀의 뒤통수를 나는 하염없이 바라보기만 했다.

"병원에 가 보시는 게 좋을 텐데요."

약사의 권유에 수완은 나를 돌아보며 대답을 재촉했다. 들었어요, 선배? 알겠냐는 듯 명료한 말투로.

약을 받은 수완은 근처에 제 차가 있으니 거기로 가자고 했다. 거절해야 한다고 생각하면서도 나는 그녀를 따라갔다.

차는 위치가 별로라 손님이 드문 주차장 구석에 있었다. 잠금장치를 푼 그녀는 내가 먼저 조수석에 올라타는 걸 본 후에야 운전석에 올랐다.

추운 날씨 탓에 차 안의 온도가 영하 2도였다. 수완은 히터를 틀고는 내 팔목을 당겨 손을 제 허벅지에 올려놓았다. 손등에 닿은 천의 촉감이 솜털처럼 부드러웠다.

그녀는 그새 피범벅이 된 손수건부터 벗겨 냈다. 주먹을 쥔 내 손가락을 조심스레 펴고 소독을 시작했다.

"꺼지라고 했는데 못 꺼져 줘서 미안해요. 진짜 미안한데 앞으로도 못 꺼지겠어요. 자꾸 이렇게 눈앞에 선배가 아른거리는데……."

"내가 불쌍해?"

"선배?"

"너 이거 사랑 아니야. 이러고 사는 내가 불쌍해서."

수술이라도 하는 양 심각하게 상처를 소독하고 있던 수완이 고개를 들고 날 노려보았다. 화가 난 얼굴이었다.

"선배야말로 날 너무 과대평가해요. 나 그렇게 착한 애 아 닌데. 불우 이웃 돕기는 아버지 취미지, 내 취미가 아니거든 요. 내 감정 구분 못할 만큼 등신도 아니고."

짜증이 깃든 음성과는 달리 상처를 닦아 내고 약을 바르는 손길은 더없이 조심스러웠다. 그녀는 처음 종이접기를 하는 유치원생처럼 어설프게 거즈를 잘라 덧대고 붕대를 감기 시작 했다. 나는 어느덧 입을 다문 채 그녀를 지켜봤다.

"예쁜 손에 흉터 남겠네. 병원 꼭 가요."

화장기 없는 눈을 찌푸리며 수완은 조그맣게 투덜거렸다. 고작 붕대에 의료용 테이프를 바르는데 골몰한 눈동자를 보고 있자니 쇳가루를 들이마신 것처럼 목구멍이 따끔거렸다.

"오늘 아저씨 보러 갈 거죠? 거기 응급실 있으니까……."

마지막 테이프를 잘라 마무리하던 그녀가 말을 멈추고 날 올려다봤다. 그제야 나는 내 왼손이 그녀의 뺨에 가 있다는 걸 깨달았다.

키스하고 싶다고 생각했다. 이 상황에서 이 꼴을 하고도.

그녀는 말없이 제 뺨을 덮은 내 손 위에 손바닥을 포갰다. 손등에 닿은 온기에 뇌라도 녹아 버린 모양인지 홀린 듯 그녀 에게 다가가던 나는 밖에서 들린 클랙슨 소리에 멈춰 섰다. 긴 장에 달싹이는 그녀의 입술을 코앞에 두고 가까스로 물러섰 다.

"가 볼게. 일하다 와서."

"선배, 잠깐⋯⋯."

"고마워. 조심해서 들어가라."

도망치듯 주차장을 빠져나와 걷기 시작했다. 얄팍한 셔츠 안으로 칼바람이 들이쳤지만 추위라곤 느껴지지 않았다. 얼어 붙어 버린 건 머릿속이었다. 나는 가게와는 전혀 다른 방향으로 한참을 걷다가 뒤늦게 정신을 차리고 되돌아왔다.

"오빠, 어딜 갔다 온 거예요? 너무 안 와서 걱정했잖아요."

"미안해요. 혼자 힘들었죠."

"아뇨. 오늘은 손님도 별로 없었어요. 근데 사장님이⋯⋯."

"이삭 씨, 어디 갔다 와?"

나는 윗사람에게 밉보이는 운명이라도 타고났나 보다. 내가 자릴 비운 사이 가게에 나온 사장님이 카운터에서 빼꼼히 고개를 내밀었다. 사과부터 했다.

"죄송합니다. 급하게 친구가 찾아와서."

"그래? 다음엔 밖에서 만나지 말고 들어오라 그래."

"네?"

"이삭 씨 덕분에 우리 가게 매출이 얼마나 올랐는데. 친구 한테 술 한 잔 정도는 내줄 수 있지, 내가."

별거 아니라는 듯 말한 그녀는 급히 내게서 시선을 거두어 갔다.

"감사⋯⋯합니다."

나는 멍청히 인사하곤 주방으로 향했다. 마침 나온 와인과 안주 트레이를 받아 들자마자 혜진이 급히 다가와 가로챘다.

"오빠, 무거운 건 내가 들게요."

"어?"

"무거운 걸 들고 걸어야 살이 잘 빠진다고 그래서. 내가 요즘 다이어트 중이거든요. 참, 오빠 저녁 안 먹었죠? 사장님이 피자 시켜 놨어요. 스태프 룸에 가 봐요."

떠밀리듯 스태프 룸으로 갔다. 입구에 있는 거울을 무심코 보곤 한참을 붙박인 듯 서 있었다. 백지장마냥 하얀 셔츠 깃과 가슴께에 피 얼룩이 져 있었다. 칼이라도 맞은 사람처럼.

상비용 구급상자에서 반창고를 꺼내 목덜미의 상처에 바르고 여분의 셔츠로 갈아입었다. 두 사람은 일을 마치고 가게를 정리할 때까지도 내 셔츠의 피나 오른손의 상태에 대해서 묻지 않았다. 때로는 침묵이 위로가 될 때가 있다. 그들이 내겐 그랬다.

"아, 미리 말 못 해서 미안한데 내일부터 가게 리모델링 들어가기로 했거든. 보름 정도 문 닫을 거야. 내가 따로 연락할 테니까 그때까진 쉬어요. 물론 유급 휴가입니다. 겨울 보너스라고 생각해."

사장님은 때아닌 휴가를 선언했다. 놀면서 돈을 버는 이 절호의 찬스에 다들 기뻐하는 와중에 나 혼자 심란했다. 내겐 이 일이 사회생활의 전부였다. 일을 하지 않으면 집에 있는 시간이 길어질 테고, 그럼 생각이 많아질 테고, 내가 하는 생각들은 대다수가 비관적이고 불행한 것들 뿐이었다. 몸을 움직인 덕분인지 일을 하는 날은 그렇지 않은 날보다 쉽게 잠들 수 있었다. 아버지의 빚을 알기 전까지는 그랬었다.

버스를 타고 아버지의 병원으로 향했다. 시간은 새벽 3시가 훌쩍 넘어 있었다. 나는 다들 잠든 병실에 들어가는 대신 정원 벤치에 우두커니 앉았다. 앉고 보니 얼마 전 수완이 홀로 청승맞게 비를 맞고 있던 그 자리였다.

어설프게 붕대가 감긴 오른손을 내려다보았다. 별거 아닌 상처에 제 일처럼 걱정하고 화내던 수완이 떠올랐다. 손바닥에 휘감기던 보드라운 뺨의 촉감과 바른말만 해서 나를 아프게 하던 입술도.

갈증에 시달리다 사막에서 신기루를 발견한 조난자처럼 그녀의 환상에 빠져 허우적거리는 날 벨소리가 깨웠다. 신우였다.

—엉아가 전화를 걸면 재깍재깍 받아야지. 왜 이렇게 늦어. 알바 안 끝났어?

"끝났어."

—일은 안 힘들고?

"힘들어 봤자지."

—고생 많아, 우리 베이비. 잘난 얼굴로 태어난 덕에 남들보다 고생한다고 생각해라. 세상이 널 질투해서.

"명줄 짧으라고 고사 지내냐, 지금? 그러는 넌 좋겠다. 신우야. 오래 살아서. 만수무강 예약."

—미친놈. 말은 똑바로 해야지. 내가 왜 오래 살아. 나도 일찍 죽을 거야. 미인박명.

"그래, 일찍 죽어."

―이 새끼가 진짜. 너 지금 어디야?

"왜?"

―나 지금 너희 아버지 병원인데 너 오면 술이라도 한잔할까 싶어서.

마시고 싶었다. 맘 같아선 한 잔이 아니라 한 박스를 들이부어도 모자랄 것 같았다. 그럼에도 불구하고 거절했다. 이 꼴로 술을 마셨다간 오지랖 넓은 신우는 내 상처에 관해 캐물을 테고, 술 취한 나는 찌질이 같이 울면서 시궁창 버금가는 내 인생을 안주 삼아 밤새도록 하소연을 할지 몰랐다. 그럼 이번에도 녀석은 날 외면 못 하겠지.

그게 싫었다. 신세 지는 게.

"나 오늘 아버지 병원 안 간다. 피곤해서."

―그래? 그럼 내가 너 대신 여기서 자고 가지, 뭐. 안 그래도 자다 일어났는데 쭉 자면 되겠네.

"자긴 뭘 자. 가뜩이나 병실도 좁은데 집에 가서 자빠져 자."

―185에 73kg, 나 같은 모델 몸매가 어디 있다고.

"끊는다."

―야, 박이삭.

녀석은 답지 않게 뜸을 들이더니 덧붙였다.

―쉬엄쉬엄해라, 적당히. 세상에서 제일 잘생긴 나보다 일찍 뒈질라.

장난을 가장한 진심. 욕을 가장한 위로. 나는 끊어진 휴대폰을 한참이나 내려다보다가 결국 일어섰다. 병원 현관을 통과하기 무섭게 자동문 안쪽에 있던 신우와 마주쳤다. 어이없어하는 내게 녀석은 과장되게 놀라는 척했다.

"이번엔 얼어 뒈지려고 그러고 있나 했는데. 박이삭 이 무서운 새끼. 나보다 일찍 죽긴 싫은가 보다?"

어, 사실은 죽고 싶지 않았다. 살고 싶었다.

나 살고 싶다. 신우야, 살고 싶어.

❖   ❖   ❖

예상대로 녀석은 내 오른손의 상처에 대해 캐물었고, 나는 날 질투하는 세상이 미워서 그 세상 대신 벽이랑 싸운다고 이 모양 이 꼴이 됐다고 했다.

"미친 새끼, 개그 하냐."

녀석은 어이없어 했지만 더는 묻지 않았다.

"아버지한텐 말하지 마."

"아이고, 세기의 효자 납셨네."

우리는 벤치에 앉아서 맥주 한 캔씩을 마셨다. 죽어도 필요 없다는 내 주머니에 녀석은 아버지 간식 비랍시고 10만 원을 강제로 찔러 넣었다.

"동정하려면 더 큰돈 달랬지."

"동정 같은 소리 하네. 너 주는 거냐? 아버지 드리는 거지.

오늘은 내가 병원에 있을 테니까, 너나 오래 살게 집에 가서 자빠져 자라. 미인박명! 이 명줄 긴 이삭아."

녀석은 내가 도로 꺼낸 10만 원을 제게 안기기 전에 잼싸게 병실로 사라졌다.

심야버스를 타고 집으로 돌아왔다. 녀석이 준 돈은 고스란히 다른 곳에 챙겨 두었다.

새벽녘 아버지에게 안부 전화가 왔다. 나는 차마 말하지 못했다. 오늘 내가 어떤 일을 당했는지 아시냐고. 아버지가 그 빌어먹을 차용증에 사인을 한 덕분에 이젠 그 돈까지 내가 갚아야 한다고.

피곤한데도 한참을 뒤척이다 아침이 다 되어서야 잠들었다. 점심때 즈음 일어나 휴대폰을 확인하니 메시지가 하나 와 있었다. 모르는 번호였다.

〈손은 괜찮아요? 병원 안 갔죠? 번호는 선배 아버지께서 알려 주셨어요. 엊그제 병문안 갔었거든요.〉

수신된 시간이 새벽 6시 반, 지금은 11시 20분. 나는 휴대폰을 든 채 멀뚱히 서서 10분을 답장을 보낼까 말까 망설였다. 그리곤 결국 화면을 꺼 버렸다.

씻고 나오자마자 위층 매트리스에 던져 놓은 휴대폰부터 찾았다. 수완의 번호를 확인하고 저장했다. 휴대폰 번호를 저장하는 일 따위는 아무 의미 없다고 스스로를 합리화하면서.

식욕은 없었지만 몸은 음식을 요구했다. 나는 말라비틀어진 식빵과 우유로 끼니를 대충 때우려다 마음을 바꾸었다.

며칠째 장을 보지 않은 탓에 냉장고는 텅 비었다. 그간 필요한 물건은 전부 인터넷으로 주문했고 택배로 받았다. 아르바이트는 저녁 어슴푸레한 조명이 전부인 실내에서 했기 때문에 그나마 괜찮았지만 해가 쨍한 오전 외출은 여전히 힘들었다. 그중에서도 사람이 많고 밝디밝은 대형 마트는 내 최대 기피 장소였다.

옷을 갈아입고 모자를 눌러썼다. 세간에 내 얼굴이 알려진 이후로 단 한 번도 출입해 본 적 없는 그 마트에 오늘은 가 볼 참이었다.

거울 앞에서 마스크를 쓰려던 나는 망설인 끝에 맨 얼굴로 집을 나왔다. 평생 이 모양 이 꼴로 도망만 치며 살 순 없었다.

거리를 걷는 건 그나마 괜찮았다. 하지만 주말이라 사람이 가득한 마트 내부에 들어선 순간부터 맥박은 빨라지기 시작했다. 긴장에 굳는 손끝을 애써 풀며 카트를 끌었다. 필요한 물품을 적어 둔 메모지는 꺼내지도 못한 채로 눈에 띄는 물건들만 카트 안으로 던져 넣었다. 정면을 향해 있던 내 고개는 어느덧 아래로 기울어 허리 쪽 진열대에 고정돼 있었다.

30분이 한계였다. 나는 카트를 밀며 빠르게 계산대로 향했다. 캐셔 아주머니와 억지로 눈을 맞추며 그래도 이 정도면 선전한 거라고 스스로를 칭찬했다.

제대로 샀는지 확인할 겨를도 없이 마트를 나왔다. 오랜만의 낮 외출에 나는 정신이 반쯤 나가 있었고, 그래서 날 향해 뛰어오는 꼬마를 미처 발견하지 못하고 부딪혔다. 넘어지려는 아이를 잡고 보니 허벅지에서 차고 끈적한 기운이 느껴졌다. 아이스크림이었다.

"죄송합니다. 죄송합니다. 너, 엄마가 뛰지 말랬지! 어서 사과드려."

곧장 달려온 아이 엄마는 미안한 듯 연신 사과했다. 아이는 엄마를 따라 고개를 숙이다가 문득 날 올려다봤다.

"엄마, 이 아저씨 그때 그 아저씨야."

"어?"

"그때 병원에서!"

그 말에 떠올랐다. 꼴사납게 기절했던 날 응급실에서 마주쳤던 아이.

"엄마, 이 아저씨 TV에 나온 사람이야! 아까 팬티도 안 입고 왔어!"

당황스러웠지만 그때처럼 도망치고 싶은 마음은 들지 않았다. 날 보는 아이와 엄마의 시선에 악의라곤 없었기 때문이다. 이 사람들은 내가 누군지 기억하지 못했다.

날 알지 못하는 사람.

마트를 도는 사이 겁에 질려 뛰어 대던 가슴이 거짓말처럼 서서히 속도를 늦추었다.

"저 세탁비 드릴게요. 잠시만요."

"아뇨. 괜찮······."

지갑을 꺼내는 여자에게 손사래를 쳤다. 여자의 어깨 너머로 보이는 메디컬 센터 전광판에선 정오 뉴스가 한창이었다.

음주운전, 성범죄에도 솜방망이 징계. 검찰 내부 감싸기 논란.

푸르게 떠오른 자막을 생각 없이 읽던 나는 다음 순간 얼어붙었다.

스폰서 검사 사건 역시 면직 처분이 결국 사표 수리로 바뀐 것으로 밝혀져.

쿵쿵. 박자를 맞춰 뛰던 심장이 고장 난 건반처럼 마구잡이로 튀어 오르기 시작했다.

"여기 세탁비, 어? 어디 아프세요? 안색이 안 좋으······."

나는 만 원짜리 세 장을 건네는 여자를 뒤로한 채 걷기 시작했다. 봉투 손잡이를 손톱이 박히도록 거머쥔 채로 천천히, 천천히 속으로 되뇌었다. 그러나 걸음은 점점 빨라지기만 했다. 조금 전만해도 견딜 만했던 사람들의 시선이 갑자기 송곳이 되어 온몸을 쑤셔 댔다. 정신을 차렸을 때 나는 달리고 있었다.

형사에게 쫓기는 범죄자처럼 나는 달렸다. 사람들과 어깨를 부딪치고 골목에서 차가 튀어나와도 멈추지 않았다. 오피스텔에 도착했을 땐 차오른 숨이 목을 조르고 있었다. 날 본 사람들이 엘리베이터 문을 다시 열었지만 그대로 지나쳤다.

비상계단 9층을 뛰어올라 도어록을 풀었다. 거미줄처럼 엉킨 머릿속은 다섯 번을 틀린 후에야 비밀번호를 맞추었다. 봉투는 던지듯 내려놓고는 비틀거리며 부엌으로 갔다. 냉장고를 열어 생수병을 꺼내 통째로 들이부었다. 입가로 흐르는 물을 닦을 새도 없이 반 통을 마시곤 병은 개수대에 처박았다.

식탁에 기대선 채로 좀 전의 뉴스를 곱씹었다. 이만큼 정신을 차리는 데도 3개월이 넘게 걸렸다. 그런데 만약에, 또다시 그 일을 반복해야 한다면. 날 잊었던 사람들이 다시 날 기억해 내고, 나는 또…….

바닥이 진창으로 변해 발목을 끌어당겼다. 벨이 울렸다. 현관 쪽이었다.

날 찾아올 사람은 없는데. 기자인가. 무방비 상태로 문을 열었다가 지옥 같은 플래시 세례에 난도질당했던 기억이 뜨물처럼 떠올랐다. 그럼에도 나는 확인도 없이 잠금장치를 풀고 문을 열어젖혔다. 이렇게 죽나, 저렇게 죽나 마찬가지란 생각을 했다.

그러나 문밖에서 날 기다리고 있던 이는 다른 사람이었다. 나는 문고리를 붙잡은 채로 꿈이 아닐까, 멍하니 생각했다.

"선배."

수완은 다급했다.

"아까부터 계속 불렀는데 못 들었어요? 옷은 또 왜 젖었어요? 병원 안 갔죠? 손에 피 나잖아요."

뛰어오기라도 한 듯 달아오른 볼에 호흡이 거칠었다. 행여나 움직이면 눈앞의 그녀가 사라질까 숨조차 멈추고 있던 나는 내 뺨 가까이 다가오는 그녀의 손을 차마 막을 수 없었다.

"괜찮아요?"

넌 어디서부터 날 보고 달려왔을까. 거칠게 널 밀어내기만 하는 내가 뭐가 애틋해서 그런 목소리로 날 부르는 걸까. 결국 또 이렇게 도망치기만 하는 내가 뭐가 좋아서, 뭐가 그리 걱정되고, 뭐가 그리 미안해서.

그런 눈으로 날.

이러면 안 된다는 걸 알면서도 몸이 먼저 움직였다. 나는 내 뺨을 감싼 그녀의 손을 붙잡아 내리곤 그녀를 끌어안았다. 가늘고 마른 몸은 내 체온과는 비교할 수 없을 정도로 따뜻했다. 갑작스런 포옹에 수완은 놀란 것 같았지만 날 밀어내지 않았다.

힘을 주는 게 겁날 정도로 연약한 어깨와 봄날 꽃잎에서나 풍길 것 같은 향기.

나는 수완을 필사적으로 품에 가뒀다. 그녀를 놓치면 당장 죽기라도 할 사람처럼.

어린애마냥 목덜미를 파고드는 나를 수완은 마주 안았다. 그리곤 부드럽게 내 등을 토닥이기 시작했다. 가늘게 떨리던 내 몸이 서서히 안정을 되찾고, 캄캄하던 머릿속이 다른 잡생각들로 채워질 때까지.

이성이 돌아오자마자 나는 팔을 풀고 수완에게서 물러섰다. 표정 관리를 할 여유도 없었다. 꼴사납게 무너진 얼굴을 그녀에게 들킬까 등부터 돌렸다.

"미안."

넘쳐 나는 마음은 흔한 사과로 가려 버리곤.

거실로 들어오는 동안에도 그녀는 전봇대라도 된 것처럼 문밖에 우두커니 서 있었다. 내 뒤통수만 뚫어지게 바라보면서. 들어오라는 말을 하지 않으면 천년만년 그러고 있을 기세였다.

나는 젖은 목을 가다듬곤 말했다.

"언제까지 그러고 있을 거야?"

"들어가도 돼요?"

"안 된다고 하면 돌아가려고?"

"아뇨."

수완은 거실로 들어와 오도카니 소파에 앉았다. 나는 뭐라도 주려고 냉장고를 열었다가 하나 남은 딸기 우유를 발견했다. 얼마 전 인터넷으로 우유를 주문했을 때 받은 덤이었다. 가위로 잘라 컵에 따랐다.

"어쩐 일이야? 너 이제 나 귀찮게 안 한다며?"

"봤어요. 검찰 솜방망이 징계랍시고 선배 사건 또 매스컴 탄 거, 그거 주 검사 짓은 아니겠죠?"

손님 대접이랍시고 딸기 우유를 건네는 내게 그녀는 다짜고

짜 이야기했다.

"선배도 알잖아요. 주 검사랑 나 선본 거. 아버지가 그 사람을 마음에 들어 해요. 얼마 전에 한 번 만났었는데 선배랑 내가 어떤 사이냐고 묻더라고. 홧김에 곧이곧대로 말했어. 내가 선배 좋아한다고. 설마 그래서……."

수완은 목이 탄 듯 우유를 끝까지 들이켰다. 나는 그녀의 곁에 앉았다. 모든 게 제 탓이라고 생각하고 놀라 달려왔을 그녀가 귀엽기도 하고 미안하기도 해서 부러 단호하게 말했다.

"주재욱도 일개 검사야. 매스컴 움직일 힘 같은 건 없어."

"그렇지만."

"죄책감 가지지 마. 너랑은 상관없는 일이야."

잘못이라면 검사 바닥이 이렇게 치졸한지 알면서도 끝까지 숙이지 않은 내게 있었다. 이제 난 용써 봤자 그들 몸에 상처하나 낼 수 없는 밑바닥 인생이니 더는 건드리지 않을 거라 자만했다. 애초에 그런 것 따위에 연연할 인간들이 아닌데, 필요하면 밟아 놓은 사람을 끌고 가 죽이는 것쯤은 눈 하나 깜빡않고 할 치들이란 걸 잠시 잊고 있었다.

"그것 때문에 여기까지 온 거야?"

"마트 근처에서 선배 우연히 보고."

"아."

수완은 구구절절 설명하지 않았지만 나는 그 한마디로 모든 걸 이해했다. 쥐구멍이라도 있다면 숨고 싶었다. 그깟 뉴스 하나에 벌벌 떨며 도살장에서 도망 나온 개처럼 뛰던 내가 네 눈엔 어떻게 보였을까.

"할 말 끝났으면⋯⋯."

"내 캐리어!"

수완은 벌떡 일어났다. 뭘 물어볼 새도 없이 그녀는 현관으로 나가 운동화부터 구겨 신었다.

"선배 잠깐만요. 나 잠깐만."

문이 닫히기 무섭게 적막이 찾아들었다. 나는 수완이 사라진 현관만 멀거니 보다가 소파에 누웠다. 또다시 나에 대해 떠들어 댈 매스컴, 따가워질 사람들의 시선. 모든 걸 참고 견디기엔 너무 지쳐 버린 나. 어쩌면 반복될지도 모르는 악몽에 눈앞이 아득했지만 우습게도 지금 내 머릿속엔 단 한 가지 생각뿐이었다.

이 집을 나간 그녀가, 내게 다시 돌아올까.

잠은 밀물처럼 나를 집어삼켰다. 긴장이 풀린 탓인가, 아주 오랜만의 낮잠에 빠졌다가 주차 위반을 알리는 오피스텔 안내방송에 깨어났다. 거실은 그새 내린 어둠으로 캄캄해져 있었다.

저녁 7시 반이었다. 오늘 밤엔 또 잠 못 자게 생겼네. 소파에 일어나 앉아 인기척이라곤 없는 거실을 휘 둘러보았다. 주인을 기다리는 개처럼 현관을 바라보고 있자니 빈 웃음이 샜다. 수완이 나간 지 벌써 여섯 시간째였다. 돌아오려면 벌써 왔어야 했다.

애초에 기대를 하면 안 되는 거였다. 받아 주지도 못할걸. 밀어내기만 하면서. 필요할 때만 곁을 내주는 이기주의자 주제에.

스스로에게 욕을 퍼부으며 일어섰다. 미처 닦지 못해 눌어붙은 아이스크림 덕분에 허벅지 전체가 끈적거렸다. 욕실에 들어가 찬물에 샤워를 했다. 상처가 벌어진 탓인지 피가 번진 붕대를 풀고 손바닥을 헹궜다.

점점 차가워지는 몸과 달리 뜨거워진 머리는 좀처럼 식지 못했다. 손에 감기던 여린 어깨의 감촉과 가슴에 맞닿던 따뜻한 온기. 이래서 안으면 안 되는 거였는데. 늦은 후회를 하며 거실로 나왔다.

수건으로 머리를 닦아 내고 있자니 휴대폰이 울렸다. 보나마나 신우나 아버지겠지, 액정은 보지도 않고 전화부터 받았다.

"여보세요."

―선배!

나는 휴대폰을 내려 발신자를 확인했다. 최수완.

―선배 지금 어디예요?

"나? 집인데."

―잤어요?

"응."

―그랬구나. 어쩐지.

걱정스런 말투는 어느새 안도의 한숨으로 뒤바뀌었다. 나는 무심결에 물었다.

"너는 어딘데?"

내뱉고선 아차 싶었다. 받아 주지 않을 거면 궁금해하지도, 묻지도 말아야 했다.

때아닌 내 관심에 수완은 침묵했다. 너도 이런 내가 웃기겠지. 내가 너라도 나 같은 새끼 웃길 거야. 자괴감에 빠져들려던 찰나 초인종이 울렸다. 전화를 끊지 않은 채로 인터폰을 눌렀다.

누구냐는 질문은 반 토막이 난 채 허공으로 흩어졌다. 수완은 현관 카메라에 얼굴을 있는 대로 들이대며 손을 흔들었다.

—난 여기 있어요. 선배 집 앞에.

문을 열자마자 그녀는 들이닥쳤다. 현관에서 신발을 반쯤 벗다가 다시 나가더니만 거대한 캐리어를 하나 끌고 왔다.

"어쩐지 벨 누르고 전화를 걸어도 반응이 없더라. 역시 잤구나."

수완은 추위에 언 양 뺨을 손으로 연신 문지르며 중얼거렸다. 나는 캐리어부터 받아 들었다.

"문이라도 두드리지 그랬어."

"깨우기 싫었어요."

"언제 왔는데?"

"마트 앞에서 이것만 들고 왔으니까. 1시 반?"

허, 말문이 막힌 나를 지나친 그녀는 부엌으로 가서 포트에 물부터 올렸다. 내가 잠든 여섯 시간 동안 밖에서 떨고 있었을 수완에게선 원망하는 기색이라곤 찾아볼 수 없었다.

"내가 할게."

나는 그녀를 거실로 보내곤 차를 꺼냈다. 눈짓으로 캐리어를 가리키며 물었다.

"저건 뭐야?"

"가출했어요."

"뭐?"

"재혼 문제로 아버지랑 싸웠거든요. 주재욱 마음에 안 들면 다른 놈 만나 보라는 거, 싫다고 만나려면 아버지나 실컷 만나라고 하고 나왔어요. 이젠 선보는 것도 진절머리 나."

그녀는 거실 바닥에 무릎을 끌어안고 앉아 나를 보았다. 나는 하나 남은 허브티를 잔에 넣곤 탁자에 내려놓았다.

거실 온도를 올리곤 무릎 담요를 가져와 수완의 어깨에 덮었다. 걸음마다 따라붙는 시선을 무시한 채 옆에 앉았다.

"너 돈 많잖아. 호텔 가면 되지. 왜 우리 집이야?"

"와, 선배 진짜 못됐다."

"나 원래 못된 새끼야."

"못된 척하는 거면서."

그 말을 하며 수완은 웃었다. 어이가 없어 바라보자 뭐가 그리 좋은지 또 웃었다. 나는 식어 가는 머그잔을 그녀에게 밀었다. 웃음도 전염이 되는 모양인지 자꾸 새어 나오려는 걸 참고 애써 딱딱한 소릴 냈다.

"차 식어. 이것만 마시고 가."

"하루만 신세 질게요. 하루만, 딱 하루만요. 세상이 얼마나 무서운데 여자 혼자 이 시간에 어딜 가요?"

수완은 나와 시선을 맞추었다. 나는 저 눈에 약했다. 아니, 정확히는 그녀에게 약했다. 그녀의 고백을 받아 줬던 그때부터, 어쩌면 학회 바자회에서 냉랭한 얼굴로 서 있던 그녀를 처음 본 순간부터였을지도 모르겠다.

나는 그녀의 시선을 피하곤 긍정의 의미로 말을 돌렸다.

"밥은 먹었어?"

"왜요? 밥해 주게?"

"너 하는 거 봐서."

"그전에 선배 머리부터 말려요. 감기 걸리겠다."

수완은 갑자기 고개를 들고는 내게 손을 뻗어 왔다. 미처 얼굴을 빼기도 전에 가지런한 손가락이 앞머리를 쓸어 넘겼다.

"음, 좋은 냄새. 서른셋 아저씨한테서 이렇게 좋은 냄새가 나도 되나."

표정이 아가씨한테 추파를 던지는 중년 취객처럼 야릇했다. 긴장에 굳었던 뒷목은 나보다 더 긴장한 듯 어색한 그녀의 입매를 보곤 쉽게 풀렸다.

나는 내 머리카락에서 떠나지 않는 그녀의 손목을 잡아 내렸다. 찬물에 젖은 입술에 입 맞춘다거나 얼어붙은 몸을 껴안아 녹여 주는, 하면 안 되는 일 대신 해도 되는 말을 했다.

"너한테선 더 좋은 냄새 나."

고작 말 한마디에 수완은 키스라도 당한 사람처럼 얼어붙었다. 나는 모른 척 일어나 현관으로 향했다. 널브러진 마트 봉투를 주워 들자니 수완이 벌떡 몸을 일으켜 뒤따라왔다.

"선배 손 다쳤으니까 오늘 저녁은 내가 할게요."

붉게 달아오른 그녀의 뺨을 보며 나는 스스로를 설득했다. 고작 하룻밤이니까. 오늘 하루쯤은 내가 하고 싶은 대로 해도 괜찮지 않느냐고.

반창고도 제대로 바르지 않은 내 손바닥을 확인한 수완은 펄쩍 뛰었다.

"선배가 자해하는 취미 있는 줄은 몰랐어."

그녀는 제집처럼 거실 협탁을 뒤져 연고와 대형 반창고를 가져왔다. 손을 잡은 채 연고를 바르고 반창고를 붙이는 걸 내버려 두었다. 다친 보람이 있단 생각이 드는 걸 보면 나도 제정신은 아니었다.

손바닥 치료를 끝낸 수완은 이번엔 내 목에 시선을 두었다.

"흉터 남으면 안 되는데."

반창고를 뜯어 붙이는 손길이 자못 조심스러웠다. 제 숨이 아까부터 내 쇄골에 부서지고 있다는 걸 아는지 모르는지 수완은 가까이 댄 얼굴을 쉽사리 빼지 않았다.

"다 끝났으면 비키지."

"안 그래도 그러려고 했어요."

수완은 서운한 듯 훌쩍 물러났다. 막 일어서려는 나를 소파에 눌러 앉히고는 신신당부했다.

"말했잖아요. 밥은 내가 한다고."

솔직히 기대하진 않았다. 손에 물 한 방울 묻히고 살지 않았을 부잣집 아가씨가 사고나 안 치면 다행이게.

수완은 마트 봉투를 뒤져 내용물을 꺼내기 시작했다. 나는 당황했다. 초콜릿, 단호박, 연어, 바나나 우유와 생크림. 죄다 필요도 없고 언제 넣었는지도 모를 음식들이었다. 제대로 산 거라곤 시리얼 하나, 결국 마트에서 제정신이었던 적은 시리얼을 샀을 때뿐이란 뜻이었다.

"선배 생선 못 먹잖아요?"

"어."

근데 왜 연어가 여기서 나오느냐는 수완의 질문에 나는 대꾸하지 못했다. 아직도 그걸 기억하는 네게 놀랐다고 하면 넌 웃을까.

뭐든 어설플 거란 내 예상과는 달리 수완은 능숙하게 쌀을 씻고 단호박을 손질했다. 집 안으로 퍼지는 고소한 냄새. 부엌에서 이리저리 움직이는 수완을 보며 나는 햇빛 바라기를 하는 고양이처럼 자꾸 졸았다. 알 수 없었다. 수면제를 먹어도 도무지 오지 않던 잠이 왜 너만 내 곁에 있으면 이리도 쏟아지는지.

옅은 잠에 빠져 있던 나는 TV 소리에 깼다. 가장 먼저 보인 건, 성의라곤 없이 묶어 올린 수완의 머리카락이었다. 어째서 그녀가 여기 있는지를 가늠하느라 멍한 내 눈앞에 수완은 손바닥을 가져와 흔들었다.

"깼어요? 그럼 우리 밥 먹어요."

수완은 단호박 리소토라는 걸 내놓았다. 냉장고에 든 게 별로 없어서 이것밖에 만들 수 없었다는 걸 그녀는 몇 번이나 강조했다. 수저를 드는 날 바라보는 눈빛이 애절했다. 나는 한수저를 떠먹고 바로 말했다.

"맛있어."

저 눈을 보고도 맛없다고 할 사람이 어디 있겠냐만, 진심이었다.

나는 요 근래 처음으로 그릇을 비웠다. 그녀는 그런 날 제 자식인 양 뿌듯하게 바라보았다.

"설거지는 내가 할게."

"어허, 환자가 무슨 설거지야."

"고무장……."

말이 끝나기도 전에 수완은 나보다 먼저 고무장갑을 끼곤 양손을 흔들었다.

"설거지하고 우리 디저트나 먹으러 가요."

그녀는 순식간에 설거지를 해치웠다. 도중에 컵 하나를 떨어뜨리긴 했지만 스테인리스라 깨지진 않았다. 식탁에서 뒷모습만 쳐다보던 내가 놀라 달려가자 수완은 아쉽다는 듯 입을 내밀었다.

"아, 이럴 때 유리그릇이 깨져야 하는데. 다친 거 핑계로 선배도 꼬시고."

자해 공갈단이냐고 정색한 나는 돌아서 몰래 웃었다.

"선배 화났어요?"

어울리지 않게 전전긍긍하는 그녀가 귀여워 자꾸 웃음이 났다. 수완은 나를 웃게 한다. 그때나 지금이나, 난 널 보면 결국 웃게 돼. 너도 나만 보면 웃었던 때가 있었는데.

"아이스크림 내가 살게요. 화 풀어요."

"화는 무슨."

"선배 진짜 비싸게 구는 거 알아요? 한 번도 날 보고 안 웃어 주네."

미안. 지금은 널 보고 웃어 줄 수 없어서. 널 그때처럼 웃게 해 줄 수 없어서.

미안해.

수완은 아이스크림을 핑계로 어떻게든 날 밖으로 데리고 나가려 했다. 오늘은 매스컴에 오르내린 일도 있고, 기분도 별로라 외출하고 싶진 않았다. 그럼에도 후드 모자를 뒤집어쓰고 마스크를 챙겼다. 익숙한 듯 마스크로 얼굴의 반을 덮어 버리는 나를 그녀는 말리지 않았다.

편의점은 오피스텔 3분 거리에 있었다. 그러나 그녀는 10분이나 떨어진 아이스크림 전문점으로 가길 원했다. 나는 거절하지 않았다. 실은 수완과의 보폭을 맞추랴, 사람들을 피하랴 거부할 여유가 없었다. 그러다 끝내는 옆 골목에서 튀어나온 사람과 부딪히기까지 했다.

"병신이, 눈을 어디다 달고 다니는 거야?"

"죄송합니다."

상대해 봤자 골치 아픈 일만 생길 뿐이라 먼저 사과했다. 그러나 술 냄새를 풍기는 남자는 분을 가라앉히지 않았다.

"죄송하면 다야? 씨팔, 안 그래도 일진 개 같은데."

남자와 나를 번갈아 보던 수완이 얼굴을 구기곤 성큼 다가왔다. 나는 그녀의 손을 잡아 저지했다. 수완은 억울한 듯 나를 올려다보며 입술을 깨물었다.

"넌 또 뭐야? 지 서방 당하니까 억울해서 그러냐? 와, 근데 기집애 반반하네. 야, 이리 와 봐. 얼굴 좀 보자."

문신이 새겨진 두터운 손은 거침없이 수완에게 뻗어 나갔다. 그 손이 그녀의 얼굴에 닿기 전에 붙잡아 막았다. 당황한 남자가 웃으며 팔을 비틀었다.

"이 새끼가. 봐줄 때 놔라."

손바닥의 상처가 벌어지는 것에 상관없이 손아귀에 힘을 주었다. 어떻게 해도 빠져나갈 수 없다는 걸 깨달은 남자의 입가에서 서서히 웃음이 사라졌다.

"뭐야? 이 새끼야, 이거 안 놔?"

남자는 나보다 반 뼘이 작았다. 취기에 시뻘건 얼굴이 다른 이유로 더 붉어지는 걸 내려다보던 나는 귓가에 조용히 속삭였다.

"진짜 일진 개 같은 게 뭔지 보여 줄까."

남자는 마지못해 팔에 힘을 뺐다. 그제야 나는 손목을 놓아줬다. 죽일 듯 나를 노려본 남자는 이내 나왔던 골목 안으로 도망치듯 사라졌다.

때아닌 소동에 사람들이 몰려 있었다. 나는 고개를 숙여 시선을 피하곤 넋을 놓고 선 수완의 손을 붙잡아 당겼다.

"뭐 해. 아이스크림 사 준다며."

아이스크림 가게에 도착한 수완은 사과부터 했다.

"미안해요. 괜히 여기까지 오자고 해선."

"그러게. 위험할 때는 끼어들지 마."

그녀는 할 말이 있는 듯 날 바라봤지만 나는 가게 안의 눈부신 조명에 신경 쓰느라 물어볼 타이밍을 놓쳤다. 햇빛 무서워하는 뱀파이어가 따로 없네.

수완은 제일 큰 사이즈의 아이스크림을 두 통, 콘 아이스크림을 두 개를 주문해 하나를 건넸다. 나는 오른손으로 콘을 옮겨 잡고 포장된 아이스크림을 점원에게서 받아 들었다.

"선배 손."

"괜찮아."

"그거 습관이죠?"

"뭐가."

"무조건 괜찮다고 하는 거."

예전에 안 그랬었는데. 중얼거리며 아이스크림을 베어 무는 수완의 뺨에 그늘이 졌다. 언제 그랬냐는 듯 그녀는 금세 표정을 바꾸었지만 찰나의 그 얼굴은 묵직한 돌이 되어 내 가슴을 짓눌렀다. 그래, 예전의 난 안 그랬었지.

돌아가는 길엔 일부러 인적 드문 샛길을 골라 걸었다. 수완은 아까 그 길로 왜 가지 않느냐고 묻지 않았다.

얼마 후 도착한 오피스텔 로비에는 엘리베이터를 기다리는 사람들이 서너 명 서 있었다. 수완은 우뚝 멈춰 서더니 날 올려다보았다.

"계단으로 갈까요? 운동도 할 겸?"

"아니. 난 운동 싫어해."

아이스크림을 먹느라 턱에 걸쳐 두었던 마스크부터 다시 썼다. 어째서인지 배신당한 눈빛의 수완을 지나쳐 엘리베이터 앞에 섰다. 그녀가 없었다면 나는 분명 계단을 올랐을 거다. 그런데 지금은 네가 있으니까.

"안 탈 거야?"

여전히 목석처럼 선 수완을 부르며 나는 조금 웃었다. 마스크를 써서 다행이었다. 너 때문에 이렇게 좋아하는 날 숨길 수 있어서.

사람들과 수완이 모두 타고 난 후 마지막으로 엘리베이터에 올랐다. 4층, 9층, 18층 버튼에 각각 불이 들어왔다.

나는 한쪽 구석에 로봇처럼 정면만 보고 서 있었다. 약을 먹고 노력을 해도 이 피해 의식은 쉽게 고쳐지지 않았다. 다들 날 쳐다보고, 욕하는 것만 같다는 착각.

음침한 마스크 차림이라 더 시선을 끈다는 수완의 말이 떠올랐지만 오늘은 차마 벗을 수가 없었다. 9층으로 올라가는 이 짧은 시간이 억겁처럼 길게만 느껴졌다.

"너 오늘 뉴스 봤어?"

"무슨 뉴스?"

"우리나라 검찰 완전 썩었더라. 괜히 떡검, 섹검 소리 듣는 게 아니야."

"난 또 새삼스럽게. 그걸 이제 알았어?"

나를 지칭해서 한 말은 아닐 것이다. 이웃에 누가 사는지 꿰고 있을 만큼 요즘 사람들은 남에게 관심이 없었다. 그런데도 나는 그 말이 내게 하는 것처럼 느껴졌다. 사방의 소음이 멎고 이제 멈춘 줄 알았던 이명이 귓가를 덮치려던 찰나, 수완이 날 불렀다.

"선배."

"어?"

"아이스크림 다 녹아요. 그거 먹기 싫음 나랑 바꿀래요?"

장난스레 눈짓하는 그녀의 손엔 아이스크림은 없고 덜렁 콘만 남아 있었다.

"좀 그런가?"

내가 반응이 없자 수완은 나머지 콘을 한입에 넣고 부숴 먹었다. 검찰 운운하던 연인들의 화제가 아이스크림으로 바뀌었다.

"나도 아이스크림 먹고 싶다. 우리도 나가서 사 올까."

때마침 엘리베이터가 9층에서 멈췄다. 수완은 멀뚱히 선 내 팔을 잡고 엘리베이터에서 내렸다. 그리고는 잊을 뻔했다는 듯 닫히는 문 사이로 발을 끼워 넣었다. 다시 열린 문에 끌어안고 있던 남녀가 놀라 떨어졌다. 수완은 내 손에서 포장된 아이스크림을 가져가더니 한 통을 꺼내 그들에게 내밀었다.

"사고 보니 너무 많은 것 같아서. 하나 드실래요?"

"아, 감사합니다."

생각지 못한 호의에 그들은 크리스마스 선물을 받은 어린애처럼 좋아했다.

"저는 1801호 살아요."

"아, 우리 선배는 902호요."

수완의 시선을 따라 두 쌍의 눈동자가 날 향했다. 눈이 마주쳤다. 당황해 고개 숙여 인사하는 내게 그들은 맞절했다.

닫히기 시작한 문 너머로 그들이 수군거리는 소리가 작게 들렸다.

"와, 저 사람 눈만 봐도 잘생겼다. 키도 되게 크고."

"야, 넌 남 칭찬하지 말고 네 얼굴 가꿀 생각이나 해. 마스크는 네가 껴야겠더라."

"내가 뭐 어때서. 이 정도면……."

쥐고 있는 아이스크림이 녹아 손을 적시고 있는데도 나는 그저 서 있기만 했다.

어느새 문 앞에 선 수완이 비밀번호가 뭐냐고 물었다. 나는 걸어가 그녀의 등 뒤에 섰다. 도어록을 보느라 등을 굽히고 있던 그녀가 순간 고개를 돌려 나를 봤다.

조금만 움직여도 입술이 닿을 만큼 가까운 거리.

툭. 뒤집어진 아이스크림이 바닥으로 떨어져 뭉개졌다. 달콤한 숨을 내쉬는 수완의 입술을 코앞에 두고 나는 말했다.

"네 생일."

습관이었다. 너무 익숙해진 나머지 언젠가부턴 그게 그녀의 생일이라는 것조차 잊을 정도였다.

몸을 돌려 마주한 수완이 내 얼굴에서 마스크를 벗겨 냈다.

"키스해도 돼요?"

"아니."

거절에도 그녀는 내 목을 끌어당기고 입술을 가져왔다. 피할 시간이 충분히 있었음에도 나는 피하지 않았다. 수줍은 듯 감은 눈과 작은 코, 입술을 차례로 눈에 담고 그녀를 향해 고개를 숙였다. 아이스크림 때문인지 차가운 입술이 내 입술에 막 부딪히려는 찰나였다.

침묵을 깨뜨리고 벨이 울렸다.

마녀의 저주에서 풀려난 동화 속 공주처럼 수완이 눈을 떴다. 여전히 움직일 생각을 않는 나를 재촉하듯 벨은 계속해서 울렸다. 그녀가 마지못해 내 목을 껴안던 팔을 풀었고 나는 그제야 한 발짝 물러났다. 주머니에서 휴대폰을 꺼내 통화 버튼을 눌렀다.

"네."

—애비다. 밥은 먹었어? 바쁜데 전화한 건 아니지?

"아니에요."

수완은 제 생일을 눌리 도어록을 풀고는 문을 열었다. 묶어 올린 머리 아래 드러난 목덜미가 새빨갰다. 나는 그녀가 바닥에 내려 둔 아이스크림 상자를 들고 뒤따라 들어갔다. 운동화를 벗으려는데 아버지가 이상한 소릴 했다.

—다른 게 아니라 너 아는 동생이 여기 병문안을 와 있어.

"동생이요?"

—강일형이라 하면 알 거라고 하던디.

달아올랐던 피가 순식간에 차가워졌다. 나는 닫힌 문을 다시 열고 복도로 달려 나갔다. 선배! 수완이 나를 불렀지만 병원에 다녀오겠다는 소리도 하지 못했다. 엘리베이터를 기다릴 여유도 없어 계단을 뛰어 내려가기 시작했다.

—그냥 와도 되는디 과일 바구니까정 사 가지고 왔더라. 너 없으니 가겠다는 걸 억지로 붙잡아 놨어. 그래도 네 얼굴은 보고 보내야지 싶어서. 근데 어디서 만난 동생이냐? 너 친구라고는 신우 그놈밖에 없는 거 아니었어? 내가 우리 아들내미를 너무 과소평가했나 부다. 이렇게 착한 동생도 있는디 말이여.

택시를 잡아탔다. 병원으로 가는 내내 피가 마르는 것 같았다. 사채업계에서 둘째가라면 서러울 새싹금융 손필규 회장은 시끄러워지는 걸 제일 싫어했다. 더불어 보는 눈이 많은 병원에서 허튼짓을 할 만큼 강일형은 아마추어가 아니었다. 단지 협박용일 것이다. 날 협박하기 위해서.

머리는 완벽하게 이해했음에도 불안에 뛰는 가슴은 도무지 진정되지 않았다.

택시에서 내리자마자 달리기 시작했다. 병실에 도착해 문을 열어젖혔다.

"아버지."

"왔어? 근디 뛰어왔냐? 동생이 어지간히도 보고 싶었나 벼?"

나는 가까스로 서 있었다. 아버지와 화투를 치고 있던 강일 형이 굳은 표정의 날 향해 손을 흔들었다.

"오랜만이에요, 형."

아버지는 더 놀다 가라 강일형을 붙잡고, 녀석은 이만 가 봐야 한다며 예의 바르게 인사했다. 와 줘서 고맙다고 강일형 의 엉덩이를 두드리는 아버질 보면서 나는 아버지가 녀석의 정체를 모르는 것이 다행인지 불행인지 알 수 없었다.

병동을 나와 정원의 가장 외진 곳으로 향했다. 혹 다른 이 들도 함께 오지 않았을까, 걱정했건만 오늘 강일형은 혼자였 다.

"나야 며칠 더 기다리려고 했는데 영감이 하도 지랄을 해 서. 검사님도 전에 봤으니 알 거 아닙니까? 영감 성격. 아버지 한테는 아무 짓도 안 했으니까 걱정 안 하셔도 되고. 맞다, 칼 질한 데는 괜찮아요?"

건들거리는 녀석의 시선이 내 목과 손바닥을 오르내렸다. 사채업자가 채무자 걱정이라니. 웃겨 죽겠는데 오늘은 웃음조 차 나오지 않았다.

"갑자기 불러서 우리 검사님 기분이 안 좋으신가 보네?"

"두 번 다시 아버진 안 찾아가겠다고 약속하면 1억은 먼저 드리죠."

"아, 검사님 집 내놨다더니 그 전세금? 근데 그거 1억 3천이던데?"

놀랄 일도 아니었다. 검사 시절 사채업자보다 정보력이 빠르면 세상에 못 잡을 놈이 없다는 우스갯소리도 할 정도였으니까.

"일단 뭐, 알겠습니다. 집 빠지면 연락하세요. 그럼."

내 주머니에 제 명함을 꺼내 쑤셔 넣고 돌아서던 강일형은 문득 떠올랐다는 듯 뒤돌아 덧붙였다.

"참, 전에 말씀하신 거 알아봤는데 영감이 검사님 신장은 필요 없답니다. 같은 물 먹는 사람들끼리 인정이 있어야 하지 않겠냐고. 대신 검사 디씨라고 이자는 통쳐 주라던데. 이제 4억 남으셨네? 남은 4억 깔 때까지, 검사님 파이팅!"

오버해 소리치고 걸어가는 강일형은 다리를 절고 있었다. 손필규 회장은 제 아랫사람을 개, 아니 언제든 갈아 치울 수 있는 소모품 취급했다. 그의 아래에서 알게 모르게 죽어 나간 이들도 여럿이었다. 이젠 검사도 아닌 내가 알 바는 아니지만.

병실로 돌아갔더니 아버지는 강일형이 가져온 과일을 병실 사람들과 나눠 먹고 있었다.

"어, 감기 다 나았나 봐? 오늘은 마스크 안 끼고 왔네."

사과를 깎던 보호자 아주머니가 반갑게 소리쳤다. 나는 어색한 미소로 답하곤 아버지에게 다가갔다.

"아버지."

"그래. 동생 배웅은 섭섭지 않게 했고? 어디서 그런 번듯한 놈을 동생 삼았다냐. 애가 아주 살가워. 어른 공경도 할 줄 알고. 근디 잠깐, 손은 왜 그래? 다쳤어?"

"일하다가 컵을 좀 깼어요."

"조심해야지! 우리 아들 섬섬옥수에 스크래치 날라."

결국 강일형에 대한 이야기는 하지 못하고 병실을 나왔다. 손바닥이 끈적거려 보니 아까 묻은 아이스크림이 말라붙어 있었다.

화장실에 가서 손을 씻곤 멍청히 서 있는데 전화가 왔다. 수완이었다. 액정에 돌아가는 그녀의 이름을 한참 보던 나는 전원을 꺼 버렸다.

목적지도 없이 걷다가 마침 보이는 포장마차에 들어갔다. 손님 하나 없이 텅 빈 테이블에 홀로 앉아 소주 두 병을 마셨다. 그 와중에도 행여나 다른 손님이 올까 전전긍긍하는 스스로가 쪽팔려서 한 병을 더 땄다.

평소라면 취해 인사불성이어야 하는데 오늘은 너무 멀쩡해 탈이었다. 그러나 그건 정신에만 해당됐나 보다. 술값을 지불하고 일어서자마자 현기증이 일었다. 놀란 주인아주머니가 황급히 다가와 날 부축했다.

"아이고, 총각. 혼자 갈 수 있겠어?"

"네. 갈 수 있어요."

"누구 부를 사람 있으면……."

"없어요. 그런 사람."

나는 비틀거리며 포장마차를 나왔다. 발이 가는 대로 무조건 걷고, 걷고 또 걸었다. 그러다 보니 오피스텔 근처였다. 나도 귀소 본능이란 게 있나. 힘없이 웃던 나는 문득 멈춰 섰다. 뒤늦게 떠올랐다. 지금 우리 집에서 날 기다리고 있을 한 사람, 최수완이.

차마 집까지 돌아가지 못하고 그 자리에 주저앉았다. 쓰레기 냄새가 풍겨서 보니 하필 쓰레기장 앞이었다. 자리를 옮길 여력도 그러고 싶은 마음도 없었다. 쓰레기가 쓰레기장에 있는 게 당연하지. 미친놈처럼 중얼거리면서 혼자 웃었다.

메마른 웃음은 어느덧 젖은 흐느낌으로 바뀌었다. 나는 고개를 숙인 채 이를 악물었다.

죽어라 참았지만 눈물은 터져 나왔다. 부모라도 잃어버린 아이처럼 서럽게 울고 있는 내 귓가에 불현듯 발소리가 들렸다. 떠올린 눈꺼풀 아래로 낯익은 슬리퍼가 들어왔다.

"선배?"

날 알아챈 수완은 한걸음에 달려왔다. 오랫동안 밖에 있었던 듯 몸에서 찬 바람 냄새가 났다.

"술 마셨어요? 취했으면 날 부르지. 그렇게 나가선 전화도 안 받고. 걱정했잖아요!"

앞에서 풍기는 쓰레기 악취에도 상관없이 그녀는 내 앞에 쪼그려 앉았다. 안도와 걱정이 교차하는 두 눈은 내 몸 여기저기를 살피느라 바빴다.

"다친 데는 없죠? 어디 봐요."

젖은 내 뺨을 붙잡은 수완이 순간 얼어붙었다. 눈이 마주쳤다.

"너 전에 너랑 결혼하면 나 사 준다 그랬었나."

"그건⋯⋯."

"지금도 사 줄 수 있어?"

멈추려고 애쓸수록 눈물은 흘러나왔다. 흔들리는 그녀의 눈을 보며 나는 웃었다.

"사 줄래, 나? 결혼하자, 우리."

최수완

06. 미워해도 좋아

가슴이 아렸다. 선배가 자기 인생을 걸 정도로 좋아하진 않는다며 날 차 버렸을 때도 이만큼 아프진 않았었는데. 손바닥을 미지근하게 적시는 온기가 그의 눈물이라는 걸 깨닫자마자 나는 바보처럼 얼어 버렸다.

"결혼하자, 수완아."

그의 입에서 나올 거라고는 꿈에도 생각지 못한 말이었다. 선배를 다시 만난 내가 늘 꿈꾸던 말이기도 했다. 그러나 이런 날에, 이런 모습으로 듣게 될 줄은 몰랐다.

이렇게 들으려고 한 말이 아니었어요. 선배.

나는 가까스로 정신을 차리고 그의 눈물부터 닦아 냈다. 그는 말 잘 듣는 애완동물처럼 순순히 제 뺨을 내 손바닥에 부비더니 눈을 감았다.

"미안해."

힘이 빠진 몸은 순식간에 쏟아졌다. 나는 다급히 그를 받아 냈다. 무게 중심을 잡느라 엉덩방아를 찧으면서도 필사적으로 그를 껴안았다.

짙은 술 냄새가 온몸을 덮쳐 왔지만 하나도 불쾌하지 않았다. 걱정이 될 뿐이었다. 대체 무슨 일이 있었기에, 무엇이 또 선배를 힘들게 해서 마시지도 못하는 술을 이렇게나 마셨을까. 얼마나 힘들었으면.

"너 전에 너랑 결혼하면 나 사 준다 그랬었나."

"사 줄래, 나?"

기절한 건 아닌가 걱정했으나 귓가에 부서지는 고른 숨소리에 안도했다. 자꾸만 아래로 쏟아지는 몸을 보듬어 안으며 후회했다. 이렇게 힘들어하는 줄 알았으면 선배가 날 욕하든 다시 보지 않으려 하든, 그깟 5억 그날 갚아 버리는 건데.

잠이 든 선배는 여자인 내가 감당하기엔 너무 무거웠다. 가뜩이나 운동엔 젬병인 데다 힘쓰는 데 쥐약인 나는 선배를 일으켜 안는 것만으로도 한 세월이 걸렸다. 겨우 선배를 부축해 세우긴 했는데 그다음이 문제였다.

가까스로 팔을 어깨에 걸치고 그의 허리를 껴안았다. 한 걸음을 떼는 것만으로도 땀이 솟았다. 집에서 쇼핑하며 하는 핑거 피트니스 말고 진짜 운동이나 하러 다니라던 엄마의 잔소리를 듣지 않은 걸 처음으로 후회했다.

오피스텔 앞에 도착했을 때의 내 꼴은 정말이지 말이 아니었을 것이다. 놀란 경비 아저씨가 뛰쳐나와 선배와 내 상태를 동시에 물을 정도였으니까.

아저씨가 도와준 덕분에 집까지 들어가기는 쉬웠다. 아저씨는 한겨울에 얼굴이 시뻘게진 채 식은땀을 흘리는 내가 자못 걱정됐는지 위층의 매트리스까지 선배를 직접 옮겨 주었다. 나는 고맙다는 인사를 몇 번이나 했다.

현관문이 잠긴 걸 확인하고 위층으로 올라왔다. 침대 맡에 주저앉아 선배를 잠시 내려다보다 욕실로 향했다.

수건을 가져와 얼굴부터 닦아 냈다. 귀찮은지 그가 팔을 쳐 내고 인상을 찌푸렸다. 이 심각한 상황에도 그게 귀여워 일부러 닦았던 뺨을 또 닦았다.

손을 마저 닦고 외투를 벗겼다. 고작 점퍼와 후드 티 하나를 벗기는 데 한참이 걸렸다.

그가 몸을 움직여 주지 않은 탓도 있지만, 괜스레 긴장이 돼서 오른팔을 꺼내고 뜸 들이고, 왼팔을 꺼내고 다시 뜸 들이고, 허리 부근을 끌어 올릴 때는 심호흡까지 하느라 그랬다. 아래에 티셔츠를 하나 더 입었다는 걸 알았다면 이보단 빨리 벗길 수 있었을 텐데.

어쩌다 함께 올라간 티 덕분에 드러난 골반에서 눈을 떼지 못하는, 내가 생각했던 것보다 나는 음란한 여자였다.

이불을 가슴께까지 덮어 주고는 구급함을 가져왔다. 목덜미의 반창고를 갈아 주고 이불 속에서 오른손을 꺼냈다. 아이스 크림을 사러 가다 만난 양아치 자식 때문에 상처는 또 덧나 있었다.

"나을 새가 없네."

흉이 질게 분명한 손바닥에 나는 조심스레 입 맞췄다. 나는 아픈 걸 싫어했다. 서른이 넘은 지금까지도 주사 맞는 걸 몸서리칠 정도니 말 다 했다. 그렇지만 선배 대신 아프라고 하면 그럴 수 있었다. 나는 그만큼 선배가 좋았다.

거실로 내려와선 흥신소 천 사장에게 전화부터 했다. 전화를 걸고 나서야 새벽 1시라는 걸 알았지만 그의 잠보단 선배가 소중했다.

—네, 천사 같은 마음으로 고객님의 문제를 해결해 드리는…… 아, 고객님. 또 고객님이야. 인간적으로 새벽엔 제발 잠 좀…….

"새싹금융 연락처랑 주소 알려 줘요. 백 쏠게요."

전화를 끊은 지 얼마 되지 않아 메시지는 도착했다. 나는 천 사장에게 백만 원을 이체하고 비척거리며 다시 계단을 올랐다. 바닥에 주저앉아 턱을 괴곤 자는 선배를 구경했다.

씻어야 하는데, 땀 흘려서 냄새날 텐데, 청결한 이삭 선배한테 더러운 모습 보이고 싶으냐고 머리는 날 재촉하는데, 도무지 일어날 수가 없었다. 결국 그 자세 그대로 기절하듯 잠들었다.

이튿날 일어났을 땐 매트리스 위였다. 커튼 사이로 들이치는 햇볕에 이불을 뒤집어쓰던 나는 내 방이라기엔 생경한 풍경에 어리둥절했다. 그러나 곧 여기는 선배의 침실이며 내가 누워 있는 곳은 다름 아닌 선배의 침대라는 걸 깨닫고 벌떡 일어났다.

바닥에서 자던 내가 왜 침대에 있느냐는 중요치 않았다. 지금 이 방에 없는 선배의 행방이 중요했다. 자고 일어나 추할 내 꼴은 상관없이 계단을 뛰어 내려갔다.

"일어났어?"

걱정과 달리 선배는 어디 도망가지 않고 소파에 다소곳이 앉아 있었다. 표정 없이 냉랭하던 얼굴이 날 보곤 조금이나마 사람 같아졌다.

"꿈에서 누구랑 싸우기라도 했나 봐."

평소보다 낮은 목소리엔 웃음기가 섞여 있었다. 폭탄이라도 맞은 듯 엉망인 내 머리 때문이었다. 그건 내 서른하나 인생에 미스터리였다. 자고 일어나면 누가 일부러 문지른 것처럼 뒤엉켜 있는 머리카락. 나는 당황하지 않고 손가락으로 머리를 빗어 내렸다.

"씻고 와. 아침, 아니 점심 먹자."

선배의 말을 듣고 나서야 시계를 봤다. 11시 반이었다.

샤워를 하곤 캐리어에서 옷을 꺼내 갈아입었다. 머리를 말리는 와중에 후회가 됐다. 옷 가져오지 말걸. 그럼 이참에 향수보다 좋은 냄새나는 선배 옷 빌려 입을 수 있었는데. 그런 생각을 하는 스스로가 변태 같았지만 보기만 하는 정상인보다는 뭐 하나라도 건지는 변태가 낫지 싶었다.

식탁엔 생각지 못한 아침밥이 차려져 있었다. 콩나물국에 계란말이 같은 평범한 음식이었지만, 문제는 어젯밤만 해도 이걸 만들 만한 재료가 없었다는 거다. 의문 섞인 내 눈빛을 눈치챘는지 밥그릇을 내려놓던 선배가 이야기했다.

"사 왔어. 새벽에."

"선배가요? 어디서?"

"편의점. 나 그 정도로 히키코모리는 아니거든요."

"아, 난 그런 뜻으로……."

"알아."

식탁에 마주 보고 앉았다. 잘 먹겠습니다. 수저를 들 때까지만 해도 괜찮았다. 그런데 시간이 흐를수록 분위기가 무거워졌다. 침묵 때문이었다.

밥을 반 공기나 먹은 지금까지 선배는 단 한마디도 하지 않고 있었다. 더불어 밥 역시 내 반의반도 먹지 않은 상태였다. 몸은 여기 있는데 영혼은 다른 곳에 있는 사람 같았다. 나는 그 이유를 금세 알 수 있었다. 어제 취한 선배가 울며 내게 했던 말.

"사 줄래, 나? 결혼하자, 우리."

그 말 때문이라는 걸.

어떻게든 짚고 넘어가야 할 일이었다. 그리고 그런 일은 대개 빨리 해결할수록 좋았다. 나는 씹던 계란말이를 삼키고 물을 마셨다.

"선배 어제는."

"어젠 내가."

우리는 짜 맞춘 듯 입을 열었고 동시에 입을 다물었다. 오늘따라 무지하게 듣기 힘든, 내겐 어느 음악가의 연주보다 금쪽같은 선배 목소리였다.

마음 같아선 선배가 먼저 얘기하게 하고 싶고 그걸 들어주고 싶었는데, 저 매끄러운 입술에서 나올 말이 뭔지 아는 지금은 절대 그럴 수 없었다. 나는 쫓기기라도 하는 사람처럼 급히 말했다.

"못 물러 줘요."

"어?"

"어젯밤에 선배가 나한테 했던 말, 물러 줄 수 없다고요."

당황한 듯 마주쳐 오는 그의 눈을 나는 피하지 않았다. 어제 선배를 보고 마음먹었다. 더 이상 방관자처럼 보고만 있진 않기로. 내가 할 수 있는 일은 뭐든 할 거라고. 설사 그게 그를 속이는 일이라 해도.

"이건 무르고 말고 할 문제가 아니잖아."

고집스런 내 얼굴을 잠자코 보던 선배는 웃었다. 매가리라곤 없는 웃음이었다.

"미안해. 너한테는 그러면 안 되는 거였는데. 실언했어. 정말 미안."

"괜찮아요. 나한텐 그래도."

나는 젓가락을 내려놓고 휴대폰을 꺼냈다. 반박하려는 듯 입술을 달싹이는 그에게 어젯밤 천 사장이 보낸 메시지를 보여 줬다.

〈새싹금융 091—999—9999, 하성특별시 중구 강영로 129 SS 빌딩 20F.〉

메시지를 확인한 선배의 낯빛이 순식간에 굳어졌다.

"너."

"맞아요. 벌써 1억은 이체했어요. 나머진 만나서 갚으려고. 나눠 보내는 거 번거롭기도 하고 상환 확인서도 받아야 하니까."

거짓말이었다. 예전엔 거짓말을 해야 할 필요성도 못 느꼈고 하기도 싫었는데 살다 보니 꼭 해야 할 일이 생기더라. 하고 싶지 않아도 해야 하더라고. 그리고 바로 지금이 그때였다.

나는 할 말을 잃고 날 바라보는 선배에게 똑똑히 말했다.

"받아먹은 돈 뱉을 만한 인간들도 아니고, 나머지 안 갚으면 이제 선배가 아닌 날 찾아와 귀찮게 굴 거예요. 그러니 이번엔 선배가 포기해요. 난 그런 양아치들이랑 엮이는 건 질색이라 갚을 거야. 오늘 당장."

하, 놀라 벌어진 선배의 입술에서 탄식이 흘러나왔다.

나는 내려 두었던 수저를 들고 다시 밥을 먹기 시작했다. 허기는 느껴지지 않았다. 다만 선배의 시선을 피하고 싶었다. 방금 전까지는 세상 무서울 게 없다는 듯 대든 주제에. 선배가 날 돈지랄이나 하는 쓰레기 스토커로 볼까 봐 너무 무서웠다.

"수완아."

밥만 너무 퍼먹었나 보다. 갑자기 목이 멨다. 수저로 국을 떠먹던 나는 안 되겠다 싶어 국그릇을 들고 마시기 시작했다. 국그릇 위 드러난 이마로 선배의 시선이 느껴졌다.

"수완아."

"설득하려 하지 마요. 안 넘어갈 거야."

"최수완."

"결혼하자는 말은 신경 안 써도 돼요. 그냥 해 본 소리예요. 선배는 빚지는 거 싫어하니까 조건을 걸면 넘어올까 해서."

국은 이미 바닥을 드러낸 뒤였지만 나는 그릇으로 여전히 얼굴을 가린 채였다.

"우리 이성적으로 생각해요. 돈 있는 내가 먼저 갚고 선배가 나한테 다시 갚으면 되잖아. 1234개월 할부도 괜찮아요. 이자는 필요 없고 내가 보고 싶을 때 선배 얼굴이나 보여……."

아, 이러면 또 돈 가지고 선배 볼모 잡으려고 하는 거 같잖아. 아차, 하고 입을 다문 나는 무심결에 튀어나온 내 속내에 충격받았다.

스스로가 실망스러웠다. 선배가 힘든 게 보기 싫어서라곤 했지만 실은 이게 진짜 이유일지도 모른다고. 날 보면 도망만 가고 등만 보이는 선배를 이렇게라도 붙잡아 두고 싶어서.

진짜 속물이구나, 최수완.

부끄럽고 쪽팔려서 도저히 선배 얼굴을 볼 수가 없었다. 철 가면을 쓴 채 지하에 갇혔던 영화 속 왕자처럼 국그릇을 내 얼굴에 박제라도 하고 싶을 지경이었다.

"얼굴부터 먼저 보여 줘."

국그릇 너머로 선배의 목소리가 들렸다. 우는 아이를 달래 듯 부드러운 음성이었다. 예상외의 다정함에 눈가가 일그러졌다. 꼴에 이런 꼴은 또 보여 주고 싶지 않아서 버티고 있었다. 햇빛을 받지 않은 탓에 창백한 손이 훌쩍 다가와 국그릇을 끌어 내렸다.

"정말 그냥 해 본 소리야?"

"네."

또 거짓말이었다. 나는 선배도 선배였지만 재혼을 강요하는 아버지, 시도 때도 없이 봐야 하는 선 때문에 돌아 버릴 것 같았다.

어차피 껍데기뿐인 결혼을 해야 한다면, 그게 선배라면 좋겠다고 생각했다. 선배는 돈이 필요했고 난 결혼할 남자가 필요했다. 내 배경과 아버지의 돈을 원하지 않는 남자. 이제 더는 여자가 아니라는 날 받아 줄 수 있는 남자. 내게 환상을 품지도, 기대를 하지도, 실망도 하지 않을, 있는 그대로의 나를 싫어하지 않을 사람.

선배뿐이라서, 선배가 허락하지 않으리라는 걸 알면서도 미친 척 던져 봤다. 지푸라기라도 잡고 싶은 선배에게 내가 그 지푸라기가 될지도 모르지 않느냐며 스스로를 다독이고, 선배의 반응이 겁나 우황청심환까지 먹어 가면서.

짙은 한숨이 내려앉았다. 식탁에 떨어진 콩나물 대가리가 선배라도 되는 양 노려보던 나는 엄마에게 혼나길 기다리는 아이처럼 놀랐다. 그가 정말 나를 싫어하게 되면 어쩌나, 겁을 먹은 입술은 느리게 변명을 토해 냈다. 자꾸만 내려앉는 입가를 강제로 끌어 올리느라 힘들었다.

"말이 안 되잖아요. 아무리 돈이 급해도, 선배가 왜 나랑 결혼 같은 걸 하겠어. 애도 못 낳는 이혼녀에 가진 건 아버지 돈밖에 없는 속물인데. 내가 선배라도……."

"국민 욕받이, 히키코모리에 우울증 환자 앞에서 할 말은 아닌 것 같은데."

나는 그제야 얼굴을 들었다.

"사람이 무서워 고개도 못 들고 다니는 대인 기피증 환자. 나이 서른셋에 제대로 된 직장도 없는 하루살이 아르바이트생. 지병 있는 아버지에 대외적인 범죄자. 그래도 괜찮아?"

나는 지금 내 귀에 들리는 말들을 도저히 이해할 수 없었다. 아니, 이해는 됐는데 내가 제대로 이해하고 있는지 믿을 수가 없었다. 선배는 뭐가 괜찮으냐고 묻는 건지, 내가 생각하고 있는 그게 맞는지.

"선배, 설마 지금……."

"네 말대로 난 빚지는 게 싫어. 그만큼 받으면 뭐라도 해 줘야 하는데 가진 거라곤 이 몸뚱이뿐이라. 내가 그만한 담보가 될 가치는 있는지는 모르겠지만 너만 괜찮으면."

그는 거기서 잠시 말을 멈추고 숨을 골랐다.

"하자. 그 결혼."

나는 선배가 내게 사귀자는 말을 했을 때보다 훨씬 놀랐다. 너무 놀라서 내가 숨을 제대로 쉬고 있지 않다는 것도 모를 정도였다. 이건 꿈일지 몰라. 선배를 너무 갖고 싶은 나머지 눈까지 뜨고 꾸는 꿈.

식탁 위 젓가락을 슬며시 쥐고 허벅지를 찔러 봤다. 아팠다.

"1년이면 괜찮겠지? 그 정도면 네 아버지도 포기하실 것 같은데. 어때?"

재판을 앞둔 검사가 피고와 양형 거래를 하듯 무미건조한 말투였다. 그러거나 말거나 나는 다른 건 들리지도 보이지도 않았다. 당장 선배가 내 호의를 받아들였다는 게, 껍데기뿐이라지만 그 조건으로 결혼을 허락했다는 것만이 중요했다. 나는 실에 매달려 조정당하는 인형처럼 부자연스럽게 고개를 끄덕였다.

"돈은 어떻게든 최대한 빨리 갚을게. 일단 이 집 내놨으니까 전세금 빠지면……."

"아뇨! 그럴 필요 없어요!"

선배가 하는 말을 그저 듣고 수긍하던 나는 그 대목에서 격렬하게 반대 의견을 피력했다. 덤덤하게 말을 이어 가던 선배가 눈을 동그랗게 떴다.

"부동산 아저씨가 아직 이야기 안 해요? 집 보러 오겠다는 사람 있다고."

그의 표정이 설마 하는 의심에서 점차 확신으로 바뀌었다. 자수해서 광명과 선배도 같이 찾고 싶었던 나는 알아서 폭로했다.

"그거 나예요. 어차피 독립하려고 했고, 난 이 집이 마음에 들었거든요. 근데 이제 그럴 필요가 없어졌네. 선배는 나랑 결혼할 거니까. 선배 집이 내 집이잖아."

선배는 내 스토커 짓에 충격을 받은 것 같았다. 나는 젓가락을 수저로 바꿔 쥐었다. 식어 빠진 밥 반 공기를 마저 퍼먹으며 자신감이라곤 쥐뿔도 없는 소리로 주절거렸다.

"그 돈 받은 걸로 하고 지금부터 여기 있으면 안 돼요? 어차피 같이 살 게 될 텐데."

"안 받은 게 어떻게 받은 게 돼? 빌린 건 전부 갚을 거야. 그리고……."

나는 시무룩해졌다. 아마 실망하는 만큼 몸이 작아지는 사람이 있다면 나는 지금 선배 눈에 보이지도 않을 것이다. 그냥 입 다물고 있을걸. 며칠 더 같이 있고 싶어 질렀다가 스토커 포인트만 적립한 셈이었다.

나한테 질렸을까. 난 왜 선배와 관련된 일엔 이성부터 놓아버리는 거야. 자학을 반찬 삼아 밥만 열심히 입안에 퍼 넣었다. 다섯 수저째. 밥그릇 위로 노란 계란말이가 올라왔다.

"고맙다."

입안에 밥이 가득 차 있어 내가 지금 무슨 말을 들은 거냐고 되묻지도 못했다. 눈만 댕그랗게 뜬 날 보며 선배는 웃었다. 자기혐오와 고마움, 안도와 미안함이 뒤섞인 얼굴로 어쩔 줄 모르겠다는 듯 그렇게.

식탁을 정리하는 선배를 따라 일어났다. 부득불 우겨 설거지를 하는 나를 선배는 거들었다. 곁에서 그릇을 정리하는 그를 훔쳐보고 있자니 마음이 복잡했다. 이게 과연 잘하는 짓인가. 저런 얼굴을 보려고 한 일은 아니었는데.

자꾸만 치미는 걱정과 고민은 거품과 함께 하수구로 흘려보냈다. 일단은 선배가 그 망할 놈의 사채업자들과 더는 엮이지 않아도 되니까. 사채업자보다는 나한테 시달리는 게 나을 거라고 나 좋을 대로만 생각했다.

"아버지 병원에 다녀올게."

설거지를 끝내자마자 선배는 자리를 떴다. 굳이 일어나 엘리베이터 앞까지 그를 배웅한 나는 텅 빈 집 안에 홀로 남겨지고 나서야 드디어 실감이 났다.

"하자. 그 결혼."

5억의 빚이 아니었다면 절대 일어날 수 없는 일이었지만 그래도 좋았다. 적어도 앞으로 1년 동안은 선배의 곁에 있을 수 있었다. 그것도 합법적으로.

소파에 대자로 누워 기쁨에 취해 있자니 위층 선배의 침실이 보였다. 나는 아무도 없는 집을 괜스레 한 번 둘러본 다음 살금살금 계단을 올랐다.

그의 매트리스에 누워 곰 인형을 끌어안았다.

"야, 넌 좋겠다. 선배랑 동침도 하고."

인형이 사람인 양 대화를 하고 있는데 문득 뺨이 따가웠다. 설마 싶어 돌린 시선 끝에 언제 들어왔는지 모를 선배가 서 있었다.

뭐라 설명할 새도 없이 그는 훌쩍 다가왔다. 나는 놀라 엉덩이를 뒤로 물렸다. 여기서 이런 생쇼를 하고 있는 내가 갑자기 사랑스러워 보였다든가. 그래서 껴안아 주고 싶어졌다든가. 말이 안 된다는 걸 알았지만 일말의 기대란 걸 했었다. 긴장해 숨까지 참았었는데.

날 안을 듯 다가온 그는 내 허벅지 옆에서 뭔가를 줍고는 미련 없이 일어섰다.

"깜빡했어."

휴대폰이었다. 이럴 줄 알았다, 이럴 줄. 나는 쪽팔림과 아쉬움에 애꿎은 곰 인형의 배만 터져라 쥐었다. 선배는 계단을 내려가려다 말고 멈춰서 날 돌아보았다.

"같은 방 써도 돼. 덮치지만 않는다면."

그 말이 무슨 뜻인지 이해했을 때 그는 이미 거실을 가로질러 현관으로 가는 중이었다. 나는 난간 너머로 상체를 빼고 소리쳤다.

"각방 쓰면 덮쳐도 되나?"

마스크를 쓰던 선배가 위를 올려다봤다. 표정이 보이질 않아 답답했다. 선배가 결혼을 무르겠다고 할까 봐 갑자기 무서워진 나는 급히 말을 주워 담았다.

"아니 뭐, 진짜 덮치겠다는 건 아니고 그냥 조크……."

"해 봐. 할 수 있으면."

"어?"

"갔다 올게. 늦진 않을 거야."

목소리뿐이었지만 알 수 있었다. 선배가 웃고 있다는 걸.

문이 닫히자마자 매트리스 위로 쓰러졌다. 빨개진 뺨을 곰 인형의 가슴팍에 처박고는 참았던 숨을 깊이 내쉬었다. 내가 진짜로 덮치면 어쩌려고 저러는 거야, 저 남자가. 여자 무서운 줄 모르고.

잠깐만 누워 있을 생각이었는데 그만 잠이 들어 버렸다. 그다지 비싸 보이지 않는 매트리스는 예상보다 포근했고 선배 냄새가 났다. 눈을 떴을 때는 오후 3시였다.

이러고 있을 때가 아닌데. 급히 계단을 내려가 샤워를 하곤 옷을 갈아입었다. 화장하긴 귀찮아 가져온 선글라스로 얼굴을 가렸다.

집을 나서기 전 소파에 앉아 천 사장이 보낸 메시지를 확인했다. 소파 옆 쓰레기통에 버려진 명함 하나가 우연히 눈에 띄었다. 평소라면 신경도 안 쓸 쓰레기를 굳이 꺼내 본 것은 명함 뒷면에 인쇄된 새싹 문양 때문이었다.

예감은 적중했다. 명함 앞면엔 내가 그리도 찾던 인간의 연락처가 이름과 함께 프린트되어 있었다.

새싹금융 고객관리부장 강일형

고객관리부장 좋아하시네. 양아치 주제에. 나는 천 사장이 알려 준 대표 번호 대신 선배 목에 칼을 들이대던 강일형에게 다이렉트로 전화를 걸었다. 신호가 세 번 가기도 전에 강일형은 전화를 받았다.

—네. 강일형입니다.

"박이삭 씨 빚 갚으려고 하는데요. 어디로 가면 되죠."

대답은 한 박자 늦게 돌아왔다.

—누구신데요.

"그걸 그쪽이 알아서 뭐 하게요. 주소나 부르고 돈이나 받아요."

—재밌는 아가씨네. 보아하니 내 명함 가지고 있나 본데 거기 찍힌 주소로 찾아와요. 시간은 뭐, 5시 이후엔 짱 박혀 있을 테니까.

명함의 주소를 확인하고 있자니 도어록 풀리는 소리가 났다. 나는 급하게 전화를 끊고 TV를 켰다. 들으라는 듯 중얼거리던 강일형의 혼잣말이 떠올라 소름이 끼쳤다.

—돈 털어 주면 우리야 좋은데, 국회 의원 따님분이 뭐 하러 국

민 쓰레기 검사랑 엮이려고 하는지 모르겠네.

대체, 어디서부터 어디까지 선배를 뒤지고 다니는 거야. 진드기 같은 새끼들.

"어디 가려고?"

어느새 거실 안으로 들어온 선배가 물었다.

"어, 집에 잠깐……."

반가움을 감추지 못하고 돌아본 나는 말을 멈췄다.

"안녕, 후배님."

선배는 한신우와 함께였다.

"저 인간, 아니 한 선배는 여기 왜 데려온 거예요?"

"그러는 너는 실내에서 웬 선글라스야?"

"그건 한 선배가 알 바 아니고요."

"내가 사랑하는 우리 이삭이 집에 오든 말든 그것도 네 알 바 아니거든?"

한신우와 나는 소파 이쪽과 저쪽에 멀찌감치 떨어져 앉아 입으로만 싸웠다. 눈은 TV에 고정한 채였다. 그사이 선배는 모자와 마스크, 외투를 차례로 벗고는 탁자 앞에 앉았다.

"애절하네요, 짝사랑."

"누가 그래? 짝사랑이라고."

"당연하죠. 이삭 선배가 한 선배 같은 사람을 왜 좋아합니까?"

"좋아하거든!"

"아니거든요."

"둘 다 조용히 좀 하지."

서로 한마디를 안 지고 나불거리던 우리는 선배의 짜증 섞인 잔소리에 드디어 입을 다물었다. 그 와중에도 서로를 노려보는 걸 잊지 않았다.

선배는 우린 거들떠보지도 않은 채 서류 봉투 하나를 가져와 탁자에 내려놨다.

"뭐예요?"

그는 대답 없이 봉투에서 서류를 꺼내 펼쳤다. 서류는 세 종류였다. 결혼 계약서. 전세 명의 이전 계약서. 차용증.

"선배?"

"뭐든 확실해야 좋아."

우리 사이에 계약서가 뭐 필요하다고. 서운해하는 날 아랑곳 않고 그는 설명했다.

"사장님한테 말씀드려서 전세 명의 네 걸로 바꾸기로 합의봤어. 그래서 차용증엔 4억에서 1억 3천을 뺀 2억 7천을 빌린 걸로 되어 있는 거고. 아, 그쪽에서 너한테 얘기했는진 모르겠는데. 검사 디씨라고 이자는 빼 주겠다더라."

그 대목에서 선배는 조금 웃었다. 감정이라곤 담기지 않은 허탈한 웃음이었다.

"결혼 계약서는 내가 대충 작성하긴 했는데 수정할 거나 추가할 거 있으면 체크해. 이것도 전부 확인하고."

나는 선배가 내미는 계약서를 모두 받아 들었다. 누가 검사 출신 아니랄까 봐. 갑에, 을에 아주 일목요연하게도 정리를 해 놓으셨다. 나는 차용증과 명의 이전 계약서는 치워 버리고 결혼 계약서부터 펼쳐 들었다.

본 계약의 갑은 최수완, 을은 박이삭으로 한다. 계약 기간은 계약 시점으로부터 1년으로 갑이 파기를 원할 시에는 언제든 파기(이혼) 가능하며 을은 이에 대해 이의를 제기하지 않는다. 계약 연장은 원칙적으로 불가능하나 을이 갑에게 원금을 상환하지 못했을 시, 갑이 원하면 6개월 단위로 갱신한다. 그 기간 내에 을이 원금 일체를 상환하면 계약은 종료된다.

곰팡이처럼 썩어 있던 내 표정은 뒤로 갈수록 눈에 띄게 밝아졌다. 돈을 못 갚으면 계약을 갱신해도 된단 말이지? 확인하기 위해 되물었다.

"여기 이거, 선배가 남은 2억 7천 1년 안에 상환 못 하면 계약 갱신 가능하다는 거요."

"그건 걱정 마."

한신우가 끼어들었다.

"내 집을 팔아서라도 우리 이삭이 빚은 갚아 줄 거거든?"

그러고 보니 이상했다. 한신우는 처음부터 마치 모든 걸 다 아는 이처럼 굴었다. 설마. 의심 가득한 내 눈빛에 선배는 고개를 끄덕였다.

"증인은 있어야 하잖아."

"돈 주고 공증인 사면 되잖아요."

"그랬다간 쓰레기 검사로도 모자라 국회 의원 딸 꼬여 등처먹는 국민 제비로 업그레이드될걸? 넌 그 제비의 스폰서가 될 거고."

나는 반박하지 못했다. 한신우는 '야, 재수황. 아무리 계약이라지만 내가 이 결혼 부득불 반대하려다가 큰맘 먹고 허락해 준 거야, 그러니까 나한테 잘해라' 하면서 가뜩이나 쓰린 내 속에 불을 질렀다.

"한 선배가 뭔데 우리 결혼을 허락하고 자시고 해요?"

"뭐긴 뭐야. 우리 이삭이의 세상에 하나밖에 없는 절친이지."

"이삭 선배 친구 보는 눈 진짜 동태 눈깔이다."

"뭐래, 여자 보는 눈은 그보다 더 동태 눈깔이다."

때아닌 동태 눈깔 논쟁에 빠진 한신우와 나를 선배는 단 한마디로 종식시켰다.

"그래, 나 동태 눈깔이야. 상사 보는 눈도 없고, 동료 보는 눈도 없으니까 머저리같이 누명이나 쓰고 이 꼴로 살고 있지."

"그게 왜 선배 탓이에요? 그 인간들이 돈과 권력에 미친 동태 대가리라 그런 거죠."

"맞아, 그게 왜 네 탓이야! 그것들이 썩은 동태 대가리만도 못 한 인간들이라서 그런 거지. 얘가 그 일 때문에 충격을 받아서 그런가, 자기 비하가 너어무 심해졌어."

"나도 그건 동감이에요."

싸울 때는 언제고 한신우와 나는 입을 모아 선배 편을 들었다. 그런 우리를 보던 선배는 고개를 숙이고 소리 없이 웃었다. 너희야말로 동태 눈깔이야.

"제 얼굴에 침 뱉기 동태 타령은 그만하고, 계약서나 마저 볼까."

갑과 을은 계약 기간 동안 갑의 집에서 동거한다. 생활비는 반씩 부담한다.

—정정. 생활비는 서로의 재력에 맞춰 유동적으로 부담한다.

갑과 을은 부득이한 상황을 제외하곤 스킨십을 하지 않는다.

—정정. 부득이한 상황이 아니라도 할 수 있다. 단, 상대방이 동의할 시에만 가능하다.

목마르단 내 말에 선배는 차를 타러 부엌으로 갔다. 그사이 나는 빨간 펜으로 주저 없이 계약서를 수정해 나갔다. 스킨십 항목에서 떠날 줄 모르는 날 게슴츠레한 눈으로 보던 한신우가 기가 막힌 듯 속삭였다.

"와, 재수황. 너 흑심 대단하다."

"뭐요? 뭐, 뭐? 그래서 동의할 시에만 가능하다고 붙였잖아요."

"우리 착한 이삭이가 널 거부할 수 있을 것 같아?"

나는 잠시 말문이 막혔다가 곧 반박했다.

"거부 엄청 잘할걸요. 이삭 선배 생각보다 되게 못됐어요."

"맞아. 나 못됐어. 거부 되게 잘할 건데?"

아이씨. 뒤늦게 입을 다물었지만 머그잔을 탁자에 내려놓는 선배는 이미 모든 걸 들은 눈치였다. 어차피 계약서 확인하면 다 보게 될 텐데. 체념한 나는 대놓고 붉은 줄을 긋고 빈 공간에 원하는 걸 한 맺힌 듯 써 내려갔다.

스킨십에 손잡기나 포옹 등의 가벼운 터치는 포함하지 않는다.

데이트는 일주일에 한 번 이상 한다. (장소는 합의)

갑은 을을 위해 합리적인 이유의 금전을 액수에 상관없이 지불할 수 있고 을은 이에 이의를 제기하지 않는다.

갑의 가족 문제에 을이 관련될 시 을은 어떤 상황이든 본인의 이득을 위해 행동한다.

을은 계약 기간 동안 본인 및 가족의 신변에 문제가 생기면 무조건 갑에게 통보한다.

어떤 경우에도 외박은 하지 않는다. 피치 못할 이유로 해야 할 경우 상대에게 통보하고 동의를 얻는다.

옆에서 한신우가 보든 말든, 선배가 한신우의 헛소릴 듣고 웃든 말든 날 막을 자는 아무도 없었다. 공백을 붉은 글씨로 전부 채운 나는 마지막 장으로 넘어갔다.

갑과 을은 불가피한 상황을 제외하곤 해당 결혼 계약에 대한 비밀을 유지한다. 여기서 불가피한 사항이라 함은 부모님, 개인사나 신변의 문제에 한하며 반드시 상대의 동의를 얻어야 한다.

이 계약으로 인해 갑이 신체적, 정신적 피해를 입게 될 시에는 을의 동의 없이 계약을 파기할 수 있다.

피해는 나만 받나. 나는 타이핑된 문장에 줄을 그어 버리고 아래에 새로 썼다.

이 계약으로 인해 갑이나 을이 신체적, 정신적 피해를 입게 될 시에는 상대의 동의 없이 계약을 파기할 수 있다.

그리고 마지막으로 두 가지를 더 써넣었다.

갑과 을은 계약 만료 전까지 절대로 다른 이성을 만나지 않는다.

을이 계약 기간 1년 이내에 채무를 탕감하지 못하면 갑은 임의로 채무를 탕감해 줄 수 있다. 동시에 계약은 종료된다.

내가 수정한 계약서를 되살피던 선배는 한신우의 '스킨십에 포옹이랑 손잡기를 빼는 게 말이 되냐. 재수황 완전 날강도네'라는 지적에도 모른 척 거의 모든 문항에 동의했다.

그러나 단 하나, 마지막 문장에선 그럴 수 없다는 듯 날 불렀다.

"이건."

"그렇게 안 하면 나 지장 안 찍어요. 내가 빚 까 주는 게 싫으면 선배가 그 전에 전부 갚으면 되잖아요."

억지였다. 선배가 2억 7천을 1년 안에 어떻게 갚아? 그래서 우겼다. 불가능한 일을 선배에게 시킬 수 없어서. 아무리 합의라지만 계약 결혼이라는 족쇄를 1년이 넘도록 차게 할 순 없었다. 속이 까만 나도 양심은 있었고, 그래서 선배의 1년을 가지게 된 것만으로도 만족하고 감사하기로 했다. 그의 한 시간만을 사게 된 것만으로 벅차했던 스무 살 그때처럼.

"다 됐냐? 그럼 내놔. 수정하게."

망설이는 선배의 손에서 한신우가 계약서를 낚아채 갔다. 선배는 붙잡으려 했지만 한신우는 약삭빠르게 피했다. 노트북을 들고 식탁으로 향하는 발걸음이 바빴다.

"내가 시간이 남아돌아서 너 부를 때마다 재깍재깍 나오는 줄 아냐? 이래 봬도 겁나게 바쁜 몸이라서 이거 처리하고 빨리 회사 들어가 봐야 되거든?"

마지못해 포기한 선배의 얼굴에 그늘이 졌다. 죄책감이었다. 사람이 살다 보면 남한테 정신적으로나 물질적으로나 도움도 받고 그러는 건데, 선배는 그걸 못 견뎌 했다. 남은 잘도 도와주면서, 그놈의 도덕적 결벽증은 왜 본인에게만 엄격한 잣대를 들이대는 건지.

나는 내 마음 편하자고 선배의 불편함은 모른 척했다. 그는 남에게 기대는 법, 나아가 등 처먹을 수 있는 뻔뻔함을 배워야 했다. 엄밀히 말하자면 공짜도 아니잖아.

한신우는 5분도 안 되어 계약서를 고쳐 프린트했고, 우리는 그 자리에서 지장을 찍었다. 차용증과 명의 이전 계약서도 마찬가지였다.

계약서를 나눠 가진 나는 시계를 보고 일어섰다. 은행에 들르려면 한시가 바빴다.

"중요한 일은 다 끝난 것 같으니까 난 잠깐 나갔다 올게요."

벗었던 선글라스를 다시 끼고 미리 챙겨 둔 가방을 들었다. 선배가 따라왔다.

"나도 같이 가."

"선배가요?"

"너 지금 강일형 만나러 가는 거잖아."

선배가 그걸 어떻게, 라는 의문은 그가 쥔 명함을 보고 금세 풀렸다. 저건 또 언제 봤대.

"아니, 나는 집에도 들려야 하고, 은행에도 가 봐야 하고, 가는 길에 구청에도 좀."

"무슨 볼일이 그렇게 많아?"

노트북을 옆구리에 낀 한신우가 현관으로 나와 구두를 신었다. 선배가 그 뒤를 쫓아 운동화를 신기 시작했다.

"차 안 들고 왔지? 신우가 너희 집까지 데려다준대."

"야, 내가 언제!"

"그럼 실례할게요."

"이것들이 완전. 부부 날강도야 뭐야."

선배와 나를 태운 한신우는 집 근처에 도착할 때까지 투덜
거렸지만 날 내쫓지는 않았다.

바쁜 한신우가 먼저 가 버리는 바람에 선배는 추운 대문 밖
에서 날 기다려야 했다. 그는 천천히 다녀오라고 했지만 그게
맘대로 되나.

가출한 지 만 하루 만에 귀가한 나는 통장과 차 키만 챙겨
밖으로 나오기 바빴다. 도중에 엄마와 마주쳤지만 반가워할
겨를도 없었다.

"너 엄마가 얼마나 걱정한 줄 알아? 이제 집에 들어온 거
야?"

"아니. 나 아직 가출 중이야."

"뭐?"

"나중에 설명할게. 아 참, 엄마 나 이 예금 빼도 되지?"

"왜, 용돈 모자라?"

"급하게 쓸 데가 있어서. 이건 또 뭐야?"

"어, 그거 요즘 네 아빠 몸이 허한 것 같아서 엄마가 보
약…… 어머, 아빠 약은 왜 들고 가니?"

"나도 요즘 몸이 허해서."

"수완아!"

날 붙잡는 엄마를 한 번 안아 주고 정원을 뛰어내려 왔다.
주차장에서 차를 급히 빼서 선배의 앞에 가져다 댔다.

"추웠죠? 빨리 타요."

은행에 도착해 예금을 내 계좌에 넣곤 현금 천만 원을 챙겨 나왔다. 차 안에서 기다리고 있던 선배는 어느새 운전석으로 자리를 바꿔 앉아 있었다.

"내가 운전할게."

"아뇨. 선배가 내 기사도 아니고."

"남편이지."

"네?"

"아까 계약서에 지장 찍었잖아."

남편이란 단어에 내가 벌린 입을 다물지 못하는 사이, 그는 시동을 걸고 차를 출발시켰다.

SS빌딩은 번화가 중에서도 땅값이 가장 비싸다는 교통의 요지에 자리해 있었다. 지은 지 5년이 채 되지 않았다는 건물의 외양은 여느 대기업과 견줄 만큼 세련되고 웅장했다.

20층에서 25층을 제외한 각층은 각기 다른 사업자들이 차지하고 있었지만 소유자는 새싹금융이었다. 선배 같은 채무자들을 짓밟아 세워진 빌딩. 역겨웠다.

엘리베이터는 20층까지밖에 이용하지 못했다. 내리자마자 안내 데스크에서 통제와 안내를 받았다.

"두 층 올라가셔서 첫 번째 사무실로 들어가시면 됩니다."

소음을 죽이려는 모양인지 잿빛의 카펫이 깔린 복도를 지나 계단을 올랐다. 복도의 첫 번째 문 앞에 서서 선배는 노크했다.

"네."

짧은 단답에 문을 열자마자 소파에서 담배를 피우고 있던 강일형이 우릴 보곤 반갑게 손을 흔들었다.

"이야, 진짜 오셨네."

생각보다 너무 멀쩡해서 놀랐다. 슈트를 입고 있어서인지 평범한 회사원과 별다를 바 없어 보였다. 하긴, 얼굴에 범죄자 란 낙인찍고 다니는 사람은 없지. 선배의 상사들이 그런 짓거 릴 할 줄 몰랐던 것처럼.

우리는 그의 맞은편에 앉았다. 강일형은 인터폰을 눌러 비 서에게 차를 준비하라 일렀다. 선배는 거절했다.

"됐습니다. 금방 나갈 거니까."

"그래요, 그럼. 근데 아가씨 진짜 통 커. 남자 하나 때문에 그 큰돈을 선뜻 내놓고."

나는 강일형이 잡소리를 하다가 나와 아직 거래를 하지 않 았다는 것, 그러니까 빚의 일부를 지불했단 거짓말을 선배에 게 들킬까 봐 급히 말을 끊고 본론을 꺼냈다.

"계좌나 다시 부르시죠."

"계좌?"

"요즘 누가 현금 씁니까, 구리게. 이체해 줄 테니까 부르라 고요."

강일형은 기가 찬 듯 날 보았지만 이내 비서를 불러 계좌 번호를 가져오게 했다. 나는 1억씩 네 번, 총 4억을 박이삭 명 의로 이체했다. 선배가 눈치채지 못하게 하느라 어찌나 바쁘게 손가락을 놀렸던지 쥐 나는 줄 알았다.

"확인해 봐요."

강일형은 스스로 할 줄 아는 일은 아무것도 없어 보였다. 다시 비서를 호출해 확인하게 하고는 또 그 비서에게 상환 확인서를 가져오게 했다.

그는 확인서를 눈으로 대충 훑고는 선배에게 건넸다.

"검사님 숙맥인 줄 알았는데 것도 아닌가 봐요. 이래서 사내새끼는 기집애를 잘 만나야 한다니까."

"그렇습니까?"

"청에서도 진작 그러지. 그럼 이렇게 시궁창 인생 안 살아도 되잖아. 사람이 진흙탕에서도 적당히 뒹굴 줄 알아야 친근감이 생기는 법이거든. 혼자 깨끗한 척해 봐. 존나 밥맛이지."

선배는 토씨 하나 빠뜨리지 않겠다는 듯 확인서를 꼼꼼히 읽었다. 그러고는 강일형을 마주 보며 웃었다.

"진흙탕이면 굴렀을 겁니다. 똥밭이라서 안 구른 거지."

"뭐요?"

"아무리 씻어도 구린내는 안 빠지거든. 그래서 나중엔 구분을 못 합니다. 이게 내 몸에서 나는 냄새인지 다른 사람한테서 나는 냄새인지."

처음 보는 싸늘한 표정, 처음 듣는 비틀린 목소리로 선배는 말했다. 승산이라곤 없는 도박에 전 재산을 걸게 하려는 딜러처럼.

"어때요? 그쪽은 구분할 수 있습니까?"

강일형은 뱀처럼 서늘한 눈빛으로 선배의 시선을 받아치더니 곧 웃음을 터뜨렸다.

"아 나, 순간 취조받는 줄 알았네. 왜 그러시나, 무섭게. 홍비서. 손님들 나가신답니다. 배웅해 드려요."

꺼지라는 말을 강일형은 그렇게 돌려 말했다. 똥인지 된장인지 알게 뭐야. 그게 구분 가능하면 내가 여기 있겠습니까. 설사 구분할 줄 안다 해도 뭐가 달라지는데. 자조하듯 중얼거리면서.

선배는 내 손을 잡고 일어섰다. 그를 따라가던 나는 가방 속 천만 원이 뒤늦게 떠올라 멈춰 섰다.

"잠깐만요, 선배."

의아해하는 선배를 문밖으로 밀어내곤 홀로 들어와 문을 잠갔다.

"야, 최수완. 수완아. 너 지금 뭐 하는 거야."

문을 두드리는 그를 무시한 채 되돌아와 강일형 앞에 섰다. 천만 원이 든 봉투를 던지듯 내려놨다.

"뭡니까."

"뇌물."

"뇌물?"

"약소하긴 하지만 이거나 먹고 떨어지라고. 앞으로 또 선배 귀찮게 하면."

"하면?"

"난 선배랑 다르게 똥보다 더한 것도 손에 묻힐 수 있어서요. 다신 보지 말죠, 우리."

재밌어 죽겠다는 듯 낯짝에 호기심을 매단 강일형을 뒤로한 채 사무실을 나왔다.

다시 본 선배는 엄청나게 화난 얼굴이었다. 차디찬 시선에서 넘쳐 나는 감정이 다름 아닌 걱정이라는 걸 알아챈 나는 조금 기뻤다.

"미안해요. 걱정했어요? 꼭 해야 할 말이 있어서."

"객기 부릴 때가 따로 있지. 넌 정말……."

"그렇지만 진짜 걱정 안 해도 돼요. 최국환 딸을 건드릴 정도로 바보들은 아니니까."

묘하게 가라앉는 선배의 표정을 보면서 마지막 말은 하지 말걸, 후회했다. 그는 알 수 없는 눈으로 한참을 날 내려다보더니 등을 돌렸다.

"그래. 가자."

목소리는 차가웠지만 붙잡은 손은 더없이 따뜻했다.

개미 새끼 한 마리 없이 고요한 계단을 우리는 나란히 걸어 내려갔다. 나는 그때까지 내게 눈길 한 번 주지 않는 선배를 올려다보며 물었다.

"화났어요?"

"응."

"잘못했어요. 아까 같은 짓은 두 번 다시 안 할……."

"난 나 때문에 너 다치는 거 싫어."

변명하듯 나온 내 말을 잘라 낸 선배는 그제야 멈춰서 눈을 맞추었다. 안개 낀 밤하늘처럼 어두운 눈동자가 내 눈과 입술을 스쳐 지나 맞잡은 손에 머물렀다.

그는 조심스레 손을 놓았다.

"말하고 보니 웃기네. 따지고 보면 제일 상처 주고 있는 새끼가 난데. 그게 싫었으면 널 이렇게 이용하면 안 되는 건데…… 미안."

자조하듯 웃고는 계단을 내려가는 그를 뒤에서 껴안았다. 그는 계단참에 멈춰 선 채 미동이 없었다. 나는 고작 포옹 하나에 뻣뻣하게 굳어 버린 그의 허리를 끌어안고 너른 등에 뺨을 가져다 댔다.

"그러니까 등신같이 당하고 살지. 누가 누굴 이용하고 있다는 거야, 대체."

"수완아."

"난 선배랑 달라요. 누구에게 이용당할 만큼 순진하지 않다고요."

선배는 저를 안은 내 손을 풀어내곤 나를 마주 봤다. 한 계단 아래 내려섰음에도 그의 시선은 내 키를 훌쩍 넘었다. 나는 선글라스를 끼고 있다는 것도 잊고 그를 쏘아봤다. 그사이 젖어 버린 눈을 숨기기 위해서였다.

고개를 숙여 눈높이를 맞춘 선배가 내 선글라스를 벗겨 냈다. 흑백이던 세상이 순식간에 컬러로 바뀌었다.

"아냐. 너 순진해. 순진하니까 나 같은 놈한테도 이용당해 주는 거야."

"내가 선배를 이용하는 거예요."

"알았어. 그래도 이 은혜는 죽는 날까지 성심성의를 다해 갚을……."

"지금부터 갚아요."

"어?"

나는 그의 뺨을 양손으로 부여잡고 입술을 부딪쳤다. 한신우의 말이 맞았다. 선배는 입술을 열어 날 받아들이지 않았지만 밀어내지도 않았다. 이런 내가 순진하다고요? 선배가 거부 못 할 걸 뻔히 알면서 이런 짓을 하는 내가?

감지 않은 내 시선에 내리뜬 선배의 눈이 보였다. 슬픔이 짙은 눈. 내가 알던 선배는 이런 눈을 하지 않았는데.

나는 가볍게 머금었던 선배의 입술을 놓고 물러났다. 그의 입술에 묻은 립스틱을 손가락으로 닦아 내며 아무렇지도 않은 척 입가를 끌어 올렸다.

"괜찮죠. 이 정도는? 어차피 닳는 것도 아니잖아."

그는 화를 내지도, 부끄러워하지도 않았다. 그저 고요히 나를 내려다보기만 했다. 키스 당한 건 선밴데 왜 내가 벌거벗겨진 것처럼 열이 오르는 건지. 나는 그의 손에서 선글라스를 낚아채 쓰고는 팔을 잡아끌었다.

"가요. 1초도 여기 더 있기 싫어."

반항 없이 끌려오던 선배가 팔을 빼냈다. 순간 거부당했다는 생각에 굳어 버린 내 손을 선배는 다시 고쳐 쥐었다. 차가워진 손마디 틈으로 얽히는 손가락이 너무 다정해서…….

"여전히 키스 못하는구나. 하나도 안 늘었어."

눈물이 날 것 같았다.

선글라스를 쓰고 온 건 신의 한 수였다. 덕분에 선배에게 이 꼴사나운 모습을 보이지 않을 수 있었다. 혼자 미안해하다가 화내고 멋대로 키스하더니 다시 미안해하고. 완전 미친년이잖아, 이거.

"괜찮아?"

"어?"

"운전 말이야. 내가 할까?"

"아뇨. 할 수 있어요."

이 상황에서조차 날 걱정하는 선배의 목소리는 담담했다. 내가 한 키스 따위는 그에게 그리 특별한 일도 아닌 듯했다. 이러려고 나랑 결혼하자고 했냐고, 속물에 변태 소릴 듣지 않은 것만 해도 감지덕지해야 하는데 나는 그가 내 키스에 별다른 반응을 보이지 않은 게 서운했다.

"근데 저건 뭐야?"

선배의 시선이 향한 곳은 뒷좌석의 보약 상자였다. 평범하게 상자로 주면 될걸, 아버지한테는 특별난 약재라도 들어가는 모양인지 꼭 저렇게 휘황찬란한 보자기에 싸서 줬다.

"보약. 집에서 가져왔어요."

왜 가져왔느냐고 선배는 묻지 않았다. 내게 영양제 폭탄을 받은 전적이 있는 사람다웠다.

"저녁 먹고 갈래요? 선배 빚 갚은 기념으로 내가 쏠게요."

"빚은 네가 갚아 줬는데 사려면 내가 사야지."

"우리 부부잖아요. 이젠 선배 돈도 선배 돈, 내 돈도 선배 돈이니까 내가 사도 선배가 사는 거지."

생각만 할 때는 되게 논리적이라 느꼈는데 입 밖으로 내어 놓고 나니 궤변도 이런 궤변이 없었다. 선배는 무슨 헛소리를 이렇게 진지하게 하냐는 눈으로 날 봤다. 거기서 그만뒀으면 좋았을 텐데, 망할 놈의 주둥아리는 변명한답시고 다른 헛소리를 늘어놨다.

"몰라요? 부부는 일심동체. 그러니까 내 몸도 내 거고 선배 몸도 내 거⋯⋯. 어, 이건 그러니까 보통 사람들이 생각하는 그런 음란한 뜻이 아니고."

첩첩산중이었다. 내 등신짓에도 선배는 반응이 없었고, 나는 혹 마음이 상했나 싶어 그의 눈치를 살폈다. 선배는 고개를 모로 튼 채 웃고 있었다.

"아, 뭐예요. 화난 줄 알았잖아."

"내가 왜 화를 내?"

"돈 때문에 힘든 사람 앞에서 재수 없게 돈지랄했잖아요. 선배 물건 취급하고."

"어, 그랬구나. 너 나한테 돈지랄하고 물건 취급했어? 난 몰랐네? 알려 줘서 고맙다."

"놀리지 마요. 난 지금 진지하거든요. 어, 또 웃네."

그만 웃으라고 타박하긴 했지만 진심이 아니었다. 얼마 만에 보는 웃음인지 모르겠다. 항상 그늘져 있던 눈가에 드리운 미소를 보는 순간, 저조했던 기분이 수직 상승했다.

나는 자꾸자꾸 선배가 좋아만 지는데, 나중에 선배가 떠나면 그때 나는 어쩌나.

"괜찮겠어요? 사람이 꽤 많아요."

"어. 괜찮아."

"생각해 보니 굳이 여기서 안 먹어도 될 것 같아요. 그냥 다른데, 아니 집에서 먹을까요?"

도착한 레스토랑 앞에서 나는 몇 번을 되물었다. 데려와 놓고선 들어가지 못하고 망설이는 날 오히려 선배가 달랬다.

"정말 괜찮다니까? 이 정도도 못 참으면 사람 상대하는 아르바이트 할 수 있었겠어?"

"거긴 어둡잖아요. 다른 건 몰라도 먹는 건데 선배 체하기라도 하면……."

날 빤히 내려다보던 그는 안절부절못하는 내 손을 잡아 쥐었다.

"됐지?"

고작 손을 잡은 것뿐인데 좋아서 죽을 것 같았다. 손바닥 하나 닿았는데도 이렇게 좋은데, 온몸이 닿으면 얼마나 좋을까. 내 음란함은 이젠 때와 장소를 안 가렸다.

다행히 레스토랑 안은 그리 밝은 편이 아니었다. 선배는 안내하는 서버의 눈을 마주치진 못했지만 그렇다고 크게 긴장하지는 않았다. 다만 내 손을 힘주어 그러쥐었을 뿐.

전망은 별로지만 사람은 없는 구석 테이블에 자리를 잡았다. 메뉴판을 받자마자 알아서 주문했다. 간단한 스테이크와 와인이었다. 애피타이저로는 해산물이 들어가지 않은 채소 요리를 골랐다.

"여기 기억나요?"

"어, 기억나."

"진짜? 난 당연히 잊어버렸을 줄 알았는데."

"그걸 어떻게 잊어? 태어나서 처음으로 날 산 여자가 데려온 곳이었는데."

10여 년이 지났지만 레스토랑은 여전히 여기 이 자리에 있었다. 셰프가 아버지에서 아들로 세대교체를 한 걸 빼면, 인테리어도 홀에 흐르는 음악도 비슷했다.

그때 선배의 의사를 묻지 않고 메인 요리로 농어를 주문한 걸 얼마나 후회했는지 모른다. 재수 없는 인간은 뒤로 넘어져도 코가 깨진다고, 가까스로 선배와 시간을 보내게 됐는데 비호감만 적립하는구나, 기분이 아주 엿 같았다.

"그럼 선배가 나한테 한 말도 기억해요?"

"무슨 말?"

서버가 다가와 와인과 애피타이저를 차례로 내려놓았다. 선배는 잔에 3분의 1쯤 찬 와인은 미뤄 둔 채 애피타이저로 나온 트뤼프에 먼저 포크를 가져다 댔다.

"나 너 안 싫어하거든. 그렇다고 딱히 좋아하지도 않지만."

오랜 시간이 흘렀지만 토씨 하나 틀리지 않고 기억했다. 입술로 향하던 선배의 포크가 도중에 멈춰 섰다.

"내가 그랬었나."

"그 말만 안 했어도 내가 선배를 그렇게 좋아하진 않았을 텐데. 그러니까 전부 선배 책임이에요."

나는 본인 실수로 차 사고를 낸 후 뒷목부터 잡고 내리는 운전자처럼 억지를 부렸다. 그는 당황한 기색 없이 느긋하게 대답했다.

"그래서 책임져 드렸잖아요. 얼마 못 가긴 했지만."

생트뤼프를 음미하듯 씹으며 그는 중얼거렸다. 나는 태어나 처음 사탕을 맛본 아이마냥 신중한 그의 표정이 귀여워 정신을 놓았다가 가까스로 마음을 다잡았다. 가방에서 준비한 서류를 꺼내 그의 테이블 쪽으로 밀었다.

혼인 신고서였다.

"무를 거면 지금 물러요. 마음 같아선 도장이라도 위조해서 내 멋대로 신고하고 싶었는데, 선배한테 미움받는 건 또 싫더라고. 생각해 보니 고작 돈 때문에 저당 잡히기엔 결혼이 애들 장난도 아니고……."

처음부터 무리수인 조건이었다. 선배가 빚 때문에 힘들어하는 게 싫었을 뿐이고, 그 빚을 모두 갚은 지금은 굳이 억지 결혼까지 할 필요는 없다고 말하려고 보니 도무지 입이 떨어지지 않았다. 내가 생각해도 새빨간 거짓말이었기 때문이다.

실은 지금도 혼자 신고하지 않고 선배에게 이딴 소릴 지껄이고 있는 스스로가 바보 같다는 생각이 조금씩 드는 참이었다. 내가 일방적으로 했다 한들 선배는 별말 하지 않았을 거고, 그럼 난 종잇장으로나마 선배를 가질 수…….

"펜 있어?"

"어?"

"펜."

선배는 애피타이저 접시를 치우고 혼인 신고서를 끌어당겼다. 밥 먹다 뜬금없이 펜을 찾는 그도 그였지만, 그 말을 듣자마자 기다렸다는 듯 가방에서 펜을 찾아 건네는 나도 나였다. 이러면 말과 행동이 다르지 않느냐고. 이럴 줄 알고 미리 준비해 온 것 같잖아. 이성이 잔소리를 퍼부었지만 지금은 그것까지 신경 쓸 여유가 없었다.

선배는 혼인 신고서의 남편 이름을 적는 란에 또박또박 제 이름 석 자를 적어 넣었다.

박이삭.

빈칸에 채워지는 정갈한 글씨를 홀린 듯이 보고만 있었다. 펜과 서류를 돌려 내 쪽으로 내민 그가 말했다.

"노력할게. 시한부긴 하지만 그 시간만큼은 좋은 남편이 되도록."

무감하던 얼굴에 번진 미소에 세상이 멈추었다.

"고맙다. 나랑 결혼해 줘서."

07. 달콤한 인생

수완은 표정에 뭐든 드러나 문제였다. 지금 기분이 어떤지, 무슨 생각을 하고 있는지, 이 사람을 좋아하는지 싫어하는지. 짧게는 단번에 길게는 서너 번만 보면 전부 파악됐다. 그래서 타인에겐 별 관심이 없었던 스물둘의 나도 그녀의 감정을 쉽게 알 수 있었다. 하긴, 그렇게 스토커처럼 따라다녔는데 눈치 못 채는 게 이상한 거지.

"지금 이거 꿈 아니죠? 나 꿈꾸는 거 아니죠?"

뒤 테이블 사람이 돌아볼 정도로 양쪽 뺨을 세게 때린 수완은 눈이 반달이 되도록 접어 웃었다. 그리곤 신나게 와인을 들이켜기 시작했다.

"천천히 마셔."

말려도 소용이 없었다. 그녀는 메인 요리가 나오기 전에 와인 세 잔을 연거푸 마시더니 식사를 끝냈을 때쯤엔 한 병을 전부 비워 냈다. 기분이 좋을 땐 마셔도 취하지 않는다는 것이 그녀의 논지였다.

레스토랑을 나올 때쯤에만 해도 그 말은 맞는 것 같았다. 그러나 그녀가 우기고 우겨 들어간 생맥줏집에서 라지 사이즈의 맥주를 반쯤 마셨을 때부터 수완은 취하기 시작했다.

"여기 되게 어둡죠? 손님도 없고. 그래서 여기 오자고 한 거예요. 선배가 사람들 싫어하니까. 나 엄청 착하지 않아요?"

"응. 착해."

"이런 여자 또 없는데. 선배 봉 잡은 거예요."

"어. 나 봉 잡은 거야."

성의 없이 대답하는 날 보고도 그녀는 뭐가 그리 좋은지 함박웃음을 지었다.

예나 지금이나, 수완은 본인이 무지하게 냉철하고 이성적인 줄 아는데 알고 보면 사기꾼이나 카사노바에게 당하기 십상인 타입이었다. 뭐, 고작 1년의 결혼을 빌미로 그 큰돈을 빌린 나도 그 인간들과 별다를 바 없지만.

"근데 선배는 왜 안 마셔요? 아까도 와인은 입에도 안 대더니."

"운전해야지."

"아, 내 차? 아마 내 차 지금쯤은 없어졌을걸요?"

혀가 꼬이는지 아까보다 훨씬 느린 말투였다. 레스토랑을 나오자마자 다시 선글라스를 낀 터라 잘 보이진 않았지만 그녀는 분명 눈을 잔뜩 찌푸리고 있을 것이다.

"벌써 견인해 갔어. 거지 같은 주차 단속은 만날 나만 해. 내 차만 걸려. 선배는 검사니까 잘 알죠? 내 차에 위치 추적기 있는지 봐 줘요. 지난번 병원 앞에서도 내 차만 끌고 가고. 딱 2분 자리 비웠는데."

수완의 말을 듣던 나는 언젠가 병원 앞에서 보았던 여자를 떠올렸다. 닮은 사람이라고만 생각했었는데, 그게 너였구나.

나는 지금 네 차는 아직 레스토랑 주차장에 있으며, 그러니 견인될 일은 절대 없다고 굳이 정정하지 않았다. 그저 그랬구나. 그랬어. 그녀가 하는 헛소리에 고개를 끄덕이고 맞장구를 쳐 주었다. 그럴 때마다 수완은 아이처럼 웃었다. 그걸 보는 게 좋았다.

그녀는 세계의 모든 맥주를 섭렵이라도 할 모양이었다. 말릴 수 있었는데도 내버려 두었다. 그게 그간 그녀의 피로를 반증하는 것처럼 느껴졌기 때문이었다. 나 때문에, 나 같은 거 좋아한다고, 내가 너무 힘들어 보이니까. 너 힘든 건 말도 못 하고, 아픈 거 티 내지도 못하고.

결혼 계약서엔 수완이 갑, 내가 을이었지만 실제론 그 반대였다. 그런 수완을 알면서도 모른 척 그 손을 붙잡은 나는 정말 나쁜 새끼에 속물이었다.

근데 넌 이런 나와 그깟 1년짜리 계약 결혼을 하는 게 뭐 그리 좋다고 이렇게 기뻐하는 건지.

나는 자꾸만 코 아래로 내려오는 그녀의 선글라스를 벗겨

테이블에 내려 두었다. 그녀는 멍한 눈을 몇 번 깜빡거리더니 세상이 밝아졌다며 신나 했다. 그러고는 급격히 시무룩해졌다. 왜 그러나 싶어 그녀의 시선을 따라간 나는 아무 말도 할 수 없었다.

수완의 눈은 창밖의 한 부부에게 가 있었다. 스쳐 지나는 여자의 배가 동그마니 불러 있었다. 가슴이 조여들었다.

"되게 힘들겠다. 근데 저 사람들 닮았으면 애기도 무지 예쁠 거예요?"

수완은 미련이 뚝뚝 묻어나는 시선을 거두곤 조금 전 시킨 체리맛 맥주를 마저 들이켰다. 빈 잔을 내려놓은 그녀의 젖은 입술 사이로 짙은 한숨이 흘러나왔다.

"생각해 보면 그 미친 또라이 새끼 애기 못 가져서 얼마나 다행인지. 지 애비 닮았으면 완전 쓰레기 나왔을 거 아니야. 시어머니란 할망구는 씨받이 타령하더니 그 씨받이 구해서 쓰레기 주니어 가지셨나 몰라."

혀가 꼬인 소리로 그녀는 중얼거렸다. 빈 웃음을 터뜨리는 눈꼬리가 붉었다. 나는 무슨 말을 건네야 할지 몰라 그저 입을 다물고 있었다. 맥주잔만 만지작거리고 있던 수완이 고개를 들어 날 봤다.

"근데 선배 아기는 궁금하긴 하다. 선배 닮았으면 얼마나 예쁘겠어, 얼마나."

"수완아."

"어차피 가짜 결혼이니까 해당 없는 이야기라는 걸 아는데.

진짜라도 난 못 가진대요. 아기 못 낳는대요. 나는 아기 못 낳는대. 생리도 안 하니까 여자도 아니라고."

취해 발음이 뭉개진 목소리는 점차 젖어 들었다. 그녀는 눈물이 잔뜩 차오른 눈에 날 담고는 어설프게 웃었다.

"다들 나 여자 아니래. 선배한테도 나는 여자 아니죠? 난 다른 사람들은 다 필요 없고, 선배한테만…… 선배만."

나오지도 않는 말을 가까스로 짜내던 수완은 순식간에 테이블로 쓰러졌다. 나는 급히 손을 뻗어 그녀의 얼굴이 테이블에 부딪치는 걸 막았다. 차가운 체온이 좋은지 내 손바닥에 젖은 뺨을 비빈 수완은 잠꼬대처럼 내 이름을 불렀다.

"박이삭. 이삭 선배, 너만 여자로 봐 주면 되는데……."

정신을 차리지 못하는 수완을 업고 레스토랑 주차장까지 갔다. 그녀는 기억 못 하겠지만 과거에도 이랬던 적이 있었다.

아직 사귀자는 말을 하기 전이었다. 스토킹의 일환으로 매번 밖에서만 지켜보던 그녀는 내가 아르바이트하는 호프집에 처음으로 찾아왔다.

매상을 올려 주는 게 나한테 도움이 된단 판단 때문이었는지, 아니면 서빙하는 내 얼굴을 좀 더 보려는 의도였는지는 모르겠다.

그녀는 혼자 4인용 테이블을 차지한 채, 술을 궤짝으로 시키고 먹지도 못하는 안주를 심심하면 주문했다.

간간히 살폈을 땐 술이 줄지 않았기에 안심했는데 마감 시간에 보니 반 이상이 비어 있었다. 괜찮냐는 내 말에 고개를 끄덕이며 카드를 내밀던 그녀의 발목이 내 앞에서 종잇장처럼 꺾었다. 얼떨결에 자신을 받아 낸 날 끌어안으며 수완은 바보처럼 웃었다. 좋은 냄새. 냄새까지 좋은 건 반칙 아니에요?

차의 잠금장치를 풀고 조수석에 수완을 앉혔다. 안전벨트를 매 주려고 허리를 굽힌 내 목에 마침 고개를 튼 수완의 입술이 닿았다. 나는 독에 마비라도 된 사람처럼 움직이지 못했다. 아래로 떨어뜨린 시선에 마른 허벅지가 들어왔다.

나는 그사이 내 품에 파고든 그녀를 똑바로 앉혔다. 고개가 아프지 않도록 정리해 주고는 올라간 치맛단을 원래대로 내려 놓았다. 코트를 벗어 그녀의 몸 전체를 덮어 버렸다.

잠이 든 그녀를 한동안 내려다보던 나는 시동을 걸어 히터만 켜 놓은 채로 다시 밖으로 나왔다.

차가운 밤 어두운 공터 위에 서 있자니 끊었던 담배가 새삼 간절해졌다.

"이삭 선배, 너만 여자로 봐 주면 되는데……."

여자야, 넌.
그때도 지금도.

집에 도착했을 때는 새벽 1시가 넘어 있었다. 나는 휘청거리는 수완을 안다시피 부축해 소파에 눕혔다.

"물, 물."

애절하게 흐느끼기에 물을 가져다 입에 대 줬더니 반은 흘리고 반만 먹었다.

젖은 블라우스를 닦아 내려다가 가슴께라는 걸 알고 손을 멈췄다. 나 이렇게 짐승 새끼 아닌데. 충격에 주저앉은 나는 얼굴을 감싸 쥐었다.

우울증에 걸린 후론 인간의 3대 욕망 중에서 수면욕을 제외한 식욕과 성욕은 거세당한 상태였다. 나중에는 그 수면욕마저 없어져 문제였지. 지금처럼 이렇게…….

한숨을 쉬는 내 팔을 수완이 불현듯 틀어잡았다. 눈을 가리던 손을 치우고 돌아보자 그녀가 칭얼거렸다.

"선배, 나 토."

말은 거기서 끊겼지만 그 뒤가 무엇인지는 쉽게 유추할 수 있었다. 나는 당황해 그녀의 허리 뒤로 손을 넣어 일으켰다.

"걸을 수 있겠어?"

고개를 끄덕이는 수완을 안아 일어서게 했다. 그녀는 바닥에 발이 닿자마자 코알라마냥 내 품에 착 달라붙었다. 허리와 허리가, 가슴과 가슴이 맞닿았다. 나는 걸음을 떼다 말고 동상처럼 굳었고 그녀는 고개를 꺾어 나를 올려다보곤 천진난만하게 웃었다.

"속았죠? 뻥인데. 나 토는 안 해. 기껏 마신 술 다 토하면 아깝잖아."

수완은 미간에 주름까지 잡고 심각하게 말하다가 나와 눈을 맞추곤 다시 웃기를 반복했다. 그리곤 반응 없는 날 향해 따져 물었다.

"왜? 내가 말까서 기분 나빠? 아니, 안아서 기분 나쁜가?"

어차피 기분 나쁜 거, 그럼 이건 어때? 하며 까치발을 들고 내 입술에 제 입술을 들이대는 그녀를 간신히 저지했다.

그러나 취한 수완은 포기를 몰랐다. 나는 내 어깨까지 잡아가며 키스를 하려는 그녀의 팔을 쥐어 내게서 떨어뜨렸다. 취한 수완을 밀어내는 건 숨 쉬는 것보다 쉬운 일이었지만 오늘따라 그게 너무 힘들었다.

"치사해."

양 팔목을 내게 잡힌 채로 그녀는 입술을 삐죽였다. 나는 수완을 다시 소파로 데려가 눕히곤 테이블 옆의 담요로 얼굴까지 덮어 버렸다.

"토 안 하실 거면 주무세요."

반항할 줄 알았던 그녀는 어이없게도 그대로 금세 잠이 들었다. 고른 숨소리를 확인하고 나서야 이불을 걷어 얼굴이 드러나게 했다. 아이처럼 순진한 낮의 수완을 보며 나는 기가 막혀 웃었다.

그녀가 이러는 게 차라리 기분 나빴다면 얼마든지 안고 키스쯤은 하게 내버려 두었을 거다. 그녀의 말마따나 키스 한 번쯤 더 한다고 닳는 것도 아니고. 근데 그게 아니니까.

좋으니까, 좋을 게 뻔하니까.

간신히 누르고 있는 이 브레이크가 네 키스 하나에 풀릴지도 모른다는 두려움 때문에.

"미친 새끼. 자는 앨 상대로 무슨 생각을 하는 거야."

나는 욕실에 들어가 찬물로 욕조를 채우고 한 시간을 앉아
있었다.

겨울에 냉수 명상을 한 덕분인지 자는 내내 덜덜 떨었다.
나는 도중에 깬 수완이 날 찾을까 봐 멀쩡한 침대 대신 소파
옆 바닥에서 잠을 청했는데, 잠들기까지 한참이 걸렸다. 불면
증 때문이 아니었다. 내 곁의 최수완 때문이었다.

그녀와의 동거가 쉬울 거라 생각진 않았다. 하지만 지난 세
월 동안 잊고 있던 감정이 이처럼 쉽게 타오를 거라고도 생각
지 않았었다.

내가 아둔했다. 멀리 있는 수완을 밀어내는 건 그런대로 해
낼 수 있었다. 그러나 손을 뻗으면 닿을 거리에 존재하는 그녀
를 밀어내는 일은……

무릎에 턱을 괸 나는 잠든 수완에게서 눈을 떼지 못했다.
어둠 속에서도 그녀의 얼굴은 선명하게 빛났다. 앞으로 이 좁
은 공간에서 이 얼굴을 24시간 1년 동안 맞대고 살아야 한다
니.

다가온 수완을 차갑게 밀어내지 못했던 그때부터, 막무가내
란 핑계로 그녀에게 곁을 내줬던 그때부터, 나 살자고 모른 척
그녀의 손을 잡았던 그때부터 예견된 고통이었다.

고통이라기엔 너무 달콤한.

너를 내가 끝까지 밀어낼 수 있을까.

❖   ❖   ❖

잠들기까지 오래 걸렸지만 숙면에 빠지기까진 많은 시간이 걸리지 않았다. 나는 수면 보조제를 먹었을 때보다 훨씬 깊게 잠들었는데 눈을 떴을 땐 커튼이 젖혀진 거실 창으로 햇살이 쏟아지고 있었다.

눈이 부셔 손바닥으로 얼굴을 가린 채 잠시 누워 있었다. 기상과 함께 나를 따라다니던 두통이 오늘따라 온데간데없어 이상하다고 생각하던 찰나, 어젯밤 일이 기억났다. 급히 몸을 일으키자 어제 수완에게 덮어 줬던 담요가 품에서 떨어졌다. 반사적으로 고개를 돌려 소파를 살핀 나는 그 위에 동그마니 앉아 있는 수완을 보고 소스라쳤다.

"어, 너, 뭐. 거기서 뭐 하는 거야?"

"뭘 또 그렇게 놀라고 그래요. 사람 무안하게."

"아니, 나는."

그녀의 말을 듣고 보니 괜스레 민망해졌다. 나는 시선을 돌리며 자신 없이 중얼거렸다.

"잠이 덜 깨서 그래. 미안."

"내가 무슨 짓 했을까 봐 놀라서 그런 건 아니고?"

"뭐?"

수완은 얼굴에 꽃받침을 만들며 웃었다.

"솔직히 좋아하는 남자가 이렇게 무방비 상태로 옆에 잠들어 있는데. 그걸 가만히 둘 여자가 어디 있어?"

남자들이 흔히 여자에게 하는 말이었다. 그 뒤는 완전히 달랐지만.

"근데 여기 있네. 선배 눕혀 준다고 허리 끌어안고 만지긴 했지만 그건 다분히 어쩔 수 없는 상황이었고, 앞머리만 성가셔 보여서 넘겨 줬어요. 그게 다야. 완전 세상에, 내가 이렇게 이성적인 여자라니까요."

나는 할 말을 잃었다. 그녀가 어쩔 수 없이 했다는 스킨십이 잠든 수완에게 내가 한 짓과 똑같았기 때문이었다.

혹시 잠들지 않았던 건 아닐까, 내가 그 삽질을 하는 걸 다 보고 있었던 건 아닐까. 잠시 의심했으나 천진난만하기 짝이 없는 눈이 그건 썩어빠진 나나 할 짓이라는 걸 친절히 알려 주었다.

"그럼 어제 강제로 나한테 키스하려던 본능적인 여자는 누구야?"

마음 한편에 이는 죄책감을 지워 버린 채 나는 물었다. 수완은 잠깐 당황하더니 이내 뻔뻔하게 맞받아쳤다.

"그거 한 번 해 주면 되지, 끝까지 못 하게 막고. 그것도 모자라 담요로 얼굴까지 덮어 버린 건 어디에 누구시더라?"

"너……."

"맞아요. 다 기억해요. 주정은 부려도 필름은 안 끊겨서. 그렇게 안 봤는데 이삭 선배 무서운 남자였네. 덮치려고 했으면 아주 방에 갇혔을 거 아냐? 신우 선배랑 친할 때부터 알아봤어."

기막혀 하는 나를 내버려 둔 채 수완은 기지개를 켜곤 부엌으로 향했다. 그릇 두 개를 꺼내 시리얼을 붓더니 그 위에 스푼 두 개를 꽂았다.

"우유도 없던데. 이게 우리 아침밥이에요. 신혼 첫 끼치고는 너무하지 않나?"

씻고 나온 나는 수완과 마주 앉아 메마른 시리얼을 퍼먹었다. 수완은 어떻게 집에 라면 하나도 없을 수 있냐고, 해장 시리얼이라니 정말 언빌리버블하다며 날 구박하더니, 내가 사다 준다고 일어서자 필요 없다고 다시 앉게 했다.

"금방 갔다 올게. 잠깐이면 돼."

"지금 낮 12시 넘은 건 알죠? 밖에 사람 많을 텐데."

"말했잖아. 그 정도는 아니라고."

얼굴만 가리면 된다는 이야기는 굳이 덧붙이지 않았다. 어차피 수완도 알고 있을 사실이었다. 그녀는 남은 시리얼을 한 톨까지 박박 긁어 먹고는 날 보았다.

"그럼 같이 가요. 없는 게 한둘이 아니라 편의점으론 안 돼요."

그녀가 말하는 곳은 근처의 대형 마트였다. 얼마 전 마스크 벗고 장보기에 도전한 내가 쓸모없는 물건만 잔뜩 사고 결국 도망쳐 나왔던 곳. 뉴스에서 내 일이 언급되지 않았더라면 그렇게 등신처럼 뛰어나오진 않았을 테지만, 그래도 성공적인 장보기라기엔 형편없는 결과였다.

나는 잠시 갈등했다. 아닌 척했지만 그 뉴스 때문에 사람들이 다시 날 알아보는 건 아닌가, 걱정됐다. 다행히 어제 레스토랑이나 술집에선 딱히 그런 기색을 느끼진 못했는데.

지금에서야 얘기하지만 어제 종일 밖에 있던 내가 가장 편안함을 느낀 곳은 다름 아닌 새싹금융 빌딩이었다. 모자도, 마스크도 벗은 맨 얼굴이었는데도 전혀 주눅이 들거나 타인의 시선이 무섭지 않았는데, 그 이유는 거기가 온갖 쓰레기들을 모아 놓은 쓰레기장이었기 때문이었다.

교도소라도 가면 우울증 고쳐지겠는데. 나는 검찰청과는 정반대의 곳에 선 나를 상상하곤 생각보다 잘 어울려서 웃었다.

"어? 왜 혼자 웃어요? 이제 나랑 같이 살 걸 생각하니 좋아서 막 웃음이 나오나?"

"그래, 좋아 죽겠다. 다 먹었으면 가자, 마트."

"방금 뭐요?"

"가자고, 마트."

"그거 말고."

"그래?"

원하는 말은 절대로 해 주지 않는 내 뻔뻔함에 수완은 질렸다는 표정을 지었다. 박이삭 못돼 처먹은 거 하루 이틀 안 것도 아니니까. 들으라는 듯 큰소리로 궁싯거리는 그녀의 앞에서 빈 그릇을 거두어 개수대에 놓았다.

고작 두 개라 씻어 놓고 갈 요량으로 물을 트는데 가느다란 팔이 허리를 휘감아 왔다.

"꿈같아. 나 앞으로 1년 동안은 나만 생각할 거예요. 선배도 그랬으면 좋겠어."

내 등에 입술을 대고 수완은 말했다. 얇은 티셔츠 너머로 더운 숨이 느껴졌다. 나는 멈추었던 손을 놀려 그릇을 씻는 데 집중했다.

"벌써 그러고 있어. 네 말대로 난 되게 못된 새끼거든."

"진짜 못된 새끼는 우울증 따윈 안 걸린다는 거 모르시나 보네."

웃음으로 답을 때우는 내가 마음에 안 들었는지 수완이 턱으로 등을 찍었다. 놀라 그릇을 떨어뜨릴 뻔했다.

"위험하니까 제발 저리 떨어져 줄래?"

여전히 내 허리를 껴안은 두 손을 내려다보며 정중히 부탁했다. 곧장 와야 할 답이 없어 돌아보려는 나를 그녀가 저지했다.

"걱정 마요. 우울할 틈도 없이 괴롭혀 줄게. 그깟 스쳐 지나는 인간들보다 내가 만 배는 무서워질걸요."

수완은 알아서 팔을 풀고 물러섰다.

"그럼 난 외출 준비나 해야겠다."

발랄하게 부엌을 나서던 그녀는 자신이 내버린 시리얼 박스를 밟고 중심을 잃었다.

개업식의 바람 빠진 풍선 인형처럼 허물어지는 몸을 간발의 차로 받아 냈다.

이건 또 왜 여기 버려졌으며 앞은 왜 안 보고 다니는 거냐. 잔소리를 퍼부으려는 내 목을 탱고 추듯 끌어안은 수완은 반쯤 벌어진 내 입술을 빤히 보고 웃었다.

"드라마에서 보면 꼭 이럴 때 키스하던데."

어떻게 사람이 그렇게 잔인할 수가 있어. 허리 나갈 뻔했잖아. 고의는 아니었지만 어쨌든 안고 있던 팔에 힘을 푼 탓에 바닥에 떨어진 수완은 마트에 가는 내내 그 소리였다. 그때마다 나는 잘못했다고, 실수였다고 몇십 번을 사과해야 했다. 앓느니 죽지. 중얼거리는 나를 흘겨보는 눈이 고양이처럼 사나웠다.

후드에 마스크를 하고 있음에도 나는 긴장했다. 엠티라도 가는 모양인지 장을 보던 대학생 무리가 아까부터 날 자꾸만 흘깃거리고 있었다.

젊은 층은 정보 습득이 빨랐다. 나는 사건 직후 SNS에 돌아다니던 내 증명사진을 떠올렸다. 그 아래에 달렸던 수천 개의 악플들도.

안 좋은 기억은 쉽게 떠올랐다. 자꾸만 시선이 내려가는 나를 알아챈 수완이 카트에 온갖 종류의 스낵을 집어넣다 말고 다가왔다.

나는 마스크를 껴서 그런 건가, 아니면 그 검찰 솜방망이 징계 건 때문에 내 사진이 또 떠돌기라도 하는 건가. 별의별 생각을 다하고 있었다.

카트를 거머쥔 내 손을 수완이 뒤덮어 왔다. 자신을 보는 내 허리를 한 손으로 끌어안은 수완은 불현듯 콧소리를 냈다.

"자기야. 나랑 이렇게 장 보러 왔는데 딴생각하기 있기 없기?"

"어?"

"우리 자기가 어젯밤에 너무 힘을 써서 그런가, 영 맥이 없네."

대체 무슨 소리를 하는 거냐고, 황당한 표정을 지어 봐도 수완은 계속 '자기야' 연발이었다. 근처의 다른 사람들이 흘낏거리며 우릴 쳐다봤다.

"뭐 하는 거야, 지금?"

혹 내 목소리가 잘 안 들리나 해서 마스크를 벗으려는 걸 수완은 급히 도로 씌웠다.

정말이지 쪽팔린 일이었지만 순간, 서운했다. 수완이 나와 함께 있는 걸 들키고 싶지 않은 건가 싶어서. 너도 매스컴에 얼굴 팔린 나랑은 다니고 싶지 않은 거지? 내가 부끄러워? 서른셋에 초등학생도 하지 않을 생각을 하면서.

나도 대체 내가 왜 이러는지 알 수 없었다. 우울증이 극에 달했을 때도 이따위로 애처럼 굴지는 않았었는데.

티라도 날까 애써 표정을 갈무리하는 내 귓가에 수완은 속삭였다.

"아까부터 쟤네들이 자꾸 쳐다보잖아."

"알았어. 안 벗을게."

"기분 나쁘니까 벗지 마요. 절대 벗지 마. 난 내 거 누가 자꾸 쳐다보는 거 진짜 싫어."

"쓰고 있을…… 뭐?"

당황해 고개를 들자 어정쩡하게 쓰고 있던 후드 모자가 벗겨졌다. 수완은 도토리 저장소를 들킨 다람쥐처럼 급히 내 모자를 다시 씌웠다. 그때까지도 정신을 못 차리던 나는 건너편에서 우릴 보고 있던 여자애와 눈이 마주쳤다. 표정이 지하철에서 유난 떠는 커플을 목격했을 때, 그 이상 그 이하도 아니었다.

쪽팔림도 잊고 우두커니 선 내 손을 수완이 잡아끌었다.

"아빠 카드 언제까지 쓸 수 있을지 모르니까 일분일초라도 빨리 털어야 돼요."

"내가 살게."

"싫어요. 벼룩의 간을 내먹지. 선배 돈은 안 뜯어."

"나도 돈 있거든."

"아직은 내가 돈 더 많거든."

"돈 많아서 좋겠다."

"네. 엄청 좋아요."

쓸데없는 실랑이를 하는 동안 다시금 깨달았다. 더는 사람들을 의식하지도, 나쁜 생각을 하며 스스로를 좀먹지도 않고 있다는 걸. 그러니까, 수완이 취미에도 없는 자기야 타령을 한 것도 아버지 카드를 들먹이며 관심을 끈 것도 전부 나 때문이었다. 날 편하게 해 주려고.

수완은 새로 나온 과일주 구경에 정신이 없었다. 복숭아와 딸기 사이에서 심각하게 고민 중인 그녀를 지켜보던 나는 심호흡 끝에 마스크를 벗어 주머니에 넣었다. 난 둘 다 좋은데, 선배는 복숭아가 좋아요? 딸기가 좋아요? 묻던 수완이 고개를 돌려 날 보곤 멈칫했다.

"선배?"

"난 네가 좋아."

"뭐, 뭐요?"

속절없이 흔들리는 동공이, 당황해 벌어진 입술이 귀여웠다. 나는 그녀를 지나치며 복숭아주와 딸기주 모두를 카트에 넣었다.

"나도 너처럼 술이면 다 좋다고."

어이없는 탄식이 등 뒤를 넘어왔다. 말은 못 했지만 정말 어이없는 건 나였다. 널 기쁘게 해 주고 싶어서, 지금도 이렇게 사람들 시선에 떨면서 마스크를 벗어 던진 내가, 나는 당황스러웠다.

그 뒤는 사고의 연속이었다. 나는 앞을 살피지 않은 바람에 다른 카트와 접촉 사고를 일으키고 사람을 미처 확인하지 못해 카트로 밀어 버릴 뻔했다. 보다 못한 수완이 내 주머니에서 마스크를 꺼내 씌워 줬다.

"거봐. 내 말 안 들으니까 벌 받잖아요."

나는 입이 열 개라도 할 말이 없어 잠자코 있었다.

계산을 하려는 나를 수완은 필사적으로 막았다.

"아빠 카드 정지됐나 확인해 봐야 해요. 카드 막히면 나 진짜 거지거든요. 그땐 선배 돈 안 쓰고 싶어도 써야 돼."

기우와 다르게 카드는 긁혔고 그녀는 전쟁 소식을 들은 노인들처럼 쌀 두 포대를 카트에 더 담아 계산했다.

돌아가는 길엔 내가 운전했다. 집이 아닌 다른 방향으로 차를 트는 나를 수완이 의아하게 바라봤다.

"다른 데 들리려고요?"

"어, 은행."

"은행은 왜? 선배 나 몰래 숨겨 둔 돈 같은 거 있어요?"

"왜? 빚 당장 갚아 줬으면 좋겠어?"

우스갯소리로 건넨 말에 그녀는 심하게 정색했다.

"아뇨. 절대요."

손사래까지 치다가 이건 좀 아니다 싶었는지 입을 다물었다.

"통장 하나만 만들어. 거기다가 네 빚 갚게."

"아니, 뭘 그렇게까지."

"그렇게까지 해야 할 액수거든요."

내가 쉽게 물러날 기색을 보이지 않자 수완은 마지못해 고개를 끄덕였다.

요즘은 통장 만들기가 하늘의 별 따기라는데 그녀는 내가 주차장에서 라디오로 노래를 한 곡 다 듣기도 전에 은행에서 나왔다.

계좌 번호만 찍고 돌려주려는 통장을 수완은 다시 내게 건넸다.

"들고 있다 나중에 줘요. 관리하는 거 귀찮아."

앞으로 한 10년 동안은 못 받았으면 좋겠네. 혼잣말치곤 큰 소리를 내던 그녀는 내가 무슨 소리냐 묻자 집에 가서 밥이나 먹자고 말을 돌렸다. 나는 주차장에서 차를 빼며 쓰게 웃었다.

"걱정 마. 그렇게 큰돈 빨리 갚고 싶어도 못 갚아."

집에 도착해서는 라면을 끓여 먹었다. 수완은 늦어도 밥을 해 먹자고, 자꾸 이런 인스턴트만 먹으니까 영양실조로 병원에 실려 가고 그러는 거라며 잔소리를 늘어놓았다. 쓰러져 병원에 실려 간 건 그녀와 재회하기 훨씬 전의 일이었지만 나는 놀라지 않았다.

"어떻게 아냐고 안 물어요?"

"뒷조사했다며. 새삼스럽게."

"앞으론 그런 짓 안 하겠다고 약속하고 싶은데, 나도 날 못 믿겠어요. 그 점 미리 사과할게요."

라면은 선배가 끓였으니 설거지는 제가 하겠다고 나선 수완은 컵을 하나 또 깨 먹었다. 그릇을 전부 플라스틱으로 바꾸는 건 어때요? 안 깨지게. 파편을 주워 담는 날 보며 그녀는 미안한 듯 웃었다.

후식으론 아이스크림을 먹었다. 침묵이 싫은 듯 수완이 TV를 켰는데 하필 뉴스 채널이었다.

─검찰은 이번 음주운전 검사 징계는 사실과 다르게 와전된 것

뿐이며 징계 수위가 정해지진 않았으나 최대한 법리적으로 엄중하게 처벌할 것임을 밝혔습니다. 또한 앞선 스폰서 검사 사건은 절차에 따라 처리했을 뿐 다른 외압이 작용하거나…….

수완이 채널을 돌렸다. 나는 스푼을 놓고 일어섰다.

시간이 있을 때 창고 방을 정리하기로 했다. 열린 복층 침실보단 밀폐된 방을 쓰는 게 수완에게 편할 것 같았다. 문을 열고 뭐부터 해야 할지 가늠하고 있는데 드라마를 보던 수완이 소리쳤다.

"나 오늘은 못 도와주는데. 내일 하면 안 돼요?"

"백수가 어디 가?"

"백수가 원래 더 바빠요. 오늘은 집에 가서 아버지 좀 만나려고요."

박스 하나를 밖으로 꺼내 내려놓던 나는 동작을 멈추고 돌아봤다. 그녀는 입에 문 스푼을 빼더니 설명했다.

"선배 일 어떻게 돌아가고 있는 건지 확인도 해야 하고."

"그건 네가 신경 쓸 일이……."

"선배랑 결혼했다고 오늘 터뜨릴 거예요."

수완은 폭죽 터뜨리는 시늉을 했다. 나는 당황하지 않았다. 그녀가 나와 껍데기뿐인 결혼을 한 이유가 단순히 나를 좋아해서만은 아님을 알고 있었다. 아버지의 재혼 압박, 기계적인 선보기와 원치 않는 남자들과 만나며 상처 받는 일을 더는 반복하고 싶지 않아서.

그걸 알았기 때문에 수완의 손을 잡는 게 조금은 쉬웠다. 나도 그녀에게 이용 가치가 있다는 사실은 죄책감을 덜어 줬다. 수완이 내게 베푸는 것에 비하면 턱없이 가볍지만 그래도 2억 7천의 담보 정도는 되겠지. 거기까지 계산한 걸 보면 나도 참 쓰레긴데, 이런 날 알면 넌 내가 얼마나 끔찍할까.

"안 놀라네."

예상과는 다른 반응이었다는 듯 수완은 싱거워했다. 나는 그새 티셔츠에 묻은 먼지를 털어 내고 일어섰다.

"그러려고 한 결혼이잖아."

"아닌데. 누가 뭐래도 첫 번째 이유는 선배……."

"같이 가."

"왜 사람 말을 끊고…… 네?"

"결혼 허락받으러 혼자 가는 사람이 어디 있어."

못 들을 말이라도 들은 것처럼 멍청히 있던 수완은 지금 갈 거냐는 내 질문에 그제야 정신을 차리고 대답했다.

"집에는 이따가, 잠깐 그게 문제가 아니라 지금 나랑 같이 가겠다고요?"

"어. 안 돼?"

날 향한 눈동자가 갈등에 흔들렸다. 그녀는 잠시 뜸을 들이더니 결심한 듯 고갤 저었다.

"안 돼요. 뜯어 먹힐 거 빤히 아는데 어떻게 데려가? 우리 아버지 공으로 그 자리까지 올라간 거 아니에요."

"나도 공으로 검사된 거 아니야."

"선배!"

"궁금해, 네 아버지."

그녀의 아버지 최국환 의원에 대한 내 감상은 단순했다. 진보에 대항하는 보수파. 나라 팔아먹는 매국노는 아니지만 그렇다고 애국자도 아닌 사람. 대선 캠페인에서조차 잘 웃지 않는 남자였다. 적어도 앞과 뒤가 다른 사람은 아니구나, 생각했었지만 그뿐이었다.

그런데 비서를 통해 진흙탕 지렁이 소릴 듣고 난 후부턴 조금 궁금해졌다. 당신은 얼마나 잘났기에 사람을 벌레 취급하고, 인생을 좌지우지할 수 있다는 자신감을 가지고 있는 거냐고.

기껏 떼어 냈던 지렁이가 지금 그보다 못한 꼬락서니로 당신 딸과 결혼했다는 소릴 들으면 당신은 어떤 반응을 할까. 내 눈으로 직접 보고 싶었다. 찌질하고 유치한 복수심의 발로라 해도 상관없었다. 그게 아니라도 지금의 난 가진 자들에 대한 피해 의식이 가득한 찌질이니까.

"알았어요. 같이 가요."

"고마워."

후회해도 난 모른다고, 토라진 듯 그녀는 이야기했지만 기분이 나빠 보이진 않았다.

"아 참, 아무래도 선배 아버지께는 말씀 안 드리는 게 좋겠죠? 몸도 안 좋으시고, 어차피 1년 뒤면……."

이혼이라는 단어가 도무지 나오지 않는지 수완은 거기서 말을 삼켰다. 우울한 낯빛을 못 본 척 끼어들었다.

"어, 그러는 게 좋을 것 같아."

"참, 가는 길에 우리 혼인 신고서도 제출해요."

"우리 증인 두 명 아직 못 썼잖아."

"맞다. 근데 난 증인 서 줄 만한 사람이 없는데."

수완은 고작 혼인 신고서 때문에 본인의 31년 일생을 폄하했다. 친구 없이 살아온 게 후회된다고, 이럴 줄 알았으면 성질 좀 죽이는 건데. 표정이 재밌어서 지켜보다가 더 우울해지기 전에 대안을 이야기했다.

"신우랑 사장님한테 부탁했어."

"그, 신우 선배 말고 다른 아르바이트생한테 부탁하긴 좀 그렇……긴 하겠다."

"넌 신우를 왜 그렇게 싫어해?"

"신우 선배가 먼저 나 싫어했어요."

"나도 너 별로 좋아하진 않았는데."

"싫어하지도 않았으면서!"

그 말을 하곤 수완은 세상을 다 가진 것처럼 웃었다.

나는 그녀가 가져온 혼인 신고서 봉투를 따로 챙겼다. 그녀를 속이는 건 미안했지만 혼인 신고는 하지 않을 생각이었다. 수완의 인생에 나라는 흔적을 남기고 싶진 않았다.

추억은커녕 오점이 될 뿐인 흔적.

검사를 그만두고선 손에 대지도 않았던 슈트를 오랜만에 꺼내 입었다. 거울 앞에서 타이를 매고 있자니 옷을 갈아입고 나온 수완이 이상한 소릴 냈다.

"와, 내가 상상하던 선배 그대로야."

"상상?"

"그 거지 같은 새끼랑 결혼하고 나서도, 이혼하고 다른 남자들 닥치는 대로 만날 때도 매번 선배 상상했었거든요. 지금 선배는 이런 모습이겠지. 딱 그 상상 그대로라고."

이래서 주재욱 그 자식이 질투했구나. 등 뒤에 선 수완은 눈 한 번 깜빡이지 않고 나를 바라보았다. 숨김이라곤 없이 전해지는 날것의 감정이 날 부끄럽게 했다. 나는 시선을 피해 고개를 숙이고 기껏 완성한 타이를 풀어 다시 고쳐 맸다.

"넌 그렇게 가려고?"

"어, 왜요?"

후드 티에 저지, 집에서 입고 있던 옷과는 색깔과 디자인만 달랐다. 그런 내 시선을 읽은 듯 그녀는 어깨를 으쓱했다.

"부모님한테 잘 보여서 뭐해요. 워낙 본판이 잘나 주셔서 아무거나 걸쳐도 그림이 되기도 하고."

선배처럼, 하고 덧붙이는 걸 못 들은 척했다. 재킷을 입고 코트를 걸치고 있자니 수완이 다가와 어긋난 깃을 바로 해 줬다.

"안 그렇게 생겼는데 은근히 수줍음 많다니까. 지금 귀 엄청 빨개진 거 모르죠?"

"누구처럼 철판이 아닐 뿐이야."

"나처럼 예쁜 철판이 어디 있어요?"

신이 나 놀리는 걸 무시하고 먼저 집을 나섰다. 문이 닫히자마자 차가운 복도 벽에 뺨을 가져다 댔다. 진짜 왜 이러지. 애도 아니고.

운전은 수완이 했다. 나는 안전벨트를 매며 물었다.

"뭐 안 사 가도 돼?"

"욕먹고 깨지러 가는데 뭘 사 가."

생각만 해도 끔찍하다는 듯 수완은 고개를 저었다. 그러고는 마지못해 덧붙였다.

"아, 우리 엄마 꽃 좋아하니까 꽃이나 사 가요."

그녀가 차를 세운 사이 꽃집에 들러 꽃다발을 하나 샀다. 금방 들어왔다며 아주머니는 부바르디아를 추천해 줬다. 새끼 손톱만큼 작은 꽃잎이 흰나비 같은 꽃이었다.

출발할 때만 해도 별생각이 없었는데 막상 수완의 집 앞에 도착하니 긴장됐다. 진짜 결혼 허락을 받으러 가는 게 아닌데도 그랬다.

내릴 생각을 않고 꽃다발만 바라보고 있는 나를 수완이 두드려 깨웠다.

"긴장돼요?"

"조금."

숨겨 봤자 뭐하나 싶어 솔직하게 말했다. 심호흡을 하고 내리려는 날 수완이 붙잡았다. 그녀는 제 손바닥에 키스를 하더니, 그 손바닥을 다시 내 뺨에 가져다 댔다. 당황해 쳐다보자 그녀는 이상하다는 듯 고개를 갸웃했다.

"뭐야? 힘 안 나요? 손바닥으론 안 되나 보다. 이리 와 봐요. 직접 해 보게."

양손으로 얼굴을 붙잡고 끌어당기는 걸 간신히 피하고 내렸다. 수완은 급히 따라 나오며 투덜거렸다.

"볼 뽀뽀는 외국에선 그냥 인사예요, 인사. 비쥬 몰라요?"

"그게 어떻게 인사야? 성희롱이지."

"부부 사이에 성희롱이 어디 있어?"

"부부 사이에도 성추행, 강간 다 성립됩니다."

"아, 뭐 또 그런 무서운 소릴 해요. 덮치려면 진작 덮쳤지. 내가 얼마나 준법정신과 도덕성이 강한 여잔데."

듣고 있자니 끝이 없을 것 같아 벨부터 눌렀다.

—누구세요?

안에서 들려온 물음에 수완은 날 흘기며 인터폰에 입술을 가져갔다.

"나예요. 아주머니."

열린 대문 안으로 들어서며 나는 몰래 웃었다. 아까부터 나를 짓누르던 중압감과 긴장은 어느덧 사라져 있었다.

집 안으로 들어가면서도 수완은 내내 스킨십 타령이었다.

"세상에 남편 볼에 뽀뽀도 못 하는 마누라가 어디 있어? 여기 있네. 세상 사람들, 여기 있어요. 남편 볼에 뽀뽀도 마음대로 못 하는 불쌍한 마누라."

나는 계속 못 들은 척했다.

수완은 말이 많았다. 내 앞에서만 그랬다. 스무 살 그때에도 동기들 앞에선 벙어리처럼 입을 다물고 있다가도 내 곁에만 있으면 참새처럼 쉴 없이 조잘대곤 했다. 아침은 먹었어요? 아르바이트는 안 힘들어요? 공부는 잘돼요? 그렇게 앉아 있으면 허리 나가요. 전부 나에 관한 것들이었다.

생각해 보면 수완은 늘 내게 관심이 많았었는데, 그만큼 나는 수완에게 돌려주지 못했었다. 내 앞가림하기에만 바빴지.

돌계단을 올라 마당을 가로지르던 참이었다. 막 현관에서 나온 사람과 마주쳤다. 나는 그 자리에 멈춰 섰고 재잘대던 수완은 입을 다물었다.

"수완 씨, 오랜만……."

그녀를 보고 부담스러울 만큼 반가워하던 주재욱은 날 확인하곤 얼굴을 굳혔다.

"박이삭, 네가 여긴 어쩐 일이야?"

"글쎄, 어쩐 일일 것 같은데?"

가소롭다는 듯 주재욱은 입술을 비틀었지만 양 주먹은 움켜쥔 채였다. 내 얼굴로, 거기서 다시 수완이 붙잡은 내 손으로 시선이 따라왔다.

"안녕히 가세요, 주 검사님. 가요, 선배."

못 이긴 척 수완에게 끌려가고 있자니 웃음이 터졌다. 마지막으로 봤던 주재욱의 표정 때문이었다. 너 같은 놈도 그런 얼굴을 하는구나. 불안한 예감이 들었다. 그저 권력욕이나 출세욕 때문이 아니라 녀석이 진짜 수완을 좋아할지도 모른다는 예감.

"엄마 나 왔어. 아버지 저 왔어요."

"최수완, 너! 자꾸 이렇게 엄마 속 썩일래?"

현관문을 열고 들어선 우리를 맞은 이는 수완의 어머니였다. 그녀는 '대체 어떻게 된 거야? 가출했다는 애가 들락날락, 가출이 장난이니?' 잔소리를 늘어놓다가 뒤늦게 날 보곤 의아해했다.

"그런데 이쪽은……."

"안녕하십니까. 박이삭입니다."

허리를 굽혀 인사했다. 어머니는 얼결에 맞인사를 하고는 기억을 더듬듯 내 이름을 중얼거렸다.

"박이삭, 박이삭. 어디서 많이 들어보긴 했는데."

"알잖아. 이삭 선배. 대학 때 아버지 반대로 헤어졌던 남자 친구."

"어, 그래. 박이삭! 근데 그 사람을 왜 지금?"

"내 남편이야."

"그래, 네 남…… 잠깐, 다시 말해 봐. 뭐라고?"

당황한 기색이 역력한 수완의 어머니는 소리를 높이지 않기 위해 애를 쓰는 중이었다. 그때 그녀의 등 뒤에서 최국환 의원이 나타났다. 매스컴으로 보나 실제로 보나 인간미라곤 없는 얼굴이었다.

수완은 내게서 꽃다발을 가져가더니 어머니의 손에 반강제로 쥐여 줬다.

"우리 결혼했어. 통보하러 온 거야."

은테 안경 너머의 서늘한 눈동자와 마주쳤다. 나는 웃었다. 선거를 앞두고 카메라 앞에 선 정치인처럼 진심을 담아.

08. 다른 사람

"한 번 더 말하지만 우리 허락받으러 온 거 아니야. 통보하러 온 거예요."

충격을 받은 듯 우두커니 선 엄마에게 나는 다시 강조했다. 예상했지만 아버지는 전혀 놀란 표정이 아니었다. 설사 놀랐다 해도 그걸 얼굴에 드러낼 사람은 더더욱 아니었다.

아마 아버지는 가출한 내가 그간 선배 집에 있었다는 것, 예금을 몽땅 인출해 선배의 빚을 갚아 준 것까지 전부 알고 있을지도 몰랐다. 알면서도 왜 막지 않았는지는 내가 아버지가 아니니까 잘 모르겠고.

"일단 들어가자. 박이삭 씨? 이삭 씨도 들어와요."

엄마는 거실로 우리를 안내했다. 그리곤 이삭 선배를 따라 소파에 앉으려는 나를 부엌으로 잡아끌었다. 아 왜. 나는 탐탁지 않았지만 따라 들어갔다.

"너 지금 제정신이니? 결혼? 결혼은? 그것도 뭐 통보하러 와? 애가 진짜 보자 보자 하니까."

"왜? 오랜만에 보니까 더 사랑스럽나?"

"최수완!"

엄마는 자신이 소리치고 자신이 놀라 했다.

"귀 안 먹었습니다. 작게 이야기해요. 교양 머리 없이."

나는 엄마 흉내를 내면서 아주머니가 방금 냉장고에서 꺼낸 딸기를 집어 먹었다. 그 와중에도 씻지도 않은 걸 먹는다며 엄마는 경악했다. 나는 일부러 두어 개를 더 집어 먹고는 물었다.

"실제로 보니까 어때? 잘생겼지? 예쁘지?"

"그건 그렇다……만! 이 기집애가 누굴 닮아서 남자 얼굴만 밝혀 가지고."

"얼굴만 밝히긴, 선배 연수원 차석이었어. 그런 개쓰레기 같은 인간들하고 엮이지만 않았어도 지금도 검사로 날리고 있었을 텐데."

"어쨌든 지금은 백수 아니니!"

"그게 뭐. 나는 태어날 때부터 지금까지 쭉 백수잖아."

혈압도 없으면서 뒷목을 잡는 엄마를 내버려 둔 채 과일 접시와 차를 쟁반에 담았다. 사모님 괜찮으시냐며 엄마를 부축한 아주머니는 웃음을 참는 기색이 역력했다. 나는 엄마를 부탁한다는 사인을 보내곤 거실로 나왔다.

추위를 많이 타는 엄마를 배려해 난방은 늘 넘치게 하는 편이었다. 그런데 두 남자가 있는 거실로 들어서는 순간, 등이 시렸다.

과일 접시는 가운데에, 아버지와 선배의 앞엔 각각 인삼차와 허브티를 내려놓았다. 내가 앉아 머그잔을 들자마자 아버지는 기다렸다는 듯 입을 열었다.

"실망이다."

"새삼스럽게 실망은 무슨. 아버지가 나한테 무슨 기대를 하셨다고."

"너 말고, 박이삭 자네한테 실망이야."

차를 한 모금 마시고 내려놓은 선배의 시선이 아버지를 향했다. 차가운 눈이었다.

"수완이야 늘 제정신 아닌 애지만 자네는 적어도 정신만은 똑바로 박혀 있다 생각했었는데, 내가 틀렸나 보군."

"아버……."

"네, 틀리셨습니다."

아버지는 시답지 않은 말로 사람을 긁는 데 천부적인 재주가 있었다. 첫마디에 흥분해 소리치려던 나는 뒤이은 선배의 음성에 입을 다물었다.

"생각보다 사람 보는 눈이 없으시네요, 의원님. 제정신 박힌 놈이면 여자 등 처먹어 빚 갚을 생각 같은 건 애초에 하지 않을 겁니다. 그 여자와 결혼 같은 건 더더욱 하지 않을 테고."

돌아본 선배는 웃고 있었다. 그린 듯 휘어진 입술이 인위적이었다.

"하고 많은 남자들 중에 주재욱을 따님 재혼 상대로 고르셨단 얘길 듣고 짐작하긴 했습니다. 상사 따라 룸에서 여자들한테 돈이나 꽂던 새끼를."

부엌에서 나오던 엄마가 다시 뒷목을 잡는 게 보였다. 놀란 아주머니께서 엄마를 안방으로 데려갔다. 아버지는 재밌다는 듯 웃었다.

"그래서 자네는 그 새끼와 다르다고 생각하나?"

"아뇨."

"내 생각도 그래. 아니, 나는 개돼지처럼 추접하게 놀고도 살아남는 놈이, 그 죄 다 뒤집어쓰고 잘려 나간 놈보다 낫다고 생각해."

하, 나는 충격에 입술을 벌린 채 탄식했다. 정치인으로서의 아버지에 대한 기대는 눈곱만큼도 없었지만 이건 또 달랐다. 나는 같은 인간으로서 아버지에게 실망했다.

남을 밟아 살아남은 주재욱이 선배보다 낫다고? 세상에 도덕이란 게 왜 있는데? 법이란 게 왜 존재하는데?

배신감과 분노로 가슴이 터질 것 같은 나와는 달리 선배는 침착했다.

"저도 그렇게 생각합니다."

나는 놀라 선배를 돌아봤다. 아버지는 그렇다 치지만 선배는 왜 이러나. 그러지 말라고 그의 손을 움켜잡았다. 선배는

251

내 손을 잠시 내려다보더니 고개를 들고 아버지를 마주했다.

"그런데 세상은 오래 살고 볼 일이죠. 지금 따님 곁에 앉아 있는 건 저니까."

뒤통수를 얻어맞은 기분이었다. 내가 제일 싫어하는 틀에 박힌 미소마저 선배는 탁월하게 소화했다. 아버지는 그에게서 시선을 거두더니 아직 얼이 빠져 있는 내게 말했다.

"허락받으러 온 건 아니라고 했으니 그건 넘어가도록 하고. 카드 정지, 네 앞으로 있는 예금, 부동산 전부 동결할 거다. 물론 용돈도 없어."

"아버지!"

"오늘부터 필요한 돈은 스스로 벌어 쓰도록 해. 저놈이랑 결혼이란 걸 했을 때 이미 이 정도는 예상했을 텐데. 아니냐?"

예상했다. 하지만 늘 그렇듯 예상만 했을 뿐 준비는 하지 못했다. 뭐든 닥치고 나서야 해결하는 습관은 내 오랜 고질병이었다. 이럴 줄 알았으면 현금을 만들어 놓는 건데. 꿀 먹은 벙어리 꼴로 불만을 숨기지 않는 날 향해 아버지는 손을 내밀었다.

"뭐요?"

"차 키."

"아, 치사하게. 차는 생일 선물로 주신 거잖아요."

어떻게든 차는 사수하려 했지만 더 우기면 선배가 미안해할까 봐 쿨한 척 내줬다. 아버지는 차 키를 주머니에 넣고는 일어섰다. 마침 안방에서 나온 엄마가 우릴 불렀다.

"저녁 다 됐어. 먹고 가."

일부러 저녁 시간을 피한답시고 늦게 왔건만 타이밍이 안 좋았다. 나는 아무래도 괜찮은데 선배가 걱정이었다. 불편한 사람들 사이에서 밥이 편히 넘어갈 리 없었다. 됐다고 그냥 가겠다고 거절하려는 걸 막은 이는 다름 아닌 선배였다.

"괜찮겠어요?"

"어."

고작 며칠 가출한 딸이 돌아왔다고 반가웠는지, 아님 백수라도 사위 대접은 하려 그랬는지 저녁은 진수성찬이었다.

나는 수저를 들며 아버지에게 선배 일부터 물었다.

"이번에 매스컴에 선배 사건 다시 띄운 거, 누구 짓이에요?"

수저질을 하던 선배의 움직임이 뚝 멎었다. 선배를 생각하면 여기선 하지 말아야 했는데, 따지고 보면 이걸 물어볼 시간도 지금뿐이라 어쩔 수 없었다.

"누구 짓이면?"

"아버지는 아니라면서요, 그럼 어떤 새끼 짓인데요?"

"어머, 새끼가 뭐니? 엄마가 그런 상스런 말 쓰지 말라고 했지."

"그럼 개새끼라 그럴까?"

"얘가 정말!"

나는 밥맛이 떨어져 젓가락을 던지듯 내려놓곤 아버지에게 부탁했다.

"매스컴 막아 줘요."

"내가 왜?"

"아버지 대선 포기 안 하신다면서요. 나중에라도 걸림돌 되면."

"걸림돌? 난 너 같은 딸도, 저놈 같은 사위도 둔 적 없다만."

9천년 먹은 능구렁이가 사람의 형상을 갖춘다면 우리 아버지일 거다. 하나뿐인 외동딸이 상처를 받건 말건 아버지는 거들떠보지도 않았다. 분을 참느라 심호흡을 하고 물을 들이켜자니 웃음소리가 들렸다. 선배였다.

"장인어른 덕 좀 볼까 했더니, 틀렸네요."

유순하고 예의 바른 어조였지만 그 속은 까칠했다.

나는 놀라는 중이었다. 선배가 아버지에게 당하고 있지만은 않을 거라고 생각은 했었다. 지금이야 대인 공포증에 우울증까지 걸린 상태지만 타고난 성미는 어디 가지 않으니까. 그런데 이렇게나 여유롭고 아무렇지 않게 아버지의 말을 받아치고 넘어서 비꼬기까지 할 거라곤.

사람들은 아버지를 무서워했다. 정확히 말하자면 아버지가 가진 권력과 돈을 무서워했다. 밖에선 욕하던 사람들도 막상 아버지 앞에 서면 찍어 낸 듯 같은 표정을 하곤 했다. 아이고, 의원님. 잘 부탁드립니다. 살아남기 위해선 필수 불가결한 태세 전환이었다. 아마 내가 그들이라도 그랬을 거다. 하다못해 주재욱도 아버지 앞에선 잘 길들인 애완견처럼 굴었다.

제게 몰린 시선은 개의치 않고 선배는 식사를 계속했다. 정갈한 젓가락질에 시선을 빼앗긴 엄마는,

"맛있어요. 어머니 돌아가시고 이런 집 밥은 처음이라. 식사 초대해 주셔서 감사합니다."

그의 말에 기다렸다는 듯 반찬을 앞으로 가져다 날랐다.

"이것도 먹어 봐요. 모자라면 말하고. 더 먹고 싶은 건 없어요? 갈 때 싸 줄게요."

"감사합니다. 잘 먹겠습니다."

선배는 눈을 휘어가며 웃었다. 여태껏 보지 못한 제3의 박이삭 등장에 기막혀 하는 내 귀로 다른 이의 탄식이 들렸다. 허. 돌아본 후엔 감쪽같이 표정을 바꾼 후였지만 목소리만으로도 알 수 있었다. 아버지였다.

나는 엘리베이터 안에서 타인의 시선에 떨고, 마트에서 캐셔와 눈도 못 마주치던 선배를 떠올렸다. 잘생겼다는 칭찬에 뺨을 붉히고, 고작 뽀뽀가 하기 싫어 날 최선을 다해 밀어내던 선배를.

완전히 다른 사람이었다. 껍데기만 같을 뿐 알맹이는 딴판인 쌍둥이라고 해도 믿을 정도로.

예상보다는 유순한 식사 시간이었다. 특별히 화기애애하지는 않았지만 딱히 날이 서 있지도 않았다. 아버지는 별다르게 선배에게 쓴소리를 늘어놓지 않았고 선배도 그 정도면 편안해 보였다.

식사가 끝난 후 자연스럽게 그릇을 치우는 선배를 아주머니는 기함하며 막았다. 아이고, 이런 것까지 안 하셔도 돼요. 손사래에도 꿋꿋이 그릇을 개수대로 나르는 그에게로 아버지의 시선이 스쳐 지나갔다.

그사이 엄마는 나를 테라스로 데려갔다.

"너 그럼 지금 저 사람이랑 같이 있는 거야?"

"어."

"집 나가서부터 죽 같이 있었다고?"

"응."

엄마의 표정이 심각해졌다. 꼭 애인 있는 딸이 친구와 여행을 간다며 섬을 목적지로 밝혔을 때의 반응 같았다. 그 섬을 가도 벌써 수십 번, 아니 수백 번을 다녀온 나는 웃음이 터질 수밖에 없었다.

"엄마, 나 이혼녀야. 한 번 갔다 왔다고. 게다가 내가 좀 문란하게 놀았어? 새삼스레 뭘 그런 걸로 심각해해."

"문란은 무슨 애가, 누가 들으면 진짜 줄 알아!"

"어쨌든 이젠 결혼한 사인데 같이 사는 게 당연하죠, 사모님."

그 사람 집이니? 전세? 자가? 어디? 아파트? 빌라? 몇 평이야? 속사포처럼 물어보는 걸 내 집이라는 말로 잘랐다. 엄마는 어리둥절해했다.

"내가 모르는 네 집이 어디 있어?"

"이번에 생겼어."

엄마는 더 묻고 싶은 기색이 역력했지만 그래 봤자 대답해 주지 않을 걸 확신했는지 거기서 질문을 멈췄다. 그리고 다른 걸 물었다.

"아직 혼인 신고는 안 한 거지?"

"에이, 엄마……."

"그렇지? 아니지?"

"설마 내가 그것도 안 하고 아버지한테 말하러 왔겠어?"

잠시나마 환해졌던 엄마의 낯빛이 순식간에 흙빛으로 변했다. 엄마는 막말이 나오려는 걸 참는 듯 심호흡을 하더니 날 달래기 시작했다.

"결혼이 장난이니? 네가 보통 사람도 아니고. 첫 번째 결혼 그렇게 돼서 너 얼마나 힘들어했어? 그런데 두 번째까지 꼭 이런 식으로 해야겠어? 엄마도 저 사람 좋은 사람인 건 알아, 알겠어. 그런데 수완아, 너도 겪어 봤으니 알 거 아니니. 사람들은 가십거릴 좋아하고 세간의 평판이란 게 또 쉽게 바뀌진 않는다는 거. 매스컴에서 그제도, 오늘도……."

"진짜 실망이다, 엄마."

더는 들을 자신이 없어 버릇없이 말을 끊어 버렸다. 싸늘한 내 목소리에 엄마는 입을 다물었다. 불안한 눈이었다.

전부 날 걱정해서 하는 말이었다. 그런데 엄마가 날 위한답 시고 하는 그 말들은 하나부터 열까지 모두 내 가슴을 들쑤셔 놓았다. 나는 엄마가 선배를 반대하는 것보다, 그녀가 내가 알고 있던 것과는 다른 사람일지도 모른다는 사실에 배신감을 느꼈다.

난 엄마가, 알맹이가 싸구려면 껍데기라도 명품이어야 한다며 며느리를 돈으로 치장하고, 저런 인간들은 잘해 주면 기어오른다며 기사 아저씨 뺨을 때리던 사람들과는 다르다고 생각했었는데.

"내가 보통 사람이 아니면? 내 몸엔 뭐 다른 피라도 흘러?"

"수완아."

"평판이라면 나도 선배 못지않은 거 엄마도 잘 알잖아."

서로 알고 있으면서도 절대 하지 않던 이야기였다. 나는 엄마가 상처 받을까 봐, 엄마는 내가 상처 받을까 봐. 함구령이라도 받은 사람처럼 입 밖으로 내지 않았던 말.

"나 이혼한 거? 그 더러운 새끼가 여고생 끼고 논 거? 그거 다 내 탓이라잖아. 젊은 나이에 무슨 짓거리를 하고 다녔기에 폐경이 돼서 여자구실을 못 하는 거냐고. 그러니까 남자가 밖으로 나도는 거라고. 걔 미국에서 남자들이랑 놀아날 때부터 내가 이럴 줄 알았다니까. 잘 다니던 법대 자퇴한 것도 남자 때문이었다며? 수완 엄마도 참 불쌍하다. 남편이 대한민국 최고면 뭘 해. 딸이 그 모양인데."

"너……."

"들었어. 나 그때 거기 있었거든."

백화점 피팅룸에서였다. 옷을 열 벌이나 들고 와 갈아입기를 반복하고 있는데 밖에서 내 얘길 하고 있었다.

처음 들었을 땐 사실 상처였었는데 그것도 계속 듣다 보니 이력이 났다. 상대가 엄마 친구들이라 나가서 대들고 싸워 봤자 엄마 얼굴에 똥칠만 더 할 것 같아서 잠자코 기다렸다. 갑자기 나타난 엄마가 '우리 수완이가 뭐 어때서? 공부 못해 돈 주고 대학 간 네 돌대가리 아들보다, 여자구실 잘해서 누구 씨인지도 모를 새끼 임신하고 다니는 네 딸보다 낫다'라고 그 아줌마들 머리채를 잡을 줄 알았다면 그러진 않았을 텐데.

이제 와 나가서 말리자니 상황이 웃길 것 같고, 또 문틈으로 보니 의외로 엄마가 선방하고 있어서 사태가 끝나고 모두 밖으로 나갈 때까지 거기 있었다.

계산을 하고 나올 때까지만 해도 아무렇지 않았었다. 그런데 지나치던 화장실에서 울음소리를 들었을 때, 그게 엄마 목소리라는 걸 알았을 때. 나는 처음으로 내가 엄마 딸이란 게 미안했다.

주차장에 내려와 어두운 차 안에서 혼자 몇 시간을 울었다. 그때 엄마를 생각하면 이러면 안 되는데, 엄마가 아픈 건 나도 싫은데. 그렇지만 그 이유로 또 선배를 놓치면 이젠 두 번 다시 행복해질 수 없을 것 같았다.

"그때 엄마가 그랬지. 네 새끼들 백 명, 천 명을 데려와도 나랑 안 바꾼다고. 나도 그래. 다른 잘난 놈들 백 명, 천 명, 아니 만 명을 데려와도 선배랑 안 바꿀 거야."

더는 엄마와 싸우고 싶지도, 상처 주고 싶지도 않아 그 말만을 내뱉고 돌아섰다. 닫힌 테라스 문을 열어젖히려는 날 엄마가 불렀다.

"최수완!"

"엄마가 어떤 말을 해도 내 맘은……."

"자신 있어?"

생각지 못한 물음에 나는 멈춰 섰다. 돌아본 엄마는 전에 없이 단호한 표정이었다.

"어떤 일이 있어도 저 사람 안 버릴 자신 있어? 넌 내 딸이라 내가 갖다 버리려야 버릴 수 없지만 저 사람은 네 아들이 아니잖아. 사람 액세서리처럼 쓰다 버리는 거 엄만 딱 질색이야. 힘들다고, 너 아프다고 안 버릴 자신 있어?"

태어나서 본 모습 중에 가장 무서운 얼굴이었는데 왜 이렇게 웃음이 나는지 모르겠다. 나는 굳은 입가에 바보 같은 미소를 띠며 고개를 끄덕였다.

"어."

"그럼 해. 얼마나 잘났기에 네가 정신을 못 차리는지 엄마도 좀 보자."

고작 종이 한 장으로 얽힌, 언젠가는 끝날 사랑이었지만 거짓말은 아니었다. 난 어떤 일이 있어도 그를 버리지 않을 테니까. 그가 날 버린다면 몰라.

집을 나서는 길, 바리바리 싸 주려는 엄마를 차가 없다는 핑계로 거절했다. 아버지는 소파에서 신문을 펼쳐 든 채로 우리를 쳐다보지도 않았다. 신문 1면에는 검찰의 내부 징계 건에 관한 브리핑 사진이 대문짝만하게 실려 있었다.

집 앞까지 우리를 따라 나온 엄마는 넌지시 권했다.

"데려다줄까."

"됐어. 뭐 하러."

"버스, 지하철 타고 가기엔 피곤할 텐데. 시간도 늦었고."

결혼하고, 또 독립해 산 세월이 얼만데 새삼 유난스레 구는 엄마가 이상하다고 생각했다. 잠자코 있던 선배가 부드럽게 엄마의 말을 받았다.

"시간 나실 때 놀러 오세요."

집을 알리고, 엄마가 드나들게 되면 불편한 사람이 누군데 저러나. 안 된다고 막을 생각이었다. 가로등에 비친 엄마의 얼굴이 너무 밝았다. 데려다주고 싶었던 게 아니라 집을 보고 싶었던 거네. 나는 뒤늦게 엄마의 속마음을 읽곤 심란해졌다. 엄마를 걱정시키고 싶진 않았지만 선배를 불편하게 하고 싶지도 않았다.

한숨을 쉬는데 선배와 눈이 마주쳤다. 미안함에 표정이 어두워지는 날 향해 그가 입 모양으로 말했다. 괜찮아.

엄마를 집으로 들여보낸 우리는 큰길을 걸어 내려왔다. 밤이 되니 날은 더 추워졌다. 나야 옷장에 있는 패딩으로 갈아입고 나와 춥지 않았지만 슈트에 얄팍한 코트 차림인 선배는 누가 봐도 추워 보였다. 조금이라도 따뜻해질까 붙잡은 손이 얼음장처럼 차가워 깜짝 놀랐다.

"손이 왜 이렇게 차요."

"넌 따뜻하네."

"나야 뭐. 선배 추위 많이 타죠? 돌아가서 아빠 옷이라도 가져올까요?"

"참을 만해. 이 정도도 안 추우면 그게 겨울인가."

아무렇지 않게 말하는 코끝이 붉었다. 나는 선배의 손을 깍지 껴 내 주머니에 넣었다. 밀어내면 어쩌나 걱정했는데 그는 순순히 내 곁에 붙어 손을 내주었다.

"속은 괜찮아요?"

"넌?"

"난 안 좋아. 집에 소화제 있어요?"

"병원 갈까?"

"그 정도는 아니고."

큰길까지 내려온 우리는 약국에 들렀다. 토요일 밤이라 그런지 약국에는 사람이 많았다.

선배는 밖에 선 채 소화제 말고도 두통약, 감기약, 반창고, 진통제를 사 오라며 제 카드를 내게 쥐여 줬다. 내가 사면 된다며 거절하려던 나는 처지를 깨닫고 입을 다물었다. 선배의 카드를 긁고 나오는데 얼굴을 들 수가 없었다.

"왜 갑자기 우울해졌어?"

"이럴 줄 알았으면 돈 좀 뽑아 놓을걸."

"후회돼? 나랑 결혼한 거?"

"아뇨! 이젠 선배한테 돈 못 쓰니까. 돈 쓰기는커녕 빌붙고 있잖아."

생각하니 더 우울해졌다. 어차피 펑펑 쓰는 돈, 선배한테 쓰고 싶었는데. 선배랑 같이 있는 동안만이라도 호강시켜 주고 싶었는데.

선배가 병 소화제를 따 건넸다. 나는 병을 받아 알약과 함께 삼켰다. 쓴맛에 인상을 구기고 있자니 문득 그게 떠올랐다.

"아, 2억 7천에서 까면 되겠다."

"뭘?"

"앞으로 선배가 나한테 쓸 돈. 나도 이제 백수 생활 쫑 내고 돈 벌긴 할 건데. 어쨌든. 그 돈 거기서 까면 되겠네."

말도 안 되는 소리라는 걸 알면서도 지껄였다. 그가 어처구니없다는 듯 나를 바라보았다.

"되긴 뭐가 돼?"

"안 될 건 또 뭐야."

"왜? 손잡고 포옹하고 키스한 것도 값 매겨서 까라 그러시죠?"

"그럼 나야 좋지. 지금부터 계산할래요? 나 지금 선배랑 키스하고 싶은데."

선배는 몰라도 나는 그 말을 하면 안 되는 거였다. 본인이 제 약점을 들먹이며 하는 장난과 타인이 남의 약점을 가지고 하는 장난은 그 무게가 달랐다. 나는 내 말이 선배에게 상처를 줄 수도 있다는 걸 분명 알고 있었다. 알면서도 했다.

선배를 좋아하게 된 것, 선배의 빚을 멋대로 갚은 것, 싫다는 선배를 지겹게 설득해 시한부 결혼한 것. 그래서 이렇게라도 함께 있게 된 것. 단 한순간도 그 일들을 후회한 적이 없었다. 앞으로도 그럴 것이다.

다만, 화가 났다. 선배를 위해 한 그 많은 일들 중 따지고 보면 내 힘으로 한 것들이 하나도 없다는 게. 아버지의 말 한 마디에 이다지도 쉽게 무력해지는 내 자신에게 화가 났다. 앞으론 내가 선배를 지켜 주지 못할 수도 있겠구나. 아니, 지금보다 위험하게 만들지도 모르겠구나.

선배의 부재 외엔 살면서 그 어떤 불안도 크게 느끼지 못했던 나는, 나를 떠받쳐 주던 힘이 아버지라는 걸 깨닫자마자 심하게 불안해졌다. 요동치는 감정은 예리한 칼날이 되어 머릿속을 휘젓기 시작했고, 그걸로 모자라 그 칼끝을 가장 사랑하는 동시에 가장 만만한 상대에게 겨누었다. 나한테 진 빚 때문에 그걸 갚기까지는 내가 무슨 짓을 해도 날 떠나지 못할, 그에게.

"나 되게 비싸. 감당되겠어?"

조용히 날 응시하던 선배가 말했다. 미소를 그리는 입술과 반대로 어두운 눈빛에 가슴이 덜컥했다. 방금 건 실언이었다고 사과하려는 나를 선배가 막았다.

"근데 한 번쯤은 공짜로 해 줄게."

"그게 무슨 소리……."

되물을 새도 없이 선배는 다가왔다. 차가운 입술은 겨울눈처럼 찰나 내 입술에 닿았다가 떨어졌다.

복잡하게 머릿속을 휘젓던 생각들이 몽땅 날아갔다. 고작 가벼운 입맞춤 하나에 넋을 잃은 날 보고 선배는 웃었다.

"어때? 기분이 좀 나아졌어?"

전봇대처럼 굳은 날 두고 선배는 먼저 걸어갔다. 곧은 뒷모습을 홀린 듯 보던 나는 뒤늦게 정신을 차리고 그를 향해 뛰었다. 날아갈 것 같았다.

그는 나의 신이다. 내 세상을 무너뜨릴 수도, 다시 세울 수도 있는 신.

근처 정류장에서 버스를 탔다. 선배는 익숙한 듯 내 몫까지 내주었는데 그를 처음 만났던 날이 데자뷔처럼 겹쳐졌다. 그는 기억하지 못하는 우리의 첫 만남.

직전에 한 대가 지나간 탓에 버스 안에는 다행히 사람이 많이 없었다. 나는 그를 구석으로 밀어 놓고 곁에 앉았다.

얼굴이 훤히 드러난 게 불편한 듯 그는 자꾸만 손을 얼굴로 가져갔다. 뺨을 만졌다가 입을 가렸다가 난리도 아니었다. 혹시 몰라 약국에서 산 마스크가 주머니에 있었지만 꺼내지 않았다. 그 대신 뻣뻣하게 굳은 그의 손을 양손으로 잡아 데우기 시작했다.

상황 회피를 위해 창밖에 고정되어 있던 그의 시선이 내게 돌아왔다. 그는 한 손으론 제 손을 붙잡고 다른 한 손으론 제 손등을 문지르고 있는 날 의아하게 쳐다보았다.

"뭐 해?"

"손이 너무 차서요. 인간 손난로."

"그냥 내 손이 만지고 싶었던 건 아니고?"

"들켰네. 그럼 이제 대놓고 만질게요."

선배는 손금을 보네, 전기를 느끼게 해 주겠네, 개수작을 하며 제 손을 장난감처럼 주무르는 나를 내버려 두었다.

굳어 있던 그의 낯빛에서 점차 긴장이 가시는 게 느껴졌다. 생쇼를 한 보람이 있네. 나는 다음번에 대중교통을 탈 걸 대비해서 더 많은 생쇼를 준비해야겠다고 생각했다. 그가 불안해하지 않게. 언젠가 내가 곁에 없어도 사람들을 무서워하지 않도록.

집에 도착하기 무섭게 피로가 몰려왔다. 고작 부모님을 만나고 온 것뿐인데 종일 노동을 한 것처럼 몸이 쑤셨다. 나는 외투를 벗지도 않은 채로 소파에 엎어졌다. 뒤따라온 선배가 물었다.

"속은 이제 괜찮아?"

"네, 괜찮아요. 멀쩡해. 약발이 잘 듣나."

"그럼 씻고 올라가서 자."

"선배는요?"

"난 지금 네가 누워 있는 거기서 잘 예정이니까 빨리 꺼져 줄래?"

살갑고 다정한 목소리로 그는 막말을 했다. 나는 당장 돌아누웠다. 선배는 코트와 재킷을 벗고 막 넥타이를 푸는 중이었다. 긴 손가락이 매듭을 끄르고 타이를 걷어 냈다. 보통 남자들이 하는 단순하고 평범한 동작인데 희한했다. 선배가 하면 우아하고 섹시해 보였다.

나란히 내려놓은 재킷과 코트 위에 타이를 겹쳐 놓은 그는 이젠 소매 단추를 풀었다. 벌어진 소매 틈 사이로 곧은 팔목이 보였다. 그깟 팔목 좀 보인 게 뭐라고 기분이 이상했다.

그런 날 알 리 없는 그는 이젠 셔츠 위 단추를 풀기 시작했다. 하나, 둘. 겨우 두 개를 풀어낸 그가 갑자기 날 돌아봤다. 예쁜 옆집 누나를 훔쳐보는 남고생처럼 숨까지 참고 있던 나는 화들짝 놀랐다. 그의 눈이 가늘어졌다.

"왜…… 그렇게 봐요?"

나에게 죄가 있다면 내 앞에서 겁 없이 옷을 벗는 선배를 외면하지 못한 것뿐이었다. 그것도 벗다 말았으니 따지자면 제대로 본 것도 아니었다. 나는 당당해지기로 했다. 하필 그때 그의 세 번째 단추가 저절로 풀렸고, 벌어진 셔츠 사이로 가슴팍이 드러나는 바람에 말문이 막혀 버렸지만.

"안 씻을 거면 나부터 씻어?"

불순한 상상으로 가득 찬 나는 모른다는 듯 그는 욕실을 가리켰다. 차라리 왜 자꾸 쳐다보냐, 너 변태냐고 놀렸다면 그리 억울하지는 않았을 거다. 나는 선배가 날 변태 취급했을 때보다 더 변태가 된 것 같아 기분이 아주 더러웠다.

"일부러 그러는 거죠, 지금?"

"뭐가?"

"씻으면 되잖아요, 씻으면. 네, 지금 씻고 자러 갑니다."

나는 소파에서 벌떡 일어나 패딩을 벗어 던졌다. 허리춤을 잡고 티셔츠를 끌어 올리자니 그가 당황하는 게 느껴졌다.

"너 뭐 하냐, 지금."

놀란 듯 다가와 내 팔을 붙잡은 그의 얼굴이 굳어 있었다. 나는 뽑기 기계에서 인형을 뽑아내듯 그의 손을 털어 내곤 티셔츠를 마저 벗었다. 못 볼 거라도 앞에 둔 사람처럼 고개를 돌린 그의 앞에 굳이 서서 눈을 맞추었다.

"놀랐어요? 설마 안에 아무것도 안 입었을까 봐?"

얇은 반팔 티셔츠 차림의 나를 확인한 그의 입술 사이로 기가 찬 숨이 터져 나왔다.

"대체 왜."

"왜긴 왜야. 역지사지 몰라요?"

선배는 내 머리통을 해부라도 해 보고 싶은 표정이었다. 아무리 선배를 사랑하는 나라도 머리 안을 열어 보여 줄 수 없었다. 그래서 말했다.

"선배도 내 심정 한번 느껴 보라고. 날 별로 안 좋아하는 선배도 그런데 선배를 무지 좋아하는 내 기분은 어땠겠어요? 그러니까 내 앞에서 함부로 옷 벗지 마요. 그땐 진짜, 덮쳐 버릴지도 모르니까."

치명적인 척 지껄이고는 욕실에 들어갔다가 갈아입을 옷을 들고 오지 않았단 걸 깨닫고 도로 나왔다. 선배는 그 자리에 주저앉아 있었다. 숙인 고개 탓에 보이는 뒷목이 새빨갰다.

피곤했는데도 잠은 쉽게 오지 않았다. 복층 선배의 매트리스를 차지한 나는 한 시간을 뒤척거리다 겨우 잠들었다. 그러나 얼마 가지 않아 금방 깨 버렸는데 아래에서 들리는 물소리 때문이었다. 아무 생각 없이 돌아눕던 나는 다음 순간 일어나 앉았다.

도무지 멈추지 않는 물소리, 거기에 다른 소리가 겹쳐 들리고 있었다. 억누르듯 작은 소리였지만 분명했다. 토하는 소리였다. 집을 나온 후 굳어 있던 선배의 표정과 얼음장같이 차던 그의 손이 차례로 떠올랐다. 나는 이불을 박차고 계단을 내려왔다. 열린 화장실 문틈 사이로 변기를 붙잡고 앉아 있는 그가 보였다. 당장이라도 들어가 등이라도 두드려 주고 싶었는데 그럼 선배가 놀랄까 봐 잠자코 기다렸다.

그는 오랫동안 나오지 않았다. 다 게워 낸 후에도 구역질이 쉽게 멈추지 않는 모양이었다. 괜찮다는 그의 말을 그대로 믿었던 내가 등신처럼 느껴졌다. 웃는 얼굴, 여유로운 태도. 평소와 다른 그를 보고 놀랄 게 아니라 그 다른 모습을 만드느라 얼마나 애쓰고 있는지를 생각했어야 했는데.

세수를 하고 입을 헹구는 소리, 깊은 한숨 소리가 연달아 들린 끝에 물소리는 멈췄다. 나는 욕실 밖 바닥에서 무릎을 끌어안은 채 앉아 있었다. 문이 열리고 그의 발끝이 시야에 들어왔다.

"너⋯⋯."

물기를 닦지 않아 젖은 얼굴의 선배는 창백했다. 나는 얼굴을 다시 무릎에 파묻었다. 미안하다고 사과도 해야 하고, 병원엔 안 가도 되냐고 물어도 보고, 왜 괜찮다 거짓말했냐고, 바보냐고, 내가 그럼 고마워할 줄 알았냐고 화도 내고 싶었는데, 그를 보는 순간 머릿속이 텅 비어 버렸다.

"생선전인 줄 모르고 먹었어."

내 앞에 마주 앉은 그가 변명하듯 말했다.

"괜찮았어. 아까까진. 근데 자려고 누웠더니 갑자기 안 좋아서."

고개를 들어 그를 보았다. 선배는 먼저 일어나더니 날 향해 손을 내밀었다. 나는 그 손을 외면한 채 일어섰다. 부엌에 가서 컵에 물을 따라 식탁에 내려놓고는 아까 약국에서 사고 남은 소화제를 찾아와 그 옆에 늘어놨다.

"내 앞에서까진 연기 안 해도 돼요. 한 번만 또 이래 봐. 그땐 정말……."

빈말이라도 선배 얼굴을 다신 안 보겠다는 말은 도저히 나오지 않았다. 그에게 그게 협박이 되는지도 모르겠고.

따라붙는 그의 시선을 무시한 채 위층으로 가는 계단을 올랐다. 침대에 쓰러져 이불을 뒤집어쓰자니 그의 목소리가 넘어왔다. 언제나처럼 다정했으나 힘은 없는 음성.

"잘 자."

❂   ❂   ❂

악몽을 꿨다. 선배와 헤어진 후 한동안 꿨던 꿈이었다. 어둠 속으로 들어가는 선배의 뒤를 끝없이 쫓는 꿈.

집어삼킬 듯 다가오는 어둠이 끔찍해서 그를 구하고 싶었지만 그는 걷고 나는 뛰고 있는데도 우리 둘 사이의 거리는 좀처럼 좁혀지지 않았다. 별 내용이 없는데도 깨고 나면 늘 기분이 더러웠다. 그때 이후론 꾼 적이 없었는데 왜 또.

어제 선배한테 너무 못되게 굴어서 그런가.

나는 아픈 사람을 달래 주기는커녕 뭘 잘했다고 신경질만 잔뜩 내고 온 어제의 나를 패 주고 싶었다. 따지자면 전부 내 탓, 내가 아니면 그는 겪지 않아도 될 일들이었다.

망나니처럼 솟아오른 머리를 손가락으로 대충 빗고는 아래로 내려갔다. 어제는 스트레스를 받은 나머지 제정신이 아니었노라고, 속은 어떠냐고. 못 했던 사과와 걱정을 두 배로 해줄 마음이었다.

그런데 집 안 어디에도 그가 없었다. 아침 10시였다. 어딜 갈 만한 시간이 아닌데. 초조해하던 나는 전화를 걸었다. 벨은 소파에서 울렸다. 휴대폰도 안 들고 갔다. 뭐지. 참다못해 외투를 걸치고 신발을 신었다. 도어록 풀리는 소리와 함께 그가 들어왔다.

"어디 가려고?"

"어, 아니. 선배는요? 아침부터 어디 갔다 와요?"

"쓰레기 버리러."

그는 끼고 있던 마스크를 벗고는 창고로 쓰던 방 쪽을 눈짓했다. 아, 그랬구나. 난 그것도 모르고. 고작 10여 분간의 그의 부재의 호들갑을 떤 스스로가 갑자기 민망해졌다. 예쁜 마누라 집 안에만 가둬 두려는 또라이 남편이 따로 없네.

나는 신었던 신발과 외투를 도로 벗었다. 거실로 들어가자니 그가 의아한 듯 물었다.

"나가는 거 아니었어?"

"이제 그럴 필요 없어졌어요."

부엌 식탁엔 그가 만든 샌드위치가 놓여 있었다. 나는 선 채로 그걸 전부 먹었다.

화장실에서 이를 닦고 세수만 한 뒤 머리를 묶고는 그가 있는 방으로 들어갔다. 며칠 전까지만 해도 쓰지 않는 물건들로 가득 차 있던 방은 어느새 반이 비어 있었다.

"이걸 혼자 다 했어요? 나 깨우지."

"깨웠다가 또 무슨 미움받으려고."

"어젯밤엔 미안했어요. 혼자서 아파하니까 속상해서 그랬 죠. 근데 뭐 하러 치워요? 나는 선배랑 한방 써도 괜찮은데."

잔뜩 쌓인 책들을 빈 상자에 옮겨 담으며 넌지시 이야기했 다. 선배는 단칼에 거절했다.

"싫어."

"왜? 언제는 상관없다며."

"셔츠 단추 푸는 것 보고 흥분하는 여잘 어떻게 믿고 같이 자냐."

무심하게 정곡을 찌르는 말에 잠깐 말문이 막혔다. 봐봐. 역 시 알고 있었어. 내가 쳐다보는 거 알고 있었으면서. 민망함보 다는 서운함이 앞섰다.

"그럼 이젠 내 앞에서 옷 안 갈아입겠네."

"한 번만 더 그러면 덮치시겠다면서요."

"안 덮칠게요. 보기만 할게."

책을 채운 박스 위로 테이프를 바르던 선배가 날 보았다. 또 저 눈이었다. 어제 셔츠를 벗던 그를 관음하던 날 향하던 눈초리.

"넌 내가 좋은 거야, 내 껍데기가 좋은 거야?"

나는 그의 손에서 가위로 빼앗아 테이프 끝을 잘라 붙이며 답했다.

"둘 다."

한신우는 판례집 사이에서 10여 년 전 사진을 발견했을 때 나타났다. 지금은 찾아볼 수 없는 생기 넘치는 선배의 모습에 감탄한 것도 잠깐, 선배와 나 사이를 비집고 있는 익숙한 얼굴을 보고 분개하고 있었더랬다.

"아, 이 인간은 도대체 안 끼는 데가 없어. 이쯤 되면 선배 스토커 아니에요?"

"스토커 같은 소리 하네. 내가 스토커면 넌 미저리냐? 재수 황."

놀란 나머지 판례집으로 한신우의 머리를 내려칠 뻔했다. 그는 잽싸게 피하며 선배에게 고자질부터 했다.

"이삭아, 봤어? 네 계약서상 가짜 아내가 나한테 하는 짓 목격했냐고?"

"어."

"너 조심해. 얘가 이상한 짓 하면 당장 나한테, 아니 경찰에 신고하고."

　분리수거할 쓰레기를 나른다고 현관문은 열어 둔 채였다.
하여튼 소리 없이 다니는 데 뭐 있다니까. 나는 한신우가 선배
에게 하는 헛소리는 듣는 둥 마는 둥 하고 짐 정리에 집중했
다.

　"근데 신성한 일요일 오전에 우리 집엔 웬일이에요? 애인도
없나."

　"웬일은? 네 남편이 불렀으니까 왔지."

　"선배가요?"

　선배는 벗어 낸 목장갑을 한신우의 손에 상냥하게 껴 주었
다. 당황해하는 우리를 두고 머리카락에 올라앉은 먼지를 가
볍게 턴 그는 아직 엉망인 방을 미련 없이 나섰다.

　"아버지 병원에 다녀올게."

　"선배!"

　"야, 박이삭!"

　우리 둘만 놔두고 가는 거냐고, 우리는 동시에 소리 질렀다.
무시한 채 옷을 갈아입고 나온 선배는 머플러와 마스크로 중
무장을 하곤 집을 나갔다.

　"밥 줬더니 쌀가마니 들고 튄 머슴 같은 놈. 이삭은 무슨 이
삭이야. 추수하고 남은 쭉정이 같은 자식. 은혜를 원수로 갚
아? 이래서 검은 머리 짐승은 거두는 게 아니랬는데."

　한신우는 끊임없이 선배를 욕하면서도 기계적으로 손을 움
직였다. 나는 그를 도와 상자에 책을 쌓고 테이프를 두르면서

274

물었다.

"뭐 얼마나 은혜를 베풀었다고 그러세요."

"야, 네가 몰라서 그러는데. 아, 말하면 뭐 하냐. 내 입만 아
프지."

"그래요. 하지 마요."

"재수황, 너 진짜 재수 없는 거 아냐? 몰랐으면 지금부터라
도 알아라."

선배의 욕에 자연스레 내 욕을 보탠 한신우는 한숨 쉬듯 덧
붙였다.

"그나저나 저 새낀 저래 가지고 어떻게 사회생활을 하려고
그러지. 회사에서 마스크 쓰고 있을 수도 없는 노릇이고."

나는 여태 사오정인 척 그를 무시하다 그 말에 고개를 돌렸
다.

"사회생활이라뇨?"

"못 들었어? 이삭이 우리 회사 들어오기로 했어."

마른하늘에 날벼락이라도 맞은 듯 입을 벌린 내게 한신우는
설명했다.

"계약직 자리 하나 펑크 났거든. 페이도 괜찮고 기간도 짧
고 해서, 다른 사람 꽂느니 이삭이 꽂아 주려고. 혹시 해서 물
었던 건데 무조건 한다더라. 하긴, 평생 아르바이트만 하고 살
수도 없는 노릇이고. 이삭이 그 자식, 말은 안 해도 네 돈 하루
라도 빨리 갚고 싶어서 미칠 지경일걸? 공사판 뛰려는 걸 막
았어. 거기서 정신 줄 놓으면 다른 사람들까지 골로 보낸다고.

심하면 손도 떠는 새끼가 노가다는 무슨."

디자인팀인데 단순 사무 보조니까 이삭이 그 자식이 똥손 개발이라도 별 상관없을 거고, 여자들만 있는 데다 예쁜 거 좋아하는 사람들이니까 분명 이삭일 좋아할 거라고. 한신우는 의기양양하게 자신의 포부를 밝혔다.

나는 방의 짐을 모두 빼낸 뒤 청소기를 돌리고 걸레질을 하면서도 머릿속으론 계속 선배 생각을 했다. 말도 하지 않고 티도 내지 않아서 전혀 몰랐다. 선배가 그렇게 필사적으로 내 돈을 갚을 생각을 하고 있을 줄은.

"언제부터 출근인데요?"

"이삭이가 준비되면 언제든."

"바는 그만두고?"

"어차피 금, 토, 일. 일주일에 세 번이라 그냥 하겠단다. 진짜 성실하지 않냐. 우리 이삭이."

그따위 성실함은 차라리 없었으면 좋겠다. 응석을 부리는 것까진 바라지 않지만 무리는 하지 않았으면 좋겠는데. 선배한텐 그게 안 통하니 문제였다.

청소를 끝낸 후엔 중국 음식을 시켜 먹었다. 계산은 한신우가 했다. 당연히 내가 살 줄 알고 있던 그는 현재 내 재정 상태를 알리자 펄쩍 뛰었다.

"야, 그럼 너 지금 빈털터리 거지 백수란 소리야?"

"지금은 그렇죠."

"이혼해! 이거 사기 결혼이야! 난 네 돈 때문에 이 결혼 허락했는데. 이건 명백한 사기야, 사기! 물러! 계약 파기해!"

나는 내가 어째서 거지가 되었는지 설명했고, 그러자 한신우는 그럼 네 빚 갚느라 안 그래도 힘든 우리 이삭이한테 빌붙을 작정이냐고 날 추궁했다.

"선배에게 빌붙을 생각은 지금도 앞으로도 없으니까 걱정 마세요."

"어떻게?"

"일할 거니까. 누군 평생 백수로 있을 줄 아시나."

너도 일주일 안에 취직하라는 엄포를 놓고 한신우는 집을 떠났다.

나는 선배와 선배가 다니게 될 회사, 그리고 나 없이 다른 여자들 사이에서 일할 선배를 생각하느라 한 시간을 소비하곤 외출 준비를 했다. 저 빈방을 새 물건들로 채울 수는 없고 내 방에 있는 것들 중 쓸 만한 걸 가져와야겠다 싶었다.

집에는 다행히 엄마뿐이었다. 가장 먼저 보석함을 열어 돈될 만한 게 있나 살피고 있자니 엄마가 들어왔다.

"너 지금 뭐 하니?"

"보면 몰라? 내 짐 가져가잖아."

"새로 사면 되지."

"그럴 돈 없거든요. 온 김에 용달차나 불러 줘. 들고 갈 수 있는 건 다 들고 가게. 돈은 엄마가 내고."

"일은 안 할 거야?"

"안 그래도 할 거야, 이제."

반지와 목걸이로도 모자라 가방들을 깡그리 챙겼다. 아껴 쓰면 1년 생활비는 충분히 될 것 같았다.

"아름이 아줌마 알지?"

"청아그룹 사모님?"

"거기 법무팀에 자리가 하나 났다는데, 어때? 생각 있어?"

아버지가 들이닥치기 전에 집부터 떠났다. 엄마가 공수한 용달차에 내 짐을 가득 싣고서.

차에 오르기 전 엄마는 신신당부했다.

"기자 하나가 너 따라다니는 거 모르지? 어떻게 알고는 너랑 박이삭 검사 엮어 기사 내려는 거 아버지가 막았어. 아버진 본인 명예에 흠집 나는 걸 못 견디는 사람이니 앞으로도 주시할 테지만, 몸조심해. 엄마는 우리 딸 다치는 거 정말 싫어."

덕분에 주변을 살피는 습관이 생겼다.

짐은 엄마가 따로 고용한 분들이 현관까지 날라 주었다. 엄마가 집을 알게 되는 건 싫었지만 내가 말하지 않아도 어떻게든 알아낼 사람이었다. 벌써 알고 있을지도 몰랐다.

나는 쉬지 않고 방부터 정리하기 시작했다. 딱히 정리랄 것도 없었다. 커튼을 달고, 이불을 놓고, 행거에 옷을 거는 게 전부였다. 가방이나 책 같은 건 일단 한곳에 밀어 뒀다.

어느 정도 침실의 모습을 갖추자 벌써 저녁이었다. 아버지에게 다녀오겠다는 선배는 아직 소식이 없었다.

거실로 나와 가져온 노트북을 펼쳤다. 언젠가 흥신소에서 받았던 선배의 인적 사항 파일을 열어 읽기 시작했다.

내 힘으로 취직하려 했다. 부모님의 이름이 없어도 나 정도 면 충분히 청아그룹 정도는 들어갈 수 있었다. 한 번 자퇴하긴 했지만 법대만 두 번에 미국에서 로스쿨까지 졸업한 내가 뭐 가 모자라서 굳이 백이냐고 생각했다. 했는데.

대인 기피와 우울증으로 정신과 치료를 받고 있음. 해당 사건 이 후로 사료됨. 자살 기도로 인한 약물 중독으로 응급실에 실려 왔다 는 소문이 있으나 병원엔 단순 영양실조로 기록.

까지 읽은 나는 다음 문단에서 마우스를 멈췄다.

유일하게 만나는 사람은 한신우(33세)

때마침 귀가한 선배가 거실로 들어왔다.

"다녀왔어."

"늦었네요. 저녁은?"

나는 노트북을 덮고 일어섰다. 벗겨진 마스크 사이로 드러 난 선배의 낯빛이 평소보다 어두웠다.

마음을 결정하는 데는 시간이 걸리지 않았다. 나는 마지막 으로 한 번만 더 부모님을 이용하기로 했다. 낙하산이니 백이 니 하는 사람들의 편견과 소문 따위는 아무래도 상관없었다.

선배와 함께 있을 수 있다면.

유일하게 만나는 사람은 한신우(33세) 청아그룹 인사팀장.

선배가 다니게 될 한신우의 회사는 다름 아닌 그 '청아그룹'이었다.

09. 불가항력

입원해서도 특별히 찾는 일이 없던 아버지가 굳이 전화까지 해 가며 날 불렀을 때부터 이상하다고 생각은 했다.

아버지는 내가 도착하기 전에 미리 병원 정원에 나와 있었다. 크리스마스를 앞두고 색색의 전구로 휘감긴 정원수를 심란한 낯으로 바라보던 아버지는 나를 발견하고는 표정을 바꿨다.

"바쁜데 부른 건 아니지?"

"바쁘긴. 나 요즘 백수예요."

"아르바이트는?"

"쉬고 있어. 가게 리모델링 중이라."

병원 휴게실에서 따뜻한 음료수를 두 개 뽑아 와 아버지에게 건넸다. 무슨 말이든 일단 하고 보는 아버지는 답지 않게 뜸을 들였다. 나는 재촉하지 않고 잠자코 기다렸다. 갈증에 음료수 한 캔을 모두 비웠을 때였다.

"너 아버지 빚, 그거 어떻게 한 거냐?"

나는 캔을 구기던 손을 멈추고 아버지를 보았다.

"이 애비가 모를 줄 알았어? 어쩐지 그 거머리 같은 놈들이 전화도 않고 찾아오지도 않는다 했다. 장어 가게 이 씨가 너한테 다 이야기했다며? 내가 그렇게 신신당부했는데 망할 놈의 여편네가."

아버지는 땅이 꺼져라 한숨을 쉬고는 심각한 눈으로 다시 물었다.

"그 빚 어떻게 갚았냐?"

"아버지."

"똑바로 말 안 혀?"

"집 전세금 뺐어요. 나머지는 빌렸고."

"뭐 하러 그런 짓을."

기가 막힌 듯 화를 내려던 아버지는 입을 다물었다. 그러고는 문득 뭔가 떠오른 듯 말했다.

"설마 그때 병원에 너 아는 동생이라고 찾아왔던 그놈. 그놈이……"

나는 대답 대신 침묵했고 아버지는 가슴을 쳤다.

"얼굴이 새파래져서 뛰어왔을 때부터 내가 알아봤어야 했는데. 등신같이 아무것두 모르고. 그것들이 언제부터 너 괴롭혔냐. 언제까지 당하고 있었던 거여?"

억누르듯 떨려 나오던 아버지의 목소리는 점점 커지고 격앙되어 갔다. 나는 더럭 겁부터 났다. 겨우 안정된 아버지의 건강이 다시 악화되기라도 할까 봐. 뇌혈관 질환에 흥분은 쥐약이었다. 내가 왜 그 고생을 하고도 여태껏 숨겨 왔는데.

"이젠 끝난 일이야, 아버지. 더 이상 엮일 일 없으니까 제발 진정부터 해요."

나는 아버지의 손을 쥐었다. 아버지는 마지못해 입을 다물고 숨을 골랐다.

"누구한테 빌렸냐? 나머지 돈, 누구한테 빌렸어?"

"……신우요."

거짓말을 했다. 사실보다 그편이 아버지도 쉽게 납득할 것 같았다. 다행히 아버지는 믿는 눈치였다. 나는 아버지가 다른 걸 캐묻기 전에 변명하듯 말을 늘어놨다.

"차용증도 썼고, 어떻게 해서든 꼭 갚을 거니까."

"무슨 수로?"

"아버지."

"네가 무슨 수로 그 큰돈을 갚아? 쥐꼬리만 한 돈 받아서 대체 언제 그걸 갚을 건디? 신우는 무슨 자선 사업가라두 되냐? 1년에 천만 원씩 갚는대도 20년을 넘게 갚아야 돼."

할 말이 없었다. 1년에 천만 원씩 20년. 지금 내 능력으로는 그것도 무리였다.

사실 수완이 계약 얘길 꺼낼 때부터 수완도 나도 알고 있었다. 그래서 그녀는 계약 기간 내 빚을 갚지 못하면 멋대로 감해 주겠다는 조항을 덧붙인 거고, 나는 몇십 년이 걸려도 어떻게든 갚을 생각에 통장을 만들어 달라고 했던 거다.

아버지는 침묵하는 나를 조용히 바라보더니 카디건 주머니 안에서 뭔가를 꺼내 내밀었다.

"뭐예요?"

"열어 봐."

통장이었다. 내 명의로 된 통장에는 3억이 조금 모자라는 돈이 들어 있었다. 나는 놀라 아버지를 바라봤다. 대체 이게 무슨…….

"네 엄마 목숨값이여."

잔뜩 가라앉은 목소리는 끝이 뭉개져 나왔다.

"네 엄마 그리되고 사망 보험금 받은 거, 한 푼도 안 썼다. 무섭고 아까워서 손도 못 댔어. 내 고이고이 놔뒀다가 너 장가 가믄 그때 내주려고 숨겨 둔 건디. 그래서 그 썩을 놈들이 돈 내놔라 안 내놓으면 죽인다고 지랄 염병을 해두 꼭 감춰 놓고 안 내준 건디."

아버지는 투박하고 거친 손으로 세수하듯 얼굴을 쓸어내렸다. 나는 어떤 반응을 하고, 어디서부터 무얼 말해야 할지 몰라 그저 듣고만 있었다. 현실감이 없었다. 지금 내가 들고 있는 통장의 액수도, 내 앞의 아버지가 하는 말도.

"가게 빼고, 집 팔면 네 전세금쯤은 도로 나올 게다."

"무슨 소리 하시는 거예요? 가게를 왜 빼고 집을 왜 팔아? 아버지 지금……."

"왜 팔긴! 지긋지긋혀서 그런다. 사람 냄새 안 나고 돈돈돈 거리는 여기가 아주 진절머리 나서."

"아버지!"

"손도 이제 쓸 만혀. 아버지 퇴원하고 네 큰아버지 가게 가서 일이나 도울란다. 알지? 네 큰아빠, 섬섬도에서 엄청시리 큰 횟집 하잖냐. 안 그래도 거기서 주방장 필요하다고 오라고 오라고 아주 애저녁부터 난리였는디 내가 너 때문에, 너 잘 먹고 잘 사나 그거 감시헌다고 여기 붙어 있었던 거여."

아버지는 본인이 얼마나 뛰어난 칼 솜씨를 가지고 있는지, 큰아버지가 있는 섬섬도의 풍경이 얼마나 아름다운지, 그곳의 삶이 심신 안정에 얼마나 도움을 주는지를 구구절절 늘어놨지만 하나도 귀에 들어오지 않았다. 나는 아버지가 건네준 통장만을 꼭 쥔 채로 바닥만 바라보았다.

진작 알았다면 그 고생을 하지도, 수완에게 빚을 지지도 않았을 테니 허탈하고 원망스러울 만도 한데, 지금 내 감정은 그 두 가지와는 완전히 다른 것이었다.

"친구 사이에 돈거래는 하는 게 아니다, 이삭아. 네 집도 그렇게 파는 거 아니여. 네가 어떻게 얻은 건디 그렇게 쉽게 포기를 해 부려. 넌 항상 그게 문제여. 포기가 너무 빨러. 그 돈으로는 신우 돈 갚고, 집이랑 가게 나가믄 아버지가 전세금은 또 마련해 줄 테니까."

아버지는 고개를 들지 못하는 날 끌어안고 등을 토닥였다.

"이 애비가 미안혀. 안 그래도 힘든 아들 더 힘들게 혀서.

해 준 것도 없음서 이리 짐만 잔뜩 안겨 줘서 정말 정말 미안하다. 미안혀."

나는 아버지를 마주 안았다. 한 해 전보다 부쩍 야위고 작아진 등. 눈물이 나오는 걸 눌러 참느라 입술을 깨문 채로 나는 나를 욕했다.

이 빚을 갚아 버리면 더는 수완에게 끌려다니지 않아도 됐다. 불편한 동거도 더 이상 하지 않아도 됐다. 껍데기뿐인 계약 결혼도 며칠 만에 끝이다. 홀가분해야 했다. 그래야만 했다. 그런데 난, 기뻐야 하는데 기쁘지 않고 감사해야 하는데 감사하지 않았다.

안이했다. 빚을 핑계로 몇 년은 그녀 곁에 있을 수 있다고. 언젠가 끝이 나겠지만 그 끝이 지금일 거라고는 상상조차 하지 않았다. 불안과 두려움이 닥친 머릿속엔 단 한 가지 생각뿐이었다.

이 빚을 갚아 버리면 더는 그녀 곁에 있을 수 없다는 것.

나는 통장을 가지고 집으로 돌아왔다. 수완은 고작 반나절만인데도 몇 년을 헤어졌다 만난 연인처럼 날 반갑게 맞았다.

"저녁은?"

"아직."

"잘됐다. 나 우리 집 가서 냉장고 털어 왔거든요."

부엌으로 달려가는 수완의 걸음이 바빴다. 나는 아무 말도 하지 않았다. 아버지가 준 통장, 그 돈으로 충분히 갚을 수 있는 빚, 그러면 끝날 우리 관계에 대해. 나만 입 다물고 있으면 됐다. 그러면 나는 네 곁에 있을 수 있어.

비겁하고 찌질하고 용기 없는 나는 발목에 스스로 족쇄를 채우고서야 네 곁에 있을 수 있었다. 네가 아는 나, 최수완이 좋아하는 박이삭은 그러면 안 되니까.

✿　　✿　　✿

결심은 빠르고 행동은 그보다 빠를수록 좋았다. 하려는 일이 스스로에게 벅차다면 더욱 그랬다. 망설이고 뜸을 들일수록 두려움과 공포는 커질 테고 나중엔 감히 발 디딜 엄두도 내지 못하게 될 것이다. 이게 바로 내가 출근을 앞당긴 이유였다.

신우는 뭐가 그리 급하냐고, 크리스마스도 꼈으니 아예 1월부터 출근하는 건 어떠냐고 물었지만 거절했다. 녀석이 내 마음의 준비를 위해 권한 그 시간이 내겐 십중팔구 도망의 시간이 될 게 분명했기 때문이었다. 불특정 다수의 사람을 만나고, 그들과 얼굴을 맞대며 일하고, 함께 하루를 보내는 걸 생각하는 것만으로도 가슴이 오그라드는 것 같았다. 그런 여유는 내게 없느니만 못 했다.

새벽 일찍 일어나 씻고 슈트를 챙겨 입었다. 사람들이 붐비는 시간대를 피하기 위해서였다. 남들보다 두 시간은 서둘러야 했지만 내 심신 안정을 위해선 어쩔 수 없었다.

아침으로 오렌지 주스를 따라 마시고 있을 때 수완이 방에서 나왔다. 새벽 6시가 조금 넘은 시간이었다. 평소 수완의 수면 패턴으론 한창 숙면을 취하고 있을 때였다. 다시 자러 갈 거라고 생각했으나 그녀가 들어간 욕실에선 샤워기 소리가 났다. 아침부터 어디 가냐는 내 물음에 그녀는 내가 마시다 만 주스를 들이켜곤 말했다.

"출근이요."

"출근?"

"내가 말 안 했었나. 나 취직했어요."

"말 안 했어."

"샘샘이네. 나도 선배 취직한 거 신우 선배한테 들었으니까."

그녀는 입술을 삐죽였다. 일부러 속인 건 아니었지만 그녀가 몰랐으면 하는 마음은 여전했다. 출근이야 한다지만 내가 잘 적응할지 모르겠고, 최악의 경우 하루도 못 가 때려치울 가능성도 다분했다. 하루도 버티지 못하고 도망 나온 멍청이가 되느니 애초에 시도를 안 하는 게으름뱅이가 나았다. 곁에 있는 동안은 이왕이면 좋은 모습만 보여 주고 싶었다. 더 떨어질 곳도 없는 바닥에서 검댕이가 덜 묻나, 더 묻나. 어차피 도긴개긴일 테지만.

식빵 두 쪽을 토스터에 넣었다. 접시와 잼, 잼 나이프를 꺼내는 동안 머리에 수건을 감싼 수완이 식탁에 앉았다.

"회사가 어디기에 이렇게 일찍 가?"

"곧 알게 될 거예요."

그녀는 빵에 딸기잼을 흘러넘칠 듯 바르곤 내밀었다. 나는 마지못해 빵을 받았다. 한 입 베어 물자마자 퍼지는 단맛에 절로 인상이 구겨졌다. 그런 날 보곤 수완은 뿌듯하게 웃었다.

"잘 먹네. 우리 이삭이."

아침 7시. 버스는 한산했다. 언젠가 병원에서처럼 화려한 차림의 수완은 나와 함께 기다렸다가 같은 버스에 올라탔다.

같은 버스, 같은 정류장에서 내릴 때부터 불안하긴 했다. 그리고 그 불안은 회사를 코앞에 둔 지금까지 날 떠나지 않는 그녀로 인해 확신으로 바뀌었다.

"설마 네 회사……."

"맞아. 여기예요. 청아그룹 법무팀."

황당함을 감추지 못하는 날 향해 수완은 덧붙였다.

"선배를 따라온 게 아니에요. 엄마 낙하산이 하필 여기였어."

아무래도 상관없었다. 지금 내겐 그녀가 나와 같은 회사에 다닌다는 것, 고로 내가 삽질하거나 머저리 짓을 하는 꼴을 그녀가 볼지도 모른다는 게 중요했다.

빈 엘리베이터에 우리는 나란히 탔다. 그녀는 10층을 눌렀다. 내가 가야 할 곳도 10층이었다. 법무팀과 디자인팀이 같은 층이라니.

법조계는 좁았다. 한 다리를 건너면 아는 사람이었다. 더군다나 매스컴에서 대대적으로 홍보해 준 내 존재를 같은 계통의 사람이 모를 리 없었다. 가뜩이나 없던 자신감이 백 정도

하락했다. 더불어 하루를 버티지 못하고 퇴사할 가능성이 10%
더 높아졌다.

"선배, 파이팅이요."

수완은 언젠가 강일형이 했던 것처럼 손을 흔들며 반대편
사무실로 사라졌다. 나는 억지웃음으로 보답하곤 디자인팀 바
로 옆의 비상계단으로 숨어들었다. 이제 겨우 7시 반. 사무실
에 가 봤자 아무도 없을 거라는 자기 합리화를 하며 계단참에
주저앉았다.

괜찮다. 괜찮다. 나는 괜찮다.

주문 외듯 중얼거려 봤지만 나는 점점 더 안 괜찮아지고 있
었다. 그 일이 있은 후로 해가 떠 있을 때, 이렇게 사람이 많은
곳에, 그것도 얼굴을 온전히 드러낸 건 처음이었다. 그것도 한
두 시간이 아니라 종일 있어야 했다. 그들과 같은 공간에서 눈
을 맞추고, 말을 섞으면서.

불현듯 숨이 차는 것 같아 기껏 맨 타이를 끌어 내렸다. 괜
히 한다고 했나. 어차피 이젠 필사적으로 돈을 벌어야 할 이유
도 없어졌는데. 집에 가고 싶다. 도망치고 싶어. 무릎에 팔을
괴곤 얼굴을 감싸 쥐었다. 불현듯 문 열리는 소리가 났다. 공
기 중에 흩어지는 향기가 익숙했다.

"치사하게. 이렇게 좋은데 혼자 있나?"

향기의 주인이 누군지 직감한 나는 긴장을 풀었다. 수완은
계단을 걸어 내려와 곁에 앉았다.

"나는 영 회사 체질이 아닌가 봐요. 책상 앞에 앉아 있기만

해도 숨 막히는 거 있죠."

그녀는 갓 뽑아 온 차의 뚜껑을 따더니 내 손에 쥐여 줬다. 싸늘히 식어 있던 손에 따뜻한 온기가 닿자 기분이 나아지는 것 같았다.

"못 하겠음 걍 때려치워요. 그래도 선배보단 내가 조금은 더 참을 만하니까. 돈은 내가 벌면 되죠. 선배는 집에서 살림 해요."

그럼 나만 보고, 나만 만지고, 나만. 거기까지 말한 수완은 무슨 생각을 하는지 눈을 야릇하게 떴다. 그녀의 시선이 내 입술에 꽂혀 있다는 걸 깨달은 나는 고개부터 뒤로 뺐다.

"하지 마."

"뭘요. 난 그냥 쳐다본 것뿐인데."

"그럼 보지도 마."

"치사하게, 부부 사이에 이럴 거예요?"

"어."

긴장으로 마른 입안을 차로 적셨다. 레몬의 신맛과 설탕의 단맛에 정신을 못 차리고 있는데 갑자기 타이가 잡아당겨졌다. 차를 쏟을까, 손은 쓰지 못한 채로 고개만 돌렸다. 수완의 얼굴이 코앞에 있었다.

"너 이거 성추행이야."

"고소하든가, 그럼."

그녀는 눈도 깜짝하지 않고 내 뒷목을 붙잡았다. 점점 다가오는 그녀의 얼굴에도 나는 피하지 않고 끝까지 눈을 뜨고 있었다. 자신 있게 다가오던 수완은 내 입술을 목전에 두고 멈춰 섰다.

"왜 눈 안 감아요?"

"어떻게 하는지 보고 고소하려고."

"선배 완전……."

키스당할 뻔한 건 나인데 수완은 제가 피해자 같은 표정을 했다. 조금씩 빨개지는 얼굴이 귀여워서 잠자코 보고 있자니 불현듯 누군가 어깨동무를 해 왔다.

"신성한 회사 비상계단에서 뭐 하냐? 니들."

신우였다.

"걱정돼서 왔더니만 첫 출근부터 잘하는 짓이다. 너는 언제 우리 회사 들어왔냐, 재수황? 내가 이삭이 꽂아 줬단 얘기 듣고 따라 들어온 거지? 얘가 이래, 이삭아. 네 가짜 아내가 이렇게 무서운 애란다. 미저리는 명함도 못 내밀겠어."

신우는 주절주절 잔소리를 하고 그것도 모자라 내 차를 모두 마신 뒤에야 일어섰다.

"들어가자."

녀석이 내 팔을 잡아끌었다. 난 안 데려다주느냐는 수완의 물음엔 나는 내가 꽂은 낙하산만 관리한다는 말로 못을 박았다. 신우에게 끌려가는 날 잠자코 보던 수완이 달려왔다. 그녀는 날 붙잡곤 흐트러진 타이를 풀어 다시 매 주었다.

"선배 이따 봐요. 여차하면 때려치워요. 알았죠?"

신우는 삐딱하게 서서는 비꼬았다.

"잘한다, 잘해. 아주 때려치우라고 고사를 지내라."

"안 그래도 지내고 있어요."

"저 기집애가 진짜. 하여튼 한마디도 안 지지!"

흔한 남매들의 일상이 어떤지 형제가 없는 나는 알지 못했지만 신우와 수완이 하는 걸 보고 있자면 대충 짐작이 갔다. 둘은 서로를 싫어한다고 하면서도 죽이 잘 맞았다. 누가 봐도 미워만 하는 사이는 아니었다. 둘은 절대 인정하지 않겠지만.

사무실 출입을 앞두고 심호흡을 했다. 신우는 검사질하던 거에 비하면 이건 그냥 껌이라고 날 도닥였지만 그때는 내가 정상이었잖아.

"그럼 지금은 비정상이냐?"

"정상은 아니지."

자동문이 열렸다. 나는 신우보다 앞서 들어갔다. 여기저기 흩어져 있던 사람들의 시선이 동시에 내게 꽂혔다. 나는 물러서는 대신 주먹을 꽉 쥐었다.

"안녕하십니까, 박이삭이라고 합니다."

정적이 내려앉았다. 여기까진 예상 못했던 나는 무심결에 뒷걸음질을 칠 뻔했다. 곁에 서 있던 신우가 내 등을 붙잡았다. 정신 줄 잡고 잘 봐. 속삭이듯 건넨 말에 앞을 본 나는 멍해졌다.

"어서 와요. 우리 바빠 죽을 뻔했는데 어떻게 이렇게 딱 맞춰 왔어요?"

"사진부터 실물이 훨씬 낫다. 살다 보니 우리 팀에 박이삭 씨 같은 사람이 다 들어오고. 이래서 복을 쌓아야 하나 봐."

사람들이 웃고 있었다. 나를 보고.

비웃음도 어이없음도 아니었다. 순수한 호의의 미소였다. 처음엔 나와 내 사건을 모르나 보다, 했었지만 곧 깨달았다.

"우리나라 검사들은 다 이삭 씨처럼 멋지나."

"팀장님, 그 질문은 좀······."

"뭐 어때. 궁금해서 물어보는 건데."

그들은 모든 걸 알고 있고, 알면서도 평범하게 대해 주고 있다는 걸.

좋은 사람들이었다. 신우가 무슨 말을 어떻게 전했는지는 몰라도 어쨌든 녀석의 말을 믿어 줬단 뜻이니까. 그들에게도 신우는 좋은 사람일 것이다.

나는 안내받은 책상에 앉았다. 노트북을 부팅시키고 사무실을 한 번 둘러봤다. 여전히 긴장은 됐다. 혼자 있을 때처럼 편하지 않았고, 아직 눈을 맞추는 게 힘들고, 타인의 기척에 가끔 놀랐지만 견딜 만했다.

견딜 수, 있었다.

그 사실이 오늘 처음으로 나를 웃게 했다.

처음엔 디자인 샘플과 책자만 서너 번 돌려 봤을 정도로 일이 없었는데 시간이 지나자 조금씩 할 일들이 생겼다. 주로 문서를 카피하거나 스테이플러를 찍는 단순노동이었다. 가끔 가위질을 하거나 타이핑을 하기도 했다.

자괴감이 들지 않았다면 거짓말이다. 대학에서 사시 공부를 할 때도, 사시 패스를 하고 검사가 되고 나서도 상상조차 하지 않았었던 모습이었다.

문서마다 수평으로 각을 맞춰 스테이플러를 찍고 있자니 메신저에 불이 났다. 두 명이 번갈아 가면서 메시지창을 울려 댔는데 신우와 수완이었다.

한신우:어때? 일은 할 만해? 사람들이 너 예뻐하지?

최수완:선배, 괜찮아요? 힘들면 때려치워도 돼요.

출근 첫날부터 사적인 채팅을 하기엔 양심의 가책이 들어 둘 다 씹었다. 그랬더니 이번엔 휴대폰이 난리였다. 무음으로 바꾸었다.

"우리 커피 한 잔씩들 할까?"

"그럴까요?"

일분일초가 아깝다는 듯 책상에 머리를 박고 있던 팀원들이 기지개를 켜며 말했다. 스테이플러 찍기를 끝낸 나는 슬그머니 손을 들었다.

"제가 다녀오겠습니다."

"아뇨, 괜찮아요. 본인 커피는 본인이. 이게 우리 팀 모토거든요."

나는 다들 바쁘신데 가장 안 바쁜 내가 움직이는 게 당연하다며 일어섰다. 아마 지루해 죽겠다는 내 표정을 읽었을지도 모르겠다. 그들은 알겠다는 듯 웃으며 고개를 끄덕였다. 사무실을 나와 탕비실로 가자니 인사가 쏟아졌다. 그럼 감사히 잘 마실게요. 고마워요, 이삭 씨.

큰 사이즈의 종이컵 다섯 잔에 각각 일회용 커피를 넣고 더운물을 붓던 참이었다.

"나도 한 잔 줘요."

어깨를 넘어온 명령조의 말에 고개를 든 나는 눈을 의심했다.

"원수는 외나무다리에서 만난다더니. 여기서 또 만나네? 우리."

탕비실 문을 연 주재욱이 날 향해 다가오고 있었다.

어째서 녀석이 여기 있는지는 사원증에 적힌 법무팀 팀장이라는 직위를 보고 알게 됐다. 어쩐지 일이 너무 쉽게 풀린다 했다. 내 인생에 장애물이 없었던 적이 없는데.

녀석은 내 시선을 따라 제 가슴의 사원증을 보더니 자연스레 내 사원증으로 눈을 옮겼다.

"아, 이번에 디자인팀에 온 사무 보조가 너였어?"

나는 대꾸하지 않은 채 남은 컵에 물을 따랐다. 녀석은 계속 지껄여 댔다.

"너도 참 절박하긴 한가 보다. 바에서 술을 나르질 않나, 이젠 다른 사람들 뒤치다꺼리나 하고. 아무리 그래도 그렇지. 명색이 검사질하던 새끼가. 참, 너 소문에 대인 공포증에 자살 기도까지 했다던데. 것도 아닌가 봐? 이렇게 얼굴 쳐들고 잘

다니는 거 보니까."

부러 내 자존심이 상할 말만 골라 하고 치부를 들쑤시고 있는데도, 정말이지 아무렇지도 않았다. 너무 아무렇지도 않아서 이상할 정도였다. 더불어 나는 주재욱 앞에선 묘할 정도로 편안함을 느꼈는데 언젠가 강일형 앞에서 느꼈던 감정과 같은 이유에서였다. 쓰레기는 쓰레기를 무서워하지 않는다. 걸레가 걸레를 두려워하지 않듯이.

"왜? 뒈질 줄 알았는데 이렇게 살아 있는 꼴 보니까 아쉽냐?"

"뭐?"

"기대에 부응 못 해서 미안한데 비켜 주라. 내가 좀 바빠서."

나는 쟁반을 든 채, 어째서인지 충격받은 주재욱을 스쳐 지났다. 어깨를 붙잡기에 내 몫의 커피를 손에 올려 줬다. 주재욱은 언젠가 부장 검사 주최의 회식을 거절하던 나를 볼 때와 똑같은 눈을 했다. 또라이를 보는 눈.

탕비실을 나서자마자 저만치에 선 수완이 보였다. 눈이 마주쳤고 수완은 잠깐만 기다리라고 손짓했지만 눈인사만 하고 사무실로 들어왔다.

주재욱을 만나는 건 아무렇지 않았지만 녀석을 만난 직후인 지금 수완을 보고 싶지는 않았다. 녀석과 수완이 같은 사무실에서 일하고, 녀석이 수완을 어떤 눈으로 보고 있는지 아는 지금은 더더욱 그랬다.

커피 전달을 한 다음에는 이면지로 쓸 회의 자료에서 스테이플러를 뽑았다. 집게가 없어 커터칼로 심을 뽑던 나는 정신을 놓은 바람에 심 대신 내 손가락을 찔렀다. 핏방울이 맺힌 엄지손가락을 멀거니 보고 있자니 웃음이 샜다.

그래도 살 만한가 보다, 박이삭. 이 와중에 주재욱 질투나하고.

시간이 죽어라 안 가더니 그래도 점심시간은 왔다. 팀원들을 따라 일어서던 나는 김 팀장이 불러 세우는 바람에 그 자리에 섰다.

"박이삭 씨는 안타깝지만 저희랑 밥 못 먹어요."

"네?"

"저희도 이삭 씨랑 밥 같이 먹고 싶은데, 한신우 인사팀장님께서 이삭 씨 점심시간은 무조건 빼 달라고 하도 사정을 해서요. 눈물 없인 볼 수가 없더라."

그게 무슨 말이냐고 물을 새도 없이 그녀는 사무실을 나갔다. 허탈하게 서 있자니 자동문 건너에서 손을 흔들고 있는 신우가 보였다. 나는 어이가 없어 웃었다. 치맛바람 센 엄마를 둔 초등학생이 된 기분이었다. 서른셋 이 나이에.

우리는 비상계단에서 15분을 보낸 뒤 10층을 걸어 내려갔다. 사람이 가장 붐비는 시간대를 피하기 위해서였다.

엘리베이터는 탈 수 있다고 했는데 신우는 네가 떨어도 난 네 손을 잡아 줄 수가 없다며 거절했다. 안 그래도 너희 팀원들이 나보고 유난스럽다 난린데 게이 소문까지 나긴 싫거든.

달링.

조금 자신감이 생긴 나는 구내식당에서 밥을 먹자고 했다. 그러나 입구에 도착하자마자 마음이 바뀌었다. 신우는 벌써 정문 앞에 있었다.

"빨리 안 오냐. 잘못하다간 점심 굶어야 돼."

우리는 근처 해장국 집에 들어왔다. 주인아주머니와 안면이 있는 듯 신우는 알아서 구석방으로 향했다.

성인 두 사람이 앉기에 버거울 정도로 좁은 크기였지만 마음만은 편안했다. 나는 콩나물 국밥을, 신우는 동태탕에 소주 한 병을 시켰다.

"대낮부터 웬 술이야?"

"누가 나 마신대? 너 먹이려고 그러지."

괜찮은 것 같아도 분명 무지 긴장했을 거라고, 내 너 오늘 집에 가서 끙끙 앓는다에 이 동태탕을 건다. 오후에라도 맘 좀 편하게 딱 한 잔만 마셔. 신우는 줘도 안 먹을 동태탕을 들먹이며 빈 잔에 소주를 따랐다.

나는 못 이긴 척 딱 한 잔을 마셨다. 검사 시절에도 업무 시간에 종종 술을 마시긴 했었다. 반주가 취미였던 상사들 때문이었다.

"나 아까 주재욱 만났다."

"아, 그러고 보니 그놈 개싸가지 법무팀장이랑 이름이 똑같아."

"그 새끼가 그 새끼야."

"그래. 그 새끼가…… 뭐?"

"룸살롱. 검사 동기. 걔가 걔라고."

신우는 기껏 수저에 퍼 담았던 동태를 뚝배기에 떨어뜨렸다. 잠깐, 잠깐만. 어지간히 당황스러운지 말까지 더듬는 녀석을 두고 나는 국밥을 한 수저 떠먹었다.

"걔 검사라며?"

"그만뒀나 보지."

"어쩐지 오자마자 팀장 자리 꿰찬다 했다. 전관예우…… 가 문제가 아니라 어쨌든 그 새끼가 그 새끼면…… 골 때리네."

그다지 골 때릴 것도 없다고 나는 말했다.

"어차피 다른 팀이고 무시하면 돼. 그냥 너한테는 알려 줘야 할 것 같아서."

"그래. 네가 괜찮음 됐어. 그래도 만약에 그 새끼가 지랄하거나 염병하면 나한테 꼭 말해라."

"네, 엄마."

마음이 놓이는지 다시 동태를 퍼 담던 신우가 두 번째로 수저를 떨어뜨렸다.

"야! 박이삭!"

"왜?"

"이거 한입 먹어 볼래? 겁나 맛있는데."

"집어치워."

밥값은 내가 계산했다. 오늘 하루 정도는 내가 얻어먹어 준다며 신우는 카운터의 박하사탕을 내밀었다.

신우는 나와 주재욱의 관계만을 알 뿐, 수완과 녀석의 관계까지는 알지 못했다. 그에 대해선 이야기하지 않았다. 잘한 일이었다. 신우는 오지랖이 넓고 의외로 마음이 여렸다. 아마 거기까지 알면 신경 쓰여서 스트레스로 돌아 버릴지도 몰랐다. 나 같은 친구를 둔 것만 해도 힘들 텐데.

회사에 도착했을 때는 점심시간이 거의 끝나 갈 무렵이었다. 로비에서 상사를 만나 이야기를 나누는 신우를 두고 먼저 돌아섰다.

엘리베이터 앞은 만원이었다. 고개를 숙인 채 비상계단으로 향하던 나는 구내식당 유리 너머에서 수완을 발견했다. 아까 그냥 지나친 게 이제야 미안했다. 밥을 먹고 신우와 이야기하느라 깜빡 잊고 있었다. 휴대폰을 꺼내 메시지부터 확인했다.

〈선배 점심 같이 먹어요.〉

〈선배?〉

〈선배!〉

〈야, 박이삭. 내 말 씹냐?〉

거기까지 읽은 나는 망설이다 통화 버튼을 눌렀다. 신호가 몇 번 울리기도 전에 수완은 전화를 받았다.

―선배!

"미안해. 정신없어서 답을 못 했어."

―아무리 그래도 그렇지, 어떻게 내 말을. 지금 어디예요?

밥은 먹었어요?

"어. 신우랑 먹었어."

벌떡 일어난 채 흥분하던 수완은 그제야 맥이 풀린 듯 다시 자리에 앉았다. 나는 식당 밖에서 그 모습을 지켜보며 웃었다.

"너는 밥 먹었어?"

—다 먹었어요. 아직 점심시간 10분 남았는데, 어디예요?

"나는……."

네가 고개를 들면 보이는 트리 뒤쪽에 있다고 말하려던 찰나였다.

—어디라고?

맞은편에 앉아 있던 남자가 식판을 드는 수완을 따라 일어났다. 얼굴을 확인하는 순간, 기껏 먹었던 밥이 명치에 툭 걸리는 기분이었다.

—선배?

"사무실이야. 먼저 들어왔어."

—아, 그렇구나. 금방 올라갈 테니까 잠깐만이라도…….

"미안. 퇴근하고 보자."

대답을 듣지도 않은 채 전화를 끊었다. 도망치듯 비상계단으로 들어섰다. 수백 개의 계단을 오르는 동안에도 마지막으로 봤던 수완과 주재욱의 모습이 뇌리를 떠나지 않았다.

수완의 의사가 아니었을 것이다. 수완은 주재욱을 싫어했다. 아마 주재욱이 멋대로 들이댔겠지. 하지만 나란히 선 그들이 생각보다 잘 어울린단 사실이, 수많은 사람들 사이에서도 시선 한 번 내리깔지 않은 주재욱의 당당함이 날 자꾸 작아지게 만들었다.

내 잘못이 아니다.

나만 떳떳하면 된다고, 사건이 처음 뉴스에 터졌을 때 순진하게 그렇게 믿었었다. 하지만 백 명의 사람들 중 아흔 명이 내가 잘못했다고 하면 그건 내가 잘못한 게 됐다. 나머지 열 명 중 다시 아홉 명이 날 손가락질하니, 이젠 그런 생각이 들더라. 정말 내가 잘못한 건 아닐까. 내 잘못일지도 몰라. 상사의 권유를 끝까지 거부하지 못한 내 잘못. 그게 범법인 줄 알면서도 묵인했던 내 잘못. 머저리처럼 혼자 뒤집어쓴 내 잘못. 억울하다 생각하면서도 그들에게 대항하지 않은 내 잘못.

내 잘못이다.

마지막 계단을 오른 나는 사무실 복도로 통하는 문을 앞두고 멈춰 섰다. 나는 왜 떳떳하게 네 앞에 나서지 못한 걸까. 왜 주재욱의 곁에서 널 데려오지 못한 걸까.

왜 나는 이렇게,

못나서.

잡았던 문고리를 놓고 바닥에 주저앉았다. 굽힌 무릎에 얼굴을 처박고는 스스로가 만든 어둠 속으로 하염없이 가라앉고 있었다. 문고리 돌아가는 소리가 났다. 열리기 시작하는 문틈 사이로 나타난 구두. 들이치는 빛에 얼굴을 들기도 전에 수완은 내 앞에 앉았다.

"숨으면 안 보일 줄 알았죠? 너무 잘나서 어디서나 눈에 띄는 걸 어쩌나."

햇살에 눈이 아려 오는데도 나는 피하지 않았다. 이 눈을 감았다 뜨면 내 앞의 네가 사라지기라도 할까 봐.

수완은 내 마음속에라도 다녀온 사람 같았다. 물러서면 다 가왔고, 기댈 곳이 없어 헤매고 있으면 손을 내밀었다. 홀로 아파하고 있자면 찾아와 상처를 치료해 줬고, 스스로의 어둠에 질식할 무렵이면 거짓말처럼 나타나 날 숨 쉬게 했다. 바로 지금처럼.

"걸음이 왜 그렇게 빨라요? 중간에 엘리베이터 안 탔으면 놓칠 뻔했네."

이런 널 내가 어떻게 밀어낼 수 있겠어.

"주 검사, 아 이제 주 팀장이라고 해야 하나. 어쨌든 그 인간하고는 어쩔 수 없이 같이 있었던 거예요. 자리 옮겨도 자꾸 따라오니까. 진드기 같은 놈."

이런 널 내가 어떻게 미워할 수 있겠어.

"식판 던져 버리고 싶었는데 잘리면 안 되잖아. 사랑하는 우리 선배, 돈 많이 벌어서 호강시켜 줘야 되는데."

이런 널 내가 어떻게.

"아직도 사람들 무섭죠? 그래도 선배는 대단한 거예요. 내가 선배 같은 일 겪었으면 벌써 정신 병원에 입원했을걸. 아니면 출가해서 스님⋯⋯."

나는 그녀의 목덜미를 끌어당겨 입 맞췄다. 이러면 안 된다고, 내가 이럴수록 힘들어지는 건 수완이라고 머리는 끝없이 나를 말렸지만 도저히 참을 수가 없었다.

수완은 놀란 듯 동그랗게 떠올렸던 눈을 내리감았다. 조금씩 미소를 띠기 시작하는 그녀의 얼굴을 보며 나는 포기했다.

이런 널 내가.

감히 내가 어떻게, 사랑하지 않을 수 있겠어.

✿   ✿   ✿

입술을 떨어뜨렸는데도 수완은 여전히 눈을 감은 채 미동도 하지 않았다. 나는 그녀를 품에 안고 싶은 충동을 꾹 누른 채 먼저 일어섰다.

"점심시간 끝났어. 가자."

눈을 뜬 수완은 내 팔목부터 붙잡았다. 나는 문을 반쯤 연 채로 그녀를 내려다보았다. 말 잘 듣는 애완동물처럼 물끄러미 나를 올려다보며 수완은 물었다.

"기분은 좀 나아졌어요?"

"이 상황에서도 넌 내 기분이 중요해?"

"어, 중요해."

매 순간 저 때문에 가슴이 내려앉는 나를 아는지 모르는지 그녀는 자리를 털고 일어나 내 손을 붙잡았다.

"다행이네. 아까보단 기분이 좋아진 것 같아서."

복도로 나온 우리는 헤어졌다. 뒷걸음질까지 쳐 가며 마지막까지 날 보던 수완이 제 사무실로 들어가고 나서야 나는 디자인팀으로 돌아왔다. 점심시간은 겨우 2분이 남은 상태였다. 인사를 하고 자리에 앉았다.

"한 팀장님이 맛있는 거 사 줬어요, 이삭 씨?"

"아까 한 팀장님 만났는데 자기가 이삭 씨한테 얻어먹었다던데요?"

"아주 자랑이다, 자랑이야."

"제가 사 드렸어요. 신세 진 게 많아서."

잠자코 듣고 있으려 했는데 신우 이야기라 그럴 수가 없었다. 새로운 스킨 라인의 디자인 샘플을 체크하고 있던 김 팀장이 눈을 가늘게 뜨고 날 봤다. 기분이 나쁜 건가. 하지만 내 욕은 참아도 신우 욕은 못 참았다.

"왜요? 우리가 한 팀장님 욕할까 봐 그래요?"

웃음기 섞인 목소리를 듣고 내가 오해를 했다는 걸 알았다.

"아니, 저는……."

"세상에, 이삭 씨 실망이다. 저희 그런 사람들 아니거든요. 한 팀장님이 이삭 씨 여기 꽂아 준 걸 보면 모르겠어요?"

"죄송합니다."

"죄송 안 해도 돼요. 이삭 씨가 잘못한 게 없는데 왜 사과합니까? 사과해도 잘생겼지만 그래도 사과는 함부로 하는 거 아니에요."

"팀장님 그만 놀려요. 이삭 씨 귀 빨개졌잖아요."

팀장님은 원래 저런 사람이니 신경 쓰지 말라고, 괜히 한 팀장님이랑 친한 게 아니라고 나보다 다섯 살은 어리지만 선임인 보윤 씨가 와서 귀엣말을 했다. 근처 카페의 커피와 쿠키를 내려놓는 손길이 상냥했다.

"이건 팀장님이 이삭 씨 입사 기념으로 쏘는 거예요. 맛있게 드세요."

"감사합니다. 잘 먹을게요."

나는 건너편의 김 팀장을 향해 인사했다. 그녀는 말없이 웃었는데, 왜 그녀가 신우와 친한지 알 것 같았다.

오후엔 시간이 어떻게 갔는지 모르겠다. 회의라고 앉아 있긴 했는데, 의자만 차지했을 뿐 그녀들이 하는 대화의 80% 이상은 무슨 말인지 알아듣지도 못했다. 멍청이가 된 기분이었다. 태어나 이런 기분은 느껴 본 적이 없는데.

6시가 되자 다들 퇴근 준비를 했다. 팀장은 가장 먼저 사무실을 떠났다.

"본인 일 끝났으면 퇴근들 해요. 안 끝났어도 하루쯤 미뤄도 되는 일이면 퇴근하고. 알았죠, 이삭 씨? 다들 내일 봐요."

나로선 상상도 못 했던 일이었다. 상사가 칼퇴근을 나무랄 일은 없었지만 6시엔 도무지 일이 끝나지 않았었다. 세상엔 사건 사고가 어찌나 많은지, 다섯 개를 쳐내면 열 개가 올라왔다. 밤새기는 기본이고, 주말 출근도 밥 먹듯이 했다. 이틀 동안 잠을 한숨도 못 잔 적도 있었다. 심신은 피곤했으나 일 자체는 보람 있고 나름 행복했다. 신우는 날 보고 미쳤다고 했지만, 그때가 좋았다. 그러니까 그 일이 터지기 전까진.

6시 10분이 되자 팀원 모두가 퇴근했다. 나는 책상 정리를 끝내고도 여전히 움직이지 않았다. 출근이건 퇴근이건 사람들이 많은 시간은 피하기로 했다.

재킷과 코트를 챙겨 입은 채 넋 놓고 있자니 휴대폰이 짧게 울렸다. 수완의 메시지였다.

〈나 퇴근해요. 어디예요?〉

〈사무실.〉

〈아직 사람이 많긴 하다. 그럼 30분만 더 있다가 나가요. 나올 때 연락해요. 밖에 있을게.〉

〈어.〉

여느 때의 나라면 기다리지 말고 먼저 가라고 이야기했을 거다. 그러나 오늘을 기점으로 나는 달라졌다. 달라지기로 했다.

수완이 평범한 사람이었다면 미친 척 그녀를 놓아주지 않았을 텐데. 그녀는 유명 정치인의 딸이었다. 검사질을 하면서 수없이 봐 왔다. 권력에 미친 자들이 얼마나 추해지는지.

최국환 의원이 그 자리까지 올라가기 위해 얼마나 많은 아군과 적군을 만들었는지 나는 모른다. 다만 하나는 안다. 그의 적은 그를 상처 입히기 위해서라면 무슨 짓이든 할 수 있었고, 나는 그들 손에 들어가면 수완을 피투성이로 만들 흉기였다. 그녀의 가족을 무너뜨릴 수 있는 태풍이기도 했다. 그게 수완의 아버지가 날 반대하는 이유였다.

그러지 않기 위해서 나는 수완의 곁을 떠나야 했다. 되도록
이면 빨리 사라져야 좋다는 걸 알면서도 빚을 갚는단 핑계로
차일피일 미뤄 왔다. 내가 있으면 그녀는 귀찮은 선보기를 더
이상 하지 않아도 된다고, 다른 새끼들 때문에 상처 받지도,
아파할 일도 없을 거라고 자위하면서.

실은 그저 그녀의 곁에 있고 싶었을 뿐인 주제에.

정작 그녀를 가장 상처 입히는 건 나라는 걸 알고 있으면
서.

어차피 이기적이고 나쁜 새끼가 될 거라면, 어차피 나는 떠
나고 그녀는 상처 받게 될 거라면, 그때까지만이라도 행복하
고 싶었다. 그녀의 곁에서. 그녀와 함께.

한 달만, 아니 보름만. 단 일주일만이라도.

30분이 되기 전에 사무실을 나섰다. 비상계단으로 가려다
마음을 바꾸어 엘리베이터를 탔다. 도중에 몇 사람이 타긴 했
지만 되도록이면 신경을 쓰지 않으려 애썼다. 오로지 수완만
을 생각했다. 내게 말할 때면 즐거워 허밍처럼 들리던 목소리.
곁에서 나던 기분 좋은 꽃 내음. 웃을 때면 뺨에 생기던 볼우
물 같은 것.

알림음에 정신을 차리니 1층이었다. 로비로 나오자마자 참
았던 숨을 내쉬었다. 수완은 건물 밖, 그중에서도 가장 어두운
구석 자리에 벌써 나와 있었다. 빠른 걸음으로 회전문을 통과
했다. 내게 전화를 하려는 듯 휴대폰을 꺼내던 그녀가 날 보곤
기뻐했다.

"일찍 나왔네요. 또 계단으로 내려왔어요?"

나보다 훨씬 일찍 나왔으면서. 바보같이 추위에 덜덜 떨고 있었던 주제에.

나는 입가에 맴도는 수만 가지 말 대신 그녀를 끌어안았다.

"추웠지. 기다리게 해서 미안해."

이런 내가 감히, 널 마음에 담아서 미안해.

최수완

10. 술래잡기

예전엔 행복해서 불안하다는 사람들을 이해하지 못했다. 이해하고 싶지도 않았다. 복에 겨운 소릴 하고 있다고, 진짜 불행한 사람들이 그 소릴 들으면 퍽도 그러시구나 하겠다고, 비난했었다. 그런데 막상 내가 그 상황이 되고 보니 알겠다. 그들이 왜 그렇게 불안해했는지.

"저녁 먹고 갈까?"

"선배 안 피곤해요?"

"피곤해? 네가 피곤하면 집에 가고."

"아니. 난 괜찮은데, 선배가 종일 사람들한테 시달렸잖아."

"그럼 먹고 가자."

어정쩡하게 선 내 손을 신배가 먼저 붙잡았다. 마디 사이로 거침없이 얽혀 드는 긴 손가락을 나는 신기루인 양 바라보고

만 있었다.

"뭐 먹고 싶은 거 있어?"

"난 아무거나 잘 먹어요."

"그래도 너 먹고 싶은 데 가자. 해산물만 빼고."

골목 안으로 들어서자마자 나는 우뚝 멈춰 섰다. 내 손을 잡고 앞서가던 선배가 의아한 듯 따라 멈췄다. 내 표정이 그리 좋지 못했나 보다. 날 살피던 그의 입매가 미약하게 굳어졌다.

"어디 안 좋아? 그냥 집에 갈까?"

"그게 아니라."

걱정 가득한 선배를 보며 나는 물었다.

"이거 꿈 아니죠?"

비상계단에서 선배가 내게 키스했을 때만 해도 그러려니 했다. 선배는 감성적인 사람이었다. 위로에 대한 보답일 거라고 들뜨는 마음을 애써 가라앉혔었는데, 조금 전 포옹에 모든 게 와르르 무너져 버렸다.

게다가 이렇게 자꾸 다가오면, 나는 진짜라고 믿어 버린단 말이에요. 희망을 갖게 된다고요. 놓기 싫어진단 말이야.

첫날밤을 앞둔 새색시처럼 설레는 내 맘을 정말 모르는지, 아니면 모른 척하는 건지 선배는 웃으며 내 염장 지르는 소릴 했다.

"왜? 내가 너 만져서? 키스하고 안아서 그러는 거야?"

정곡을 찌르는 말에 나는 입을 다물었다. 거짓말은 못 하겠네. 억울한 듯 눈을 흘기는 날 보며 그는 고개를 삐딱하게 기울였다.

"너도 나 마음대로 만지잖아."

"나랑 선배가 같아?"

"그럼 달라?"

"다르지!"

"뭐가?"

나는 선배를 사랑해서 만지는 건데 선배는 그게 아닐지도 모르니까, 라는 말은 차마 하지 못했다. 자존심이 상했다기보단 그 말을 입 밖으로 내면 정말 실감이 날 것 같아서였다. 나와 선배의 마음이 다를 수도 있다는 거. 영영 같아지지 않을 수도 있다는 거.

나는 갑작스레 우울해졌다. 그는 슬며시 손부터 놓았다.

"싫으면 관두고. 여기서 이러면 시선 끄니까 일단 식당부터……"

"진짜 선수 아냐?"

"어?"

나는 그가 놓았던 손을 다시 낚아채 잡았다. 우악스럽게 깍지까지 껴서 제 손을 쥐는 나와 내 얼굴을 번갈아 보던 그는 이내 피식 웃음을 흘렸다.

나만 늘 애태우고, 나만 늘 놀아나고, 나만 지는 것 같아 열받고 짜증 나긴 하지만 어쩌겠어.

"더 좋아하니까 봐주는 거예요."

나는 앞장서 걸었다. 그는 단 두 걸음으로 날 따라잡곤 깻

가에 속삭였다.

"그래. 고맙다."

근처 해장국집으로 선배를 데려갔다. 회사에서 마주칠 때마다 한신우가 그 집 해장국이 그렇게 죽여주네, TV에 나오는 맛집 저리 가라네, 자랑에 자랑을 거듭해서 궁금했다.

저녁 시간인데도 불구하고 사람이 없어 불안했지만 선배를 생각하면 차라리 그게 나을 것 같았다. 그러나 막 가게로 들어서는 선배와 나를 주인아주머니는 도로 내쫓았다.

"오늘 장사 끝났어. 저기 영업시간 안 보여?"

"아직 7시도 안 됐는데요?"

"아가씨, 우리는 아침 점심 장사만 해. 6시까지가 끝이야, 끝."

어쩐지 사람이 없더라니. 인사를 하고 돌아서는 우리를 아주머니가 다시 붙잡았다. 정확히는 선배를 붙잡았다.

"잠깐! 총각."

"네?"

"맞네. 아까 신우랑 왔던 총각."

"아, 네."

"점심때 먹었음서 뭘 저녁까지 또 왔어? 애인까지 데리고 온 거 보면 우리 집 밥이 마음에 들었나 봐?"

선배는 나를 흘낏 보더니 민망한 듯 웃었다.

"네, 맛있었어요. 여자 친구도 먹이고 싶어서요."

일사천리였다. 선배는 그 한마디로 영업이 끝난 식당의 문

314

을 다시 열게 했다. 아주머니께선 홀에서 먹으면 다른 손님들이 와서 차별한다고 지랄한다며 구석방으로 우릴 밀어 넣었다. 일어서면 머리가 닿을 정도로 천장이 낮고 식탁 하나가 겨우 들어가는 좁은 방이었다.

나는 해장국을 선배는 콩나물 국밥을 주문했다. 반찬을 나르던 아주머니께서 주문을 받더니 또 콩나물이냐고 잔소리를 하고 갔다. 아까도 그러더니 남자가 고기를 먹어야지, 순 풀떼기만 먹으면 힘 못 써.

나는 뜨끈한 숭늉을 마시며 눈부터 흘겼다.

"신우 선배랑 여기 왔었어요?"

"어."

"근데 왜 말 안 했어요? 말했으면 다른 데 갔을 텐데."

"뭐 하러. 나 콩나물 좋아해."

선배는 수저를 내 앞에 가지런히 놓았다. 내 기억이 잘못되지 않았다면 선배는 콩나물을 싫어하진 않았지만 그리 좋아하지도 않았다. 그런 그가 굳이 좋아한단 거짓말을 하는 이유야 뻔했다. 나 때문에.

별거 아니지만 몸에 밴 그 배려는 선배가 학생이었던 예전이나 지금이나 변함없었다. 그래서 난, 선배가 좋았다.

아주머니는 콩나물 국밥과 해장국을 뚝배기가 넘치도록 담아 왔다. 서비스라며 가져온 계란말이의 두께가 사전만 했다.

"많이 먹어. 일이 힘들었나, 점심때보다 해쓱해졌네."

"감사합니다."

휘어지는 눈가가 살가웠다. 아주머니가 나가자마자 나는 비꼬았다.

"완전 프리 패스네."

"뭐가?"

"선배 얼굴이 프리 패스라고요. 성별은 모르겠는데 나이는 불문. 사람 보는 눈 다 똑같다니까."

"헛소리 그만하고 밥이나 드시죠."

선배는 계란말이 중 가장 큰 조각을 들어 내 밥그릇 위에 올렸다. 질 수 없었다. 나는 계란말이 두 개를 선배의 밥 위에 올려 줬다.

"우리 이삭이도 많이 먹어."

"네, 누나."

의기양양하게 웃으며 계란말이를 씹던 나는 그만 사레가 들려 버렸다. 물을 건네며 선배는 웃음을 터뜨렸다.

"뭐야, 누나란 말이 그렇게 좋았어?"

아주머니의 문전박대를 이해할 수 있을 만큼 밥은 맛있었다. 선배는 제 밥은 먹는 둥 마는 둥 하고 내가 밥 먹는 걸 오래도록 지켜보았다.

처음에는 저 시선이 되게 부담스러웠는데 지금은 그저 선배의 눈이 날 향하고 있다는 것만 해도 감지덕지였다. 그가 저런 눈으로 다른 여자를 본다는 걸 상상한 해도 몸서리쳐졌다.

그릇을 반쯤 비웠을 무렵이었다. 낡은 새시 문이 열어젖혀지는 소리가 나더니 다른 손님이 들어왔다. 밖에서 TV를 보고 있던 아주머니의 목소리가 연달아 들렸다.

"장사 끝났어요. 내일 와."

"얼굴은 보고 말해, 아줌마."

"얼굴을 보던 말든 오늘 장사⋯⋯. 뭐야, 오늘 무슨 날이야? 영업시간 끝난 지가 언젠데 왜들 이렇게 밥을 처먹으러 오고 지랄들이야, 지랄이."

"나 말고 이 지랄하는 인간이 또 있어? 누구? 우리 아줌마 나 말고 딴 새끼 생기셨어?"

"고만 씨불이고 앉아서 밥이나 처먹고 가. 나도 집에 좀 가 자."

대화하는 걸 보니 아들은 아닌 것 같고, 아들 친구나 그 정도로 아끼는 사람인가 보다 했다. 말투나 목소리가 낯익긴 했는데 그게 강일형일 거라고는 생각지도 않았다.

"뭐야? 검사님이었네. 안녕, 검사님. 안녕, 검사님 여자 친구?"

강일형은 제멋대로 미닫이문을 열어젖히곤 인사했다.

갑작스런 원수의 등장에 나는 완전히 당황했다. 강일형은 누가 하나 반기지 않는 데다 가뜩이나 좁아터진 우리 방으로 몸을 구기고 들어와 앉았다. 잠자코 보고 있던 선배가 정색하 곤 물었다.

"뭡니까?"

"뭐긴. 저기서 혼자 먹으려니까 외로워서."

수저를 꺼내는 강일형의 얼굴이 엉망이었다. 뭐에 맞았는지 거즈가 발린 이마엔 피가 번져 있었고 뺨은 멍투성이였다.

　나가라고 말을 하기도 전에 아주머니가 강일형의 뚝배기를 우리 테이블에 내려놓고 갔다. 이놈이 보기엔 쌩 양아치 같아도 그리 나쁜 놈은 아니라며 칭찬인지 욕인지 모르는 말을 툭 던져 놓고.

　문이 닫히고 다시 침묵이 내려앉았다. 나가라고 할 줄 알았던 선배는 어째서인지 강일형을 무시한 채 제 밥을 먹기 시작했다.

　이게 얼마 만에 생긴 데이트 기회인데, 이젠 한신우도 모자라 깡패 새끼까지. 아무리 깡패라지만 저 꼴로 저렇게 있으니 불쌍하기도 하고. 먹을 땐 개도 안 건드린다는데. 나는 한숨을 쉬곤 수저를 들었다.

　별다른 대화 없이 식사는 끝났다. 어차피 우리는 중반 이상 먹은 상태였고, 배고프다고 난리이던 강일형은 밥을 반도 먹지 않곤 숟가락을 내려놨다.

　"아줌마 계산. 세 사람분에 나머진 팁이야."

　강일형은 먼저 나가더니 계산대에 섰다. 5만 원짜리 한 장을 꺼내는 강일형의 팔목을 선배가 잡았다.

　"됐습니다."

　"검사님이랑 검사님 여친 취직했다면서. 취직 턱이라고 생각해."

　"우리가 그렇게 살가운 사이는 아니지 않나."

　선배는 삐뚜름히 웃었다. 강일형이 우리의 취직 사실을 알고 있다는 것 따위는 나 말고 누구도 신경 쓰지 않는 것 같았다. 강일형은 선배의 손을 털어 내곤 제 돈을 거둬 주머니에 쑤셔 넣었다.

"그럼 검사님이 내세요. 나도 공짜는 싫으니까 밥값은 해야지."

선배는 강일형이 하는 말 따윈 들리지 않는다는 듯 지갑에서 돈을 꺼내 계산했다. 강일형은 계산대의 사탕 바구니에서 박하사탕을 뜯어 입에 넣으며 말했다.

"근데 아까부터 두 사람 꽁무니 졸졸 따라다니고 있는 차랑은 아는 사이신가. 검사님? 아님 검사님 여친?"

잘 먹었다고 웃으며 인사하던 선배의 낯빛이 서서히 얼어붙었다. 강일형은 우리에게 박하사탕 하나씩을 쥐여 주며 고개로 문밖을 가리켰다.

"괜찮으면 데려다주고. 내가 또 저런 새끼들 따돌리는 데는 선수지 말입니다?"

선택권이 없었다. 그렇게 우리는 원수의 차에 올라탔다. 선배와 강일형이 먼저 타고, 나는 뒷골목 쪽에 서 있다가 따로 탔다. 강일형의 말은 거짓이 아니었다. 식당 근처의 차는 강일형의 차가 출발하자 동시에 움직이기 시작했다.

레이싱이 따로 없었다. 강일형은 차선을 마구잡이로 바꾸었고 신호를 위반했으며 속도 제한 따위는 신경 쓰지도 않았다. 토할 것 같았다. 흘낏 본 옆자리 선배의 표정이 어두웠다. 아까 강일형의 이야길 듣고 나선 내내 이 모양이었다.

나는 말없이 선배의 손을 끌어다 꽉 쥐었다. 그는 그제야 날 보곤 힘없이 웃었다. 멀쩡히 가던 차가 급브레이크를 밟은 건 그때였다. 앞좌석에 머리를 박을 뻔한 우리를 돌아보며 강일형은 사과했다. 쏘리. 하나도 미안하지 않은 표정이었다.

주소를 말하지 않았는데도 강일형은 예전엔 선배, 이젠 내 명의로 바뀐 오피스텔 앞에 차를 세웠다. 우리를 미행했던 차는 한참 전에 따돌린 후였다.

나는 선배를 힘들게 했던 깡패 새끼한테 고맙다는 말을 하기는 자존심 상하고, 입 닦고 그냥 가긴 또 뭐해서 '갑니다' 마지못해 말하곤 차에서 내렸다. 그러나 선배는 나와는 다른 사람이었다. 차에서 내리며 깍듯하게 인사했다.

"고맙습니다."

"오래 살고 볼 일이네. 검사님한테 고맙단 말도 듣고."

강일형은 차창을 내려 나에게 윙크를 하곤 사라졌다. 선배는 생각에 잠긴 채 차 꽁무니를 바라보고 있었다. 나는 그의 옆구리를 팔꿈치로 쿡 찔렀다.

"우리 선배, 참 순수하고 착해. 자기 목에 칼 들이대던 깡패 새끼한테 고맙단 인사까지 하고."

"일부러 온 거야."

"어?"

"밥 먹으러 온 게 아니라, 우리 때문에 일부러 거길 들린 거야."

"왜?"

설마 미행 붙은 거 알려 주려고? 왜 우리한테 그렇게까지? 머릿속에 스치는 생각을 말로 내뱉진 못했다. 그러나 선배는 다 아는 것처럼 말했다.

"그러게."

강일형의 차는 이제 막 코너를 돌아 사라지고 있었다. 흐리게 번지는 후미등에서 눈을 떼지 못하는 나를 이번엔 선배가 잡아끌었다.

"춥다. 들어가자."

집에 돌아와서도 선배는 기분이 계속 좋지 못했다. 아까의 미행이 마음에 걸리는 것 같았다. 나도 걱정은 됐다. 기자라도, 기자가 아니라도 문제였다. 나야 사실 뭐가 어떻게 되든 상관없었지만 선배는 달랐다. 요즘 들어 선배는 많이 밝아졌다. 사람들을 여전히 무서워하긴 했지만 그 정도가 달랐다. 잘 못하면 다시 예전으로, 어쩌면 그보다 더 상처 받게 될지도 몰랐다.

나는 언젠가 흥신소에서 받았던 선배의 인적 사항을 떠올렸다.

대인 공포, 우울증으로 정신과 치료 중. 자살 기도로 인한 약물 중독으로 응급실에 실려 왔다는 소문이 있으나 병원엔 단순 영양실조로 기록.

활자만 떠올려도 가슴이 쪼개지는 것 같았다. 나는 코트를 벗는 선배에게 다가갔다.

"걱정 마요. 우리 아버지, 본인 위해서도 선배랑 내 사이 절대 밖으로 터뜨리게 놔둘 사람 아니잖아."

"알아."

"그럼 그만 표정 풀죠. 누가 보면 초상이라도 난 줄 알겠네."

나는 손가락 두 개로 선배의 굳은 입매를 억지로 끌어 올렸다. 그는 내 손을 거두더니 웃었다.

"그 핑계로 또 입술 만지지?"

"내 건데 좀 만지면 어때?"

"뭐?"

방심을 타 뽀뽀라도 한 번 하려고 했건만 선배는 민첩했다. 나는 양 손목이 잡혀 뭍에 나온 물고기처럼 버둥거리다 결국 포기하곤 욕실로 향했다.

샤워를 하고 나온 다음에는 선배가 씻는 틈을 타 재빨리 아버지에게 전화를 걸었다. 그날 저녁 식사 이후 첫 통화였다. 다섯 번을 걸고 나서야 아버진 전화를 받았다. 분명 일부러였다.

나는 우리에게 미행이 붙은 것 같다고, 아버진 알고 있느냐고 용건을 말했다. 아버지는 예의 그 감정 없는 목소리로 대답했다.

—난 슬하에 자식이 없는데 누구십니까.

더 말을 섞어 봤자 분통만 터질 것 같아서 곧장 끊었다. 내가 알고 있는 걸 아버지가 모를 리 없다는 확신도 있었다. 알면서도 내버려 둘 사람은 더더욱 아니었다.

머리를 말리고 딸기를 씻어 와 거실에 앉았다. 하루 동안 너무 많은 일이 일어나 피로했는데 그냥 자긴 아까웠다. 얼마 지나지 않아 말개진 선배가 나타났다. 선 채 수건으로 머리를 털어 내는 그에게 딸기 하나를 건넸다. 포크를 쥘 줄 알았건만, 그는 입으로 딸기를 받아먹었다. 가슴이 벅차올랐다. 키우던 강아지에게 하나를 가르쳤더니 열을 해내는 걸 본 주인도 이보단 기쁘지 않았을 거다.

같은 걸 바라고 또 딸기를 내밀었다. 그러나 그는 입을 가져오다가 문득 마음을 바꿔 손을 내밀었다. 실망한 나는 포크를 뒤로 물렸다. 뭐야, 갑작스레 딸기를 뺏긴 그가 의아한 듯 인상을 찌푸렸다.

"그냥. 갑자기 선배 입에 들어가는 게 아까워졌어요."

나는 보란 듯이 나머지 딸기도 내 입에 넣었다. 별다른 대거리 없이 날 지켜보던 그가 갑자기 내 눈높이에 맞춰 쪼그려 앉았다. 반항할 새도 없었다. 그는 내 손목을 붙잡더니 포크의 딸기를 제 입으로 가져갔다.

"됐어?"

화사한 미소에 시선을 뺏긴 사이 선배는 일어나 복층 계단으로 향했다. 나는 빈 포크를 놓고 그를 따라갔다. 계단을 오르던 그가 날 돌아봤다.

"왜 따라와?"

"우리 이제 합방할 때도 되지 않았나 해서."

"누구 맘대로 합방이야."

"갑질 좀 합시다. 네?"

"나 안 건드린다고 약속하면."

"되게 비싸게 구네. 처음도 아니면서."

"야, 넌……."

골 때린다는 듯 머리를 짚는 선배의 뺨이 당혹스러움에 붉어졌다. 나는 아랑곳하지 않았다.

"나이 먹고 부끄러움이 많아졌나 봐, 우리 선배. 대학생 때 나랑 처음 잘 때는 되게 저돌적이고 섹시하고……."

"최수완."

"아니면 이젠 내가 여자로 안 보이……."

눈앞에 드리우는 그림자에 고개를 들었을 땐 선배가 코앞에 와 있었다. 맞부딪친 눈엔 좀 전의 장난기라곤 보이지 않았다. 표정이 사라진 선배는 얼음장처럼 차가웠다. 나는 그의 웃는 얼굴과 당황한 얼굴만큼 이 얼굴도 좋아했다. 물론 내가 좋아하지 않는 선배의 모습이 있겠냐만.

기분 좋은 긴장감에 심장이 크게 뛰었다. 맹수에게 포위당한 초식 동물처럼 등이 굳었지만 물러날 생각은 들지 않았다. 나는 숨을 참은 채로 그를 마주했다.

그가 내 잠옷을 쥐었다. 나는 그와 첫 섹스를 하기 전보다 떨렸다. 결혼식 후 남편과 첫날밤을 보낼 때도 긴장감 제로였는데. 섹스보단 하기 싫은 운동에 가까웠다. 심드렁히 누워서 천장을 보며 이 짓을 언제까지 받아 줘야 하나 그런 생각을 했었다.

객관적으론 그 개자식 외모도 반반한 편에 속했지만 흥분은 되지 않았었다. 그런 내가 지금 선배의 손가락 하나에 흥분하고 있다는 걸 알면 선배는 어떤 반응을 할까.

먹물처럼 검은 눈동자가 묘하게 열기를 띤다고 느꼈다. 단정한 손가락은 첫 번째, 두 번째 단추도 그저 스쳐 지나더니 세 번째 단추에 이르러 멈춰 섰다. 어째서인지 풀려 있는 단추를 그는 천천히 도로 잠갔다.

"잘 자. 내일 보자."

평소보다 낮은 목소리로 다정하게 인사한 선배는 등을 돌려 계단을 올랐다. 그의 뒷모습이 위층으로 완전히 사라지고 나서야 나는 고장 난 로봇처럼 삐걱거리며 내 방으로 향했다.

문을 닫자마자 바닥에 주저앉았다. 그저 풀린 단추 하나 잠가 줬을 뿐인데, 잘 자란 인사 한 번 했을 뿐인데 여느 때보다 피가 빠르게 돌았다. 나는 방구석에 쓰러져 이불을 뒤집어썼다.

큰일이었다. 잠이 오지 않았다.

❁   ❁   ❁

"재수황, 너 얼굴이 완전 썩었다? 밤새 우환이라도 생겼냐."

출근길 엘리베이터에서 넋 놓고 있다 한 번, 탕비실에서 약 먹은 병아리처럼 졸다 또 한 번 마주친 한신우 팀장님께선 기어이 한소릴 했다. 나는 못 들은 척 빈 머그잔에 커피를 리필했다.

호르몬과 성욕은 별 상관이 없는 모양이었다. 사람들의 말대로라면 여자로서 끝인 나는 당장이라도 덮치고 싶고 덮칠 수 있는 남자를 위층에 두고 욕구 불만에 몸서리치다 새벽 4시가 넘어서야 겨우 잠들었다.

선배와 함께 출근하려 했는데 오늘은 도무지 그 시간에 일어날 수가 없었다. 선배는 이불을 뒤집어쓴 채 미동 없는 내가 걱정됐는지 이마까지 짚고 갔다.

"어디 아픈 건 아니지? 전화할게."

몇십 년을 독수공방한 과부도 아니고, 선배와 같이 산 지 며칠이나 됐다고. 나는 짐승이다.

"신성한 크리스마스이브에 왜 죽상이야? 이삭이가 데이트 안 해 준대?"

"남 이사 죽상이든 말든 팀장님이 무슨…… 이브요?"

"같이 살더니 메마른 것까지 이삭이 닮아 가냐? 오늘 크리스마스이브거든요. 오전 근무만 한다고 공문 내려왔잖아. 하나가 메마르면 하나는 살갑던가. 둘 다 사막 모래알처럼 까칠…… 야, 어디 가?"

나는 뒤도 안 돌아보고 사무실로 돌아왔다. 사내 메신저에서 선배의 이름을 찾고 있자니 한신우가 책상에 내 머그잔을 놓고 갔다. 신입이 다른 팀 팀장 차 심부름까지 시키고. 잘한다.

최수완:선배 오늘 오전 근무만 한다는데 이야기 들었어요?
박이삭:어.
최수완:마치고 뭐 해요?

솔직히 크리스마스이브 같은 거 아무래도 좋았다. 결혼을 했을 때나 다시 혼자가 됐을 때나 크리스마스는 내게 그저 공휴일일 뿐이었다. 그런데 선배와 함께인 지금은 그 공휴일을 어떻게든 특별하게 보내고 싶었다.

답은 빨리 돌아오지 않았다. 일할 때 선배는 메신저나 휴대폰 메시지를 잘 확인하지 않았다. 회사에선 그게 당연하지 싶다가도 서운한 건 어쩔 수 없었다. 난 하늘이 무너지고 땅이 솟아나도 선배가 먼전데.

박이삭:리모델링 끝났다고 사장님한테 연락 와서 오늘부터 가게 나가기로 했어.

실망. 실망. 그것도 대실망이었다.

선배는 나보다 돈이 중요해요? 아침에도 일, 저녁에도 일, 휴일에도 일. 그놈의 일일일.

서운함을 담아 키보드를 두드렸지만 결국엔 백스페이스키를 눌러 전부 지워 버렸다. 배부르고 눈치 없는 투정이었다. 선배라고 하고 싶어 하는 일도 아닌데.

자학에 속으로 욕을 뇌까리고 있자니 파일 하나가 책상에 올라왔다. 주재욱이었다.

"해외 계약 건인데 오전 중으로 1차 검토 부탁해요."

"알겠습니다."

쳐다보지도 않고 말했다. 웬일로 별 꼬투리 없이 돌아간다 했다. 파일을 펼치기 무섭게 메시지창이 떴다. 당연히 선배일 거라 생각해 급히 확인했건만 발신자는 다른 사람이었다.

주재욱:오늘 뭐 해요? 시간 남으면 저녁 같이하죠.

하마터면 그러자 허락할 뻔했다. 선배가 얼마나 주재욱을 싫어하는지, 주재욱이 어떤 사람인지 아는데도. 나는 내가 이렇게 비이성적이고 못된 인간이라는 걸 선배 덕분에 알았다.

선배는 나를 유치하고 쪼잔하게 만들었다. 화장실 들어가기 전 마음하고 나온 후의 마음이 다르다더니 선배와 같이 살기 전의 나, 함께 있는 것만으로도 감지덕지 고마워했던 나는 어느새 없었다. 나는 그가 내 마음대로 움직여 주지 않아 화가 났다. 내가 너한테 어떻게 했는데, 내게 이럴 수 있어?

오전 근무가 끝나자마자 선배를 두고 먼저 퇴근했다. 이브의 거리는 사람들로 넘쳐 났다. 이렇게 많은 인파를 거쳐 집에 오려면 선배가 얼마나 힘들지 아는데도 홀로 미어터지는 버스에 올랐다. 도중에 선배에게 전화가 왔지만 받지 않았다. 세 통 정도 무시하자 메시지가 도착했다.

〈먼저 퇴근했어? 먹고 싶은 거 있으면 사 갈게.〉

나는 집 근처 정류장에 내리고 나서야 답을 보냈다.

〈없어요.〉

밥 대신 군것질로 점심을 때우고 있을 때쯤 선배가 도착했다. 손에는 근처 베이커리의 케이크를 든 채였다. 예상보다 멀쩡한 모습이었다. 표정이 굳어 있지도 긴장하거나 지친 기색도 없었다.

"사람 터져 나가던데, 괜찮았나 봐요?"

"신우가 데려다줬어."

나는 실망하는 내게 실망했다. 나 없다고 선배가 힘들길 바라다니, 나쁜 년.

선배는 케이크를 식탁에 내려놓고는 바로 위층으로 올라갔다. 그러고는 옷을 갈아입고 내려왔다. 나는 의아했다.

"가게 저녁에 나가는 거 아니었어요?"

"아, 오늘 피크라서 일찍 열 건가 봐. 준비도 해야 하고."

오늘 세 번째로 실망한 순간이었다. 나는 최대한 아무렇지 않은 척했다. 그와 얼굴을 맞대면 마음이 약해질까 봐 재미라곤 없는 TV 코미디 프로그램만 뚫어져라 쳐다보고 있었다.

그는 식탁으로 가더니 케이크 한 조각을 잘라 왔다. 나는 그때까지도 선배를 쳐다보지 않았다. 선배는 케이크 접시를 내 앞 탁자에 내려놓았다. 그러고는 마스크 대신 얼굴을 칭칭 감고 있던 머플러를 내리곤 내 뺨에 짧게 키스했다.

"미안. 이브에 혼자 둬서."

다녀올게. 속 버려, 밥 챙겨 먹어.

돌아서는 그를 붙잡고 싶었다. 붙잡고 껴안고 유치원생도 아니고 뽀뽀가 뭐냐고 키스해 달라고 조르고 싶었다. 미안하다고, 서운해서 그랬다고 사과도 해야 했다. 그러나 나는 그중 어떤 것도 하지 못했다. 늘 당연하다 여겼던 감정의 차이가 오늘따라 뼈저리게 느껴졌다. 나는 이렇게 필사적으로 선배를 좋아하는데 선배는 그게 아닐지도 모른다는 게 새삼 실감이 났고, 무서워졌다.

이 빚을 다 갚고 나면 선배는 정말 날 떠나겠구나.

차라리 선배의 대인 공포증이 심해졌으면 좋겠다는 지독한 생각까지 했다. 그럼 선배를 더 오래 내 곁에 붙잡아 둘 수 있을지도 모르는데.

사랑에 빠진 여자들은 천사처럼 사랑스러워진다고들 하는

데, 나는 악마였다. 날 위해선 사랑하는 이의 발목도 꺾을 상상을 하는 악마.

나는 케이크 한 조각을 해치운 거로도 모자라 통째로 들고 와 수저로 퍼먹었다. 반 이상을 해치우고는 그 상태로 거실에서 잠들었다.

주재욱을 만난 건 자정이 가까운 늦은 밤이었다. 10시쯤 일어난 나는 선배에게 전화를 할까 말까로 한 시간을 고민했지만 결국 전화는커녕 메시지도 보내지 못했다. 답답함에 몸서리치다 집을 나왔다. 맥주라도 한 캔 하면 술김에 솔직해질 수 있을 것 같았다.

이브의 거리는 부산했다. 늦은 시간이었지만 곳곳에 사람들이 많았다. 분명 선배의 와인 바에도 손님들이 터져 나갈 텐데, 그가 견딜 수 있을까. 못되게 굴 때는 언제고 또 선배 걱정이었다.

길을 걷는 동안 습관처럼 주변을 살폈다. 우리를 미행했던 누군가가 떠올라서였다.

편의점에 들러 맥주와 과자를 샀다. 오늘따라 연인들은 왜 그리도 많은지, 가뜩이나 심기 불편한 난 부러워 배알이 뒤틀렸다. 사랑이 넘쳐 나다 못해 거리 한복판에서 키스를 하고 있는 남녀를 뚫어져라 봐 주곤 집으로 돌아왔다.

주차장을 지나는데 근처에 주차된 차의 헤드라이트가 번쩍 켜졌다. 이건 또 무슨 개매너야. 나는 손차양을 한 채 눈살을 찌푸렸다. 차에서 내리는 인간의 면상이 낯익었다.

"어차피 혼자 보낼 거 왜 튕겼나 몰라."

주재욱은 조수석에서 와인과 케이크를 함께 꺼냈다. 대체 집을 어떻게 알고 찾아온 거지? 낙하산으로 입사하면서 본가의 주소를 써냈다. 회사 사람 누구도 내 실거주지를 알 순 없었다. 내 뒤를 밟지 않는 한은.

"설마 나 미행했어요?"

"에이, 미행이라고 하니까 꼭 범죄자 같잖아요. 그냥 따라와 봤어요."

주재욱에게선 죄책감이라곤 찾아볼 수 없었다. 어제 선배와 날 뒤쫓던 차가 떠올랐다. 우연의 일치인가 차종도 색도 비슷해 보였다.

불쾌하긴 했지만 한편으론 안도했다. 차라리 주재욱이 나았다. 적어도 선배나 내 뒤를 캐려는 작자들은 아니라니, 다행이었다.

"여기까지 왔는데 차 한 잔 줄 거죠?"

"내가 왜 팀장님한테 차를 드려야 합니까? 그것도 이 밤늦은 시간에."

"최수완 씨는 날 왜 그렇게 싫어해요? 박이삭, 그 자식 때문입니까?"

주재욱은 대놓고 선배 이야기를 꺼냈다. 나는 부정도 긍정도 하지 않았다. 선배 일이 아니라도 그는 내 타입이 아니었다.

"사람 싫어하는 데 이유가 꼭 필요해요?"

"그건 그렇지만. 박이삭 그 새끼 일은 애초에 그 새끼가 윗선에 밉보였기 때문이에요. 내 탓이 아니라 주제도 모르고 선비처럼 뻗댄 그 새끼 잘못이라고."

"그래서요?"

"수완 씨 사디스트예요?"

"뭐요?"

"아니, 도저히 이해가 안 가서. 어려서 사귄 건 그렇다고 쳐. 그렇지만 그때가 언젠데 지금까지 박이삭을 좋아한다는 게. 백번 양보해서 그 일 있기 전이라면 뭐, 그럴 만도 하죠. 근데 지금은 쥐뿔도 없잖아. 사람 눈도 제대로 못 맞추고 다니는 등신 새끼가 뭐 좋다고."

"사디스트인가 보죠."

"네?"

"나도 모르는 내 취향을 발견해 줘서 고맙네요. 안녕히 가세요."

안 그래도 더러운 기분을 더 나쁘게 하고 싶진 않아 돌아섰다. 주재욱이 달려와 내 팔목을 붙잡았다.

"수완 씨, 혹시 선보는 게 지긋지긋해서 아버지한테 반항하려고 박이삭 만나는 거면."

"무슨 일이야?"

낮은 목소리는 차가운 밤공기를 가르고 들려왔다. 나는 주재욱의 손을 떨쳐 내지 못한 채 돌아봤다. 지금쯤 가게에 있어야 할 선배가 보도블록 끝에 서 있었다.

"너야말로 무슨 볼일인데?"

주재욱은 날을 세워 정색하며 물었다. 누가 우리 셋을 본다
면 주재욱이 내 남편이라고 해도 믿을 정도였다.

선배는 대꾸할 가치도 없다는 듯 주재욱을 무시했다. 그리
곤 내게 다가와 주재욱에게 잡힌 팔부터 빼냈다.

"가자."

내 손을 잡아 쥔 선배는 오피스텔 입구로 방향을 틀었다.
뒤통수를 얻어맞은 듯 굳어 있던 주재욱이 거칠게 선배의 어
깨를 돌려세웠다.

"검찰청에선 그렇게 원리 원칙 따지던 새끼가 여기선 저밖
에 모르네. 지금 이야기 중인 거 안 보여? 네가 뭔데 사람을
멋대로 끌고 가?"

"내 눈엔 이야기하는 걸로 안 보여서."

고저가 없는 선배의 말에 주재욱은 말문이 막힌 듯 침묵하
더니 웃음을 터뜨렸다.

"그렇게 수완 씨 끔찍하게 생각하는 새끼가 회사에선 왜 알
은체 안 하는데? 아, 너랑 같이 엮이면 욕먹을까 봐? 그게 무
서워서? 비겁한 새끼."

차라리 소릴 지르고 싸웠다면 이보다는 덜 마음이 아팠을
텐데, 선배는 일말의 반응도 하지 않았다. 그런 소리를 듣는
데 도가 트인 사람처럼 감흥 없는 눈으로 주재욱을 바라보고
있을 뿐이었다.

"이제 네가 한번 말해 봐. 자신도 없는 새끼가 왜 수완 씨 붙들고 있는데? 너 같은 새끼랑 엮여 봤자 수완 씨는 불행……."

"내가 잡고 있는 거예요."

더는 듣고 있을 수 없어 끼어들었다. 인형처럼 무표정하던 선배의 얼굴이 순간 구겨졌다. 내 손을 쥔 그의 손에 힘이 들어갔다. 거기서 그만하라고 그는 눈짓했지만 무시했다.

"선배가 싫다는 걸 내가 반강제로 붙잡고 있는 거라고."

"최수완 씨. 수완 씨가 이 새끼 좋아하는 거 아는데, 붙들려 있는 것도 이 새끼 의지라고요. 막말로 족쇄 채워 놓은 것도 아니잖습니까?"

"채워 놨어요. 족쇄."

비웃음이 가득했던 주재욱의 입가에서 웃음기가 가셨다. 내가 무슨 말을 하려는지 눈치챈 선배가 다급히 끼어들었다.

"최수완, 너 지금 무슨……."

"결혼했거든요. 우리."

마주한 주재욱보다 곁에 선 선배의 표정이 더 절망적으로 변했다.

그때의 나는 몰랐다. 선배가 어떤 마음으로 내 곁에 있었는지, 뭘 두려워하고 무엇을 준비하고 있었는지, 나의 경솔한 그 한마디가 얼마나 큰 폭풍우를 불러올지 아무것도 몰랐다. 그래서 자랑스럽게 웃으며 이야기할 수 있었다.

"우리 부부예요."

그러니까 사디스트 유부녀한테 그만 집적거리고 이만 꺼지라고.

먼저 돌아선 사람은 선배였다. 충격받은 주재욱을 통쾌하게 바라보고 있던 나는 손바닥에서 사라진 온기를 뒤늦게 깨닫고 선배를 따라갔다. 칭찬받을 거라고는 생각지 않았지만 이런 반응도 예상하진 못했다.

선배는 엘리베이터에서 내려 집 안으로 들어설 때까지 아무 말도 하지 않았다. 내 쪽은 거들떠보지도 않은 채 머플러를 풀고 겉옷을 벗었다. 표정이 서늘했다. 주재욱이나 강일형을 보던 때와는 다른 얼굴이었다. 쌓아 올리고 또 쌓아 올려도 무너지는 모래성을 집으로 둔 사람처럼 공허한 눈.

"선배, 나는……."

"피곤해. 씻고 잘게."

나 같은 건 꼴도 보기 싫다는 듯 그는 옷을 챙겨 욕실로 들어갔다. 나는 거실에 앉아서 그가 나오길 기다렸다. 초조해 발을 가만두지 못하고 1분에 한 번씩 닫힌 욕실 문만 쳐다보면서.

그는 한 시간이 지나고 나서야 나왔다. 샤워 후 상기되어 있어야 할 낯빛이 어째서인지 시체처럼 창백했다. 자신을 보는 내겐 눈길도 주지 않은 그는 곧장 복층 계단으로 향했다. 나는 일어나 그의 팔부터 붙잡았다.

"잠깐 이야기 좀 해요."

"무슨 얘기."

"아까 주재욱한테 내 멋대로 결혼 얘기한 건 내가 잘못했어요. 그치만 그게 이렇게 화낼 일은 아니잖아요. 말 안 하면 끝까지 저럴 거고, 아버지를 통해서라도 언젠가는 알게 될 일인데, 조금 빨리 안다고 해서……."

"달라질 건 없다고?"

그는 내 손목을 잡아 제게서 떼어 놓았다. 찰나 닿은 손가락이 얼음장처럼 차가웠다.

"왜 달라질 게 없어?"

"선배."

"너 주재욱이 어떤 인간인지 몰라? 저 새끼가 이거 어디 흘리기라도 하면."

"흘리라죠."

"최수완."

"난 상관없어. 쓰레기 검사 스폰서 마누라 소리 얼마든지 들어도 괜찮아요. 근데 선배가 그런 식으로 입에 오르내리는 건 또 싫으네. 앞으론 조심할게요. 주재욱 입도 내가 어떻게든 막을 테니까 선배는……."

"순진한 건지, 용감한 건지."

웃음 섞인 목소리는 어느 때보다 싸늘했다.

"주재욱 말이 맞아. 난 네가 나랑 엮여서 같은 취급당할까 봐 회사에서도 전전긍긍 너 피해 다니는 비겁한 새끼야. 네가 나 때문에 다치는 걸 상상하는 것만으로도 이렇게 손이 떨리는데, 넌."

그는 긴 손가락을 뼈가 튀어나오도록 거머쥐었다.

비겁한 건 그놈이지 선배가 아니라고, 내가 잘못했으니 그런 말 하지 말라고 말해 줬어야 하는데. 젖어 드는 눈동자를 마주하는 순간 머릿속이 날아가 버렸다.

뒤늦게 손을 내미는 나를 향해 선배는 힘없이 웃었다.

"메리 크리스마스. 최수완."

그의 어깨 너머 벽에 걸린 시계가 자정을 가리켰다. 크리스마스였다.

❂   ❂   ❂

최악의 크리스마스이브였다. 나는 이렇다 할 해명도 못 한 채 선배를 침실로 올려 보내곤 방구석에 처박혀 맥주 여섯 캔을 전부 마셨다. 차라리 취했으면 좋으련만 맨 정신으로 질질 짜다가 겨우 잠들었다. 누가 봐도 잘못한 건 나인데, 선배가 화내는 건 당연한데도 이런 나를 이해해 주지 못하는 그가 미웠다.

나는 주재욱 그 새끼가 선배에 대해 함부로 지껄이는 게 싫었다. 당연하다는 듯 그 소리를 듣고 있는 선배의 태도도 싫었다. 그래서 그랬던 건데.

눈물이 고여 빨갛던 선배의 눈가가 자꾸 떠올랐다. 화를 억누르듯 떨려 나오던 목소리도. 내 딴엔 선배를 위한다고 하는 행동들이 전부 그를 상처 입히는 것만 같아 억울하고 미안했다. 언젠가 심심풀이로 봤던 타로 점괘처럼 난 결혼할 팔자가 아닌가 보았다. 그냥 혼자 살아야 하나 봐.

일어나고서도 한참을 자학하다 마지못해 방 밖으로 나왔다. 선배를 어떻게 봐야 하나 망설인 게 무색하게 집은 비어 있었다. 언뜻 크리스마스 날엔 가게 문을 일찍 연다고 들은 것 같기도 했다.

그래도 그렇지, 말도 안 하고 가네.

부재중 전화는커녕 메시지도 없는 휴대폰을 소파에 던지고 부엌으로 향했다. 그 짓거리를 저질러 놓고도 배는 고팠다.

냉장고를 열어젖히고 병째로 물을 마시던 내 눈에 식탁이 들어왔다. 흰 식탁보를 젖히자 아침밥이 차려져 있었다. 분명 어제까진 없던 음식들이었다.

밥솥에서 밥을 퍼 담고, 냄비에서 국을 떠 식탁에 앉았다. 동태탕이었다. 생선이라면 치를 떨면서. 꼴도 보기도 싫다는 생선을 다듬어 국을 끓이고 맛봤을 선배를 떠올렸다. 웃음이 샜다.

이 밥을 다 먹고 나면 선배에게 사과해야지. 잘못했다고, 미안하다고 이야기해야지. 다신 안 그러겠다고 다짐도 해야지. 나는 국을 한 수저 떠 입안에 넣었다. 너무 맛있어서 목이 멨다.

부은 눈에 얼음찜질을 하며 오후를 보냈다. 선배에겐 아직 연락을 하지 않았다. 직접 찾아갈 요량이었다.

샤워를 한 후에는 전투적으로 치장했다. 선배를 만나기 전에는 줄곧 이런 식이었다. 사람은 겉모습보다 속이 중요하다지만 세상 사는 게 꼭 그렇지만은 않았다. 화장기 없는 얼굴로 쇼핑 중독자처럼 백화점을 들락거리다 보면 아는 사람을 한둘쯤 만났고 그들은 안부 인사 끝에 걱정처럼 내 상처를 들추었다.

"그래, 이혼해서 힘들지. 어쩌다 그런 놈을 만나서. 그래도 어쩌겠니. 부모님 생각해서라도 힘내야지. 근데 그 소문 사실이니? 너 애 못 가진다며. 아이참, 입이 방정이다. 나이가 몇인데 그럴 리가 없지."

난 그저 귀찮아서 화장을 안 하고 편한 저지 차림을 한 것뿐인데.

당시엔 아무렇지 않게 웃고 넘겼는데 그 말이 돌고 돌아 부모님 귀에 들어가는 걸 목격하고 나니 도저히 그러고 다닐 수가 없었다.

그래서 보석과 명품을 몸이 휘청거릴 정도로 휘감고 다녔다. 그랬더니 이젠 철딱서니 없다느니, 이혼하고 살판났다느니, 바람난 남편 욕할 게 아니라고 재 결혼 전에도 남자관계가 복잡했다느니 하는 말이 따라왔다. 그게 적어도 동정보단 나았다. 불쌍한 년보다는 희대의 쌍년이 되는 게 속 편했다. 부모님은 어땠는지 몰라도.

그런데 선배를 다시 만나고 나선 아무래도 좋아졌다. 뒤에서 누가 불쌍하다 혀를 차도, 문란한 기집애라 욕해도 상관없었다. 선배는 내가 화장을 하든, 맨 얼굴이든, 심지어 알몸으로 도로에서 춤을 춘들 있는 그대로 날 봐 줄 사람이니까.

그럼에도 나는 평소보다 진하게 화장을 했다. 선배에게 예뻐 보이고 싶었다. 마스카라를 하고 보석을 두른다고 더 예뻐해 주진 않겠지만 그냥.

저녁 무렵 집을 나섰다. 오피스텔을 나오자마자 나는 이젠 자차 소유자가 아님을 뒤늦게 깨달았다.

고작 30분 거린데 뭐 어때. 10cm 하이힐 차림으로 기세 좋게 버스를 탔다가 지옥을 맛보았다. 크리스마스라 버스엔 사람이 터져 나갈 듯 많았고, 차라리 걸어가는 게 나을 정도로 도로는 정체됐다. 나는 예상보다 한 시간 늦게 선배의 가게에 도착했다.

들어가기 전 산발이 된 머리를 정리하고 화장을 고쳤다. 세상에서 내가 제일 예쁘다고 믿는 사람처럼 기세 좋게 가게로 입성한 것까지는 좋았다. 그런데.

"한 분이세요? 어, 맞죠? 이삭 오빠 여자 친구분? 근데 어쩌지. 오빠 아버지 병원 간다고 잠깐 나갔는데."

선배가 없었다.

다들 삼삼오오 화기애애하게 모여 있는 테이블 사이에 나는 홀로 앉아 술을 홀짝였다. 예전 같았다면 여기서 제일 비싼 술과 안주를 쉴 새 없이 시켜 선배의 기를 세워 줬을 텐데, 거지가 된 지금은 그것도 못했다.

나는 안주로 나온 파인애플을 씹으며 휴대폰을 재차 확인
했다. 선배에게선 여전히 연락이 없었다. 이젠 도저히 못 참겠
다. 전화를 했다. 안 받았다. 메시지를 보냈다. 답이 없었다.

"뭐야. 박이삭, 나쁜 놈."

아침밥을 차려 주고 간 성의는 예쁘지만 그래도 이건 너무
했다. 사람 가지고 노는 것도 아니고.

아르바이트생 혜진 씨는 선배가 금방 올 거라 했다. 그게
벌써 한 시간 전이었다. 씹던 안주가 동이 나고 새 술을 시켰
더니 시키지도 않은 카나페가 따라 나왔다. 뭐냐고 묻자 혜진
씨는 깜찍하게 웃었다.

"서비스예요. 사장님이 드리래요. 근데 언니 진짜 예쁘다.
그 립스틱 어디 거예요?"

나는 가방에서 립스틱을 꺼냈다.

"오늘 한 번밖에 안 바른 건데 가질래요?"

혜진 씨는 립스틱 하나에 인사를 열 번이나 하고 토끼 걸음
으로 카운터로 갔다. 재잘재잘 사장님에게 자랑을 하는 얼굴
이 귀여웠다.

두 시간 만에 나는 자리에서 일어섰다. 이런 날엔 회전율이
좋아야 하는데 4인용 테이블에 혼자 죽치고 있는 게 미안했
다.

취직하자마자 만든 새 카드를 처음으로 꺼내 내밀었다. 사
장님은 거부했다.

"가족한테는 돈 안 받아요."

"네?"

"곧 이삭 씨 올 것 같은데, 그러지 말고 더 있다 가지 그래요?"

카드를 받았다 밀어내기를 몇 번 반복한 끝에 결국 내가 이겼다.

"2개월 할부로 해 주세요."

예전엔 10만 원은 돈 취급도 안 했는데, 자괴감과 돈의 소중함을 함께 느꼈다.

전혀 취하지 않았다고 생각했건만 계단을 내려오다 넘어질 뻔했다. 집으로 가는 대신 건너편의 편의점으로 향했다. 반창고와 생수, 레몬 사탕과 미니 초콜릿 한 봉지를 계산하곤 창가 테이블에 앉았다. 구두를 벗고 까진 뒤꿈치에 반창고를 발랐다.

망부석처럼 앉아 휴대폰과 가게 입구를 번갈아 확인하며 레몬 사탕을 까먹었다. 그사이 여러 사람이 편의점을 다녀갔다. 삼각 김밥으로 야구를 하던 남학생들, 숙취 해소 음료를 마시고 다시 클럽으로 들어가던 여자애들. 새빨개진 얼굴로 콘돔 코너를 기웃거리던 커플. 옆자리에서 도시락을 먹던 환경미화원 아저씨.

나는 상처가 난 아저씨의 손가락을 우연히 목격하곤 계속 신경을 쓰다 남은 반창고를 슬며시 내밀었다.

"피 나요. 아저씨."

아저씨는 어리둥절하며 자신의 손을 보더니 편의점을 나서기 전 호빵 하나를 주고 갔다. 노란색의 고구마 호빵이었다.

11시 반. 금방 온다는 사람이 왜 이렇게 소식이 없나. 이젠 외워 버린 선배의 번호를 휴대폰에 찍고 있자니 건물 2층 계단에서 선배가 내려왔다. 들어가지도 않은 사람이 어째서 나오는 건지 고민했지만 뻔했다. 다른 사람 살핀다고 정작 선배는 못 본 거지.

계단을 뛰어 내려온 선배는 누군가를 찾는 듯 한참을 두리번거렸다. 뭐가 그리 급했는지 마스크나 머플러도 하지 않은 맨 얼굴이었다. 연락도 안 하고 잠수 탄 건 미워 죽겠는데 저 얼굴을 보니 마법처럼 화가 풀렸다. 하긴, 선배 얼굴을 보고도 화가 나면 여자가 아니었다.

대여섯 대의 버스가 창을 가리고 지나간 다음에야 선배는 날 봤다. 준법정신이 투철한 선배는 어째서인지 무단 횡단을 감행했다. 나는 남은 사탕을 가방에 챙겨 넣고 일어섰다. 뜯지도 않는 초콜릿 한 봉지는 카운터에서 공부 중인 아르바이트생에게 토스했다.

"너무 달아서."

"아, 환불해 드릴까요?"

"아뇨. 그냥 그쪽 드세요."

나는 이런 낯간지러운 짓을 하는 인간이 절대 아니었다. 이래서 크리스마스는 별로였다. 사람을 쓸데없이 감성적으로 만들어. 내 행동에 당황한 나는 나보다 당황한 아르바이트생을 뒤로한 채 급히 가게를 나왔다.

저만치 내게 달려오고 있는 선배가 보였다. 나는 조건 반사처럼 선배에게 향하는 다리를 틀어 돌아섰다. 장난이었다. 비록 몇 시간이지만 날 애태운 그에게 부리는 작은 심술. 반대로 걸으면서도 사실 걱정했다. 이러고 가는데 선배가 안 쫓아오면 어쩌나.

처음의 기세와 다르게 걸음은 점점 느려졌다. 발이 아파서 그런 거다. 선배가 날 버리고 갈까 봐 걱정해서가 아니야, 라는 자기 합리화는 얼마 가지 못했다. 행여나 하는 마음에 돌아보려던 찰나, 왼쪽 건물 유리문에 그가 비쳐 보였다. 선배는 딱 세 걸음 뒤에서 나와 보폭을 맞추어 걷고 있었다. 흐리게 보이는 옆얼굴에 장난스런 미소가 떠 있었다.

그제야 나는 선배가 아닌 내가 그의 장난에 속았음을 깨달았다. 걸음을 멈추자 그가 동시에 멈췄다. 사람이 어떻게 한 번을 안 속아 주냐. 아직 취기가 가시지 않는 나는 별것도 아닌 일에 부아가 났고, 오기에 뛰기 시작했다.

하이힐을 신은 채 전속력으로 달렸다. 열이 오른 볼에 닿는 밤공기가 상쾌했다. 마침 보이는 골목으로 숨어들기 무섭게 팔이 붙잡혔다.

"너."

벽에 기대선 채 차오른 숨을 골랐다. 마주한 선배는 엄청나게 당황한 얼굴이었다. 상기된 뺨과 더운 숨. 날 잡기 위해 온 힘을 다해 뛰었을 그를 생각하니 기분이 좋아졌다.

"어때요? 매번 도망만 다니다가, 도망가는 나 잡으러 오는 기분이?"

그는 키우던 강아지에게 물린 주인처럼 배신당한 눈으로 날 보더니 낮게 속삭였다.

"엿 같아."

"앞으로 또 도망갈 거예요?"

아무래도 좋다는 듯 장난처럼 물었지만 진심이었다. 긴장한 빛을 감추느라 애써 입꼬리를 올리는 나를 그는 웃음기 없이 내려다보았다. 그리고 키스했다.

숨이 모자라는 사람처럼 필사적으로.

11. 선물

불면증이 다시 심해지고 있었다. 수완 때문이었다. 어젯밤 주재욱을 만난 이후부터 머릿속에는 내가 상상할 수 있는 가장 최악의 시나리오가 계속해서 반복되는 중이었다.

아무것도 모르는 수완에게 화를 내고 몰아붙인 걸 밤새 후회했다. 망설이다 겨우 선 방문 앞에서 울음소리를 들었을 때, 그때 네 손을 붙잡지 말걸 사무치게 후회했다. 흔한 악연처럼 우리는 다시 만나야 하지 말았을지도 몰라. 그런데 나는 또 널 품에 가두고 입을 맞추며 내가 내게 주는 마지막 크리스마스 선물이라고 자기 합리화를 한다.

"허락도 안 했는데 키스 막 하네?"

"그래서, 싫어?"

"아니. 이젠 나도 막 하려고."

정신을 차리고 겨우 떨어지려는 나를 수완은 다시 붙들었다. 가느다란 손이 내 뺨을 잡고 차가운 입술이 입술 사이로 엉겨들었다.

맛없는 립스틱에 레몬 사탕 맛이 섞여 났다. 나는 고개를 숙이고 그녀의 뒷목을 감싸 들었다. 매달리듯 이어지던 키스가 끝날 때까지 눈을 감지 않은 채 그녀를 지켜봤다. 시간이 지나 그녀를 볼 수 없게 되어도 이 얼굴은 잊어버리지 않도록.

입술을 떨어뜨린 그녀는 나를 끌어안았다. 품에 안기는 몸이 그새 가늘어져 있었다. 날 만난 이후로 자꾸 말라만 가는 그녀를 깨달을 때마다 죄책감이 앞섰다.

이기적인 나는 널 좀먹기만 하는구나.

망설이다 등을 마주 안았다.

"전화는 왜 안 받았어요?"

"휴대폰을 집에 두고 왔어."

"내가 왜 선배 이야기를 다른 사람한테 먼저 들어야 돼?"

"아침에 쪽지 써 두고 왔는데 못 봤어?"

"쪽지?"

"냉장고 앞에 붙여 놨는데."

"어쨌든. 근데 아버지 병원엔 왜요?"

"퇴원 수속 밟는다고."

조근조근 묻던 수완이 그 순간 날 밀어내곤 올려다봤다.

"퇴원이요?"

"많이 호전되셨어. 아버지가 워낙 고집이 세서 못 말리겠더

348

라. 나 안 가면 혼자서라도 나가신대서."

"그럼 더더욱 나랑 같이 가야죠. 선배는 날 대체 뭐로 보는 거예요?"

따지듯 묻는 두 눈에 서운함이 가득했다.

크리스마스에 뭐 좋은 일이라고 너까지 가냐, 전날 그렇게 싸우고 데려가기도 미안해서 그랬다는 말로 얼버무렸지만 사실은 다른 이유가 있었다. 만에 하나 아버지가 빚 얘기라도 꺼내면. 당장 갚을 수 있는 돈을 갖고 있으면서 갚지 않고 있다는 걸 그녀가 알게 될까 봐.

상한 마음이 가시지 않는지 수완은 불퉁했다. 나는 그녀의 손을 잡고 눈을 맞추었다.

"어제는 내가 미안해. 너한테 화풀이했어. 다신 안 그럴게."

"선배는 그 얼굴이 문제야."

"어?"

"그 얼굴로 그렇게 쳐다보면 화를 낼 수가 없잖아."

농담을 진담처럼 이야기하면서 수완은 웃었다.

"내가 더 잘못했어요. 다신 안 그럴게요. 용서해 줄래요?"

우리는 골목을 나와 걸었다. 그러나 수완은 몇 걸음도 못 가 그 자리에 섰다. 발이 아픈 모양이었다. 반쯤 벗은 구두 위로 드러난 뒤꿈치가 엉망이었다. 엉성하게 붙인 반창고는 있으나 마나였다.

"이런 줄 알았으면 아저씨한테 반창고 다 주지 말걸."

알 수 없는 말을 읊조리며 수완은 발을 다시 구두에 구겨

넣었다. 나는 돌아서 등을 내밀었다.

"업혀."

"난 이런 거 사양 안 하는데. 무르려면 지금 물러요."

"나도 두 번은 없어. 업히려면 지금……."

말이 끝나기도 전에 수완은 냉큼 올라탔다. 나는 바닥에 덩그러니 놓인 구두를 들고 그녀의 허벅지를 감았다.

"아, 아깝다. 택시 정류장 코앞이야."

"저 정도면 먼 거거든."

"벌써 힘들어요?"

"목이나 조르지 말아 줄래?"

크리스마스 장식으로 번쩍거리는 거리엔 자정이 다 되어 가는데도 사람이 많았다. 그 사이로 수완을 업고 지나가자니 시선이 몰렸다. 아닌 척하면서도 멈칫하는 날 느낀 건지 수완이 내 후드 모자를 뒤집어씌웠다.

"아까 보니 가게 새벽 3시까지 하던데. 어제도 그렇고 이렇게 땡땡이쳐도 돼요? 사장님 너무 무르시네. 이런 아르바이트 생 안 자르고."

"크리스마스에 혼자 있는 거 싫다며?"

생각 없이 내뱉은 말에 수완이 조용해졌다. 침묵이 불편해서 나는 쓸데없는 소릴 계속했다.

"가게 그만두기로 했어. 회사랑 같이 다니려니 불편하기도 하고. 사장님한테도 못 할 짓 같아서."

정작 너와 한 시간이라도 더 같이 있고 싶어서 그랬다는 이야기는 차마 꺼내지 못했다. 잠자코 내 말을 듣던 수완은 내 어깨에 파묻고 목을 끌어안았다.

"사랑해요."

메리 크리스마스, 선배.

택시를 타고 집에 도착할 때까지만 해도 깨어 있던 수완은 내가 겉옷을 벗는 사이 잠들었다. 나는 소파에 엎드린 채 잠든 그녀를 바로 눕히곤 욕실에 가서 클렌징 티슈와 젖은 수건을 가져왔다.

치렁치렁한 귀걸이부터 빼내곤 외투를 벗겼다. 절 건드리는 손길이 거슬렸는지 그녀는 짜증스레 내 손을 자꾸만 쳐냈다. 오늘따라 화장은 왜 이렇게 진하게 해선. 혹여 세게 문지르면 아플까 봐 조심하다 보니 화장을 지우는 데만 30분이 걸렸다.

손이며 발을 닦아 주고 약상자를 가져왔다. 구두를 신은 채 뛰느라 혹사당한 뒤꿈치를 소독하고 약을 발랐다. 소독을 하던 도중에 발길질에 차일 뻔했다. 반사적으로 다리를 붙잡았다가 훤히 드러난 허벅지에 놀라 급히 내려놨다.

새 반창고를 바른 다음에는 수완을 안아 방으로 데려갔다. 이불을 덮어 주고 동그란 이마에 입 맞췄다.

"잘 자."

문을 닫고 나와선 한참을 서 있었다. 수완의 앞에선 미처 하지 못한 대답을 그제야 했다.

"사랑해요."

나도.

❀   ❀   ❀

겨우 두 시간을 자고 새벽 일찍 출근하면서 수완은 깨우지 않았다. 방 밖까지 들리는 알람 소리에도 그녀는 일어나지 못했다. 그녀의 방으로 들어가 휴대폰 알람만 끄고 집을 나왔다. 때가 되면 모닝콜을 해 줄 생각이었지만 그전에 먼저 전화가 걸려 왔다.

―왜 혼자 갔어?

"더 자라고."

―자꾸 이렇게 배신할 거예요?

"아침잠 많잖아. 그냥 아침엔 따로……."

―난 잠보다 선배가 더 좋거든요. 또 혼자 튀기만 해 봐.

잠에 취한 목소리가 너무 억울하게 들려서 버스에서 미친놈처럼 혼자 피식피식 웃었다.

"총각, 무슨 좋은 일 있나 봐."

매일 새벽 버스에서 마주치던 할머니가 넌지시 물었다. 나는 놀랐지만 이내 웃으며 고개를 끄덕였다.

"네."

회사에 도착했을 땐 정각 7시였다. 로비를 지나치는데 웬 아주머니 한 분이 보안 요원과 실랑이를 하고 있었다.

"이것만 전해 주면 된다니까요."

"아직 근무 시간이 아니라서요. 죄송하지만 9시 이후에 오세요."

내 아버지 또래였다. 모른 척 지나쳐도 될 일을 굳이 멈춘 것은 아주머니 입에서 내가 아는 이름이 나왔기 때문이었다.

"법무팀 주재욱 팀장이요. 제 아들인데, 휴대폰을 놓고 가서 그래요."

"그렇게 말씀하셔도 저희로선 어쩔 수 없습니다. 신분도 확실치 않고, 두고 가셨다가 분실이라도 되면 문제가 커져서요. 죄송합니다."

강경한 태도에 포기한 듯 아주머니는 로비를 가로질러 나왔다. 수수한 차림의 그녀를 보며 나는 항간에 떠돌던 주재욱에 대한 소문을 떠올렸다. 부모님이 우리나라에서 손꼽는 부동산 재벌이라고. 다들 금수저 부럽다, 를 입에 달고 살았지만 주재욱은 단 한 번도 그걸 부정한 적이 없었다.

땅을 보며 걷던 아주머니는 우두커니 선 나를 미처 보지 못한 채 부딪혔다.

"죄송합니다. 죄송해요."

무안할 정도로 고개를 숙이는 아주머니의 부츠 코가 닳아 있었다. 내 일이 아니니 관여하지 말자고 마음먹었지만 나는 어느새 그녀를 불러 세우고 있었다.

"잠깐만요, 아주머니."

주재욱의 친구란 내 말을 아주머니는 단번에 믿었다. 설명할 새도 없이 그녀가 내민 휴대폰을 받은 나는 혹시 모르니 전화번호를 알려 드리겠다고 했다. 그녀는 웃으며 고개를 저었다.

"이야기 많이 들었어요. 실제로 보니 훨씬 잘생겼네."

주재욱과 꼭 닮은 눈이 출입을 위해 꺼낸 내 사원증에 머물러 있었다.

8시 반쯤 법무팀으로 향했다. 같은 층이며 수완이 있는 곳임에도 우연이라도 지나치지 않으려던 장소였다. 내가 누군지, 어떤 식으로, 어떻게 검사직에서 잘렸는지 아는 사람들이 있는 곳. 입구에서 잠시 망설이는 사이 문이 열리더니 수완이 나왔다.

"어, 선배가 여긴 웬일이에요? 나 보러 왔어요?"

아직 피곤한 낯빛의 수완은 주인을 보고 꼬리 치는 강아지처럼 반가워했다. 나는 고개를 저어 그녀를 실망시켰다.

"그럼?"

"비키지. 사람 길 막지 막고."

까칠한 말투에 돌아보자 주재욱이 커피를 든 채 서 있었다. 나는 녀석의 휴대폰부터 꺼냈다. 낚아채듯 휴대폰을 가져간 주재욱은 사무실 유리문을 열다 말고 마음이 바뀐 듯 돌아왔다.

"잠깐 나 좀 보자."

잔뜩 굳은 얼굴로 녀석은 앞장섰다. 말없이 뒤따르는 나를 수완이 붙잡았다. 일본 놈에게 끌려가는 독립군 애인을 보듯 애절한 그녀의 표정 때문에 순간 웃음이 터졌다.

"나 저 새끼한테 안 잡아먹혀."

"그래도 일 생기면 전화해요. 무조건."

"알았어."

주재욱과 나는 인적이 드문 비상계단으로 들어섰다. 녀석은 범죄자처럼 위층과 아래층을 살피더니 취조하듯 쏘았다.

"내 휴대폰을 왜 네가 들고 있어?"

"어머님이 찾아오셨더라."

"그러니까 어머니가 가져온 휴대폰을 왜 네가 들고 있냐고."

"로비에서 헤매시기에 전해 준다 했어."

"그게 다야?"

"그게 다가 아니면?"

더 이상 말 섞는 것도 무의미다 싶어 돌아서는 날 주재욱이 붙잡았다.

"같잖은 걸로 협박할 생각이면 집어치워."

"잘 아네. 같잖은 걸론 협박할 생각 없으니까 걱정 마라."

"허, 그럼 순수한 호의였다고? 다른 사람도 아닌 내 일에? 우리가 그럴 만큼 친한 사이는 아니잖아?"

"네 어머니는 다르게 말하시던데."

"뭐?"

나는 주재욱의 어머니가 굳이 나에게 전했던 이야기를 상기했다.

"검사님이 그런 거 아니라면서요. 검사가 겉보기에만 번지르르하지, 힘들죠? 우리 재욱이도 더는 못 견디겠던지 그만뒀어요. 다 큰 놈이 제집 놔두고 매일 밤 취해서 나 찾아올 때 진작 그만두게 했어야 했는데. 동료라곤 그쪽 얘기만 하던데 둘이 많이 친했어요? 아이참, 내가 바쁜 사람 잡고 아침부터 미안해요."

회식이란 회식은 앞장서 따라가 입안의 혀처럼 굴고는 돌아서 힘들어했다는, 나만 보면 잡아먹을 듯 굴면서 뒤에선 내 편을 들었다는 주재욱의 심리를 나는 이해할 수 없었다. 머리라도 얻어맞은 듯 멍한 녀석을 버려둔 채 비상계단을 나왔다.

꿈에서도 보기 싫은 법무팀 앞 복도 대신 다른 길로 사무실에 향하는 길이었다. 코너를 도는 내 팔을 누군가 낚아채더니 자료실 안으로 이끌었다. 스치는 머리카락에서 풍기는 익숙한 샴푸 향기.

"무슨 소릴 들었기에 죽을상을 하고 있어요?"

수완이었다.

방치된 자료실이었다. 순환이 되지 않아 정체된 공기에서 옅은 곰팡이 냄새가 났다. 오랜만의 방문객의 등장에 떠오른 먼지가 그녀의 주변을 춤추듯 떠돌고 있었다.

"전해 줄 게 있어서."

"선배가 그 자식이랑 그렇게 친밀한 사인 줄 몰랐어."

"그러게."

부정하지 않는 나를 수완은 의아하게 올려다봤다. 방금 전까지만 해도 물벼락을 맞은 듯 좋지 않았던 기분이 그녀를 보자 나아지기 시작했다. 나는 충동을 이기지 못하고 수완을 끌어안았다. 갑작스런 스킨십에 놀란 만도 한데 그녀는 되레 내 허리를 휘감아 포옹했다.

"회사 다니는 거 힘들죠."

"응."

"그냥 때려치우라니까."

"2억 7천 갚으려면 힘들어도 일해야지."

"하루라도 빨리 갚아 버리고 도망가려고?"

우스갯소리에 감춘 진심에 가슴이 덜컹했다. 나는 그녀는 보지도 못할 표정을 재빨리 정리하곤 목소리를 만들어 냈다.

"어."

"나처럼 퍼펙트한 아내가 어디 있다고 도망을 가요?"

얼굴 예쁘지, 몸매 좋지, 똑똑하지, 돈…… 지금은 없지만 어쨌든 아버지 돈이 내 돈이니까, 성격, 그래 성격이 좀 거지 같긴 해도. 수완은 자기 객관화가 아주 잘 되어 있었다. 나는 그녀의 어깨에 얼굴을 묻은 채 숨죽여 킥킥거리다 아쉬움을 감추며 떨어져 나왔다.

"9시 다 됐어. 먼저 나가."

"선배는?"

"난 좀 이따가."

"알았어요. 연락해요."

어차피 매일 보는 얼굴 잠깐 못 보는 게 뭐 그리 섭섭한지 수완은 조선 시대 궁녀처럼 뒷걸음질 쳐 걷다가 문에 뒤통수를 박았다.

"조심해. 안 그래도 돌머리 더 돌머리 되겠다."

"우리 아버지 같은 소리 하네. 어쨌든 가요."

수완이 나가면서 잠깐 들이친 빛은 문이 닫히자 금세 사라졌다.

불을 켜지 않아 어두컴컴한 자료실에서 나는 쉬이 나가지 못했다. 환한 복도로 사라지는 그녀를 보면서 처음으로 후회했다.

그깟 회식 몇 번 따라가 줄걸. 여자랑 돈은 마다해도 술은 마다하지 말걸. 혼자 고고한 척 허리 세우고, 나만 깨끗하다고 잘난 척하지 말걸. 한 번은 눈감을걸. 주재욱의 10분의 1만이라도.

그랬다면, 이런 꼴로 도망치진 않아도 되었을지 모르는데.

연휴를 지나고 왔음에도 팀원들은 밝았다. 곧 있을 공휴일 때문이었다. 빠듯한 프로젝트 일정에 다들 힘들어하면서도 신정 계획을 이야기할 땐 활기가 넘쳤다.

"난 올해는 해돋이 보러 가기로 했어."

"와, 팀장님 좋겠다. 누구랑요?"

"남자 친구?"

"노코멘트. 보윤 씨는 뭐 해?"

"저요, 한국 뜹니다."

출근한 지 열흘이 다 되어 가건만 팀원들과는 처음 먹는 점심이었다. 장소는 회사 근처의 정식집이었다. 테이블당 룸이 나눠져 있는, 다른 손님과는 들어올 때와 나갈 때를 제외하곤 마주칠 일이 없는 곳이었다.

"이삭 씨는 계획 없어요?"

"네?"

숭늉을 들이켜며 딴생각에 빠져 있던 나는 뒤늦게 고개를 들었다. 턱을 괸 김 팀장이 서운한 표정을 지었다.

"숭늉이 그렇게 맛있나? 우리보다 숭늉을 더 쳐다봐요."

말이 떨어지자마자 나머지 팀원들이 일사불란하게 숭늉을 맛보았다. 그 모습이 귀여워서 나도 모르게 웃음이 샜다. 시선이 몰렸다.

"죄송합니다."

사과하자 눈이 동그래진 김 팀장이 손사래 쳤다.

"안 죄송해도 돼요. 이삭 씨도 웃겨 주고 숭늉이 우리보다 낫다."

점심시간이 중반에 이르자 밖이 소란해졌다. 소주 한 병을 시킨 팀장은 이 정도는 먹어야 오후에 잠이 안 온다며 팀원들에게 소주 반 잔씩을 돌리고 있었다. 미닫이문이 열리더니 주인아저씨가 미안한 듯 말을 건넸다.

"밖에 테이블이 모자라서 그런데, 중간에 칸막이 빼 버리고 합석하면 안 될까요? 들어 보니 같은 회사던데."

팀장이 무슨 팀이냐고 물었다. 아저씨가 말을 하기도 전에 나는 이미 그 답을 알고 있었다. 문 너머에서 들리는 목소리가 익숙했다.

"법무팀."

팀장은 단박에 거절했다. 나 때문일 것이다. 나는 양해를 구하는 팀장의 말을 자르고 끼어들었다.

"저 때문이면 괜찮습니다."

"이삭 씨?"

"괜찮아요."

문이 열리기 무섭게 법무팀 사람들이 우르르 몰려들어 왔다. 인사와 함께 왁자지껄 떠들던 그들은 날 보곤 말을 멈췄다. 얼굴로 와 닿는 뾰족한 시선들을 무시한 채 소주잔을 비웠다. 열흘간의 회사 생활이 도움이 되었나 보다. 신경 쓰이지 않는다면 거짓말이지만 도망치고 싶진 않았다.

"와, 소문으로만 들었는데 디자인팀분들 다들 미인이시다."

분위기가 마음에 들지 않았는지 수완이 먼저 운을 뗐다. 김 팀장은 그런 소리 많이 들었지만 그래도 고맙다, 법무팀 홍일 점분도 마찬가지라며 답례했다.

각자 식사에 집중하기 시작하면서 나에 대한 그들의 관심도 흩어졌다. 휴대폰이 울려서 보니 수완의 메시지였다.

〈꽃에 둘러싸여 있어도 우리 선배가 제일 예쁘네. 근데 나한테

만 예뻤으면 더 예쁘겠네.〉

어이가 없어 웃는 사이 수저를 떨어뜨렸다며 고개를 숙인 수완이 사람들의 눈을 피해 윙크했다. 다른 사람의 부름에 표정을 바꾸는 솜씨가 수준급이었다. 다행이다. 네가 곁에 있어서. 쓰던 밥맛이 다시 좋아졌다.

공기가 얼어붙은 것은 법무팀의 누군가가 검찰 이야기를 입에 올리고 나서부터였다.

"나도 법 전공했지만 진짜 검찰 개혁해야 돼. 고인 물은 썩는다잖아. 완전히 썩어 빠졌어. 팔은 안으로 굽게 되어 있다니까. 검사들 감방 가는 거 봤냐?"

"하긴, 그건 그래요. 돈 받고, 여자 주무르고, 받을 거 다 받아 처먹어도 감방은커녕 조사도 안 받잖아요."

주어는 없었지만 나를 저격해서 한 말들이 분명했다. 나는 아무렇지 않았는데 팀원과 수완의 표정이 굳어졌다. 좋다고 받아칠 줄 알았던 주재욱은 잠자코 수저질만 했다.

"이럴 줄 알았으면 나도 사시 볼걸 그랬어. 스폰이고 뭐고 다 받은 다음에 사표 쓰고 나와서……."

"사시는 뭐 개나 소나 다 붙는 줄 아시나."

짜증스레 말을 잘라먹은 사람은 주재욱이었다. 생각지도 못한 반응에 여태껏 주절거리던 남자들과 울컥해 반박하려던 수완이 동시에 입을 다물었다.

다들 자기가 안 해 본 일은 쉬운 줄 알지. 자조적으로 중얼거린 주재욱은 우리 테이블에서 소주병을 낚아채 가더니 물 컵에 따라 들이켰다. 비틀린 입술이 마네킹처럼 완벽한 호선을 그리고 있었다.

"검사 출신 앞에서 검사 욕하는 건 나 들으라고 하는 말입니까?"

"아니! 그럴 리가. 내가 뭐 하러 주 팀장 들으라고 그런 소릴 하겠어?"

"아무렴. 우리가 왜 팀장님 욕을 해요."

"그럼 입 다물고 식사나 하세요. 밥맛 떨어지게 남의 엿 같은 전 직장 이야기하지 말고."

그래야지. 우리 주 팀장 밥맛 떨어지면 안 되지. 그러니까요. 밥심이 곧 체력인데. 언제 그랬냐는 듯 그들은 화제를 바꾸었고 분위기는 어느덧 제자리를 되찾았다.

식사는 우리 팀이 먼저 끝났다. 후식으로 아이스크림을 사러 간 팀원들을 기다리는 사이, 통화를 하러 나왔던 주재욱과 마주쳤다.

나는 머플러로 얼굴을 꽁꽁 싸매 눈만 내놓은 채로 녀석을 바라봤다. 그저 쳐다보기만 했을 뿐인데 녀석은 정색했다.

"뭘 재수 없게 꼬나보십니까?"

"네 부모님 이야기 흘리는 일 없을 테니까 안 어울리는 짓 하지 마시라고."

"넌 너 말고 다 쓰레기 같지?"

내 어깨를 일부러 치고 지나가며 주재욱은 말했다.

"좋아하는 여자 가지고 협박할 정도로 개새끼 아니니까 너나 걱정 마라. 이 새끼야."

회사로 돌아오고 나서도 주재욱의 말은 계속해서 머릿속을 맴돌았다. 녀석이 내가 알고 있던 것보다 나은 사람이라는 데 웃어야 할지, 수완을 향한 녀석의 감정이 진심이라는 데 울어야 할지 알 수 없었다.

최국환 의원의 전화는 퇴근을 앞두고 왔다. 못 보던 번호라 무시하려던 나는 번호의 끝자리가 수완의 생일임을 인지하고 전화를 받았다.

—오늘 시간 낼 수 있나. 수완이 몰래. 장소는 메시지로 보낼 테니 그리로 와.

내 의견 따위는 상관없다는 듯 그는 통보했다. 전화를 끊자마자 메시지가 왔다. 교외에 있는 한식당 주소였다.

함께 퇴근하자는 수완을 약속이 있단 말로 설득해 먼저 보냈다. 누구랑? 어디서? 무슨 이유로 만나냐고 묻는 걸 아버지와 저녁을 먹기로 했다고 거짓말했다. 아버지는 아버지였다. 내 가짜 아내의 아버지도 아버지라면.

포털 사이트의 지도로 검색했더니 식당은 대중교통으로 갈 수 없는 한적한 곳에 위치해 있었다. 택시를 탄 지 40분 만에 다시 땅을 밟았다. 보기 드문 기와집에 시선을 뺏긴 나를 그의 비서로 보이는 사람이 데리고 들어갔다.

족히 스무 명은 들어가고도 남을 크기의 방에 최국환 의원은 홀로 앉아 술을 마시고 있었다. 너른 상엔 정갈한 안주 몇 가지가 다였다.

"일찍 오셨네요."

"사위는 백년손님이라는데 기다리게 하면 안 되지."

그는 어울리지 않는 농담을 하며 웃었다. 나는 그의 맞은편에 앉았다. 얼마 가지 않아 개량 한복을 입은 직원들이 음식을 가져다 나르기 시작했다. 비어 있던 상이 갖가지 음식들로 채워졌다.

"저녁부터 하자고."

"잘 먹겠습니다."

나는 마다하지 않고 수저를 들었다. 엄청나게 불편한 사람이라고만 여겼었는데 막상 둘이 있는 지금은 그리 껄끄럽게 느껴지지 않는 게 신기했다.

젓가락 둘 곳이 너무 많아 문제였다. 배부른 고민에 빠진 나는 순간 상의 어느 곳에도 생선이 없다는 걸 깨달았다. 내 시선을 느낀 듯 그가 말했다.

"생선 못 먹는다며? 수완이 그것이 자네 다녀간 다음 날 전화를 해선 제 엄마를 얼마나 닦달하던지. 자네 왔을 땐 멸치 대가리도 식탁에 올리지 말라더군."

내 참, 하나밖에 없는 애비 식성은 알지도 못하는 것이. 이래서 딸 키워 봤자 소용없다고 하는 거야. 서운한 듯 말을 늘어놓는 그는 여느 아버지들과 별다를 바 없었다.

"회사는 다닐 만하던가."

"네."

"아직도 사람들 눈은 꺼려 하는 걸고 알고 있는데."

"참을 만합니다."

"근데 어쩌자고 눈에 띄는 짓을 했어?"

그는 수저를 내려놓더니 상 위로 사진 몇 장을 내밀었다. 요즘 보기 드문 현상한 사진이었다. 뒤집힌 사진을 받아 돌려본 나는 순간 말문이 막혔다.

수완과 나였다. 바로 어제 골목에서 입을 맞추던 우리.

어두운 곳임에도 불구하고 얼굴이 선명히 보였다. 누가 봐도 그녀와 나라고 알아볼 수 있을 정도로. 그뿐만이 아니었다. 함께 출근을 하고 퇴근하는 모습, 마트에서 장을 보는 모습 등 장기간에 걸쳐 뚜렷한 목적을 가지고 찍은 사진이었다.

며칠 전 우리를 미행하던 차를 떠올렸다. 수완은 주재욱이라 결론 내고 털어 버리자 했지만 아무래도 그게 아니었나 보다.

사진을 내려놓은 나는 떨리는 손을 숨기느라 주먹을 꽉 쥐었다.

"기자가 딜을 해 왔어. 원하는 걸 들어주지 않으면 상대 진영에 이걸 넘기겠다더군. 자네도 알다시피 내가 적이 좀 많아야지."

그는 빈 내 술잔에 술을 채웠다.

"돈이야 원하면 던져 주면 되고 더 높은 자릴 원하면 앉혀 주면 되네. 쉬워. 문제는 그게 끝이 아니란 거야. 자네가 수완이와 헤어지지 않은 한 누구든 보게 될 테고 언젠가는 터지겠지. 믿을지 모르겠지만 난 선거에서 떨어지는 것보다 내 딸이 다치는 게 더 끔찍해."

나는 술을 들이켜곤 입술을 물었다. 도수가 높은 모양이었다. 머리가 찌릿했다.

"겪어 봐서 알 거 아닌가, 우리나라 매스컴이 얼마나 집요한지. 한 번 찍힌 낙인을 지우는 것보다 차라리 다시 태어나는 게 낫다는 생각이 들지 않던가."

무음으로 바꿔 둔 휴대폰이 깜빡였다. 수완이었다. 호랑이도 제 말하면 온다더니. 받지 않음에도 집요하게 울리는 전화를 보던 나는 떨어지지 않으려는 입술을 겨우 열었다.

"혼인 신고는 하지 않았습니다."

"알고 있네. 다른 놈들이면 몰라도 자네니까."

그는 칭찬인지 욕인지 모를 말을 하며 낮게 웃었다. 나는 의아해 물었다.

"그런데 왜 수완일 억지로 떼놓지 않으셨습니까."

"뭐 하러. 어차피 자넨 수완이 곁에 계속 있을 마음이 아니지 않나. 그게 이렇게 빨라질 줄은 나도 생각 못 했다만."

"하."

허탈한 웃음이 입술을 비집고 흘러나왔다. 이런 사람을 이겨 먹겠다고 그 짓거리를 했다니. 스스로에 대한 자조였다.

그는 풋내기 대학생이던 내게 했듯 헤어지라고 닦달하거나 협박하지 않았다.

"좋은 사람이지, 자네는. 내 아들이라면 자랑스러웠을 거야. 그러나 사윗감으론 아니네."

그러나 아버지처럼 다정한 그 말은 비수보다 날카롭게 내 가슴을 찢어 놓았다. 나는 마지막 술잔을 비우고 눈을 감았다.

"시간을 주세요. 아주 잠시만 더."

비서를 통해 데려다주겠다는 그의 호의를 거절하고 택시를 불러 탔다. 전화를 받지 않는 내가 걱정됐는지 그사이 수완은 세 건의 부재중 통화와 열다섯 건의 메시지를 보내왔다.

〈선배 언제 들어올 거예요?〉
〈왜 전화 안 받아요?〉
〈지금 어디예요?〉

마지막 메시지에 답장을 했다.

〈늦을 것 같아. 먼저 자.〉

"거 총각 얼굴이 훤칠하네."

침묵이 불편했는지 라디오를 켜던 기사 아저씨가 칭찬을 건넸다. 머플러를 식당에 두고 온 덕에 맨 얼굴인 나는 어색하게 웃었다.

"근데 얼굴이 낯이 익어."

"그럴 리가요."

"아니야. 어디서 분명 본 것 같은데."

아무렇지 않은 척 창가로 고개를 돌리는 걸로 답을 대신했다. 뉴스 코너에서 보셨을 거란 말은 차마 하지 못했다.

집 근처에서 내려 반대 방향으로 걸었다. 목전에 포장마차가 있었지만 사람들이 너무 많았다. 편의점에 들러 술을 사곤 곧장 보이는 골목으로 들어섰다. 무작정 걷다 보니 웬 공원이 하나 나왔다. 낡은 정자에 운동 기구 몇 개가 다인 작은 곳이었다. 바닥에 널려 있는 담배꽁초로 보아 불량 청소년들이 주로 찾는 아지트인 것 같았다.

스산한 정자에 앉아 소주를 땄다. 혼자 먹는 술에 잔은 사치라 병째 마셨다. 안주도 없이 소주만 들이켜고 있자니 꼭 알코올 중독자가 된 느낌이었다. 드러난 목으로 연신 칼바람이 들이쳤다. 춥지는 않았다.

소주 한 병 반을 마셨을 때였다. 열이 올라 뺨이 붉어지고 머리가 멍해진 상태에서 남은 술을 들이켜는데 교복을 입은 여자애들 서넛이 공원으로 들어왔다. 자기네들 아지트에서 술을 까고 있는 불청객을 멀리서 수군거리며 보던 그들은 이내 가까이 다가왔다. 나는 탁해진 눈으로 그들을 올려다봤다.

"아저씨, 부탁이 있는데요. 저희 담배 하나만 사다 주시면 안 돼요?"

들어본 적이 있다. 가끔 어른에게 이렇게 담배 심부름을 시키는 무서운 아이들이 있다고. 근데 그 타깃이 내가 될 줄은 몰랐다. 내가 그렇게 만만해 보이나.

세상이 얼마나 무서운데 나쁜 짓 하지 말고 얼른 집에나 들어가라며 꼰대 같은 소릴 하고 싶었는데, 이성을 잃은 주둥이는 전혀 상관없는 말을 지껄였다.

　"너흰 내가 누군지 몰라?"

　"네?"

　갑작스런 질문에 여자애는 눈을 동그랗게 떴다. 방금 전 담배 타령을 했다고는 상상할 수 없을 만큼 순수한 눈이었다.

　"아저씨가 누군데요? 연예인이에요?"

　뜬금없는 연예인 타령에 웃음이 터졌다.

　"야, 진짠가 봐. 근데 누구지?"

　"아저씨 이름이 뭐예요?"

　통성명을 하자는 여자애들을 두고 일어섰다. 수완이 생각나 샀던 레몬 사탕을 봉투에서 꺼내 내밀었다.

　"뭐예요?"

　"담배 냄새보단 레몬 냄새가 좋아."

　"뭐라고요?"

　대체 무슨 소릴 하는 거냐, 박이삭. 차라리 필름이 끊겼다면 나았을 텐데, 끊기기 직전의 나는 정말 꼴사나웠다. 행여 쟤네들이 꺼내 마실까 봐 술은 화단에 버리고 빈 병은 쓰레기통에 집어넣었다.

　11시. 공원을 나와 집으로 향했다. 시간을 확인하려고 켠 휴대폰 액정엔 그사이 부재중 통화가 다섯 통이 더 와 있었다.

　걸어서 15분이면 거뜬할 거리를 한 시간을 빙빙 돌아 도착했다. 바닥을 보며 걷다가 오피스텔 입구에서 누군가와 부딪혔다. 죄송합니다. 얼굴도 들지 않은 채 사과한 나는 비켜섰다. 그러자 앞의 여자도 함께 따라왔다. 반대 방향으로 다시 비켜섰다. 또 따라왔다. 조금씩 정신이 들었고 그제야 아래로 보이는 운동화가 낯익다는 걸 깨달았다.

"참 빨리도 알아본다."

천천히 고개를 들자 너무, 정말 너무너무 보고 싶었던 얼굴이 거기 있었다.

"술 냄새. 무슨 술을 이렇게 마셨어요?"

"조금. 엄청 조금밖에 안 마셨어."

"거짓말하지 마요."

수완은 훈계하듯 눈을 찌푸렸다. 취기가 오른 탓인가, 문득 어지러워졌다. 평지에서 비틀거리는 나를 놀란 수완이 부축했다.

아버지와 만나기로 했다는 내 말이 거짓이라는 걸 수완도 알아챘을 거다. 그럼에도 그녀는 아무것도 묻지 않았다. 나는 저보다 훨씬 큰 나를 부축하느라 끙끙거리며 걷는 수완을 가만히 내려다보았다. 언제부터 나와 있었던 건지, 머리카락 사이로 드러난 귀가 추위에 새빨갛게 얼어 있었다.

"해돋이 보러 갈까?"

나는 충동적으로 말했다. 엘리베이터 버튼을 누르던 수완이 날 돌아봤다. 피곤과 걱정이 가득하던 눈동자에 갑자기 생기가 돌았다. 그러나 그녀는 곧 의심스러운 듯 표정을 바꾸며 물었다.

"취해서 아무 말이나 하는 거 아니야?"

"아니야."

"그걸 내가 어떻게 믿어? 내일 일어나서 기억 안 난다고 하면 그만인데."

수완은 여보란 듯 말을 놓았다. 나는 그사이 닫힌 엘리베이터 문을 다시 열고 올라탔다. 수완이 급히 따라 탔다.

"이거 봐. 할 말 없으니까 피하네."

"피한 거 아닌데."

"그러시겠……."

불신으로 가득 찬 그녀의 뺨을 붙잡아 올리곤 입을 맞췄다. 짧은 입맞춤 후 떨어지자마자 수완은 잔소릴 하려는 듯 입을 벌렸고 그 틈을 타 다시 입술을 맞붙였다.

나는 그녀의 허리를 끌어안고 키스했다. 18층까지 올라갔던 엘리베이터가 열었던 문을 닫고 하강하기 시작했다. 1층에 도착하자 문이 열렸다. 수완이 날 밀어내려 했지만 취한 나머지 맛이 간 나는 그녀를 놓아주지 않았고, 하필 거기 있던 경비 아저씨와 맞닥뜨렸다.

"죄송합니다."

가까스로 날 떼어 낸 수완이 고개를 숙였다. 나는 멀뚱히 서 있다가 그녀가 내 뒤통수를 붙잡고 억지로 끌어 내린 바람에 함께 사과했다. 죄송합니다.

다음 날 출근길에 엘리베이터를 탔더니 원래 있던 안내문에 항목 하나가 더 추가되어 있었다.

　오피스텔 내에서는 타인에게 불쾌감을 줄 수 있는 행위를 금합니
다. 노상 방뇨. 고성방가.
　노골적인 성행위.

❖　　　❖　　　❖

　나는 내일이라곤 없는 사람처럼 굴었다. 들이대면 물러서
고, 잡으려 하면 도망가고, 입술을 가져오면 얼굴을 빼던 내가
갑자기 그 반대로 행동하자 수완은 당황해했다.
　"무슨 일 있는 거 아니죠?"
　"왜? 그래 보여?"
　"혹시, 이건 정말 혹시나 해서 하는 말인데."
　"말인데?"
　"나쁜 생각하지 마요. 그러니까 내 말은 어떤 일이든지 생
기면 혼자 앓지 말고 나한테 꼭……."
　자기가 말해 놓고 제 말에 놀란 듯 변명하는 수완의 입술을
나는 포옹이나 키스로 막았다. 그녀는 어쩔 수 없이 이야길 중
단했지만 날 보는 눈빛은 여전했다. 행복하다기엔 어딘가 불
안한 눈.
　나는 그제야 새삼 깨닫는다. 나와 있을 때 수완은 언제나
이런 눈이었다.

✦　　✦　　✦

　시간은 금방 흘렀다. 12월 31일 오후. 신우의 차를 빌린 나는 수완과 함께 섬섬도로 향했다. 수완은 내가 해돋이 이야길 했던 것, 엘리베이터에서 키스한 것 모두를 내 술주정으로 여겼다. 그래서 며칠 뒤 내가 같은 이야길 꺼내자 놀라워했다.

　"진짜예요?"
　"어. 어디 가고 싶은 데 있어?"
　"섬섬도?"
　"왜 하필 섬섬도야? 일출로 유명한 데는 다른……."
　"거기 가야 자고 올 수 있으니까?"

　한 치의 꾸밈이라곤 없는 노골적인 이유였다. 잠깐 말문이 막혔던 나는 이내 정신을 차리고 고개를 끄덕였다.

　"알았어."
　"진짜?"
　"어, 그럼 방 두 개 잡으면 되겠다. 그치?"
　"선배 지금 장난해요?"

　나는 아무것도 모르겠다는 듯 연기했다. 내 발연기에 감탄

한 수완이 소리를 높였다.

"여태껏 참아 줬으면 보상이 있어야죠."

"보상을 꼭 내 몸으로 받아야 돼?"

"네. 요즘 들어 애정 결핍 걸린 강아지처럼 먼저 치댄 게 누군데? 안고 키스하는 거 받아 줬으면 인간적으로 그 이상이 와야지."

그녀는 당당했다. 애정 결핍 걸린 강아지란 소리에 충격을 먹은 나는 반박할 타이밍을 놓쳤고 수완은 제 말만을 하고 자리를 떴다.

"맘대로 해요. 방 두 개 잡는다고 못 넘어가나? 삼팔선도 아닌데."

그러나 각자의 의사와는 별개로 방은 하나밖에 잡을 수 없었다. 누가 해돋이를 보러 섬섬도까지 가겠냐 내 생각과는 다르게 그 누구들이 꽤 많았던 모양이었다. 결과를 들은 수완은 담담했다. 너 설마 이럴 줄 알고. 의심스런 내 눈빛에 그녀는 콧노래를 불렀다.

"성수기에 방 구한 것도 감사하게 생각해요."

밀려오는 차들로 도로는 정체됐다. 도시를 빠져나가기도 전에 한 시간이 소요됐다. 답답하고 짜증이 날 만도 한데 수완은 기분이 아주 좋아 보였다.

그러나 그 기분은 항구에 도착해 배를 타자마자 급속도로 나빠졌다.

"얼마나 더 가야 한다고?"

"40분?"

"내 손 놓으면 안 돼요. 어디 가지도 마요. 구명조끼는 어디 있다고?"

세상 무서울 게 없는 수완은 배를 무서워했다. 창백해진 얼굴은 높은 파도에 배가 출렁일 때마다 돌처럼 굳어졌다.

대학 시절, 학회 엠티로 섬섬도에 왔던 일이 문득 떠올랐다. 수완을 알게 된 지 얼마 안 되었을 때였다. 수완이 스토킹하는 걸 내게 들키고, 고백을 한 직후.

그때도 수완은 시체처럼 파래진 낯빛으로 악착같이 내 곁에 붙어 있었다. 한참을 멀미로 고생하다가 엠티라 기분 냈답시고 새로 산 신우의 후드에 토를 했었다.

"야, 재수황 너 진짜. 나 엿 먹이려고 일부러 이러는 거지? 왜 오른쪽에 이삭이 두고 굳이 왼쪽의 나한테……."

"누가 내 옆에 있으랬, 욱."

"하느님, 부처님, 천지신명님. 제발 재수황을 하루라도 빨리 이삭이 곁에서 떼어 내 주시고……."

회상에 빠져 혼자 피식 웃는 나를 수완이 서운한 듯 흘겨봤다.

"나는 힘들어 죽겠는데 지금 웃음이 나와요?"

"네가 오자고 한 거야."

"그래도."

"수작 부려서 벌 받나 보다."

"진짜 개수작이 뭔지 모르네, 이 남자가."

끙끙거리던 수완은 그 후로도 한참이 지나서야 지친 듯 잠들었다. 나는 맥없이 떨어지는 그녀의 머리를 내 어깨로 옮긴 후 함께 졸았다.

나를 깨운 건 한층 수척해진 수완이었다. 그녀는 일분일초라도 빨리 배에서 벗어나고 싶다는 듯 바깥을 가리켰다.

"이제 곧 도착한대요. 우리 어디로 나가야 돼요?"

차와 함께 섬에 도착했을 땐 벌써 해가 지고 있었다.

"여기 밤바다가 그렇게 예쁘다던데, 우리 저녁 먹고 산책해요. 아니다, 술도 한잔할까요?"

아까까지 멀미에 시달리던 사람이라곤 생각지 못할 정도로 그녀는 기운이 넘쳤다.

민박 가까이 주차를 하곤 근처 식당에 들어가 저녁을 먹었다. 손님이 몇 보였지만 현지 사람들 같았다. 나는 수완이 미리 자릴 잡은 구석에 앉아 마스크를 벗었다.

섬이라서인지 메뉴 대부분이 해산물이었다. 내 시선을 따라온 수완이 엉덩이를 반쯤 들며 물었다.

"다른 데 갈까요?"

"내가 알아서 골라 먹으면 돼. 주문하자."

미안하다던 그녀는 막상 회가 나오자 어느 때보다 맛있게 먹었다. 생전 궁금한 적 없는 회 맛이 궁금해질 정도였다. 그녀는 소주를 시켜 내 앞에 한 잔, 제 앞에 한 잔 따라 내려놓았다. 나는 수완이 내민 술잔에 내 잔을 부딪치고 반을 마셨다.

"배 끊긴 섬에 방 하나 잡아 술이나 마시게 하고. 무섭다, 최수완."

"알면 선배가 더 많이 마셔요. 나 한 잔에 선배 세 잔."

"싫어. 너 무서워."

"아무리 무서워도 큰아버지 집으로 도망가면 안 돼요."

그걸 네가 어떻게 아느냔 내 눈빛에 수완은 대꾸했다.

"전에 엠티 올 때 선배가 그랬잖아요. 여기 큰아버지 집 있어서 싫다고."

"그걸 아직 기억해?"

"그럼, 선배 일인데."

수완은 당연하다는 듯 말하고 서비스로 나온 튀김을 내 쪽으로 밀었다.

"해산물 안 들어갔으니까 먹어요."

둘이서 소주 한 병을 비우고 식당을 나왔다. 아까까지만 해도 어스름하던 하늘이 완전한 먹빛이었다. 바닷바람이 칼날처럼 찼다.

방파제를 산책하듯 걸었다. 들를 때마다 늘 낚시꾼들로 붐

벗던 곳이 오늘따라 한산했다. 막 낚싯대를 접던 아저씨가 우리를 보곤 말을 걸었다.

"해돋이 보러 왔어?"

"네."

"어쩐디아? 날씨가 이래서 내일도 해는 못 볼 거 같은디?"

일기 예보에선 비 온다는 소리 없었는데. 수완이 중얼거렸다. 그러기 무섭게 하늘에서 물방울이 떨어졌다. 머리로, 어깨로, 뺨으로.

장대비였다. 당황한 나는 수완의 손을 잡고 등대 아래로 뛰었다. 도착했을 땐 이미 둘 다 흠뻑 젖은 채였다.

"신우 선배가 저주하나. 날씨가 왜 이래."

애꿎은 신우를 들먹이며 수완은 턱을 떨었다. 나는 어차피 젖어 쓸모없을 코트로 그녀의 어깨를 덮었다.

"괜찮아요."

"감기 걸려서 사람 고생시키지 말고 그냥 입어."

소나기였다면 좋았으련만 비는 도무지 그칠 기색이 없었다. 몸은 젖었고 날은 추웠고 체온은 떨어지고. 여기 이러고 있어 봤자 동사란 결론을 낸 우리는 결국 비를 맞으면서 민박집까지 뛰었다. 10분이 넘는 거리였다.

"아이고, 이게 뭔 일이래."

마당으로 들어서자 마침 밖에 나와 있던 아주머니께서 놀라 우산을 들고 뛰어나왔다. 보일러 높여 줄 테니까 얼른 씻고 몸부터 녹여. 방 안에 들어서고도 덜덜 떠는 우리에게 새 수건을 가져다주며 아주머니는 당부했다.

나는 아주머니에게 빌린 우산을 든 채 짐을 가지러 차로 향했다. 따라 나오겠다는 수완을 말리는 게 추위를 참는 것보다 배는 힘들었다.

갈아입을 옷이 든 가방 하나가 다인 나와는 달리 수완의 짐은 커다란 여행용 캐리어였다. 그걸 들고 온다고 기껏 닦아 낸 비를 또 쫄딱 맞았다. 캐리어와 함께 폐인이 되어 돌아온 날보고 수완은 미안해했다.

"그러게 같이 가겠다고 했잖아요."

수완을 먼저 욕실로 보내고 앉아 몸을 닦아 냈다. 돌아다니면 온 천지가 물바다가 되지 싶어 물기를 털어 내고 나서도 한자리에 있었다. 욕실에서 들리는 물소리를 듣고 있자니 불현듯 현실감이 끼쳤다.

해돋이 보러 섬섬도로 가자고, 그래야 같이 잘 수 있을 거 아니냐는 수완의 말을 못 이긴 척 받아들일 때부터 대충 마음은 먹고 있었다. 아마 수완이 아니었더라도 내가 먼저 그녀를 안았을 것이다. 이젠 널 떠나야 하니까, 마지막 선물로 하룻밤쯤은 받아도 되지 않느냐고 자기 합리화를 하면서.

몸으로 보상 바라는 속물이 누군지 모르겠네.

애써 침착을 가장해도 조금씩 오르는 열을 애써 무시하는 중이었다. 귓전을 때리던 물소리가 문득 멎었다. 방음이라곤 되지 않는 곳이었다. 욕실 문 앞으로 다가오는 수완의 기척이 느껴졌다.

"선배."

"어."

"나 옷 좀. 캐리어 안에서 아무거나 꺼내 줘요."

문밖으로 넘어오는 목소리에 수줍음이 묻어났다. 잠깐만 기다리라는 말을 하곤 캐리어가 있는 곳으로 향했다. 빠르게 뚜껑을 연 나는 웃음이 터졌는데 고작 1박 2일을 준비했다기엔 너무 과한 양의 짐 때문이었다.

왜인지 엉켜 있는 짐들 탓에 옷가지를 찾는 데 시간이 걸렸다. 나는 헤어드라이어와 고데기와 화장품을 파낸 끝에 드디어 잠옷 비슷한 걸 발견해 꺼냈다. 그것만 가지고 돌아서는 순간 속옷이 걸렸다. 다시 앉아 이번엔 파우치를 뒤지기 시작했다. 세 개를 열어 봤고 마지막 세 번째 것이 속옷이었다. 여자 속옷이 뭐라고 보는 것만으로도 죄를 짓는 기분이었다. 나는 단색의 심플한 브래지어에서 재빨리 시선을 떼고 파우치 지퍼를 급하게 닫았다.

노크를 하자 문이 열렸고 가느다란 팔이 뻗어 왔다. 나는 돌아선 채 그 사이로 옷을 건넸다.

얼마 가지 않아 젖은 수완이 나왔다. 막 샤워를 끝낸 수완은 이른 비에 먼지가 씻겨 나간 꽃처럼 화사했다. 나는 새 수건과 옷을 든 채 욕실로 들어갔다.

씻고 나온 내게 수완은 헤어드라이어부터 내밀었다.

"빨리 말려요. 감기 걸려."

손을 내밀자 그녀가 헤어드라이어를 뒤로 뺐다. 뭐 하는 거야? 어이가 없어 묻자 그녀는 제 앞을 툭툭 쳤다.

"내 거니까 내가 말려 줄래요."

나는 못 이긴 척 수완의 앞에 앉았다. 무릎을 세워 반쯤 일어난 그녀가 헤어드라이어를 켰다. 빗소리만 가득했던 방 안에 헤어드라이어 소리가 겹쳐졌다. 따뜻한 바람에서 풍기는 같은 샴푸 냄새.

욕실을 나오기 전 수납장에 비치되어 있던 헤어드라이어를 나는 못 본 척했다. 이튿날 새 수건을 찾느라 수납장을 열어 본 수완이 그 존재를 언급할 때까지.

머리까지 말리고 나니 할 일이 없었다. 아주머니의 호의로 후끈해진 방 안에서 우리는 이불을 덮고 멀거니 앉아 있었다. 아직 저녁 8시도 안 된 시간이었다. 지루함을 못 참은 수완이 TV를 틀었지만 먹통이었다.

이 분위기에서 졸린다는 게 기가 막혔지만 나는 졸렸다. 너무 따뜻해서 그런가 싶어 두 겹으로 입었던 상의 중 하나를 벗기로 했다.

앉은 채 티셔츠 자락을 걷어 올리자마자 수완의 시선이 따라왔다. 갑자기 옷을 벗는 이유 따윈 전혀 궁금하지 않은 듯 노골적으로 훑기만 하는 두 눈이 귀여워서 반쯤 올리던 옷을 다시 내렸다.

"왜 벗다 말아요?"

"네가 나 벗기고 싶어 하는 것 같아서."

"사랑하는 남자 맨몸 마다하는 여자도 있어요? 어차피 다

벗을 것도 아니면서 또 비싸게 굴어."

"벗겨 줘."

시선을 돌리곤 투덜거리던 수완이 입을 다물었다. 못 들은 말이라도 들은 것처럼 치떠진 눈을 마주한 채 나는 팔을 내밀었다.

"보고 싶은 사람이 직접 벗기라고."

내가 이렇게 철면피에다 문란한 놈인지 오늘 처음 알았다. 수완도 그런 것 같았다. 낯선 사람을 보듯 날 바라보던 그녀는 이내 결심한 듯 이불을 치우고 다가왔다. 거리가 훌쩍 가까워졌다. 내려다본 뺨이 석류처럼 붉었다.

수완은 내 옷자락을 잡아끌어 올리는 대신 그 안으로 손을 집어넣었다. 따뜻한 손바닥이 옆구리를 타고 올라갈 때마다 옷자락이 따라 올라갔다. 희미하게 피어오르던 열이 조금씩 머리로 몰렸다. 거침없이 몸을 더듬는 손을 나는 낚아채듯 붙잡았다.

"벗기랬지, 만지란 소린 안 했는데."

"만지고 싶어서. 선배는 안 그래요?"

대담한 손길과는 달리 떨리는 목소리로 수완은 제 할 말을 다 했다. 가까이 마주친 까만 눈동자에 무표정을 가장한 내가 보였다. 끝까지 솔직하지 못한 나.

"나 같은 게 왜 좋아?"

동문서답에도 당황한 기색 없이 수완은 입을 열었다. 나는 대답을 듣지 않고 그녀의 목을 끌어다 키스했다.

매달리듯 부딪혀 오는 입술과 머뭇거림이라곤 없이 내 등을 끌어안는 손.

이래서 난, 네가 좋아.

아니, 이러지 않아도 난 널.

"사랑해요. 선배."

최수완

12. 꿈속의 그대

방 안엔 빗소리가 가득했다. 비가 쏟아지는 광장 한가운데 오로지 선배와 나, 둘만 있는 기분이었다. 얼음발 같은 비가 몸을 적시고 있는데도 되레 뜨거워지는 몸. 그럼에도 온기를 찾아 필사적으로 서로의 입술을 파고들던 우리.

추워서 이대로는 못 가겠다고 개수작을 부렸던 과거의 나. 그걸 다 알면서도 모른 척 속아 줬던 선배. 룸메이트의 외박으로 하필 비어 있던 선배의 기숙사.

처음 선배가 날 안았던 그때에는 마냥 들뜨고 행복했었다. 섹스 자체에 흥분했다기보단 숨이 부딪힐 거리에서 그의 얼굴을 올려다보는 것만으로 황홀했다. 여태껏 보지 못했던 표정으로 날 보고, 듣지 못했던 목소리로 날 부르는 그가 너무 좋아서, 눈을 깜빡이는 것조차 조심스러웠다.

지금도 마찬가지였다. 누가 먼저랄 것 없이 서로의 옷을 벗기고, 입술을 삼키고, 조급하게 몸을 겹치고 있는 지금도 나는 그때처럼 행복했다. 너무 행복해서 불안했다.

요 근래 선배는 이상했다. 내가 먼저 손을 내밀기 전에 내 손을 잡고, 껴안아 달라 말하기 전에 안아 주고, 입술을 쳐다보고 있자면 알아서 키스했다. 시선이 느껴져 돌아보면 그의 눈이 날 보고 있었고, 익숙한 향기가 나면 어느덧 그가 내 곁에 있었다.

그는 잃어버린 주인을 우여곡절 끝에 다시 만난 강아지처럼 굴었다. 회사에서는 일면식도 없는 사람처럼 날 대했지만 집에 있을 때는 한시도 내 옆을 떠나려 하지 않았다.

기쁘지 않았다면 거짓말이다. 매번 도망만 치고 밀어내기 바빴던 선배가 먼저 다가오다니 꿈같았다. 너무 꿈같아서 문제였다. 꿈은 현실이 아니니까, 언젠가 깨기 마련이니까. 내 곁의 선배도 언젠가 신기루처럼 그렇게 사라져 버릴 것 같아서.

나는 내 위의 선배를 있는 힘껏 껴안았다. 목덜미에 입술을 짓누르고 있던 그가 고개를 들고 날 봤다.

"숨 막혀."

"……."

"수완아."

대답은 않고 그를 안은 손에 더 힘을 주었다. 적장을 껴안고 남강에 뛰어든 논개도 나만큼 필사적이진 않았을 거다.

말없이 그의 목에 얼굴을 파묻고 있길 한참, 달아오른 뺨으로 한숨이 떨어졌다.

애정 결핍 걸린 강아지처럼 군다고 선배를 타박했지만 실은 내가 그랬다. 선배는 이런 나에게 질릴까. 질려도 할 수 없다. 어떻게 찾은 사람인데, 어떻게 묶어 둔 사람인데. 무슨 수를 써서든 놓아주지 않을 거라고 나는 애꿎은 입술을 깨물며 다짐했다.

그는 조용히 내 머리 위에 키스했다. 뺨에, 귓가에, 목덜미에 키스했다. 그리곤 다정하고 조심스럽게 날 제 품에서 떨어뜨렸다. 나는 마지못해 그를 껴안고 있던 손을 풀었다. 너무 힘을 준 탓에 손가락 마디마디가 욱신거렸다.

"나 되게 죽이고 싶었나 보다."

내 손가락을 가져가 입술을 붙이며 선배는 말했다. 힘이 빠진 나는 대꾸도 안 하고 그를 노려보고만 있었다. 의지와는 다르게 젖어 가는 눈 때문이었다. 탈춤을 춰도 모자랄 이 기쁜 밤에 궁상맞게 눈물이라니. 한껏 들뜬 회식 자리에서 갑자기 발라드를 부르는 고문관처럼 분위기를 엿같이 만들고 싶지 않았다.

손바닥에 키스한 그는 느리게 내 손가락을 핥기 시작했다. 보란 듯이 날 마주한 눈동자가 먹이를 앞둔 맹수처럼 진득했다. 흥분에 평소보다 붉어진 그의 입술과 혀를 보고 있자니 기분 좋은 소름에 등이 절로 굳었다.

"지금은 아니에요."

나는 그의 입술에서 손을 거두어 냈다. 의문과 아쉬움, 짜증이 뒤섞인 시선이 쏟아졌다. 나는 서서히 그의 등을 더듬어 올라가 목을 끌어당겼다.

"선배가 날 떠나면."

그의 눈동자가 언뜻 굳어졌다.

"말 안 하고 도망가면."

나는 모른 척 그의 목을 껴안았다.

"그땐……."

내가 입을 벌리기도 전에 그는 입술을 맞붙였다. 다급하고 거친 키스.

그는 씹어 삼키기라도 할 듯 내 몸을 훑고 나는 흥분에 숨이 턱턱 막혔다.

거세지는 빗소리에 그와 내 숨소리가 섞여 든다. 이렇게 좋을 줄 알았으면 망할 놈의 계약서에 섹스라는 조항도 미친 척 넣어 버릴 걸 그랬다고, 나는 고양감에 멍해진 머릿속으로 속물 같은 생각을 한다. 몸으로라도 붙잡을 수 있다면 좋을 텐데. 그의 아이라도 가지면. 어차피 실현 불가능한 계획이지만 이성이 날아간 뇌에선 도덕성이라곤 찾아볼 수 없다.

아이 생각을 하자 갑자기 우울해진다. 콘돔을 쓰지 않아도 되니 섹스할 때 편하겠다던 개새끼의 말이 불현듯 머릿속을 채우고, 폐경이면 여자로서 이미 끝난 거 아니냐는 사람들의 냉소가 절정의 순간을 난도질한다.

"섹스하는 덴 별문제 없는 거지? 전보다 감이 덜하다거나?"

그 말이 왜 하필 지금 떠오르는 걸까. 나는 달뜬 나머지 흐릿한 시야로 선배를 올려다봤다. 흘러내린 머리카락에 가려 표정이 보이지 않았다. 물에 젖은 쿠키처럼 매가리 없는 손을 움직여 그의 앞머리를 걷어 냈다. 풍성하고 긴 속눈썹 아래, 검푸른 눈동자가 날 향해 있었다.

"좋……아요?"

나는 물었다. 최대한 크게 내보려 했지만 목소리는 아주 조그맣고 흔들려 나왔다.

"선배도 나처럼……."

숨쉬기가 힘들고, 눈앞이 핑핑 돌고, 손끝이 저릿저릿하고, 머릿속이 녹아내리는 것 같아요? 이대로라면 죽어도 괜찮을 것 같다고, 그런 생각도 들고 그래요? 나는 그런데, 선배도 그랬으면…….

"좋아."

내가 듣고 싶어 하는 말은 절대 해 주지 않던 그가 오늘은 웬일로 내가 듣고 싶어 하는 소릴 한다. 믿을 수 없는 나는 그를 보고, 언제나 다른 말만 하던 그의 눈은 처음으로 그의 입술과 같은 말을 했다.

"좋아서, 죽을 것 같아."

❁   ❁   ❁

빗소리를 자장가 삼아 잠들었다. 행여 깨어나면 선배가 곁에 없을까 봐 그를 껴안고 나서야 눈을 감았다. 품에 코알라처럼 나를 매단 그는 이대로 잠이나 잘 수 있겠냐고 타박했지만 들은 척도 하지 않았다.

"그럼 선배는 밤새든가."

기가 찬 듯 떨어지는 그의 웃음소리가 듣기 좋았다.

해돋이 따위는 안중에도 없었다. 눈을 떴을 땐 쏟아지는 햇살로 온 방이 환했다. 나는 어제 분명 껴안고 잤던 그가 곁에 없다는 사실을 깨닫고 일어나 앉았다. 찬물을 끼얹은 것처럼 정신이 번쩍 들었다. 내 꼴이 어떻다는 걸 생각도 않고 이불을 차 내고 일어섰다.

"아침부터 어디 가려고?"

놀라 돌아보자 그가 등 뒤에서 옷을 갈아입고 있었다. 그새 씻었는지 머리카락이 반쯤 젖은 채였다. 나는 후드 티 안으로 머리를 끼우는 그를 기다려 주지 않고 달려들었다.

"야."

졸지에 옷 안에 갇힌 그가 버둥거렸다. 나는 그제야 껴안던 팔을 풀었고 그는 급하게 옷 밖으로 머리를 빼냈다. 단정한 머리카락이 까치집이 되어 있었다.

"살해 방법이 너무 구닥다리 아냐?"

"누가 선배를 죽인다 그래요."

"어제는 복상사, 오늘은 교사."

"복상사할 만큼 좋았나 봐?"

나는 눈을 가늘게 뜨고 목소리에 숨을 반이나 섞었다. 흐트러진 옷과 머리를 정리한 그가 이불을 당기더니 내 몸을 꽁꽁 싸맸다.

"뭐 하는 거예요?"

"옷이나 입어. 아침부터 복상사할 생각 없으니까."

나는 은근슬쩍 이불을 들췄다가 입을 다물고 돌아앉았다. 알몸이었다. 실오라기 하나 걸치지 않은. 어쩐지 일어났을 때 번데기처럼 이불을 둘둘 말고 있더라.

생기가 넘치는 나와는 달리 그는 피곤한 기색이었다. 머리를 말리며 어제 잠을 못 잤냐고 묻자 그는 뻔한 걸 왜 묻냐는 듯 황당한 눈을 했다.

"방금까지 안았던 여잘 껴안고 잠들 정도로 둔하지 못해서."

나는 한참 만에 그의 말을 이해하고 다른 의미로 흥분했다. 그럼 재우지 말지 그랬냐는 말은 방문을 벌컥 열고 들어온 주인아주머니 덕분에 도로 들어갔다.

"잘 잤어? 아침 같이 먹어."

눈빛이 의미심장했다.

우리는 대청마루를 개조한 거실에 둘러앉았다. 된장찌개와 고등어 같은 평범한 아침밥을 기대했던 나는 상에 놓인 샌드위치에 놀랐다.

"근처 다른 펜션들 요즘 다 이렇게 해 준다며? 우리도 시대를 따라가야 장사 오래 하지."

감자와 햄이 들어간 샌드위치는 물론이고 직접 수확한 유기농 고구마로 만들었다는 샐러드도 맛있었다. 음료는 사과를 직접 갈아 만든 사과 주스였다.

"신랑이 잘나서 좋겠네. 얼굴도 잘났고, 키도 잘났고, 하다 못해 목소리도 잘났고, 그리고······."

아줌마가 찌른 건 내 옆구리인데 곁에서 샌드위치를 먹던 선배가 사레에 들렸다. 빨개진 얼굴로 기침을 하는 그에게 아주머니는 태연히 물을 내밀었다.

"그나저나 내년엔 수리를 꼭 해야겠어. 영 방음이 안 돼."

짐을 싸 나오다가 마침 들어오던 주인아저씨와 마주쳤다. 아저씨는 갑자기 어딘가로 달려가더니 고구마며 감자를 바리바리 싸 주셨다. 마다하자 어차피 팔지도 못하는 거라며 억지로 안겼다.

"원래는 어젯밤에 간식으로 가져다주려고 그랬는데 우리 여편네가 말려 가지고."

"이 영감탱이가 쓸데없는 말은."

조심해서 가요. 또 오고. 그들은 우리의 차가 보이지 않을 때까지 대문 앞에서 손을 흔들었다. 나는 창밖으로 손을 내밀어 같이 흔들었다. 살면서 이렇게 진정성 있는 환대를 받아 보긴 처음이라 권유했다.

"우리 내년에 여기 또 와요."

"싫어."

고집스레 앞만 바라보고 있는 선배의 뺨이 아직도 발그레했다.

시간이 남아 관광지로 유명한 오솔길에 들렀다. 차 안에서 맨 얼굴이었던 선배는 마스크와 캡 모자로 완전 무장을 했다. 웃음꽃이 피어나는 화사한 관광지에서 범죄자처럼 눈만 내놓은 선배를 사람들은 고개를 돌려가며 쳐다보고 갔다.

생각보다 사람이 많았다. 나는 다른 곳으로 선배를 이끄는 대신 사람들이 타고 있는 자전거를 가리켰다.

"우리도 저거 타요."

두 명이 페달을 밟도록 되어 있는 2인용 자전거를 탈 거란 선배의 기대를 배반한 채 1인용을 골랐다. 꽃분홍의 자전거를 심드렁한 눈으로 보던 선배는 당연한 듯 앞자리에 올라타려 했다. 나는 급하게 그를 막아서고 먼저 올라탔다.

"타요."

"네가 운전하게?"

"나 때문에 잠 못 잤다면서."

빈말이라도 거절할 줄 알았건만 선배는 냉큼 내 뒤에 올랐다.

"선배 보고 운전하라 그랬으면 울었겠네."

"어."

빈정거려 봤자 소득은 없었다. 그는 틈 없이 붙어 앉아 내 허리를 끌어안았다. 청결하고 따뜻한 향기가 순식간에 내 몸을 감쌌다. 절로 굽어지는 허리를 애써 펴자니 어깨 너머로 머리를 내민 그가 귓가에 속삭였다.

"안전 운전 부탁드립니다. 기사님."

선배에게 미처 말 못 한 게 있었다. 내가 자전거를 배운 것은 초등학교 때, 실제로 타 본 건 다섯 번도 안 된다는 사실이었다. 안전 운전을 부탁했지만 실은 음주운전 수준으로 자전거를 몰고 있는 나를 그는 범죄자 취급했다.

"이왕 죽을 거면 복상사로 죽게 해 줘."

"자꾸 귀에다가 속삭이지 마요."

"어, 앞에 사람. 무슨 짓을 해도 좋으니까 제발 빨리 세워 줄래."

"속삭이지 말라니까. 근데 지금 한 말 그거 진짜예요? 나중에 취소……."

"브레이크!"

나는 5분이 채 지나지 않아 선배에게 자리를 빼앗겼다. 앞서 오는 다른 자전거와 정면충돌을 겨우 피한 직후였다.

데이트하러 왔다가 황천길로 갈 뻔한 연인에게 나는 진심으로 사과했다. 따라 고개를 숙이던 선배는 그들이 사라지자마자 팔짱을 끼고 삐딱하게 날 내려다봤다.

"황천길 갈 뻔한 사람 여기 하나 더 있는데."

"미안해요. 쪼잔하게 꼬투리 잡네."

"나 원래 쪼잔해. 근데 덕분에 내가 죽기 싫어한다는 걸 알았으니까. 봐줄게."

선배는 긴 다리로 자전거에 훌쩍 올라타 핸들을 잡았다. 나

는 장난처럼 죽음을 언급하는 그를 넋 놓고 보다가 뒷자리에
올라탔다.

허리를 끌어안고 등에 얼굴을 파묻었다. 뺨을 스치는 찬바
람에 그의 향기가 섞여 났다. 껴안은 팔에 절로 힘이 들어갔
다. 숨 막힌다며 타박할 줄 알았던 선배는 아무 말도 하지 않
았다. 눈앞으로 흰 꽃잎이 휘날렸다. 진눈깨비였다.

아침나절엔 정신이 없어서 몰랐는데 선배는 감기 기운이 있
었다. 볼이 발그레했고, 자꾸 기침을 했다. 차에 올라타 주변
의 소음이 차단되자 선배의 기침이 그냥 넘어갈 수준이 아니
라는 걸 깨달았다. 신호가 걸린 틈을 타 이마를 만져 봤다. 뜨
거웠다.

"감기 걸렸어요? 열나잖아."

"피곤해서 그래."

"집에 가기 전에 병원, 아 오늘은 공휴일이라 병원도 안 하
는데."

응급실 가요. 아까 자전거는 왜 그냥 탔어요? 왜 아프다고
말 안 했어? 말하다 보니 짜증이 치솟아 따지듯 묻는 날 보며
선배는 웃기만 했다.

"왜 웃어? 사람 화내는데."

"감기 걸릴 만하네. 너 화내는 것도 보고."

"마조히스트예요? 화내는 거 보고 좋아하게."

"그런가 보지. 넌 사디스트라며."

"그래서 뭐? 천생연분이라고?"

막무가내로 내던진 농담에도 그는 웃음으로 답했다.

"왜 부정 안 해요? 또 웃네? 사람 설레게. 이럴 거면 계약서 찢어 버리고 진짜 결혼해 주든가."

별거 아닌 일에도 자꾸 웃는 선배를 보는데 왜 가슴이 내려앉았을까.

아마 그때의 난 직감적으로 알았는지도 모르겠다. 요즘 그는 세상을 다 산 사람처럼 굴고 있었다. 죽을 날을 받아 놓고 후회를 남기지 않으려는 시한부처럼. 하루하루를, 필사적으로.

배에 올라 자리를 잡고 앉자마자 선배는 잠들었다. 자꾸만 옆으로 꺾어지는 고개를 조심스레 내게 기대게 했다. 배에 타기 전 썼던 모자와 마스크도 벗겨 냈다. 늘 날을 세운 듯 까칠한 얼굴이 잘 때만은 아이처럼 순했다. 예전에는 깨어 있을 때도 종종 이런 얼굴이었는데.

이럴 줄 알았으면 그때 미국 가지 말고 버텨 볼걸. 돌아서는 선배 다리라도 붙잡고 매달릴 걸. 자식 이기는 부모 없다는데 약 먹지 말고 그 힘으로 싸우는 건데.

선배를 볼 때마다 원망보다 후회가 앞섰다.

돌아가는 길엔 내가 운전했다. 선배는 고집부리지 않고 얌전히 조수석에 올라탔다. 열 때문인지 눈빛이 멍했다.

"응급실 가요."

"자고 일어나면 나을 거야."

"안 나으면?"

"그땐 갈게."

오피스텔에 도착했을 땐 오후 4시가 넘어 있었다. 차에서 내리면서도 선배는 마스크부터 찾았다. 아픈 와중에도 가릴 것부터 찾는 그가 안쓰러웠고, 그만큼 화가 치솟았다. 그를 이 지경까지 내몬 그들에게. 그리고 그가 이렇게 될 때까지 찾을 생각도 하지 않았던 나에게.

나는 내 머플러를 빼내 그의 얼굴 반을 감싸 줬다. 미안. 사과하는 목소리가 애달파서 모른 척 큰 소릴 냈다.

"나야 좋지. 잘난 얼굴 나만 보고."

상비용 감기약을 두 알 털어 넣기 무섭게 그는 매트리스에 엎어졌다.

"진짜 옆에 없어도 되겠어요?"

강아지는 괜찮은데 되레 분리 불안에 걸린 주인처럼 나는 그의 곁을 떠나지 못했다. 그는 눈을 뜨지도 않은 채 대답했다.

"그렇게 쳐다보고 있는 게 더 불편해. 안녕히 주무세요, 최 수완 씨."

선배는 친절히 굿나잇 인사까지 해 줬건만 나는 안녕히 주무시질 못했다. 그가 걱정돼서였다.

방에 들어가지도 못한 채 소파에서 밤을 새웠다. 위쪽에서 신음 소리가 나면 놀라 계단을 올랐다가 내려오길 반복했다. 그러다 에라 모르겠다, 올라가 선배 옆에 자릴 잡았다. 아침에 일어나 날 보고 놀랄 선배의 의사 따위는 전혀 중요하지 않았다. 어차피 볼 장 다 본 사이에, 이참에 합방하는 것도 괜찮겠다 싶었다.

오늘이 연휴의 마지막, 내일부턴 다시 출근을 해야 했다. 마음 같아선 결근시키고 싶었는데 선배는 그럴 사람이 아니었다. 선배가 일어나는 시간에 알람을 맞추고 잠들었다.

평소라면 벌써 일어났을 선배는 알람 소리에도 미동이 없었다. 정말 아픈 모양이었다. 깨우지 않은 채 아래로 내려왔다. 출근은 아직 돌려주지 않은 한신우의 차로 하면 됐다. 졸지에 차를 빼앗긴 신우 선배의 출근 문제 같은 건 내 관심 밖이었다.

개자식과 결혼했을 땐 상상으로도 하지 않았던 아침을 만들었다. 쌀을 씻어 밥을 안치고 맑은국을 끓였다. 나는 줘도 안 먹을 콩나물국이었다.

7시쯤 그가 2층에서 내려왔다. 창백한 얼굴에 블러셔를 한 듯 붉은 볼. 까치집이 된 머리에 멍한 눈. 나사가 열 개쯤 빠진 선배는 귀여웠다. 아파서 그런 거라 얼른 낫기를 바라야 하는데 이렇게 귀여우면 좀 더 아파도 괜찮을 것 같다는 못된 생각이 들었다.

"깨우지 그랬어? 지금 가면 사람 많은데."

"신우 선배 차 타고 가면 돼요."

"아, 그래?"

"너무 안 좋으면 그냥 쉬지 그래요? 병가 내면 되잖아."

"출근한 지 며칠 됐다고. 나 씻을게."

씻으러 간다는 그는 어째서인지 복층 계단 쪽으로 방향을 틀었다. 그러다간 뭔가 깨달았다는 듯 돌아섰다. 욕실 문이 닫히기 무섭게 나는 참았던 웃음을 터뜨렸다.

씻고 슈트로 갈아입고 나온 선배는 평소의 모습을 되찾았다. 다행인지 불행인지 껍데기만 그랬다. 여전히 기침을 했고, 완전히 내리지 않은 열과 약 기운 덕에 어딘가 풀어져 보이는데다 반응이 한 박자씩 느렸다.

기껏 차린 아침밥을 그는 반도 먹지 못했다.

"맛있어. 고생했는데 미안."

그는 사과했다. 어째서인지 진심이 담기지 않은 것 같았지만 귀여워서 봐줬다.

회사를 반쯤 앞둔 지점에서 한신우를 태웠다. 내가 내 차를 이런 식으로 얻어 타야겠다며 잔소리를 인사 대신 하던 한신우는 조수석에서 곯아떨어진 선배를 보곤 입을 다물었다.

"애 왜 이래? 재수황, 해돋이 보러 간다더니 애 잡고 왔냐?"

"감기예요. 집에서 쉬랬더니 말을 안 들어서."

회사에 도착하기 직전에 내가 먼저 내렸다. 한신우는 선배와 함께 회사 주차장까지 들어가기로 했다.

"우리 선배 잘 부탁해요."

"캐러멜 마키아토 톨 사이즈로 보답해. 휘핑크림 듬뿍 넣어서."

얄미워서 무시하려다 연휴 내내 차를 빌려준 건 또 고마워서 커피를 사다 바쳤다.

사무실에 도착해 책상에 앉긴 했는데 도무지 일이 손에 안 잡혔다. 나는 한 시간에 한 번씩 자리를 비우고 디자인팀 앞을 기웃거렸다. 그런 날 주시하던 주재욱이 탐탁찮은 듯 다가와 물었다.

"무슨 일 있습니까? 똥 마려운 강아지처럼 왜 자꾸 돌아다녀요. 정신 사납게."

짜증스레 일그러진 눈빛에 걱정이 묻어났다. 이 인간도 이런 눈을 할 줄 아네. 나는 아무 일도 없으며, 있다 해도 주 팀장님께서 상관할 바는 아니라고 대답하곤 억지로 일에 집중했다.

점심시간이 되자마자 선배에게서 메시지가 왔다.

〈나 조퇴해. 나중에 보자.〉

곧장 밖으로 나와 전화했다.

—어.

"병원 들렀다 가요."

—안 그래도 그럴 거야.

"밥 챙겨 먹고."

—알았어.

"이따 봐요."

가능하면 참고 일하려 했는데 그게 안 됐다. 점심을 먹은 나는 한 시간을 버티다가 결국 조퇴계를 냈다. 꼬투리를 잡을 거라 예상했던 주재욱은 별말 없이 허락해 줬다.

빨리 가겠다고 택시를 탔다가 교통 체증이라는 지옥을 맛봤다. 그간은 거들떠보지도 않았던 미터기의 숫자가 월급쟁이가 되고 나니 새삼스레 무서워졌다.

현관에 들어서자마자 선배부터 찾았다. 거실에 없어 복층 계단을 올랐더니 그는 등을 지고 앉아 뭔가를 챙기고 있었다.

"선배."

"어? 언제 왔어?"

그는 눈에 띄게 당황해했다. 그때 눈치챘어야 했는데, 정작 필요할 때에 둔해 빠진 나는 선배의 안색만 살피느라 다른 건 대수롭지 않게 넘겨 버렸다. 평소보다 빈자리가 많아진 그의 침실. 갑작스레 생겨난 대형 캐리어 같은 것.

"조퇴했어요. 병원은 다녀왔어요?"

"어."

"그럼 쉬어야지, 뭐 해요?"

"방이 너무 너저분해서 치우려고. 내려가자."

그 말을 믿는 게 아니었는데.

병원을 다녀온 그는 한결 안정되어 보였다. 이틀이 지나자 평소의 컨디션을 되찾았다. 기뻐야 하건만 아쉬운 맘이 드는 건 어쩔 수 없었다. 주재욱이 사람 보는 눈이 있었다. 나 사디스트였나 봐. 완전 변태였어.

별다른 일 없이 일주일이 흘렀다. 다시 찾아온 주말. 간만에 엄마를 만난 김에 양손 가득 쇼핑백을 들고 귀가한 내게 선배는 때아닌 데이트 신청을 했다.

"영화 보러 갈 건데, 같이 갈래?"

자정이 다 되어 가는 시간이었다.

연일 최저 온도를 갱신하고 있는 날씨 덕분인지 영화관에는 사람이 없었다. 선배는 요즘 재상영하고 있다는 홍콩 영화의 티켓을 두 장 끊어 왔다. 마침 10분 뒤가 시작이라 곧장 입장했다.

조조 영화는 혼자 자주 보러 왔었지만 심야 영화는 처음이었다. 좌석에 앉아 있는 사람 수가 손에 꼽혔다. 조명이 꺼지고 사위가 어두워졌다. 빛바랜 필름 사진 느낌의 영상이 스크린을 채우는 걸 보던 나는 커플석 가운데 손잡이를 올려 버리곤 자연스레 선배의 손을 잡았다.

옆얼굴로 그의 시선이 떨어지는 게 느껴졌지만 모른 척 앞만 봤다. 그는 스크린을 향해 고개를 돌리더니 내 손을 고쳐 잡았다. 손바닥에서 전해지는 온기. 길고 단정한 손가락이 마디 사이로 엉겨드는 게 기분 좋았다.

너무 많이 들었던 나머지, 봤다고 착각할 만큼 유명한 영화였다. 근데 그 영화가 이런 내용인 줄은 몰랐다. 첫 번째 이야기 끝났을 때만 해도 별생각이 없었던 나는 두 번째 이야기가 중반에 이르자 심경이 복잡해졌다.

선배는 왜 하필이면 이런 영화를 나랑 보자고 한 걸까. 저 여자 스토커 짓 하는 게 나랑 닮아서 깨달으라고 그런 건가. 그런 거라면 차라리 다행이었다.

나는 의중을 살피려고 선배를 봤다. 그는 그새 잠이 들어 있었다. 영화보다 잠들 만큼 둔한 타입이 아닌데. 나는 반대쪽 좌석으로 흔들리는 그를 내 어깨에 기대게 했다.

늘 빈틈이라곤 없던 선배는 요즘 종종 허술한 모습을 보였다. 사소하게는 계란 프라이를 하다 프라이팬을 태워 먹거나, 크게는 과일을 깎다 손가락을 베어 버린다거나 하는.

나는 그게 긴장이 풀려서 그런 줄만 알았다. 내 곁에서는 날을 세우고 무장할 필요가 없으니까.

어느 순간부터 선배가 평소보다 날 좀 더 자주, 오래 지켜보고 있다는 걸 눈치챘다. 우리 부모님도 저만큼의 애정을 담아 날 보진 않는다는 걸 깨달았을 땐 가슴이 덜컥했다. 아, 드디어 선배도 더 이상 나를 밀어내지 않으려나 보다. 그럼 가짜가 아닌 진짜로 함께할 수 있을지도 모르겠다. 마냥 기뻤다. 당장 눈앞에 쏟아지는 빛만 보기 바빠 그 뒤의 어둠 같은 건 생각지도 않았던 거다. 어쩌면 보고 싶지 않았을지도.

종일 백화점이다 엄마 하소연이다 피곤해 졸아야 마땅한데, 엔딩 크레딧이 올라갈 때까지 나는 멀쩡했다.

영화는 괜찮았다. 왜 케케묵은 옛날 영화를 재상영하는지, 사람들이 어째서 이 영화를 좋아하는지 조금은 알 것 같았다. 영화는 해피엔딩이었다. 내 기준엔 그랬다.

조명이 들어오자 선배는 스스로 눈을 떴다. 자는 척한 건 아닌가 싶을 만큼 기막힌 타이밍이었다.

"너무 곤히 자서 안 깨웠어."

"어. 괜찮아."

"연속 상영하던데 한 번 더 봐요."

"안 봐도 돼."

혹 내 체력을 걱정하는 거라면 그러지 않아도 된다고, 아직 거뜬하다고 설득하는 나를 선배는 아이 재롱 보듯 잠자코 보았다. 그리고 내 말이 끝나자마자 영화를 다시 보지 않아도 되는 이유를 설명했다.

"벌써 많이 봤어. 백번도 더 봤을걸."

"왕가위 좋아해요?"

"어, 좋아해."

왜 그런 객기가 들었는지 모르겠다. 일어나기 전, 머플러로 잘난 얼굴을 가리는 작업에 열중인 선배에게 나는 대뜸 물었다.

"나는요?"

머플러 매듭을 짓던 그의 손이 순간 움직임을 멈췄다. 관객들이 모두 나간 상영관에는 선배와 나 단둘뿐이었다. 히터 돌아가는 소리만 웅웅 공기를 흔들어 댔다.

그가 고개를 들어 날 볼 때까지의 그 몇 초간이 영겁보다 길게 느껴졌다. 나는 긴장감에 주먹을 꽉 움켜쥐었다. 아닌 척 연기해도 분명 떨고 있을 나를 향해 선배는 대답했다.

"당연한 걸 왜 물어. 아무리 돈이 급해도 좋아하지도 않는 여자랑 결혼 같은 거 안 해. 나는."

그때, 꿈이라도 꾸듯 넋이 나간 날 보면서 그는 웃었었나. 나는 어떻게 반응했지. 어이없게도 내가 기억하는 건 평소보다 낮았던 그의 목소리, 영화 마지막에 흐르던 여주인공의 노래, 뺨이 달아오를 만큼 따뜻하던 극장 내의 공기. 그리고,

날 보던 그의 눈빛.

선배가 사라진 건 이튿날이었다.

먼저 출근한 줄만 알았던 그는 회사에 없었고, 전화도 메시지도 받지 않았다. 디자인팀을 열댓 번쯤 들락거린 끝에 팀장을 통해 그가 퇴사했다는 소식을 들었다.

"일주일 전에 사직서 받았었어요. 이삭 씨는 이유 없이 그럴 사람이 아니니까 피치 못할 사정이 있나 보다 했죠. 아무에게도 말하지 말아 달라고 해서 인사팀 한 팀장한테도 얘기 안 했는데. 근데 수완 씨, 이삭 씨랑 아는 사이였어요?"

꼭지가 나가 한신우를 찾아갔더니 되레 화를 냈다. 전교 1등 모범생 아들의 가출 소식에 충격받은 학부모 같은 얼굴로, 내가 남자였다면 멱살을 쥐고 주먹이라도 날렸을 표정이었다.

회사고 뭐고 집어치우고 집으로 향했다. 부엌, 거실, 침실. 모든 게 그대로인데, 그의 물건들만 거짓말처럼 사라져 있었다. 절망에 주저앉은 내 눈에 탁자 위 생소한 물건들이 들어왔다.

반으로 찢어진 결혼 계약서, 빈칸 없이 채워졌지만 제출하

지 않은 혼인 신고서, 그리고 통장. 언젠가 그에게 만들어 준 내 명의의 통장에는 3억에 가까운 금액이 찍혀 있었다.

통장 윗면에 끼워진 메모를 읽은 나는 차오르는 눈물을 참지 못하고 울음을 터뜨렸다.

힘들어서 네 남편 못해 먹겠다. 그만할래.

봄, 여름, 가을

그리고 다시

박이삭

13. 너 없는 겨울

섬섬도의 겨울은 변화무쌍했다. 아침나절에는 눈이 날렸다가, 정오엔 해가 났다가 저녁엔 소나기가 쏟아지기도 했다.

아버지를 따라 이곳으로 들어온 지 벌써 1년. 나는 도시에 있을 때보다 게을러졌고, 무서울 정도로 잠이 많아졌으며, 생선을 더 싫어하게 됐다. 날씨에 민감해졌으며, 취한 아주머니들의 농을 받아칠 정도로 뻔뻔해졌고······.

무엇보다 더 이상 얼굴을 가리고 다니지 않는다.

섬섬도에서도 변두리인 이곳엔 나를 알아보는 사람들이 없었다. 아버지 또래의 관광객들이 주로 들렀지만 횟집에서 회를 나르고 있는 내가 그 스폰서 검사와 동일 인물이라고는 생각지도 않는 것 같았다.

가끔 부담스러운 시선이 쏟아지긴 했는데 이젠 수완이 세뇌

시키지 않아도 안다. 이곳 섬에서 서빙이나 하고 있기엔 너무 잘나 빠진 내 외모 탓이라는 걸.

수완을 떠나온 후 내 삶은 지옥 같았다. 스물둘, 그녀를 차 버린 후 술에 절어 살던 그때와는 차원이 달랐다. 당연했다. 살면서 같은 여자를 두 번이나 좋아한 거니까. 재회 후 고작 50일이 넘는 시간 동안 함께 있으면서 수완은 내 인생에 온통 저를 묻혀 놓았다. 그녀의 부재는 시시때때로 날 고통스럽게 했다.

그러나 사람은 적응의 동물이었다. 나는 내 곁의 그녀에게 익숙해졌던 것처럼 그녀가 없는 나에게도 익숙해졌다. 눈을 뜨면 그녀를 생각하는 나에게 익숙해졌고, 잠이 들 때면 그녀 를 그리워하는 내게 익숙해졌다. 세상의 모든 것들을 그녀와 관련지으려 하는 습관에 익숙해졌고, 거기서 위안을 받으려는 자기 세뇌에도 익숙해졌다. 가끔 그녀에게 돌아가고 싶은 충 동을 누르는 데에 익숙해졌고, 고작 종이 한 장만 남기고 비겁 하게 떠나온 자신을 합리화하는 것에도 익숙해졌다.

그러다 보니 다시 또 겨울.

감기는 걸리지 않았을까. 밥은 잘 먹고 다닐까. 세상에서 제 가 제일 예쁜 줄도 모르고 다른 여자를 또 부러워할까.

혹독하기 짝이 없는 이곳의 겨울 속에서도 너를 생각하면 나는 늘 봄이다.

✿   ✿   ✿

아침부터 단체 예약 손님들 때문에 정신이 없었다. 허리 수술을 받으러 뭍으로 간 큰아버지를 대신해 얼떨결에 사장이 된 아버지는 본인의 가게를 운영할 때보다 열정적이었다.

나는 테이블을 행주로 훔쳐 내고 수저를 세팅했다. 아버진 내가 회 뜨는 걸 배우길 원했지만, 도마에 올려놓은 생선을 기절시키지도 못하고 절절매는 걸 보고선 포기했다.

"저래서 검사질은 어떻게 했나 몰러."

"그래서 그만뒀잖습니까."

"자랑이다. 자랑이여. 사내새끼가 생선 하나 어떻게 못해 가지고."

아버지는 날뛰는 광어를 칼 손잡이를 이용해 과장된 동작으로 기절시켰다. 나는 어째서인지 날 보는 것 같은 광어의 눈을 외면한 채 물수건을 꺼내 테이블에 놓았다.

"사내놈이 기술이라도 배워야 먹고 살지. 배우라는 칼질은 안 배우고 동네 인간들 무료 법률 상담이나 해 주고 자빠져 있고. 그 나이에 아부지한테 돈 타 쓰는 놈이 무료는 지랄이 무료야. 아, 그러려면 다시 뭍으로 나가든가."

"아버지야말로 나 무료로 쓰시잖아. 이거 최저 시급 미지급에 일일 최대 노동 시간 초과, 명백한 노동법 위반……."

무심결에 주절거리다 뒷덜미가 싸해 봤더니 아비지가 회를 뜨다 말고 칼을 갈고 있었다. 나는 나오려던 말을 도로 집어넣은 채 마지막 물수건을 자리에 놓았다.

아버지는 회도 못 뜨는 주제에 여기 빌붙어 사는 날 탐탁지 않아 했다. 늙어서 자식 뒤치다꺼리나 하고 인생 헛살았다고, 생선 대가리도 못 따는 놈이 무슨 사내새끼냐며 구박을 입에 달고 살았지만 말뿐이었다.

"네가 뭘 잘못했다고 이러고 등신같이 숨어 있어? 숨어 살려면 그 쌍노무 새끼들이 숨어 살아야지. 왜 아무 잘못 없는 네가. 네가 뭐가 모자라서!'

아버지에게 여전히 난 세상 누구보다 잘난 아들이었다. 그 잘난 놈이 이런 섬에 처박혀 심부름이나 하고 있는 걸 늘 속상해했다.

내가 사람들에게 무료 법률 상담을 해 주는 것도, 내 입에서 법과 검찰 이야기가 나오는 것도 그래서 싫어했다.

아버진 모든 게 당신 탓이라고만 여겼다. 당신이 못나서, 개천에서 태어났지만 용이 되고 싶었던 아들의 든든한 뒷배가 되어 주지 못해서, 누명을 벗겨 줄 힘이 없어서.

그때마다 나는 아니라고, 전부 내가 못나서 그런 거라 부정하는 대신 나이와 덩치에 맞지 않는 애교로 상황을 무마했다.

"우리 아버지 또 토라지셨네. 노동청 말고 다른 데 신고해야겠어."

"뭔 개잡소리를 하려고 또 시동을 걸어."

"내 마음에 신고."

징그럽다고 집어치우라는 아버지를 억지로 껴안고 있었다. 온도차로 김이 서린 유리문 너머로 희게 질린 얼굴이 동그랗게 떠올랐다. 못 볼 거라도 목격한 듯 경악스런 표정.

"아이쿠, 간 떨어지는 줄 알았네. 저놈 저거 신우 아니냐? 신우야, 어서 안 들어오고 뭐 허냐. 추워서 애가 맛이 가 부렀나. 신우야!"

1년 만이었다.

선물이라며 특 등급 한우를 사 들고 온 신우를 아버지는 군대 갔다 휴가 나온 막내아들 보듯 했다.

"밥 아직이지? 손님들 오기 전에 밥부터 먹어. 내 회 한 접시 최고급으로다가 썰어 줄 텐게 얼른 앉어라."

"저 밥은 잠깐만 있다 먹을게요. 박이삭, 나 좀 보자."

뜰채부터 집어 드는 아버지를 말린 신우는 웃으며 이를 악물었다. 먼저 가게를 나서는 녀석을 잠자코 따라갔다. 인적 드문 옆 골목으로 들어서자마자 멱살이 붙잡혔다.

"장난해, 새끼야! 말도 없이 잠적할 때는 언제고 1년 만에 생전 처음 보는 번호로 보낸 메시지가 새해 복 많이 받아? 지랄하네. 너 같으면 그 복 받고 싶겠냐?"

"미안."

"다른 사람은 몰라도 나한테는 말했어야지! 너 그렇게 사라지고 내가 신문이랑 뉴스 부고 기사를 얼마나 많이 찾아본 줄 알아? 이 등신 같은 새끼가 어디서 혀 깨물고 뒈지기라도 한 건 아닌가, 밥도 안 처먹고 지랄하다 황천길 간 거 아닌가."

나는 때리라고 뺨을 들이밀었다. 신우는 치켜들었던 주먹을 풀고는 짜증스레 내 얼굴을 옆으로 밀었다.

"넌 때릴 가치도 없어, 새끼야. 배은망덕한 새끼. 은혜 갚은 까치보다 못한 새끼. 너 같은 것도 친구라고 월차까지 내고 달려온 내가 등신 쪼다다."

추위에 새빨개진 코끝으로 신우는 끊임없이 투덜거렸다. 든 자리는 몰라도 난 자리는 안다더니. 오랜만에 만난 녀석이 나는 꽃 본 듯 반가웠다. 신우는 대거리도 없이 피식피식 웃고 있는 나를 노려보더니 먼저 등을 돌렸다.

"짜증 나게 뭘 쪼개고 있어. 배고파! 밥이나 줘."

그러다가 문득 생각난 듯 돌아서 물었다.

"근데 너, 섬 생활 1년 하더니 자신감이 좀 돌아왔나 보다?"

모자도 마스크도 쓰지 않은, 내 맨 얼굴을 보고 하는 소리였다.

1년을 여기 있었지만 처음인 친구의 방문에 아버지는 진수성찬을 내놓았다. 족히 4인분은 될 회에 해물탕에 튀김까지. 나는 배고픈 듯 바삐 젓가락을 드는 신우에게 사이다를 따르며 말했다.

"계산은 하고 가라. 친구야."

"아저씨! 이삭이가 나보고 돈 내고 가라고……."

"농담이거든."

"알아. 재미없어서 돈 주고 하지 말라고 하고 싶은 그 농담, 오랜만에 들으니까 더 짜증 나."

맞은편 벽에 기대앉은 채로 밥을 먹는 걸 지켜보고만 있었다. 방금 튀긴 새우튀김을 베어 문 녀석이 미운 놈 떡 하나 더 준다는 말투로 툭 내뱉었다.

"재수황은 잘 산다."

"안 물어봤는데?"

"네 동태 눈깔은 다른 말을 하고 계세요."

나는 그게 그렇게 티가 나나 싶어 웃었다.

사이다 한 병을 모두 마신 신우는 음료수 말고 술을 가져오라 했다. 군말 없이 소주를 가져다줬다. 뚜껑을 연 녀석이 잔에 술을 따라 내밀었다.

"버리고 튈 때는 언제고, 궁금하긴 하냐?"

"그러게."

"처음엔 인간 같지도 않은 몰골이더니, 요즘은 봐줄 만은 해. 당장에 때려칠 줄 알았는데 회사도 쭉 다니고 있고."

"다행이네."

"모르지. 속은 썩어 문드러지고 있는지."

술을 털어 넣은 신우는 그 말을 하며 날 똑바로 보았다. 매사에 가볍게 구는 녀석은 가끔 저렇게 사람을 꿰뚫어 보는 눈을 할 때가 있다. 나는 속을 들킨 것 같아 시선을 피하곤 잔을 비웠다.

"왜 그랬냐?"

"뭘."

"너 재수황 진짜 좋아했잖아. 진심이었으면서. 계약서까

지 써 재끼고 동거까지 하던 새끼가 왜 갑자기 마음이 바뀌어
서……."

"무서워서."

신우는 분명 심란한 표정을 하고 있을 것이다. 그걸 마주하
고 싶지 않았던 나는 애꿎은 술잔만 매만지며 웃었다.

"걔 때문에 묻힌 내 사건 다시 수면 위로 떠오르는 것도 싫
고, 국회 의원 딸이랑 엮인 죄로 난도질당하는 것도 억울하고.
사람들한테 욕먹는 것도, 그래서 죄인처럼 얼굴 가리고 다니
는 것도 지겹고 끔찍해서 그랬다. 왜."

"지랄하네."

신우는 코웃음 쳤다.

"그 반대겠지. 새끼가 보자 보자 하니까 누굴 빙다리 핫바
지로 아나. 재수황이 너랑 엮여서 매장당할까 봐 무서운 거잖
아, 새끼야. 걔 다칠까 봐. 네가 겪은 거 똑같이 겪을까 봐 겁
나서 혼자 토낀 거 아냐?"

나는 녀석의 앞에서 소주병을 뺏어 와 잔에 채우곤 남김없
이 마셨다.

"개새끼. 알면서 왜 캐물어."

"이번엔 또 어떤 지랄 염병을 하나 보려고."

"너 이거 계산하고 빨리 꺼져."

"안 그래도 내고 갈 거야. 근데 네가 뭔데 꺼지라 마라야?
일개 알바생 주제에."

"주인 아들이거든?"

"아이고, 그러셨어요. 주인 아드님을 몰라봬서 죄송합니다."

오버해 절까지 하는 녀석을 보자니 웃음이 터졌다. 일어난 녀석은 그런 날 보고 고개를 절레절레 저었다.

"새끼, 좋댄다."

괜찮다는 아버지의 손사래에도 신우는 부득불 계산을 했다. 이번 달 보너스 받아서 이 정도는 써도 된다고. 아버지가 카드기를 사수하자 이럴 줄 알았다며 뽑아 온 현금을 도마 아래에 끼우고 튀었다.

"이놈 자식아! 너 거기 안 서냐! 이거 가지고! 자고 가!"

"죄송해요, 이삭이가 백수라서 무뎌지셨나 본데 아직 주말 아니에요. 나 출근해야 돼."

때마침 예약 손님이 들이닥쳤다. 아버지에게 손님을 맡긴 채 밖으로 나서는 날 보며 신우는 소리쳤다.

"네가 언제부터 날 그렇게 챙겼다고, 일이나 해. 간다."

"고맙다."

"다음엔 네가 우리 집으로 와."

"생각해 볼게."

오후는 정신없이 지나갔다. 안내를 하고, 음식을 나르고, 테이블을 치우고, 설거지를 하다 보니 벌써 밤이었다.

기진맥진해 집으로 돌아가 씻자마자 침대에 쓰러졌다. 젖은 머리 때문에 베개가 축축했지만 손가락 하나 까딱할 힘이 없었다.

긴 시간 나를 괴롭혔던 불면증은 지난 1년 동안 서서히 자취를 감추었다. 상태의 호전이라기엔 수면의 양이 너무 많아졌다. 여태 못 잔 잠을 보충이라도 하듯 나는 틈만 나면 자려고 들었다. 요즘에서야 나는 이게 일종의 현실 도피라는 걸 깨달았다.

꿈속엔 이따금 수완이 나타났다. 마약에 취하는 사람처럼, 나는 꿈에 취해 있었다.

열흘 뒤, 뭍으로 가는 배를 탔다. 허리 수술을 끝낸 큰아버지의 병문안을 가기 위해서였다. 아버지는 며칠 전 눈길에 미끄러져 발목이 안 좋았다. 같이 가겠다는 걸 겨우 말렸다.

"병원은요, 어딘데?"

"이놈의 자식이 요즘 기억력이 완전 금붕어여. 말했잖어. 나 예전에 입원했던 그 병원이라고."

배에서 내리자마자 모자를 썼다. 마스크는 가져오지도 않았다.

도시는 사람들로 넘쳐 났다. 시시때때로 밀려오는 인파는 벌써부터 나를 피로하게 했다. 시선이 느껴질 때마다 신경이 곤두섰지만 그뿐이었다. 장족의 발전이야. 나는 스스로를 칭찬했다.

과일 바구니를 사 들고 갔다가 잔소리만 바가지로 들었다.

"뭐 하러 이런 데 돈을 써! 이걸로 너나 맛난 거 사 먹고 살이나 찔 것이지!"

성격도, 외모도 아버지와 판박이인 큰아버지는 수술을 한 환자라기엔 너무 팔팔했다.

병원을 나온 후엔 정원 벤치에 앉아 잠시 쉬었다. 이곳에 앉아 비를 맞고 있던 수완이 생각났다. 좀 더 다정히 굴걸 그랬다고, 나는 쓸데라곤 없는 후회를 했다.

한참을 망설이다 내가 향한 곳은 청아그룹 빌딩이었다. 수완은 아직 회사에 다닌다고 했다. 자칫 잘못하면 그녀와 마주칠 수도 있었다. 그걸 알면서도 나는 그 앞에 섰다.

바다에 앞이 가로막혀 있을 때는 참을 만했는데 마음먹으면 당장이라도 볼 수 있는 거리의 수완을 무시하는 건 불가능했다.

그녀가 모르게, 조금만, 아주 잠깐만 훔쳐보고 가면 되지 않겠냐는 자기 세뇌를 끊임없이 했다. 수완이 보고 싶었다. 꿈속이 아닌 지금 여기 현실에서.

시계를 봤더니 때마침 퇴근 무렵이었다. 새 휴대폰에 유일하게 저장된 번호인 신우에게 전화를 했다.

—내가 우리 집 올 때만 전화하랬지.

"지금 네 회사 앞이야."

—그래, 지금…… 뭐라고?

"정문 왼쪽 두 번째 가로수 뒤에 있으니까 거기로 와."

—너 이 새끼 올 거면 미리 말을 하고.

내 할 말만 하고 전화를 끊었다. 이파리가 떨어져 앙상한 나무 곁에 서서 입구만 쳐다보고 있었다. 우연이라도 수완을 마주치지 않을까. 로비를 빠져나오는 사람들의 면면을 확인했다. 조금이라도 자세히 보려고 나도 모르게 몸을 자꾸만 밖으로 빼고 있을 때였다. 전화가 왔다. 신우였다.

—대체 어디 있다는 거야? 지금 숨바꼭질할 기분 아니니까 닥치고 나와 주겠니?

녀석의 목소리가 점점 짜증스레 변하고 있는데도 나는 대답하지 못했다. 건물 회전문을 통과한 수완이 내 쪽을 향해 걸어오고 있었다.

긴 머리를 턱 끝까지 싹둑 자른 수완은 1년 전보다 말라 있었다.

"이렇게 추운 날에 굳이 회식을 해야 합니까?"

앞선 주재욱에게 쏘아 대는 말과 표정에 귀찮음과 신경질이 묻어났다.

"에이, 수완 씨. 팀장님이 맛있는 거 사 주신다잖아. 이럴 땐 좋다고 따라가야 더 맛있는 거 얻어먹지."

"그 정도 돈은 저도 넘쳐 납니다만."

"맞다. 수완 씨 재벌 집 딸이라는 소문이 돌던데, 진짜야? 내일 없이 행동하는 거 보면 맞는 것 같기도 하고. 근데 재벌 집 딸이 뭐 하러……."

"이 대리님. 아까 뭐 드시고 싶다고 하셨죠?"

"아이고, 팀장님. 저야 아무거나 잘 먹습니다. 수완 씨, 주 팀장님이 이렇게 배려 넘치는 분이시라니까."

"그러시겠죠."

주재욱을 쳐다보는 수완의 시선이 전보다 훨씬 유해져 있었다. 좋은 일이었다. 내가 생각했던 것만큼 주재욱은 나쁜 새끼가 아니었고, 사람을 미워하는 것만큼 피곤한 일도 없으니까. 그런데 왜 이렇게 가슴이 답답한 건지. 나는 여전히 퉁명스러운 수완과 그게 재밌는지 피식 웃는 주재욱을 보며 쓴웃음을 삼켰다.

거리는 점점 가까워졌다. 나는 고개를 숙인 채 가로수 반대편으로 비켜섰다. 메뉴 선정에 여념 없는 법률팀 사람들은 내쪽으론 시선 한 번 주지 않은 채 스쳐 지나갔다.

어느 정도 거리가 벌어진 후에야 나는 다시 제자리로 돌아왔다. 멀쩡히 가던 수완이 걸음을 멈춘 것도 그때였다.

"저, 잠깐만요."

"왜? 뭐 잊어버린 거 있어?"

"그게 아니라."

대답을 뭉개 버린 수완이 급하게 돌아섰다. 절박한 얼굴이 향한 곳은 내가 있는 가로수 쪽이었다. 놀란 나는 돌아서 반대 방향으로 걷기 시작했다. 심장이 터질 듯 요동쳤다. 건물 정면을 지나쳐 모퉁이에 몸부터 숨겼다. 뒤에서 누군가 어깨를 잡아챘다.

"여기가 정문 왼쪽 두 번째 가로수냐? 이런 서프라이즈한 새끼야."

예상을 빗나간 얼굴에 순식간에 긴장이 풀렸다. 찰나, 다행이라는 생각보다 아쉬움이 앞섰다. 뭐야, 박이삭. 그럼 수완이

가 날 알아보고, 따라와서 잡아 주기라도 바랐던 거야? 스스로의 진심에 뒤통수를 맞은 나는 웃음을 터뜨렸다. 그런 날 빤히 보던 신우가 물었다.

"재수황 다시 보니까 그렇게 좋냐?"

"어, 좋아. 좋아서, 죽겠다."

신우와 내가 향한 곳은 이젠 익숙한 그 해장국집이었다. 또 왔다는 신우의 인사에 지겹지도 않느냐고 대거리하던 아주머니는 날 보더니 행주까지 놓고 달려왔다.

"세상에, 이게 얼마 만이야. 회사 그만뒀다며? 어떻게 지냈어?"

"아줌마, 사람 차별하네. 이 집 단골은 나예요, 나. 얘가 아니라."

"넌 그만 좀 와. 어떻게 우리 남편보다 네 얼굴을 더 보는 것 같아."

우리는 구석방에 마주 보고 앉았다. 주문을 하지도 않았는데 음식이 나왔다. 소고기가 들어간 미역국이었다. 어리둥절한 우리에게 아주머니는 오늘 생일이라고 지랄하는 놈이 하나 있었다고, 그놈 때문에 끓였는데 양이 남아돌아 주는 거라고 돈은 안 받겠다 했다.

"왜, 총각은 알걸? 지난번 아가씨랑 왔을 때 같이 밥 먹었던 놈. 미역국, 미역국 타령을 하길래 지 처먹으라고 끓여 놨더니 감감무소식이야, 망할 놈이."

호기심 대장 신우는 아가씨가 재수황인 건 알겠는데 이 미역국 주인은 누구냐고 캐물었다.

"자리가 없어서 합석했었어."

나는 거짓말을 했다. 내가 사채업자 부하와 엮였었단 걸 알면 녀석은 뒷목을 잡고 쓰러질지도 몰랐다.

소주를 시켰다. 신우는 잔소리 하나 없이 묵묵히 술친구를 해 주었다. 둘이서 한 병을 비웠을 무렵 녀석의 휴대폰이 울렸다. 회사였다.

일이 터진 모양이었다. 신우는 코트를 급히 끼워 입고 일어났다.

"딴 데로 새지 말고 우리 집에 먼저 들어가 있어."

"네."

"대답은 잘해요."

녀석이 떠난 후에도 나는 혼자 술을 마셨다. 소주 한 병을 더 주문하자 아주머니는 소주 대신 식혜를 가져왔다.

"이것도 술이야, 단술."

밥알이 동동 뜬 식혜는 달고 차가웠다. 머리끝까지 올랐던 취기가 조금씩 가라앉았다.

영업 종료 시간이 지난 식당에는 사람이 없었다. 막 일어나려던 참에 가게 문이 열렸다.

"아줌마, 나 왔어요."

"왜 매번 문 닫을 시간에 와서 지랄이야."

"회식이 지금 끝났는데 어떡해. 소주 한 병에 해장국이요. 계란찜은 서비스!"

"얼씨구, 벌써 맛이 갔구만. 술은."

"취하긴, 멀쩡한데."

목소리의 주인이 누군지 직감적으로 알아챈 나는 얼어붙었다.

수완이었다. 그렇게나 그리워했던 수완이 지금 내 앞에 있었다. 손을 뻗으면 금방이라도 닿을, 가까운 곳에.

나는 당장이라도 나가 보고 싶은 걸 가까스로 참고 자리에 앉았다.

"나 맥주 안 먹어. 소주 달라니까."

"먹기 싫음 나가."

"아, 알았어요. 먹으면 되잖아. 계란찜은?"

"보채지 말고 밥이나 먹고 있어."

수완에게 해장국과 맥주를 가져다준 아주머니가 이번엔 내가 있는 방에 들렀다. 밥 먹으러 들어온 지가 언젠데 몇 시간째 꼼짝 않는 내가 이상했던 모양이었다.

나는 이 상황을 어떻게 설명해야 할지 몰랐다. 그러나 아주머니는 내 마음을 읽은 사람처럼 말했다.

"오늘 문 늦게 닫을 것 같으니까 있고 싶은 만큼 있다 가."

근데 어쩌다 헤어졌어. 잘 어울렸는데. 속삭이듯 건넨 말에 아주머니가 나뿐만 아니라 그녀까지 기억하고 있다는 걸 알았다. 수완과 내가 헤어졌다는 사실도.

"작작 처마셔. 데려다줄 사람도 없으면서 또 기절할 때까지 마시려 그래?"

"데려다줄 사람이 왜 없어요?"

"그럼 있어?"

"당연하죠. 대리 기사 아저씨."

"자랑이다, 자랑이야."

수완의 웃음소리, 아주머니의 혀 차는 소리가 연달아 들렸다. 아주머니의 반응에도 아랑곳없이 회사 욕이며, 추운 날씨, 친절한 대리 기사 아저씨, 재미없었던 회식 등에 대해 혼자 주절거리던 수완은 불현듯 화제를 바꾸었다.

"아줌마, 나 오늘 선배랑 되게 닮은 사람 봤다?"

생각지도 못한 이야기에 가슴이 덜컥했다. 내가 여기 이러고 있을 거라곤 상상도 못 할 그녀는 이어 말했다. 아쉬움과 서글픔이 묻어나는 목소리.

"스치듯 봤는데 완전 선배인 거야. 그래서 급하게 다시 가봤는데 그새 없어진 있죠. 아줌마, 나 진짜 술 끊어야 하나 봐. 헛것까지 보고."

"듣던 중 반가운 소리네. 매상 안 올려 줘도 되니까 끊어, 술."

"근데 그럼 헛것이라도 선배 못 보잖아."

"뭐?"

"좋았어요. 그렇게라도 선배 봐서, 좋았어."

취한 듯 수완은 몇 번이나 그 말을 반복했다. 그때마다 숨통이 조여들었다. 고작 쪽지 한 장 남기고 떠난 내가 넌 아직도 그렇게 좋을까.

난 네가 날 미워하고 증오했으면 좋겠는데.

나긋나긋 이어지던 수완의 말이 어느 순간 멈추었다. 유리병이 쓰러지는 소리를 듣고 그녀의 필름이 끊겼다는 걸 알았다. 익숙한 듯 아주머니는 대리 기사를 불렀다.

그러니까 그다음에 내가 한 일은 정말이지 미친 짓이었다. 나는 밖으로 나와 수완을 깨우려는 아주머니를 말리며 말했다.

"제가 데려다줄게요."

아주머니는 절박한 얼굴의 나와 취한 수완을 번갈아 보더니 웃었다.

"대리 기사 말고 데려다줄 사람 생겼는데, 못 봐서 어떡하나."

수완은 취하면 인사불성이 되는 타입이었다. 필름이 끊겨 기절하면 누가 엎어 가도 몰랐다. 비이성적이기 짝이 없는 행동을 나는 그런 이유로 스스로에게 납득시켰다. 만에 하나 수완이 중간에 깨서 날 알아볼 가능성 같은 건 저만치 치워 버린 채로.

아주머니에게 차 키를 받아 대리 기사님에게 건넸다. 목적지를 부르지 않았는데도 그는 익숙한 듯 주소를 내비게이션에 입력했다. S오피스텔. 내 예전 집이었다. 이젠, 수완의 집.

나는 앞으로 쏠리는 수완의 몸을 안아 내게 기대게 했다. 내 어깨를 베개 삼아 잠든 그녀는 온기를 파고드는 강아지처럼 내 품에 얼굴을 비볐다.

도로는 한산했다. 덕분에 평소보다 일찍 오피스텔에 도착했다. 대리비를 지불하고 수완을 업었다. 수완을 업는 건 이번이 세 번째, 횟수를 더할 때마다 그녀의 몸은 가벼워지고 있었고 그만큼 내 마음은 무거워졌다.

엘리베이터를 타고 현관에 다다른 나는 무심결에 예전 비밀번호를 눌렀다. 인식하기도 전에 도어록은 풀렸다. 벌써 1년이 지났건만, 수완은 아직도 비밀번호를 바꾸지 않았다.

불을 켜고 안으로 들어섰다. 집 안은 무서울 정도로 전과 똑같았다. 가구의 위치, 커튼, 사소한 장식품까지. 달라진 게 있다면 지저분해졌다는 것뿐이었다. 식탁에 쌓인 인스턴트식품과 곳곳에 널려 있는 옷가지들. 나는 어째서 현관에 있는지 모를 스타킹을 옆으로 치워 내고 수완의 방문을 열었다. 그리고 당황했다. 생활감이 전혀 없었다. 난장판인 거실과는 딴판이었다.

곱게 개어진 이부자리를 펴서 수완을 눕혔다. 코트를 벗기고 블라우스 단추를 하나만 풀었다. 이불을 덮어 주고 방을 나오려는 순간, 내 쪽으로 돌아누운 수완이 옷자락을 붙잡았다.

"가지 마요. 선배……."

잠꼬대라는 걸 알면서도 심장이 곤두박질쳤다. 나는 수완이 스스로 옷을 놓을 때까지 숨도 쉬지 못한 채 굳어 있었다. 깨어난 그녀가 날 붙잡기라도 할까 봐. 그럼 난 취기를 핑계 삼아 그녀를 밀어내지 않을지도 몰랐다. 같잖은 변명을 대며 여기까지 온 것처럼.

발소리를 죽이고 거실로 나왔다. 현관으로 향하던 나는 무언가에 이끌리듯 복층 계단을 올랐다.

어쩜 넌 이리도 내 예상을 벗어나지 않는 건지.

옷가지와 필요한 물건 몇 개만 챙겼을 뿐, 모든 걸 두고 갔던 내 침실은 완전히 최수완 전용 침실로 바뀌어 있었다. 가구도, 매트리스도, 대형 곰 인형도 모든 게 그대로인데 거기서 굴러다니는 물건들만 죄다 수완의 것이었다. 잠옷, 스타킹, 책, 노트북, 립스틱.

나는 폭행의 흔적인지 양 뺨이 움푹 파인 곰 인형을 침대 정중앙에 눕혀 놓은 채로 계단을 내려왔다. 이젠 다시 보지 못할 풍경을 눈에 담다가, 내가 하는 짓거리가 스토커와 몹시 흡사하다는 걸 깨달았다. 수완이 내게 했던 행동과는 비교하는 게 미안할 정도로 한심한 스토킹.

마지막으로 수완을 한 번 더 보고 싶었지만 차마 방문을 열지 못하고 집을 나왔다. 경비실을 통과하면서 예전과는 다른 이유로 얼굴을 가렸다. 날 알아본 경비 아저씨가 그녀에게 말을 전하기라도 할까 걱정됐다.

심야버스를 타고 신우의 집으로 향했다. 가는 길에 포장마차에서 들러 술을 마셨다. 1년 전만 해도 꿈도 꾸지 못했던 일들이었다.

손님도 많고 행인들이 연신 지나다니는 곳에서 얼굴을 내놓고 술을 마시다니. 신우는 이런 날 보면 헹가래를 쳐 줄지도 모른다. 수완이는⋯⋯.

진짜 웃겼다. 생각의 시발점은 술이었는데 하다 보면 도착점은 늘 똑같았다.

최수완.

술이 한 잔, 두 잔 들어갈수록 후회가 밀려왔다. 아버지랑 같이 올걸. 발목 삔 아버질 업고서라도 같이 와서, 병문안도 같이하고, 같이 섬섬도로 돌아가는 건데.

수완을 우연히 보고 만난 여파는 내가 감당하기에 너무 컸다.

안주로 나온 생당근을 보고 주황색 옷이 잘 어울리던 수완을, 오이를 보곤 내 몸에서 오이처럼 싱싱한 냄새가 난다며 코를 들이대던 수완을 떠올렸던 것까진 기억이 난다.

차마 오이와 당근을 씹어 먹을 수가 없어서 손에 든 채로 쳐다보기만 했던 것도. 근데 거기까지가 끝. 정신을 차렸을 땐 신우의 집 앞이었고, 망나니 아들을 둔 부모님 같은 표정을 한 신우가 내 뺨을 두드리며 상욕을 하고 있었다.

"미친 새끼야. 술을 얼마나 처먹었길래 벨도 안 누르고 여기서 자빠져 자고 있어?"

그래도 집은 잘 찾아왔구나, 나는 스스로가 대견해서 웃었다. 신우의 표정이 한층 썩어 들어갔다. 나는 날 부축해 일으켜 세우는 신우에게 온몸을 기댔다. 녀석은 다리에 힘 안 주냐고 타박했지만 힘이 안 들어가는 걸 어떡해.

"내일 아침에 술 깨고 보자."

"두고 보자는 사람 하나도 안 무섭더라."

"이 새끼가 진짜."

"신우야."

"왜."

"신우야."

"왜."

"한신우."

"한 번만 더 내 이름 부르면 주댕이를 꼬매……."

고함치던 신우는 날 보곤 입을 다물었다. 당황해서였다. 어이도 없었을 거고, 가지가지 한다고 생각도 했을 거다. 그래도 어쩔 수 없었다. 의지와는 상관없이 흐르기 시작한 눈물은 도무지 멈출 생각을 안 했다.

"나 여기 괜히 왔나 봐. 다시 집에 보내 줘."

나는 신우를 붙들고 장난감 빼앗긴 아이처럼 징징거렸다. 식당에서 수완이를 우연히 봤다. 꽐라돼서 기절해 있는 걸 미친 척 데려다줬다.

몸이 멀어지면 마음도 멀어진다더니, 몸이 가까워지면 마음도 가까워지나 보다. 근데 왜 수완이는 머리 자르고 더 예뻐졌냐. 비밀번호는 왜 안 바꾼 거지? 근데 집이 더러워도 너무 더럽더라. 난 더러운 게 세상에서 제일 싫은데, 수완이는 왜 안 싫어지냐. 술 먹고 몸도 못 가누는 인간은 여자든 남자든 딱 질색인데, 수완이는 왜 안 싫어지냐. 걔네 아버지도 싫고, 나도 싫고, 세상도 싫고 다 싫은데 왜. 왜.

"넌 안 싫어지는데, 왜……."

다른 때 같으면 억지로라도 닥치게 했을 신우는 잠자코 내 주정을 받아 줬다.

나는 눈가가 새빨개질 때까지 울다가 기절하듯 쓰러졌다. 아득한 꿈속으로 빠져들기 전 사과했다. 미안해, 신우야. 죄송해요, 아버지. 미안해.

"수완아, 미안."

꿈을 꿨다. 내가 겨우 스물둘이고, 수완이 막 스물이던 그 시절의 꿈이었다. 2차 시험에서 물을 먹고 인사불성이 될 때까지 술을 마셨던 나와 그런 내 곁에 있던 그녀. 그때 수완은 한창 나를 스토킹하고 있었고, 나는 그런 그녀를 알면서도 밀어내지 않았었다. 조만간 알아서 지치겠지, 그렇게 생각했었는데.

먼저 손을 든 건 나였다. 나도 그녀만큼 날 좋아하진 않을 거란 확신 때문이었다. 나보다 날 더 좋아하는 사람은 처음이었다. 어렸던 나는 그래서 널 좋아했는지도 모른다. 지금은 그 반대지만.

두통에 일어났을 땐 정오가 넘어 있었다. 휴대폰을 켰더니 부재중 통화가 수십이었다. 모두 아버지였다. 어젯밤부터 걸려 오기 시작한 전화는 새벽에 이르러서야 멈춰 있었다. 거의 1년 만에 섬 밖으로 나간 놈이 갑자기 연락이 두절됐으니 걱정될 만했다.

잠이 완전히 깨기도 전에 전화부터 했다. 아버지는 의외로

평온한 음성이었다.

—신우가 아침에 전화했더라. 아니, 늦을 거면 늦는다고 연락을 해야지.

"죄송해요. 최대한 빨리 들어갈게."

—됐고. 오랜만에 나간 거니까 천천히 놀다 와. 전화는 꼭 받고.

"네."

전화를 끊고 멍청히 앉아 있자니 전부 기억났다. 수완을 데려다줬던 것, 포장마차에서 신우의 집까지 걸어왔던 것, 신우를 붙잡고 울며 헛소리를 했던 것.

쪽팔려 죽고 싶어야 정상인데 그보다 다른 게 컸다. 나는 어제 봤던 수완의 취한 얼굴, 힘을 주면 부러질 것 같던 팔목, 목덜미에 부딪히던 숨, 술 냄새에 섞여 나던 꽃 내음, 날 부르던 절박한 목소리를 기억해 내기 위해 필사적이었다. 어젯밤 본 네가 내가 기억하는 너의 마지막 모습일지도 모르니까. 잊고 싶지 않았다. 절대.

3시쯤 신우의 집을 나왔다. 업무 중일 녀석을 방해하기 싫어 인사는 메시지로 했다.

〈이 은혜는 꼭 갚을게. 섬섬도 와.〉

〈네가 만든 회 한 접시 콜?〉

〈취소.〉

터미널로 가는 버스를 탔다가 깜빡 졸았다. 정류장을 지나쳤다는 걸 깨닫고 급히 내린 곳이 하필 수완의 회사 근처였다. 나는 수완이 있을 빌딩을 애써 외면한 채 약국으로 향했다. 속이 안 좋았다. 이대로 배를 탔다간 십중팔구 속을 게워 낼 게 뻔했다.

숙취 해소 음료를 마시고 멀미약은 따로 챙겨 나왔다. 모자를 고쳐 쓰는 와중에 앞서 걸어오는 남자를 보지 못하고 부딪혔다. 죄송합니다. 누가 먼저랄 것 없는 사과가 이어졌다. 어쩐지 낯익은 음성에 고개를 든 나는 굳은 얼굴의 주재욱과 맞닥뜨렸다.

날 붙잡은 주재욱은 빌딩 뒷골목으로 향했다. 벽에 처박히기 무섭게 주먹이 날아왔다. 피할 수 있었는데 그냥 맞았다.

"이러려고 그 유난을 떨었냐? 끝까지 책임지지도 못하고 혼자 토낄 새끼가 수완 씨 마음은 왜 받아 줬어?"

모자가 벗겨져 날아갔다. 입안에 퍼지는 불쾌한 피비린내. 나는 피가 고인 침을 뱉어 내고 웃었다.

"난 마음 받아 준 적 없는데."

"뭐?"

"나 좋다고 다가오는 거 그냥 내버려 뒀을 뿐이야. 외로웠거든. 예쁘지, 돈 많지, 게다가 나 좋다고 매달리지. 다른 여자라도 그랬을걸."

나는 마음에도 없는 말을 내뱉었다. 모른 척 속아 줬으면 고마웠을 텐데. 눈치가 빠르고 사람 심리를 파악하는 데 능한 주재욱은 날 비웃었다.

"미친 새끼. 너 지금 나 놀리냐? 차라리 게이란 걸 믿겠다."

김이 샌 나는 벽에 처박힌 몸부터 일으켜 세웠다.

"한 대 맞아 줬으니까 그럼 난 꺼진다."

"내가 왜 검사질 그만둔 줄 아냐."

돌아서는 내 발목을 답지 않게 진지한 목소리가 붙잡았다. 무시하면 될 걸 나는 굳이 멈춰 섰다.

"더는 쓰레기처럼 살기 싫어서. 나도 너처럼 한번 살아 보려고."

상상조차 하지 않은 인물에게서 그보다 더 상상하기 힘든 말을 들은 나는 총이라도 맞은 것처럼 충격을 받았다. 우두커니 선 날 지나치며 주재욱은 씹어뱉듯 말했다.

"후회하게 해 줘서 고맙다, 새끼야."

한참을 그 자리에 서 있었다. 차라리 욕을 하거나 때릴 것이지. 주재욱이 하기 시작했다는 성인군자 놀이는 아주 오랜만에 날 죽고 싶게 만들었다.

미처 하지 못한 말들이 변명처럼 입안을 맴돌았다. 나라도 도망가고 싶었겠냐고. 그때의 나로선 그게 최선이었다고. 너라도 그랬을 거라고. 그런데 왜 주재욱이었다면 그러지 않았을 거란 생각이 자꾸만 드는 걸까.

밀려드는 자괴감을 애써 털어 내며 걷기 시작했다. 그사이 골목 모퉁이까지 굴러간 모자를 쫓아가 줍기 위해 허리를 숙였다. 그 짧은 찰나 나타난 손이 나보다 먼저 모자를 주워 들었다.

"이제, 마스크 안 쓰네요. 선배."

꽃향기가 쏟아졌다. 꿈처럼.

최수완

14. 나를 찾아 줘

커피를 사려고 나오던 길에 로비에서 주재욱과 마주쳤다. 평소라면 모른 척 지나쳤을 걸, 오늘따라 왜 그렇게 시비가 걸고 싶었는지 모르겠다. 나는 굳이 가는 주재욱을 붙잡고 왜 똥씹은 얼굴이냐 따졌다. 주재욱은 마치 이때만을 기다렸다는 듯 반갑게 반응했다.

"세상에서 제일 싫어하는 새끼를 회사 뒷골목에서 우연히 마주쳐서. 기분 엿 같아서요."

악센트가 세상에서 제일 싫어하는 새끼와 회사 뒷골목에 가 있었다. 설마 하는 표정의 날 보며 주재욱은 웃었다.

그게 신호탄이 된 것처럼 나는 달렸다. 모퉁이 너머에서 익숙한 모자를 발견했을 때는 심장이 최대치로 뛰고 있었다.

환상이 아닐까. 상사병이 심해진 내가 만들어 낸 신기루.

찌를 듯 쏟아지는 햇살에도 나는 시선을 피하지 않았다. 떨리고, 무섭고, 반갑고, 고맙고, 밉고, 그렇지만 좋아서, 너무 좋아서 어쩔 줄 모르는 와중에도 나는 인사부터 건넸다.

"이제, 마스크 안 쓰네요. 선배."

다시 만났던 날, 날 보며 화사하게 웃던 그가 오늘은 웃지 않았다. 그래서 내가 웃었다. 그의 몫까지. 그가 그랬던 것처럼.

밤중에 헤드라이트를 맞닥뜨린 노루처럼 굳어 있던 선배는 정신을 차리자마자 나를 피하려 했다. 나는 온 힘을 다해 그를 붙잡았다. 한 손으론 불안해서 양손으로 그의 팔목을 붙잡고 매달렸다.

"이야기 좀 해요."

"난 할 이야기 없어."

"어제도 선배 맞죠?"

죽자고 날 외면하던 그가 순간 고개를 돌려 날 봤다. 나는 그때를 놓치지 않고 그의 눈을 마주했다.

"시간 오래 빼앗지 않을게요. 잠시만, 잠시만요."

업무 시간 따위는 이미 안중에 없었다. 도망이라도 갈까, 나는 붙잡은 그의 팔을 놓지 않고 근처 카페로 향했다. 그는 내가 건넨 모자를 쓰지도 않은 채로 날 따라왔다.

부는 바람에 민들레 씨앗처럼 휘날리는 까만 머리카락. 햇살에 희게 드러난 얼굴에 가슴이 뛰었다. 지난 1년 동안 어떤

일들이 있었는지 모르겠지만 그는 나아졌다. 그 사실 하나만
으로도 보상받는 느낌이었다.

나는 레모네이드를 그는 아메리카노를 주문했다. 나는 놀라
서 물었다.

"이제 커피 마셔요?"

"어."

"불면증은요?"

"나았어."

"그랬구나. 다행이다."

말은 그렇게 했지만 한편으론 서운하고 슬펐다. 내 곁에 있
을 때 차도를 보이지 않았던 그가, 날 떠나고 이렇게 좋아지다
니. 가뜩이나 힘든 그를 내가 더 힘들게 했던 건 아닐까. 그가
사라진 후 매일, 틈만 나면 하던 생각이 갈퀴가 되어 마음에
생채기를 냈다.

"어제 회사 앞에서 선배 봤었어요. 난 헛걸 본 줄 알았는데
아니었구나. 선배 맞죠? 혹시 나 보러……."

"신우 때문에 잠깐 들린 거야."

"내 얼굴 보고 이야기하면 안 돼요? 커피 잔 뚫어지겠다."

그는 마지못해 나를 봤다. 여태껏 꾹꾹 눌러 참았던 질문들
이 그 순간 봇물 터지듯 흘러나왔다.

"지금 어디 있어요? 일은 해요? 신우 선배랑은 계속 연락한
거예요? 대인 공포증은 완전히 나은 거죠? 우울증은요?"

"보시다시피. 나아 가는 중이야."

그는 앞선 질문들은 모두 무시한 채 마지막 질문에만 답했다. 나는 머뭇거리다 하나를 더 물었다. 선배가 메모 한 장만을 남긴 채 떠나던 그 순간부터 궁금했던 것.

"내 옆에 있는 게 그렇게 힘들었어요? 그래서 그렇게 말도 없이……."

"그게 중요해? 어차피 계약서 한 장으로 이어진 사이였잖아, 우리."

"난 중요해요. 선배 나 좋아한다면서. 종이 한 장으로 얽힌 가짜 부부라지만 좋아하지도 않은 여자랑은 결혼 같은 거 안 했을 거라 그랬잖아!"

최대한 차분히 얘기하려 했지만 목소리는 점차 격앙되어 갔다. 애초에 불가능한 일이었다. 선배와 관련된 일엔 뭐든 이성을 잃는 나였다. 1년을 헤매다 기적처럼 만난 그의 앞에서 침착할 수 있을 리 없었다.

선배는 절박하게 자신을 바라보는 내게서 시선을 거두곤 쓰게 웃었다.

"어린애 같은 소리 한다, 최수완. 사랑한다고 다 이루어질 것 같으면, 여기가 동화 속이게?"

그는 비틀린 어조로 차갑게 말했지만, 나는 다른 데 꽂혀 있었다.

사랑한다고 다 이루어질 것 같으면?

그럼 선배는 여전히 나를 사랑한다는 건가. 아직도?

이 정도면 선배 한정으로 좋은 말만 듣는 깔때기가 귀에 달린 수준이었지만 지푸라기라도 잡고 싶은 나에겐 마지막 발악이었다.

"늦었어. 먼저 일어날게."

쓴웃음을 입가에 매단 채로 그는 일어섰다. 급한 맘에 붙잡는다는 게 옷자락을 잡고 말았다.

걸음을 떼던 그가 거짓말처럼 멈추었다. 나 역시 마찬가지였다. 마치 어딘가에서 비슷한 상황을 겪은 것 같은 기시감. 기억을 더듬는 사이, 그는 옷에서 내 손을 거둬 냈다. 그가 내뱉던 가시 돋친 말들과는 달리 다정한 손길이었다.

결국 나는 그를 붙잡지 못했다.

그러면 선배가 힘들어질까 봐. 날 좋아한다는 선배가 날 떠난 건 그만한 이유가 있을 테니까. 여기는 동화 속이 아닌 현실이고, 무엇보다 나는 선배가 아픈 게 싫었다. 차라리 내가 아팠으면 아팠지.

그런데 이렇게 아플 줄 알았으면 그냥 붙잡을걸. 다리라도 끌어안고 못 가게 매달릴걸 그랬다.

회사로 돌아온 후에도 나는 내내 넋이 나가 있었다. 내 꼴을 보다 못한 주재욱이 조퇴를 권했고, 결국 퇴근을 한 시간 남기고 회사를 나왔다. 도중에 인사팀에 들러 한신우를 불러 냈다.

"너 왜 그래? 어디 아파?"

어울리지 않게 내 걱정부터 하는 신우 선배의 손을 붙잡고 나는 애원했다.

"이삭 선배 어디 있어요? 어디 가면 만날 수 있어요? 제발 알려 주세요, 선배. 제발요."

눈물에, 협박에, 애원에 내가 할 수 있는 건 전부 써 보았지만 그는 일제에 대항하는 독립투사처럼 입을 열지 않았다. 나는 날 떠나 버린 이삭 선배 대신 그를 원망했다.

"저주할 거예요."

"그래. 해라."

"3년 동안 재수 없을 거야."

"너보다 없으려고."

악담을 퍼붓고 돌아서는 내 등에 대고 한신우는 흘리듯 사과했다.

"미안. 근데 운명이면 또 만날 거야."

때아닌 운명 타령은 화만 돋아 놓았다.

"운명 같은 소리 하네. 이참에 운명하고 싶어요?"

악다구니를 쓰고 엘리베이터를 탔다. 내 고함에 놀란 인사팀 사람들이 나오건 말건 괘념치 않았다. 미쳐도 곱게 미치란 말은 날 두고 하는 말이었다. 선배 때문에 미친 나는 누구든 물어뜯을 준비가 되어 있었다.

단골 식당에 들어가 소주 두 병을 마셨다. 아줌마 서슬이 무서워 2차는 다른 장소를 택했다. 선배가 아르바이트를 했던 와인 바였다.

가게는 선배가 있으나 없으나 잘 돌아갔다. 친절한 사장님, 착한 아르바이트생 혜진 씨, 갈수록 과일 조각 실력이 느는 주방 아주머니, 그 외 기타 등등.

"어서 오세요."

반갑게 인사하던 혜진 씨는 양손을 흔들며 답하는 날 보며 걱정스레 잔소리부터 했다.

"언니, 대체 얼마나 마신 거예요? 냄새를 보니 최소 소주 두 병인데."

"와우. 누가 소믈리에 지망생 아니랄까 봐. 정답."

나는 와인을 달라고 했는데 그녀는 안주와 음료수만 잔뜩 가져왔다. 불만스러웠지만 남이 일하는 직장에 깽판을 칠 수도 없어 잠자코 마셨다.

아쉬움에 나한테 추파를 던지는 남자에게 칵테일을 몇 잔 받아먹었다. 이참에 나도 타락이나 해 볼까. 대놓고 작업을 거는 남자의 장난에 맞장구를 쳐 주고 있자니 혜진이 나타나 훼방을 놓았다.

"언니, 오빠가 기다리는데 집에 안 들어가고 뭐 해요?"

"오빠? 집에서 날 기다릴 오빠가 어디……."

"저희 새언니가 술버릇이 안 좋아요. 죄송합니다."

얼떨결에 가게 밖까지 떠밀려 나왔다. 혜진은 방금 그 남자는 이 일대에 유명한 카사노바라고 잘못하다간 개털 돼서 인생 망치는 수가 있다고 일장 연설을 늘어놓았다.

"곧장 집에 가요. 근데 언니, 이삭 오빠 좋아하지 않았어요? 아무리 홧김이라지만 저런 쭉정이 같은 놈이 눈에 차요? 술 취하면 완전 썩은 동태 눈깔 되나 봐."

"뭐? 썩은 동태? 왜 하필 동태야! 나 동태 싫다고! 이삭 선배가 끔찍해하는 생선, 나도 이젠 싫어!"

출입문이 안 열려서 보니 혜진이 열지 못하도록 손잡이를 붙들고 있었다. 나는 두고 보자, 앞으로 지켜보겠다는 제스처를 남긴 뒤에야 마지못해 돌아섰다.

계단을 내려오는 길에 하필 가게 사장님과 마주쳤다. 그녀는 수치도 모르고 고갤 뻣뻣이 들고 있는 나를 불러 세웠다.

"이럴 시간에 본인한테 투자해요, 수완 씨. 이렇게 잘난 아가씨 버리고 간 쭉정이 같은 놈 보란 듯이 잘 살아야지."

"우리 선배 쭉정이 아니거든요."

"그렇구나, 쭉정이 아니구나. 하긴, 쭉정이라기엔 인간적으로 너무 잘나긴 했지. 그 잘난 쭉정이 누가 주워 가면 어떡하나. 우리 수완 씨 불쌍해서 어떡하나."

무심코 동조하다 뭔가 이상해서 보니 그녀는 이미 가게 안으로 사라진 후였다.

나는 그녀의 염불 덕분에 한층 우울해진 상태로 도로로 나왔다. 차는 오피스텔 주차장에 처박힌 지 오래였다. 끌고 나와 봤자 견인만 되지.

택시를 타고 집 근처 편의점에서 내렸다. 습관처럼 술과 안주를 사 들고 집으로 향했다.

며칠 전 산 새 구두는 걸을 때마다 뒤꿈치를 깎아 내리고 있었다. 굽도 가늘고 높은 탓에, 취한 지금은 균형을 잡는 것도 힘들었다. 그런데도 나는 이를 악물고 휘청거리며 걸었다.

쓸데없는 오기였다. 이런다고 누가 봐 줄 것도 아닌데.

누군가 오바이트해 놓은 흔적을 피하던 중에 구두 굽이 하수구 틈을 덮어 놓은 고무 패드에 빠졌다. 똥을 안 밟은 게 어디냐고 쪼그려 앉아 구두를 붙잡았다.

양손으로 용을 쓴 끝에 고무 패드에서 구두를 막 빼내던 순간이었다. 무언가 찝찝하고 싸한 기운이 등 뒤에서 느껴졌다.

느리게 고개를 돌린 나는 겨우 빼낸 구두를 하수구 구멍에 떨어뜨렸다. 캄캄한 골목 바닥에 하얀 손이 튀어나와 있었다.

짧은 찰나, 별의별 생각이 다 들었다. 이건 사람인가 귀신인가부터, 살아 있는 건가, 죽은 건가. 도망쳐야 하나. 신고해야 하나. 기껏 마신 술기운을 전부 날려 버린 채 나는 고민했고 결국 휴대폰을 꺼냈다. 막 119를 누르려던 참이었다. 미동 없던 손이 쑥 나오더니 휴대폰을 낚아채 갔다.

"사람을 봤으면 먼저 괜찮냐고 뺨이라도 쳐야지."

기겁할 틈도 없이 남자는 일어났다. 강일형이었다. 어디서 쥐 터지기라도 했는지 머리부터 발끝까지 성한 곳이 하나도 없었다.

난 박애주의자와는 거리가 먼 인간이었다. 남들보단 내가 먼저였고, 내가 다치는 것보단 남이 다치는 게 낫다는 주의였다.

내 동정심, 애정과 배려는 오로지 한 사람에게만 넘치게 허용됐다.

박이삭.

그런데 왜 나는 지금 얼어 죽게 내버려 둬도 모자랄 사채업자 똘마니 강일형을 손수 부축해 우리 집으로 데려가고 있는가.

"구두 한쪽은 어쩌고 맨발이야? 술주정이 보통 아닌가 봐."

"닥치고 걷기나 해."

"입 험하네. 얼굴은 예쁜데."

"너 보라고 예쁜 얼굴 아니니까 닥치라고."

지껄이는 걸로 봐선 너무 멀쩡해서 이게 날 엿 먹이려고 연기를 하는 건 아닌가 잠깐 의심했었다. 그런데 집에 도착해 다시 본 강일형의 몰골은 적의에 들끓던 내 입마저 다물게 했다.

이마가 깨졌는지 흘러내린 피로 셔츠는 온통 피투성이였고, 난타라도 당한 듯 슈트엔 구둣발 자국이 어지럽게 수놓아져 있었다. 한쪽 눈은 뜨지도 못했다. 급히 강일형의 몸 여기저기를 오가던 내 눈은 옆구리쯤에서 우뚝 멈췄다. 검은 천 위에도 선연하게 번져 있는 핏자국.

"칼 맞았어?"

놀라 희게 질린 내 시선을 따라간 강일형은 별일 아니라는 듯 웃었다.

"아, 이거. 스친 거야."

내가 왜 이렇게 충격을 받는지 모르겠는데 나는 충격을 받았다. 언젠가 선배 목에 칼을 들이대는 걸 봤을 때부터 이런 놈이라는 걸 예상하고 있었는데도, 생각만 하는 것과 직접 보는 건 달랐다.

나는 생채기로 뒤덮인 앳된 얼굴에서 가까스로 시선을 떼어 내며 말했다.

"벗어."

"뭐?"

"상처 치료하게 벗으라고."

굳어진 표정을 드러내지 않으려고 무진장 노력했다. 칼에 벤 상처를 제외하고도 상체는 멍투성이였는데 누가 단체로 구타하지 않고서야 생기기 힘든 흔적들이었다.

"회장님한테 밉보였나 봐."

"그 영감이랑 이제 절연하려고."

허리에 붕대를 감던 내가 손을 멈추자 강일형이 내게서 붕대를 가져갔다. 녀석은 익숙한 듯 붕대를 감고 가위로 잘라 냈다.

"죽어도 똥밭엔 안 구른다는 누구 씨가 생각나서. 검사님은 어디 가고 혼자 있어?"

표정이나 어투를 보면 정말 궁금해서 물은 건 아니었다. 아마 강일형은 선배와 내가 헤어졌다는 것, 나아가 지금 선배가 어디 있는지, 무얼 하며 누구와 어떻게 살고 있는지까지 알고 있을지도 몰랐다. 거기까지 생각이 미친 나는 다이렉트로 물었다.

"너 지금 선배 어디 있는지 알지? 어디 있어, 선배?"

"맨입으로?"

완전 짜증 나는 자식이었다. 강일형은 그걸 빌미로 날 부려

먹기 시작했는데, 나는 등신같이 녀석이 하는 대로 쿵짝을 맞춰 주었다. 선배의 행방을 알기 위해서라면 무슨 짓이라도 할 수 있었다. 더불어 내게 남동생이 있었다면 녀석의 또래였을지도 모른다는 또 다른 이유가 날 너그럽게 만들었다.

강일형은 그 와중에 씻고, 선배가 미처 챙겨 가지 않은 옷가지로 갈아입고, 밥을 먹었다. 조선 시대 머슴의 고봉밥보다 더 먹어서 솔직히 놀랐다. 놀린답시고 며칠 굶었냐고 물었는데 '어'라는 대답이 돌아왔다. 녀석은 농담이라 했지만 전혀 농담 같지 않아 문제였다.

선배가 떠난 이후로 쓰지 않았던 방에 이부자리를 깔아 줬다. 강일형은 소파를 고집했다. 그래도 염치는 있네. 나는 잘 자란 인사를 건성으로 하곤 복층 계단을 올랐다.

"혹시나 해서 하는 말인데."

"누님은 내 취향 아니니까, 걱정 마시죠."

"너 몇 살이야?"

"스물여섯."

나는 스물여섯에 뭘 했더라. 아버지 덕분에 억지로 유학을 가서 흥청망청 개망나니처럼 놀았었지. 돈을 물처럼 써 댔었다.

선배는 뭘 했을까. 사시 공부를 한다고 내내 책상에 붙어 있었겠지. 신우 선배 등쌀에 가끔 놀기도 했을 거고, 와중에 아르바이트를 한다고 바빴을 거다. 나는 머릿속에 잔상처럼 남은 강일형의 피투성이 얼굴을 지워 내고 잠을 청했다.

다음 날 숙취에 머리를 쥐고 일어났을 때 강일형은 이미 자리를 뜨고 없었다. 빌려줬던 옷과 남자가 사는 것처럼 보이기 위해 사 뒀던 운동화도 함께였다.

선배의 거처에 대해 일말의 정보 없이 튀었단 생각이 뒤늦게 들었지만 화는 나지 않았다.

나는 소파에 곱게 개어진 이불을 보며 감탄을 하곤 물을 마시기 위해 식탁으로 갔다. 그리고 거기서 흰 봉투 하나를 발견했다.

봉투를 열어 내용물을 꺼냈다. 천만 원짜리 수표 한 장과 USB, 봉투 뒷면에는 중학생 여자애처럼 아기자기한 글씨로 딱 한 단어가 쓰여 있었다.

섬섬도.

USB만 주머니에 챙겨 넣고 서둘러 출근했다. 차를 버려둔 채 오늘도 지하철을 탔다. 전날 먹은 알코올이 아직 분해되지 않은 데다 운전을 할 만큼 제정신도 아니었다. 역을 지나칠 때마다 생기는 빈자리에도 나는 우두커니 서 있었다.

섬섬도, 선배가 섬섬도에 있었구나. 큰아버지가 거기 사신다고 했으니까 선배 역시 그 근처에 있는 건가.

선배의 거처를 알게 됐음에도 나는 마냥 기뻐하지 못했다. 어젯밤까지만 해도 어디 있는지 알기만 해 봐, 당장 찾아갈 거라고 마음먹었었는데 막상 닥치니 망설이게 됐다.

선배가 날 보고 싶어 하지 않으면 어쩌지? 내 존재 자체가 선배에게 짐이고 고통이면? 이젠 정말 내가 싫어진 거라면.

어울리지 않게 땅을 파고 들어가느라 내려야 할 역마저 지나치고 말았다.

회사에 도착하자마자 섬섬도에 있다는 선배 큰아버지의 횟집부터 찾기 시작했다. 10여 년 전 기억까지 동원했지만 쉽지 않았다.

신우 선배한테 물어볼까. 보나 마나 말 안 해 주겠지. 그렇다고 흥신소 천 사장을 호출하기엔 자존심이 상했다. 내가 어떤 맘으로 선배를 찾지 않고 1년을 버텼는데.

주머니 속의 USB가 떠오른 건 점심때였다.

입맛이 없어 사무실에서 홀로 샌드위치로 끼니를 때운 나는 일일이 전화를 거는 각고의 노력 끝에 횟집 리스트를 열다섯으로 줄일 수 있었다. 실내에 있음에도 추워 무심코 주머니에 넣은 손에 딱딱하고 차가운 물체가 걸렸다. USB였다.

이걸 대체 왜 준 거지?

노트북에 꽂자마자 폴더가 떠올랐다. 폴더 안에는 동영상과 문서, 사진 파일이 보기 좋게 구분되어 있었다.

나는 아무 생각 없이 동영상을 재생시켰다가 숨을 멈췄다.

―결재는 언제 해 주실 겁니까, 부장님.

―이 친구 또 재미없는 소리 하네. 그걸 믿었어?

그 속에 선배가 있었다.

몰래카메라라기엔 화질이 너무 좋았다. 선배뿐만 아니라 룸

내에 있는 모든 사람의 얼굴이 완벽하게 보였다. 나는 그 속에서 주재욱을 비롯해 부장, 차장 검사의 모습까지 확인하고 이게 문제의 '그날' 동영상이라는 걸 알아챘다.

영상에는 선배가 룸에 출입하기 훨씬 전부터, 나가고 난 이후의 상황까지 전부 녹화되어 있었다.

룸에 들어선 선배는 여자를 끼고 술을 마시고 있는 사람들 사이에서 꼿꼿이 결재 판부터 들이밀었다. 전혀 웃긴 상황이 아닌데도 나는 웃고 말았다. 딴에는 숨긴다고 무표정을 유지하고 있었지만 눈빛에 비친 경멸은 어쩔 수 없었다. 피로해 보이는 얼굴엔 일종의 귀찮음과 환멸, 역겨움까지 묻어났다.

기수문화가 조폭에 가깝다는 검사 조직에서 저런 눈으로 상사를 쳐다보는 사람이 어디 있을까. 그런 면에서 선배는 누명을 쓸 만한 완벽한 조건을 가진 사람이었다. 일심동체, 일사불란하게 움직이는 이들 사이에서 홀로 튀는 점. 누구라도 밟아 없애 버리고 싶었을 것이다.

억지로 자리에 앉혀진 후에도 선배는 술만 마셨다. 하필 가장자리, 카메라 정면이라 날카로운 옆얼굴이 요즘 TV에서 전송되는 UHD 화질처럼 선명했다. 그래서 엉겨드는 여자를 정중하지만 칼 같이 밀어낸 선배가 생전 하지 않은 욕을 입에 담는 것도 볼 수 있었다.

—씨발.

양주를 사약처럼 들이마시던 선배는 더는 못 참겠다 싶었는지 일어섰다. 동시에 닫혀 있던 룸의 문이 천천히 열렸다. 들어서는 낯이 익숙했다. 뉴스에서 종종 보곤 했던 기자였다.

영상을 종료시킨 나는 잠시 심호흡을 했다. 동영상이 이 정도라면 다른 파일은 이보다 더한 것일지도 몰랐다. 앞을 알 수 없는 기대와 불안에 맥박이 빠르게 뛰었다.

사진을 제쳐 두고 엑셀 파일부터 열었다. 파일은 날짜와 이름, 직책, 금액 등으로 내용이 정렬, 분류되어 있었는데, 첫 줄의 이름을 보자마자 알 수 있었다. 이게 단순한 장부는 아니라는 걸.

시사나 정치에 관심 없는 사람이라도 한 번쯤은 들어봄 직한 이름들이었다. 금액은 몇 백만 원부터 몇 억까지 천차만별이었다.

나는 명단에서 선배가 있던 검찰청의 고위 인사들을 확인하고 웃었다. 가장 최근에 받은 날짜가 불과 한 달 전이었다. 사채업자들이 제3 금융이라는 번지르르한 껍데기를 달고 정관계 인사들과 결탁하고 있다는 건 알고는 있었지만 예상보다 훨씬 마당발이었다.

마우스로 스크롤을 내릴수록 날짜는 과거로 돌아갔다. 몇몇 가까운 정치인의 이름, 개중에서도 아버지 지인들의 이름이 나오긴 했지만 불안하진 않았다. 여러모로 나와는 맞지 않는 아버지지만 이런 짓을 하지 않을 거라는 확신이 있었다.

그러나 내 확신은 얼마 가지 않아 박살났다.

최국환.

나는 시한부 선고를 받은 사람처럼 현실을 부정했다. 혹 조작됐을 수도 있지 않느냐, 아버지에겐 적이 많았다. 그러나 함께 저장된 사진 파일이 말했다. 네가 보고 있는 이게 바로 진실이라고.

친필로 쓴 장부를 일일이 찍은 사진이었다. 그때쯤 점심을 먹은 동료들이 하나둘 사무실로 돌아왔다.

나는 파일을 메일로 전송시킨 다음 휴대폰을 들고 나왔다. 비상계단에 쪼그려 앉아 수십 장의 사진을 일일이 확인했다.

결론은 똑같았다. 나는 여든아홉 번째 사진에서 아버지의 이름을 발견했다.

최국환 의원 대선 자금.

내가 스물, 아버지가 대선 후보로 나섰던 11년 전 봄. 아버지는 새싹금융 손필규 회장에게 7억을 받았다.

나는 사무실로 돌아갔다. 희게 질린 날 본 주재욱이 얼굴이 왜 그러냐고 물었다. 대답하지 않고 가방과 코트를 챙겼다.

"최수완 씨? 업무 시간에 어디 가는⋯⋯."

"저 조퇴합니다."

택시를 잡아탔다. 아버지의 사무실로 가는 그 짧은 시간 동안 우습게도 나는 바랐다. 아버지가 사실이 아니라고 말해 주기를. 차라리 부정을 해 주었으면.

"적힌 그대로야. 정치 자금. 다른 덴 한 푼도 쓰지 않았어. 네 덕분에 선거 대패하고 1원 하나 남김없이 돌려줬다."

그러나 아버지는 순순히 사실을 긍정했다. 내가 내민 USB의 내용물을 확인하지 않았는데도 모든 걸 다 아는 것처럼 침착한 어조였다.

하긴, 아버지는 늘 누군가의 머리 위에 있는 사람이었다. 어쩌면 강일형이 그의 보스를 배신했다는 것도, 그가 가지고 나른 물건이 내 손에 들어와 있다는 것도 이미 알고 있었을 것이다.

"아버지에겐 정치 자금이었을지 몰라도 그 사람은 뇌물이었겠죠."

"설사 뇌물로 받았다 해도 법적으론 이미 끝난 일이야. 공소 시효 10년. 반년 전에 벌써 지났다."

"아버지를 거기 앉혀 준 유권자들도 그렇게 생각해 줄지 모르겠네."

침묵이 흘렀다. 협박이라고 내뱉긴 했지만 속에선 아버지의 딸인 나와 선배와 같은 법을 공부했던, 적어도 무엇이 옳고 그른 줄은 명확히 아는 내가 수없이 싸우고 있었다. 동영상만 터뜨려도 상관없지 않겠냐고. 사진이나 파일은 어차피 직접적인 증거도 되지 못할 텐데.

그때 찻잔을 내려놓은 아버지가 나를 보았다. 마치 아무 일도 일어나지 않았다는 듯 차분한 눈이었다.

"동영상이 터지면 어차피 모두 엮어 나오게 되어 있어. 다들 자기 허물 하나라도 덜어 보려고 발악하고 물어뜯겠지. 그러니 하고 싶은 대로 해. 어차피 애비는 그 정도론 안 흔들린다."

듣고 싶었던 말이었지만 가장 듣고 싶지 않은 말이기도 했다. 이를 악물고 일어서는 내게 아버지는 덧붙였다.

"되도록이면 빨리 터뜨리는 게 좋을 거다. 아는 사람이 많아질수록 골치 아파지는 법이거든."

하루를 꼬박 고민했다. 그러나 답은 처음과 똑같았다.

나는 선배를 생각했다. 짓지도 않은 죄로 죄인처럼 얼굴을 가리고 다니던 선배. 선배의 아버지를 생각했다. 본인이 쓰지도 않은 돈 때문에 앓느라 한쪽 손을 잃어버릴 뻔한 선배의 아버지. 강일형을 생각했다. 더 이상 똥밭에서 구르지 않을 거라며 엉망인 얼굴로 웃던 강일형.

사람들을 생각했다. 지금 이 시간에도 정직하게 돈을 벌고, 성실하게 살아가는 사람들. 죄를 지은 사람이 벌을 받고, 죄없는 사람은 풀려난다는 법을 믿고 있는 사람들. 나와 선배처럼, 태생도, 자라 온 환경도, 성격도, 가진 것도 극과 극처럼 다르지만 결국은 똑같은 사람들.

나는 월차를 내고 새벽 일찍 집을 나섰다. 목적지는 섬섬도였다.

날씨가 좋았다. 바람도 없고 파고도 낮았다. 그럼에도 나는 멀미를 했다. 혼자 물을 마시고 혼자 화장실에 갔다가 혼자 창에 머리를 박고 잠들었다. 선배가 그리웠고 서러웠다.

섬에 도착했을 때쯤 나는 제정신이 아니었다. 어떻게 배에서 차를 끌고 나왔는지는 기억이 안 나는데, 정신을 차려 보니 항구 어딘가에 주차를 한 채 시트를 젖히고 누워 있었다.

점심때가 되었건만 배는 고프지 않았다. 어제 추린 횟집 리스트를 꺼내 가장 가까운 곳의 주소를 내비게이션에 찍었다.

나는 세 시간 동안 열한 곳을 방문했고, 도중에 모둠회 중자를 시켜 매운탕에 밥까지 먹었다. 조금만 더 참을 걸, 곧장 들린 열두 번째 가게에서 그토록 찾던 얼굴을 맞닥뜨리고 후회했다.

"이삭이 이 노무 자식은 요즘 헛바람이 들었나. 아주 코빼기를 안 보여요, 코빼기를."

수조에서 뜰채로 활어를 건지고 있는 사람은 선배의 아버지였다.

나는 선바이저를 내려 화장을 고치고 머리를 정리했다. 흐트러진 옷을 바로 하고 향수까지 뿌린 다음에야 차에서 내렸다. 횟집으로 걸어가면서 웃는 얼굴을 만들었다.

안녕하세요, 아저씨. 오랜만이에요, 아저씨. 건강하셨어요, 아저씨? 뭐라고 해야 가장 자연스럽고 괜찮아 보일까. 이젠 선배와 나는 뭣도 아닌 관계인데도 아저씨에겐 최대한 좋은 인상을 남기고 싶었다.

그러나 내 모든 준비는 아저씨가 뜰채로 건진 물고기가 내쪽으로 탈출하면서 망해 버렸다.

"아저씨, 으악."

"어이쿠, 이게 왜 거기로 튀고 지랄이여. 미안혀요, 아가씨. 옷은 안 버렸나 모르겄, 잠깐. 수완이? 수완이 맞지? 네가 여긴 웬일이여? 어떻게 알고 찾아온 겨?"

생선을 수조로 집어넣은 아저씨는 반가움에 고무장갑을 낀 손으로 내 손을 잡으려다 아차 하곤 뒤로 물렸다. 나는 아저씨가 숨긴 손을 끌어다 잡고 인사했다.

"저 안 잊어버리셨네요? 건강하셨죠?"

추운데 어서 들어오라며 아저씨는 나를 가게 안으로 이끌었다. 시간이 이른 탓에 가게엔 손님이 없었다. 아저씨는 인스턴트커피를 한 잔 타 와 내밀었다.

"우리는 그것만 먹어. 괜찮지?"

"뭐든 잘 먹어요. 전."

그게 화근이었다. 아저씨는 잠깐 기다리라고 하더니 제일 잘나가는 거라며 회 코스 요리 B를 차례로 내오셨고 정성을 무시하지 못한 나는 그걸 모두 먹었다. 배가 불러 죽을 줄 알았는데 의외로 괜찮았다.

"선배는요?"

"이삭이? 뒤늦게 사춘기가 왔나, 집구석에 안 붙어 있어. 보나 마나 근처 바닷가나 어디 방파제에 처박혀 있겠지."

"저 그럼 선배 좀 찾아보고 올게요."

"그래. 붙잡아서 끌고 와. 사람이 밥은 처먹고 다녀야 할 거 아녀."

나는 아저씨가 알려 준 방향을 향해 걷기 시작했다.

섬섬도는 꽤 큰 섬이었다. 해수욕장만 해도 대여섯이 넘었다. 곧 눈에 들어온 바다는 지난번 선배와 봤던 곳과 전혀 다른 모습이었지만 똑같은 푸른빛이었다. 쪽빛 물감을 풀어놓은 것처럼 짙푸른 색.

방파제엔 낚시꾼들만 가득할 뿐 선배는 없었다. 나는 신발을 벗은 채 맨발로 해수욕장 안에 들어섰다. 발에 닿는 모래가 생각보다 차갑지 않아 놀랐을 때, 저만치 백사장 끝에 앉아 있는 인영을 발견했다.

겨울 바다는 추웠다. 바람이 뺨을 스칠 때마다 살이 에는 것 같았다. 그 추위 속에 그는 우두커니 앉아 있었다. 아무것도 하지 않고, 그저 잔잔한 바다만을 바라보면서.

생각에 빠져 있는 선배는 내가 다가가는 것도 눈치채지 못했다. 나는 이젠 눈을 감고도 그릴 수 있는 그의 등을 바라보다가 자연스럽게 곁에 주저앉았다.

갑작스런 불청객의 등장에 그의 고개가 돌아왔다. 놀랐는지 얼어붙은 그의 눈을 못 본 척 이야기했다.

"여기까지 찾아올 줄 몰랐어요? 못 찾은 거 아니에요. 안 찾은 거지."

아버지로부터 용돈을 받지 않은 지 오래지만 천 사장의 흥신소를 이용할 만큼의 돈은 얼마든지 마련할 수 있었다. 설사 그럴 만한 돈이 없다 해도 마찬가지였다. 마음만 있었다면 나는 무슨 짓을 해서든 그를 벌써 찾아냈을 거다. 그럼에도 그러지 않은 건, 그가 남긴 쪽지 때문에. 더는 힘들어서 내 곁에 있지 못하겠다는 그의 말이 가슴에 사무쳐서.

"그럼 계속 찾지 말지 그랬어."

억지로 만들어 낸 그의 목소리가 겨울바람보다 차가웠다.

나는 시린 발끝에 시선을 애써 고정했다.

"선배야말로 나타나지 말지 그랬어? 왜 내 눈에 띈 거예요? 더 꼭꼭 숨어 다니지. 내가 선배 못 찾게."

"더 깊이 못 숨어 준 건 미안한데, 너랑은 할 말 없어. 돌아가."

"나는 선배한테 할 말 되게 많은데."

"최수완."

시선이 뺨에 닿는 게 느껴졌다. 그의 눈은 내 뺨에서, 급히 나오느라 머플러를 하지 못해 횅한 목으로, 시려 빨개졌을 손으로, 마지막으로 한겨울에 미친년처럼 드러낸 맨발로 서서히 이동했다.

모래를 밟고 있을 땐 몰랐는데 막상 앉아 있으니 발이 어는 것 같았다. 차가운 거라곤 선배와 아이스크림 말고는 끔찍하게 싫어하는데도 끝까지 버텼다. 보지 않아도 알 수 있었다. 그의 얼굴이 근심으로 굳어지는 걸.

나는 선배가 날 걱정하는 게 좋았다. 아프다는 거짓말로 엄마의 관심을 끌려는 아이처럼 내 몸을 아프게 해서라도 그의 마음을 확인하고 싶었다.

내 옆에 있는 게 그렇게 힘들었어요? 그럼 진작 말했어야지. 아니, 말해도 보내 주진 않았겠지만 그래도 노력은 했을 거 아니야. 선배는 왜 뭐든 혼자 해결하려 들어요? 곁에 있는 나는 안 보여요? 선배한테 나는 대체 뭐예요? 좋아한다면서. 여전히 그런 눈으로 날 쳐다보면서. 거짓말을 세상에서 제일 못하는 주제에. 나보고 어쩌라고. 어떻게 잊어. 내가 어떻게 선배를 놔줘. 내가 어떻게……

어떻게 선배 없이 살아?

그가 없어 생애 두 번째 지옥을 보내는 동안 수도 없이 되뇌었던 말들을 선배를 찾아낸 지금도 나는 하지 못했다. 내 말이 그를 지옥으로 떨어뜨릴 게 뻔했기 때문에.

"전해 줄 게 있어서 왔어요."

주머니에 미리 넣어 온 USB를 꺼내 그에게 내밀었다. 빤히 쳐다보기만 할 뿐 받을 생각을 하질 않기에 손을 잡아 억지로 쥐어 줬다.

"이게, 뭐야?"

"선물."

"……"

"내가 아니라 강일형이 주는 거예요. 받아도 돼요."

의아해하는 그를 두고 먼저 일어섰다. 가라고 차갑게 등을 떠밀었던 주제에 선배는 놀란 듯 날 올려다봤다.

"볼일 끝났으니 가 볼게요. 다신 찾아오지 않을 테니까, 그냥 여기 있어요."

나는 처음으로 그에게 등을 돌렸다. 그가 기억하는 내 마지막 모습이 세상에서 최고로 예뻤으면 해서 그 와중에도 허리를 세우고 똑바로 걸었다. 늪처럼 자꾸만 발목을 붙잡는 모래에서 발을 빼내며 속으로만 인사했다.

잘 있어요.

다른 곳으로 도망가지 말고, 다시 숨지 말고 그냥 여기에.

언젠가는 선배가 숨바꼭질을 그만두고 싶어질지도 모르니까. 그때 내가 금방 선배를 찾을 수 있도록.

잘 있어. 선배.

❂   ❂   ❂

그날 이후 매일 같이 뉴스와 신문을 찾아보고 웹 사이트를 검색했다. 그러나 어디에도 선배 사건이나 새싹금융 스폰서 리스트에 관한 기사는 찾아볼 수 없었다. 하다못해 증권가 찌라시에도 관련 내용은 돌지 않았다.

USB의 원래 주인은 선배라고 생각했다. 강일형이 그걸 굳이 내게 선물이랍시고 건네고 선배가 있는 곳을 알려 준 건, 나를 통해 선배에게 전달되길 원했기 때문이라고.

지금에서야 내 가정이 틀렸음을 깨달았다. 강일형은 처음부터 날 타깃으로 잡고 내가 그 파일을 보길 원했던 거다.

선배는 그걸 터뜨릴 사람이 아니니까. 본인의 억울함보다 그로 인해 앞으로 다치게 될 다른 사람들을 걱정하는 바보 등신이니까.

나는 그걸 알면서도 선배에게 미뤘던 걸지도 모르겠다. 딱히 효녀도 아닌 주제에 아버지 등에 칼을 박는 일은 하기 싫어서. 진짜 쓰레기는 나였다.

나는 미리 복사해 둔 파일을 새 USB에 옮겨 담았다. 수백 명의 기자 리스트 중에서 가장 신뢰 가는 사람 한 명을 추려 연락했다. 약속을 잡고 집을 나오기 전 노트북을 켰다. 미리 인코딩해 놓은 동영상을 웹 사이트에 업로드하기 시작했다.

파일명, 청순 글래머 검사 룸살롱 몰카.

15. 당신은 나를 좋아해

　―후배 검사에게 누명을 씌운 채 본인은 수년간 스폰서에게 뇌물과 향응을 받아 온 장필두 부장 검사가 20일 오전 구속되었습니다. 검찰은 뇌물 수수 및 직권 남용, 무고 혐의로 수사에 착수하고 있으며, 이해웅 차장 검사 역시 같은 혐의로 조사 중입니다. 한편 해당 사건의 피의자였지만 피해자로 밝혀진 박이삭 검사는 앞으로 조사에 증인으로…… 대검찰청은 박 검사의 복직 여부에 대해…….

　다음 소식입니다. 지난 1월 공개돼 사회에 파장을 일으켰던 새싹금융 손필규 회장 스폰서 리스트를 기억하십니까. 문건에 오른 정관계 인사들이 명예 훼손으로 언론사를 고소하고 있는 가운데, 최국환 의원이 대국민 사과와 함께 정계 은퇴를 선언해 화제가 되고 있습니다. 최 의원은 손 회장에게 정치 자금을 받은 것은 사실이나 선거가 끝난 즉시 상환했으며, 돈의 출처가 문제가 된다면 합당한 처벌을 받겠다고 밝혔습니다. 더불어 이 기회를 빌려 본인의 재산 일부를 기부⋯⋯.

하여튼 쇼하는 데는 도가 텄다니까. 수완은 TV 속 자료 화면에서 허리를 굽히고 있는 아버지를 보며 긴 한숨을 내쉬었다.

신문사에 제보를 하고 해당 문건과 동영상을 터뜨린 지도 벌써 세 달 째. 충격 받은 엄마는 아버지와 별거 중이고, 수완은 호적만 파지 않았다 뿐이지 절연 중이었다. 아버지가 공개한 자금사용 내역도, 7억 전부를 상환했다는 증거도, 국민들의 분노를 사그라뜨렸을지언정 무너뜨린 가족의 신뢰를 되살릴 순 없었다.

검찰 수사는 여전히 제자리걸음이었다. 이번에도 꼬리만 잘려 나가고 머리들은 살아남겠지. 세상은 그리 쉽게 변하지 않았다. 아버지도 그럴 것이었다.

TV에서 애써 시선을 거둔 수완은 노트북으로 관심을 돌렸다. 펼쳐 두었던 아버지 기사를 전부 꺼 버리곤 검색창에 스폰서 검사를 입력했다. 웹 사이트의 뉴스 탭을 누르자마자 이삭의 증명사진이 주르륵 떠올랐다.

우리나라 언론은 정말 재밌었다. 가해자일 때도 이삭의 사진을 써먹더니만 피해자로 바뀐 이후에도 이삭의 사진을 써먹었다. 이유야 뻔했다. 노땅에 볼품이라곤 없는 부장, 차장 검사의 사진보단 젊고 잘난 이삭의 사진을 올리는 게 조회 수를 올리는 데 효과적이니까.

자극적인 제목, 자극적인 사진, 자극적인 내용. 이러려고 기자가 된 게 아닐 텐데.

요즘 신문들은 삼류 찌라시나 다를 게 없었다. 언론인이라고 부르기도 뭣할 정도였다. 비리 정치인 아버지를 둔 수완이 할 말은 아니지만.

화면에 뜬 수십 개의 기사 중 하나를 클릭했다. 읽으나 마나 한 내용은 제쳐 두고 스크롤을 내려 댓글을 봤다. 대다수가 이삭의 외모에 관한 글이었다. 칭찬과 악플이 각각 50대 50으로 싸우고 있었는데 이건 뭐 연예인 저리 가라였다.

수완은 '솔까 이 새끼가 구라치고 있는지 누가 앎? 생긴 것도 기생오라비 같은 게 좌로 보고 우로 봐도 사기꾼상이구만ㅋㅋㅋ'하는 댓글에 무표정으로 대댓글을 달았다.

화면에 비친 네 면상이나 봐 XXX아. 너 이 새끼 그 얼굴 달고 돌아다니는 거 범법이야. XXX야. XXX가 아침부터 기분 X같게. XX를 XX해서 XX 해 버릴까 보다. XXX에 XX해도 모자랄 새끼. XX.

회사를 안 나가는 주말, 수완의 다른 직업은 악플러였다.

한 시간쯤 악플을 달고 나서 개운한 마음으로 욕실로 향했다. 원래는 셀카나 그날의 아침밥, 혼자 본 조조 영화 티켓 같은 걸 SNS에 올리곤 했는데 그도 닫아 버린 지 오래였다.

아버지의 대권 낙선 이후로 끊었던 SNS를 다시 시작한 이유는 오로지 이삭 때문이었다. 자신이 심심할 때마다 웹 사이트에 박이삭을 검색하는 것처럼 이삭도 저를 찾아보지 않을까 싶어서. 그러나 오라는 선배는 안 오고 악플러들만 수완을 따라다녔다.

아버지의 대선 자금 건이 터지고 나선 더욱 심해졌는데, 이젠 애 대학도 기부금으로 들어갔다더라, 남편이랑 이혼한 것도 남자관계가 문란해서라더라, 각국마다 애가 한 명씩이라던데, 라는 카더라 통신발 루머 댓글까지 달렸다. 일일이 대응하거나 삭제하는 것도 귀찮아서 계정 자체를 닫아 버렸다. 그랬더니 기사가 뜨더라.

최국환 의원의 딸 최수완 악플 테러로 SNS 계정 삭제.

기자는 굳이 안 써도 될 악플 내용까지 친절히 공개해 괜한 소문만 키워 놓았다.

우리나라 네티즌은 위대했다. 과거 아버지의 대선 낙선 공작을 위해 올렸던 사진까지 어떻게 구해 와선 여기저기 올려 대며 조롱했다.

외출할 때면 가끔 알아보는 사람이 생겼다. 노골적으로 수완을 손가락질하는 사람들도 있었는데, 그때마다 그녀는 보란 듯이 등을 펴고 턱을 당겼다. 이삭과는 정반대로 행동했다. 물론 그렇다고 상처를 받지 않는 건 아니었다. 수완은 밖에서 미친년처럼 싸우고 돌아와, 노트북 바탕 화면 속 이삭을 술친구 삼아 밤새 대화하며 질질 짰다.

"선배. 참고인 조사받을 때 검찰청 와요? 그럼 대검 앞에서 죽치고 있으면 선배 볼 수 있어? 이럴 줄 알았으면 사시 공부할걸. 검사 됐으면 내가 선배 조사, 아니 내가 조사받았을 거야. 아버지 때문에, 이게 다 아버지 때문이야! 망할 영감탱이."

어젯밤도 그렇게 맥주 열 캔을 마셨다. 밤새 화장실을 들락거리다가 잠이 들었고, 깨어 보니 욕실과 거실 사이에 배를 걸치고 누워 있었다.

샤워를 한 후엔 냉동실에 얼려 두었던 수저로 눈 찜질을 했다. 아침 겸 점심은 시리얼로 때우곤 집을 나왔다. 찜질을 해도 가라앉지 않는 눈을 핑계 삼아 선글라스를 꼈다.

하늘은 푸르고 나무엔 하얗게 꽃송이가 피어올라 있었다. 귓가를 훑고 지나가는 바람이 따뜻했다. 불과 일주일 전까지만 해도 추위 때문에 어깨를 오그리고 다녔었는데, 어느덧 봄이었다.

하릴없이 차를 끌고 나와 드라이브를 했다. 한참을 돌고 돌다 정신을 차렸더니 번화가였다. 때마침 근처에 영화관이 있기에 영화나 보기로 했다. 가장 가까운 시간대의 티켓을 끊었다. 입이 심심해 가장 큰 용량의 팝콘과 콜라를 사서 대기실에 앉았다.

주변이 온통 커플들뿐이라 이상하다 생각은 했다. 날짜를 보고 알았다. 3월 14일. 오늘은 화이트데이였다.

수완은 세상에서 제일 행복한 얼굴을 하고 있는 커플들을 팝콘을 먹으며 구경했다. 그리고 그들 중 아는 얼굴을 우연히 발견하곤 돌아앉았다. 신우와 디자인팀 김 팀장이었다. 어쩐지 서로를 심하게 저격한다 했다. 그게 다 연막작전이었던 거지.

하필 같은 영화였다. 상영관에 들어갔더니 한 줄 앞에 두 사람이 앉아 있었다. 영화는 졸지에 세계적인 사건의 증인이 된 킬러를 한 보디가드가 경호하게 되면서 시작됐다. 맥락도 개연성도 부족했지만 때리고 부수고 총질하는 것만 봐도 마음이 충만해졌다.

혹여 신우와 김 팀장 커플과 마주칠까 봐 수완은 팝콘 통에 얼굴을 묻은 채 엔딩 크레디트가 모두 올라간 후에야 상영관을 나왔다.

주차장으로 향할 때였다. 누군가 제 뒤를 쫓는 것 같은 느낌에 수완은 불현듯 멈춰 섰다. 긴장해 돌아봤지만 딱히 수상해 보이는 사람은 없었다. 피해 의식인가. 뒷덜미를 문지르고 차에 올랐다.

아버지 사건이 터지고 기자들이 떼거리로 찾아온 적이 있었다. 무시하고 돌려보내길 수차례. 그러나 그들은 포기를 몰랐고 잊을 만하면 수완을 찾아와 귀찮게 굴었다. 가끔은 악의적인 기사로 사람을 엿 먹이기도 했다. 저런 것들한테 상처 받으면 지는 거다, 지는 거다. 스스로를 세뇌했지만 수완도 사람인지라 마음이 상했다. 그때마다 이삭이 떠올랐다.

이보다 심한 걸, 그는 대체 어떻게 견뎠을까.

이삭이 상처를 속으로 삭이는 걸 택했다면 수완은 그걸 밖으로 분출했다. 언론사에 항의 전화를 수십 번하고, 해당 기자의 기사를 따라다니면서 악플을 달았다.

옛날 같으면 아버지의 힘을 이용했을 터였다. 지금도 그러고 싶은 마음이 굴뚝같았지만, 그건 페어플레이가 아니라 참았다. 아마 이삭에게 그랬다면 페어플레이고 뭐고 할 수 있는 모든 걸 다해 족쳤을 것이다. 제 일이니까 참았지.

수완이 피해 의식에 시달리게 된 것도 그 후부터였다. 그저 방향이 같을 뿐인데도 저를 따라오나 싶어 불안해졌고, 기자인 건 아닌가, 신경이 곤두섰다. 수완은 한숨을 쉬고 시동을 걸었다.

어디 절에 들어가서 정신 수양이라도 하든가 해야지.

배가 고파 근처 식당에서 저녁을 먹었다. 선글라스를 낀 채로 먹으려니 김이 서려 마지못해 벗었다. 겨우 두 입을 먹자마자 누군가 알은체를 해 왔다.

"어머, 재수황 최수완 아니야? 오랜만이다?"

"기억 안 나? 우리 같은 법철학회였잖아."

두 남녀는 다가와 대뜸 통성명부터 했다. 그들의 이름이 철순지 영흰지는 수완의 관심 밖이었다. 말 섞을 기분도 아니라 먹던 스파게티를 마저 먹는 걸로 답을 대신했다. 그게 심기를 거스른 걸까. 그들은 수완의 테이블 앞에 서서 수완의 아버지 이야길 꺼냈다.

"너희 아버지 정말 대단하시더라? 사채업자한테 돈 받은 게 뭐 자랑이라고 뻔뻔하게 얼굴 들고 나오시니."

"정치인들은 세상 참 쉽게 살아. 필요할 때 돈 턱턱 받고 문제 생기면 자리 내려놓으면 그만이고."

두 사람의 반듯한 정장 칼라엔 변호사 배지가 반짝거리고 있었다. 수완은 눈길조차 주지 않고 말했다.

"궁금하면 아버지한테 가서 물어봐. 나한테 치근덕대지 말고."

한입 크게 물고 다시 면을 말았다.

"예전에도 느꼈지만 너 정말 너희 아버지랑 똑같아. 뻔뻔해. 학교도 기부로 들어오더니 학기 내내 돈지랄이나 하고 다녔지. 이삭 선배한테 꼬리 쳐서 사귀더니만 가지고 놀다 차버리고. 이삭 선배도 헛똑똑이야. 아, 설마 선배 이번 사건도 너희 아버지랑 연관……."

다른 건 다 참을 수 있었는데 이삭의 이야기가 나오는 순간 퓨즈가 나갔다. 수완은 포크를 내려놓고 그들을 올려다봤다.

"아, 이제 기억난다. 니들 학교에서 말 나르는 걸로 유명했 잖아. 오죽하면 학교에서 밤말은 박철수가 듣고 낮말은 이영 희가 듣는다는 말이 돌았을까. 나 같으면 너희 같은 변호사 안 쓸 텐데, 너희 의뢰인들도 너희 과거 알아?"

"뭐?"

물벼락이 날아왔다. 수완은 지지 않고 먹던 자몽 주스를 퍼부었다. 그게 싸움의 시작이었다.

2대 1, 거기다 한 명은 남자였으니 수완이 절대적으로 불리했다. 놀란 직원들이 달려와 말렸으나 쉽지 않았다. 일방적으로 수완이 당하고 있던 그때, 누군가 나타나 둘 중 하나의 다리를 걸었다. 머리채가 잡혀 고개를 숙이고 있던 수완은 똑똑히 보았다.

이유도 모른 채 그들이 넘어지면서 싸움은 끝났다. 수완은 소란을 피워서 죄송하다는 사과와 함께 수표 한 장을 지불하고 먼저 가게를 나왔다. 스파게티 면발처럼 뒤엉켜 있는 소란의 원인들이 절 불렀으나 무시했다.

빗방울 하나 떨어지지 않는 봄날에 물벼락을 뒤집어쓴 수완을 사람들이 흘깃거렸다. 차에 올라타서 티슈로 얼굴을 문질러 닦자니 갑자기 서러워졌다. 수완은 핸들을 붙잡은 채 엉엉 울었다. 이삭이 보고 싶었다.

그날 밤, 그들이 싸우는 장면을 찍은 동영상이 SNS에 떴다. 제목은 '변호사 동창의 머리채를 잡은 금수저'였다.

출근을 하고, 일을 하는 내내 사람들의 시선이 따라붙었다. 쟤가 걔래. 어디 무서워서 같은 회사 다니겠어. 야, 여기 쳐다본다.

무시한다고 무시했는데 그것도 한두 번이지. 옥상 테라스에 나와 쉬고 있으려니 신우가 나타나 속을 뒤집어 났다.

"야 재수황, 너 유명 인사 됐더라. 이러다 우리 이삭이보다 유명해지는 거 아니야?"

"좀 닥치죠."

"너 원래 대학교 때도 왕따였잖아. 뭘 새삼스레 스트레스를 받고 그래."

"닥치라고요."

"참, 너희 아버지 나와서 또 사과하시던데 봤냐? 완전 사과 맨이셔. 용감한 우리들의 정치인, 우리우리 최국환 의원."

"한마디만 더하면 김 팀장이랑 사귀는 거 폭로해 버릴 테니까 닥쳐요."

대놓고 눈에 띄게 돌아다녔으면서도 신우는 그걸 네가 어떻게 알았냐며 경악했다. 수완은 신우가 들고 있던 커피를 낚아채 먼저 테라스를 나섰다.

"아마 선배 빼고 회사 사람들 다 알걸요?"

사무실에 돌아와서 커피를 마셔 보고 알았다. 근처 카페의 아메리카노였다. 신우는 까칠한 외모에 어울리지 않게 달달한 커피만 먹었다. 그러니까 이건 제가 먹으려고 산 커피가 아니란 뜻이었다. 수완은 고민 끝에 메신저에서 신우의 이름을 클릭해 메시지를 보냈다.

두 사람, 잘 어울려요. 수다스런 돌쇠와 우아한 마님 같달까.

다들 퇴근을 한 사무실엔 팀장인 재욱과 수완만 남았다.

재욱은 스폰서 검사 건으로 조사를 받았으나 직접적으로 뇌물을 받은 전적이 없기에 별다른 처벌은 없었다. 동영상에 얼굴이 나오긴 했어도 워낙 다른 인간들, 특히나 부장과 차장 검사의 임팩트가 컸던 탓에 묻힌 케이스였다. 이미 검사를 그만둔 게 신의 한 수기도 했고.

"최수완 씨는 퇴근 안 합니까?"

"전 마무리할 게 남아서요."

"박이삭, 오늘 검찰 조사 받는 건 알고 있어요?"

아까부터 내내 같은 서류를 만지작거리던 수완이 움직임을 멈췄다.

"담당 검사가 동깁니다. 예상보다 길어져서 아직 검찰청이라고."

재욱은 그 말만을 남겨 둔 채 사무실을 떠났다. 홀로 남겨진 수완은 밀린 일에 집중하려 애썼다. 아직 기한이 많이 남은 건까지 전부 꺼내 일을 만들었다. 이삭을 생각하지 않기 위해서였다.

몸이 멀어지면 마음도 멀어진다더니 순 개뻥이었다. 수완은 이삭과 한참 멀리 있는데도 매순간 그가 보고 싶었다. 밥을 먹을 때도, 잠을 잘 때도, 술을 마실 때도, 심지어는 엘리베이터를 탈 때나 쓰레기 분리수거를 하러 갈 때도, 갖가지 이유로 이삭이 생각났다.

그날, 이삭에겐 다신 찾아가지 않겠노라 말했지만 그 후에도 몇 번 섬섬도에 들렀다. 그가 눈치채지 못할 만큼 먼 거리에서 스토커처럼 뒷모습만 훔쳐보다 돌아왔다. 그것만 해도 살 것 같았다. 지금도 그랬다. 선배 뒤통수만 봐도 앞으로 한 달은 견딜 수 있을 것 같은데. 결국 수완은 책상을 정리하지도 않은 채 급히 사무실을 나섰다.

검찰청은 회사에서 차로 30분 거리에 있었다. 신호 위반에 과속까지 해 가며 15분 만에 도착했다. 운이 좋았다. 고작 한 시간을 기다린 후에 수완은 이삭을 볼 수 있었다.

이삭은 반나절 넘게 검찰 조사를 받은 사람 같지 않게 생생했다. 멀끔한 슈트 차림으로 계단을 내려오는데 가로등 때문인지 그의 주변에만 후광이 비치는 것 같았다.

"사람이 어떻게 갈수록 멋있어지냐."

수완은 핸들을 끌어안은 채 중얼거렸다. 일을 할 때도, 영화를 보고, 혼자 술을 마실 때도 동태처럼 무감하던 눈이 사춘기 소녀처럼 반짝거렸다.

감히 검찰청 근처에 불법 주차를 한 보람이 있었다. 이삭은 바로 수완의 차 앞을 지나쳤다. 수완은 언젠가 그랬듯 클랙슨을 울린다거나 와이퍼를 켜는 등의 실수를 하지 않았다. 혹 들키면 어쩌나 걱정한 게 무색하게 그는 일말의 의심 없이 가던 길을 갔다. 좌석 아래로 얼굴을 숨기고 있던 수완은 창을 열고 그의 뒷모습을 마음껏 바라봤다.

사람의 욕심은 끝이 없었다. 아까까지만 해도 이삭의 뒤통수만 봐도 좋을 것 같았는데 곧고 너른 등을 보고 있자니 달려가 끌어안고 싶어졌다. 붙잡아 얼굴을 마주하고 이제 그만 숨어도 되지 않냐고, 나 좀 받아 주면 안 되냐고 애원하고 싶었다. 수완은 이삭이 코너를 돌아 사라지고 나서도 쉽사리 시선을 거두지 못했다.

술을 끊겠다는 다짐은 오늘도 지키지 못했다. 수완은 편의점에 들러 또 술을 샀다. 맥주와 소주, 주전부리를 골라 담아 계산을 하고 있자니 편의점 창밖으로 견인차가 보였다. 이곳이 불법 주정차 단속 구간이라는 걸 깜빡했다. 뛰어나갈까 찰나 고민했으나 이내 체념했다. 될 대로 되라지. 나가 봤자 어차피 끌려갈 거.

아이스크림을 물고 나온 수완은 평소와 다른 광경에 멈칫했다. 보통 때라면 수완의 차만 견인됐어야 하는데, 오늘은 그 반대였다. 다른 차들은 죄다 견인되고 없는데 수완의 차만 멀쩡히 서 있었다.

너무 이상해서 때마침 뒤차를 견인 준비 중인 기사에게 물었다.

"제 차는 왜 안 끌고 가세요?"

"주인이 옆에 있는데 어떻게 끌고 갑니까."

"주인은 전데요."

"남자분이시던데, 동행 아니었어요?"

더 캐묻고 싶었으나 너무 바빠 보여 그만뒀다. 이삭의 일만 해도 머리가 복잡한데 다른 일은 생각지 않기로 했다.

집에 도착하자마자 술을 마셨다. 사 온 소주와 맥주를 모두 클리어했는데도 이상하게 취하지 않았다. 이대로 자기는 아쉬워 다시 집을 나섰다. 편의점에서 아까와 같은 술과 안주를 구매했다. 오피스텔로 간다는 게 샛길로 빠졌고, 무작정 걷다 보니 전혀 모르는 동네였다.

이왕 올라간 김에 계속 가 보자 싶어 경사가 가파른 언덕길을 헉헉거리며 올랐고, 머지않은 곳에서 웬 공원을 발견했다. 공원이라기엔 뭣할 정도로 낡아 빠진 공간이었지만 야경 하나는 죽여줬다.

수완은 정자에 앉아 맥주를 땄다. 딱 반을 마셨을 뿐인데 불현듯 취기가 올랐다. 열이 오른 볼을 손등으로 누르고 있자니 교복을 입은 여학생 무리가 들이닥쳤다. 그러고 보니 딱 일탈하기 좋은 공간이네. 자신을 향해 다가오는 그녀들을 보고서도 수완은 단순히 그런 생각을 했다.

"언니."

"나?"

"여기 언니 말고 누가 있어요."

"왜?"

"저희, 담배 하나만 사다 주시면 안 돼요?"

많아 봤자 고등학생으로 보이는 여자애들은 거리낌이 없었다. 수완은 아직 솜털이 가시지 않은 얼굴을 빤히 보며 대꾸했다.

"싫은데. 너희 벌써부터 담배 피우면 피부 썩어."

"네?"

"뭐래, 이 아줌마가."

잔뜩 안 좋아진 그녀들의 기분을 대변하듯 호칭이 언니에서 아줌마로 하향됐다. 수완은 아랑곳하지 않고 맥주를 마시다 문득 떠올랐다는 듯 봉투에서 무언가를 주섬주섬 꺼냈다. 레몬 사탕이었다.

"이거 먹을래?"

"아, 뭐야. 짰어요? 못 사 주면 못 사 주는 거지 왜들 사탕을 주고 지랄이야. 우리가 앤 줄 아나?"

"꼰대들 짜증 나."

목적을 달성하지 못한 여자애들은 수완을 야리기만 하더니 돌아섰다.

수완은 거절당한 사탕을 뜯어 하나를 까먹었다. 막 입구를 나가던 여자애가 박수와 함께 멈춰 선 건 그때였다.

"어디서 많이 봤다 했더니. 아줌마 그 아줌마죠? 어젯밤에 뜬 금수저 동영상 아줌마."

"아, 변호사들 머리채 잡았다는 그 금수저 아줌마?"

"별로 금수저로 보이진 않는데."

저지에 슬리퍼 차림인 수완을 보며 그들은 고개를 갸웃했다.

아줌마 아빠가 국회 의원이에요? 댓글 보니까 아줌마 남자관계 장난 아니었다면서요. 대학도 기부금 입학했대. 이혼녀라던데. 바람피워서 이혼당했다고. 애도 못 낳는다면서.

잠자코 맥주만 들이켜던 수완이 소리 나게 캔을 바닥에 내려놓았다. 주절거리던 여자애들이 일시에 입을 다물었다.

"소문 들었으니 알겠네. 너희 같은 것들 묻어 버리는 건 일도 아니야. 어때? 직접 보여 줄까?"

발랑 까졌다지만 애는 애였다. 여자애들은 비리 정치인의 똥수저 딸이라고 고래고래 소리를 지르며 공원을 뛰쳐나갔다. 수완은 남은 맥주를 원 샷 하고 웃었다.

"틀린 소린 아니네. 똥수저 딸."

이상했다. 웃긴데, 웃겨 죽겠는데 자꾸 울음이 나왔다. 수완은 어느덧 흐느껴 울기 시작했다. 하다 하다 모르는 애들한테까지 욕을 먹어서도, 졸지에 전 국민에게 미움받는 금수저가 되어서도 아니었다. 다른 사람들은 모두 절 싫어해도 괜찮았다. 상관없었다. 그렇다고 생각했다.

미움받아도 괜찮을 사람 따윈 세상에 없는데. 스무 살 그때에도 그냥 괜찮은 척한 것뿐이었다. 그걸 처음으로 알아준 사람이 이삭이었다.

그를 짝사랑하는 동안 행복했고, 사귀게 되어 기뻤고, 그가 좋아한다 고백했을 땐 세상을 다 가진 것 같았다. 그와 재회했을 때도 마찬가지였다. 선배만 곁에 있으면 세상 사람들 전부가 날 싫어해도 괜찮다고 그렇게 자신만만했었는데 이젠…….

수완은 세운 무릎에 얼굴을 묻고 아이처럼 울었다.

세상 사람들은 모두 날 싫어하고, 선배도 이젠 날 싫어할 것 같고, 나도 이런 내가 싫다.

눈앞에 선배를 두고도 바보처럼 아무것도 하지 못했던 나. 선배가 날 다시 밀어낼 게 무서워 감히 다가가지도 못한 나.

그럼에도 선배가 언젠가 날 불러 주길 고대하고 있는 나.

"진짜 싫다, 최수완."

겨우 울음을 멈춘 수완은 손바닥으로 젖은 얼굴을 문질러 닦아 냈다. 빈 캔과 사탕을 봉투에 집어넣고 일어섰다. 종일 뻣뻣이 들고 있던 고개를 힘없이 바닥에 떨군 채 걷다가 어째 서인지 입구에 서 있던 남자와 부딪혔다.

늦은 밤. 인적 없는 공원. 우두커니 선 남자. 자정이 다 되 어 가는 시간에 홀로 타인과 맞닥뜨린 상황이건만 수완은 하 나도 두렵지 않았다.

몸이 먼저 눈치챘다. 제 앞의 남자는 이미 너무나도 잘 알 고 있는 사람이라는 걸.

너른 품에서 나는 익숙한 향기에 술기운이 날아갔다. 가장 먼저 심장이 떨어지고, 두 번째로 소리가 사라지더니, 마지막 으로……

"나는 너 안 싫어하는데."

세상이 정지했다.

수완은 숨을 쉬는 것도 잊은 채 고개를 들었다. 새카만 넥 타이와 정갈한 셔츠를 타고 올라가자 달빛에 환히 빛나는 얼 굴이 보였다. 불과 몇 시간 전, 차마 앞에 나서지 못하고 애타 게 바라보기만 했던 그 얼굴이었다.

하고 싶은 말이 아주 많았는데, 묻고 싶은 것도 아주 많았 는데 목이 메어 어떤 말도 할 수가 없었다. 울지도 웃지도 못 해 잔뜩 일그러진 수완을 보며 이삭은 웃었다.

"너는 어때? 아직도 내가 싫어지지 않았으면, 나 책임져 줄래?"

흐린 밤하늘에서 계절을 잊은 싸라기눈이 휘날렸다. 그러나 눈은 바닥에 닿기도 전에 녹아 사라졌다.

수완은 뺨에 닿아 녹아 버린 눈송이를 닦아 내곤 이삭을 따라 웃었다.

"좋아해."

이젠 정말 봄이었다.

"좋아해."

너를 처음 만난 봄.

"좋아해."

너를 닮은 봄.

"좋아해."

네가 곁에 있는 봄.

끝을 모르던 내 겨울에 봄을 몰고 온 당신.

"나는 너를 좋아해. 수완아."

당신은 나를 좋아해.

✿   ✿   ✿

"좋아해요."

얼결에 이삭에게 고백 아닌 고백을 한 지도 벌써 두 달째.

'법대 재수황' 최수완의 '누구든 줍고 싶어 하지만 아무도 주울 수 없는 박이삭' 스토킹은 여전히 현재 진행형이었다.

항상 1m쯤 뒤에서 이삭을 스토킹하던 수완은 요즘 그 거리를 대폭 좁힐 수 있었다. 상상만 하던 함께 밥 먹기, 같은 수업 듣기, 도서관 옆자리에 앉아 공부하기, 모든 걸 어제부로 실현했다. 그렇게 눈에 띄게 따라다니면서 쳐다보기만 하는 게 더 기분 나쁘다는 신우의 의견 때문이었다.

이삭의 절친한 친구인 신우는 수완을 싫어했는데, 따지고 보면 가장 챙기는 것도 신우였다. 그런 신우가 수완은 고마웠다. 그러나 신우는 제 선행을 잘난 주둥아리로 한 방에 날리는 타입이었다.

"난 네가 너무 싫어. 음침해."

"나도 선배 싫어합니다. 이삭 선배는 왜 이런 사람이랑 다녀요."

"이런 사람이라니. 이삭이가 날 얼마나 사랑하는데."

"난 너희 둘 다 싫어해. 수업 있어서 먼저 간다."

쪽팔림에 이삭이 자리를 피하고 둘은 아웅다웅하다 그 뒤를 따라가는, 늘 이런 패턴이었다.

어쩌다 보니 두 사람 사이에 자매품처럼 붙어 다니게 된 수완을 동기들은 탐탁지 않아 했다. 그러지 않아도 미워할 점이 수만 가진데 알아서 미운 짓만 골라 한다고, 뒤에서 혹은 대놓고 욕했다. 그래도 수완은 괜찮았다. 이삭이 있으니까, 좀 얄밉긴 해도 신우도 있으니까. 학교 가는 길이 설레고 즐거웠다.

오늘은 하루 종일 이삭을 보지 못했다. 그의 수업이 없는 날이었기 때문이다. 그래서 수완은 금요일인 오늘이 일주일 중 제일 싫었다. 이삭이 아르바이트하는 가게라도 가 볼까 하다가, 스토킹도 정도껏 해야 할 것 같아서 참았다.

〈철학회 10월 첫 모임 공지. 저녁 8시. 장소 학교 앞 사거리, 나의 주량을 막걸리에게 알리지 말라. 회비 만 원.〉

메시지가 와서 이삭인가 싶었더니 아니었다. 대실망한 수완은 내용을 확인하지도 않은 채 휴대폰 액정을 껐다. 이삭 때문에 가입한 학회였다. 그가 불참하는 모임 따위 거들떠볼 필요도 없었다.

오랜만에 일찍 귀가했다. 빨리 월요일이 왔으면 하는 마음으로 저녁을 먹자마자 잠을 청했다.

전화가 온 건 밤 9시였다. 휴대폰 배터리를 뽑으려다가 액정에 뜬 신우의 이름을 보고 마지못해 받았다.

—재수황, 너 어디냐?

"왜요?"

—오늘은 이삭이 스토킹 안 해?

"가게 가면 민폐라면서요. 그래서 안 가요."

—다른 알바생이 시간 바꿔 달라고 해서 이삭이 오늘 알바 안 해.

"네?"

─지금 주막에 와 있어. 나의 주량을 막걸리에게 알리지 말라.

그 말을 끝으로 신우는 전화를 끊었다. 수완은 침대를 박차고 일어났다.

무작정 옷부터 입으려고 보니 머리가 산발이었다. 아이씨. 다른 아이들이 들으면 기함할 가격의 고급 빗으로 빗어도 봤지만 소용이 없었다. 결국 머리를 감아야 했다.

물기만 털어 낸 채로 계단을 내려왔다. 화장도 하지 않았다. 이삭은 술자리에 진득하게 붙어 있는 성미가 아니었다. 5분 차이로 아예 얼굴을 보지 못할 수도 있었다. 젖은 물미역 꼴로 거실을 가로지르는 수완을 본 엄마가 기겁하며 물었다.

"너 지금 그 꼴로 어디 가니?"

수완 대신 아버지가 대답했다.

"놔둬. 쟤 저러는 거 한두 번이야."

가게 근처 아무 곳에나 주차를 했다. 불법 주차 단속 구역이란 표지판은 수완에게 보이지도 않았다. 전속력으로 달려 가게로 들어갔다.

열 개 남짓 되는 방 중에 법철학회가 있는 곳을 찾기는 아주 쉬웠다. 막걸리 주전자가 다발로 쌓여 있는 곳이었다.

문을 열어젖히자 한창 술을 마시던 이들이 동시에 수완을 쳐다봤다. 개중엔 이삭도 있었다. 예쁜 척하기엔 꼴이 말이 아니라는 걸 잊은 수완은 여전히 젖은 머리를 쓸어 넘기며 인사했다.

"제가 늦었죠. 바빠서."

오징어를 뜯던 신우가 굳이 한마디를 했다.

"물미역이 걸어 들어오는 줄 알았네. 그치, 이삭아."

술을 먹고 취한 척 한 대 쳐 버릴까 고민했는데, 이삭이 비식 웃기에 봐줬다. 선배가 웃는다면 물미역이 뭐야. 물방개로 보인다 해도 괜찮았다.

이삭의 옆자리는 이미 만석이었다. 수완은 각고의 노력 끝에 이삭의 옆 옆자리를 쟁취할 수 있었다. 그리고 금세 알아챘다. 이삭의 상태가 평소와 달랐다. 그것도 안 좋은 쪽으로.

학회는 각종 명목으로 술을 마셨는데, 오늘은 지난여름 있었던 2차 시험에 붙은 사람들을 축하하는 자리였다. 이삭이 거기 포함되지 않는다는 걸 알고 수완은 놀랐다. 티 내지 않는다곤 했지만 여기 있는 모두가 그렇게 생각하고 있었다. 수완은 달갑지 않은 술자리에 이삭이 굳이 참석한 이유를 알 것 같았다.

"나야 어차피 망한 시험이었지만 이삭이 이 새끼는 하필 그날 감기 몸살에 걸려서. 그러니까 내가 뭐랬냐. 너도 마시라고 했지. 소주에 고춧가루 풀어 마시면 직빵이라니까 형아 말을 안 처듣고."

속상한 걸 감춘 채 술을 들이켜는 이삭을 향해 신우가 깐족거렸다. 이삭은 신우의 사발에 막걸리를 따르며 받아쳤다.

"그래서 너는 시험지에 노래 가사 쓰고 나오셨어요?"

"야. 그거 비밀이랬잖아."

"그랬나. 기억이 안 나."

"아, 박이삭. 이 청문회 나온 비리 정치인 같은 새끼."

수완은 제게 작업 아닌 작업을 거는 동기와 선배를 성의 없이 받아 주면서 이삭을 신경 썼다. 평소보다 술 마시는 속도가 빠르고 양도 많았지만, 누구 하나 말리는 사람이 없었다.

시험에 붙었다고 잘난 척하거나 좋아 날뛰는 사람이 있을 만도 한데, 그들은 평소와 다름없이 담담했다. 화제 역시 금세 연예인이나 곧 있을 기말고사와 수업, 교수들 이야기로 넘어왔다. 축하 자리라곤 했지만 따지고 보면 위로 자리라고 해도 이상하지 않을 분위기였다.

수완은 누군가가 채워 놓은 술을 마시며 반성했다. 자신에게 편견을 갖는 사람들을 속으로 편협하다 욕하면서 나 역시 다른 이들에게 편견을 갖고 있었던 건 아닌가. 오만한 건 마찬가지였다.

시간은 흘러 어느덧 11시가 되었는데도 누구 하나 자리를 뜨는 이가 없었다. 적당히 취기가 오른 수완은 평소보다 유하게 사람들 사이에 섞여 들었다. 빈틈을 보이고 가끔 웃기도 하는 그녀를 보는 사람들의 시선이 조금 부드러워졌다.

"너 어디 가?"

"화장실."

"같이 가."

"싫어. 혼자 갈 거야. 꺼져."

옆 테이블이 소란스러워 보니 일어서는 이삭의 다리를 신우가 붙잡고 있었다. 이삭은 단호했다. 애절하게 매달리는 신우를 발로 차내고는 혼자 방을 나섰다.

취기 때문인지 이삭은 몇 번이나 운동화를 고쳐 신었다. 술기운에 달아오른 귀와 뺨이 귀여워서 수완은 몰래 웃었다.

그러나 기쁨은 오래가지 못했다. 벌써 30분째 이삭이 돌아오지 않고 있었다. 한번 나가 봤으면 하는 신우는 이미 고주망태였다. 이젠 다 말라 산발이 된 수완의 머리칼을 만지며 물미역이 없어져 버렸다며 흐느꼈다. 수완은 들러붙은 신우를 매몰차게 밀어내고 일어섰다.

"잠깐 나갔다 올게요."

아직까지 화장실에 있나. 여자 변태라는 오명을 무릅쓰고 남자 화장실 안까지 들어가 봤지만 이삭은 없었다. 가게 앞쪽도 마찬가지였다.

대체 어디 간 거야?

고개를 빼고 주변을 두리번거리던 수완은 가게 옆 어두컴컴한 골목에 쪼그려 앉아 있는 이삭을 발견했다.

"선배, 여기서 뭐 해요?"

취한 이삭은 반응이 느렸다. 말이 끝나고도 한참이 지난 다음에야 고개를 들고 상대방을 확인했다. 어두워 보이지 않는지 눈가를 찌푸려 가며 수완을 살피던 이삭은 매가리 없이 대답했다.

"그냥. 더워서."

수완은 더 캐묻지 않고 이삭의 곁에 주저앉았다. 의아한 듯

이삭이 그녀를 보았다.

"나도 더워서요."

이삭은 별말 없이 다시 바닥 보기를 계속했다. 뭘 그렇게 보나 했더니 개미들이었다. 어디서 나왔는지 모를 개미들은 일렬로 과자 부스러기를 나르고 있었다. 우리에겐 한낱 부스러기였지만 개미의 몸엔 터무니없을 정도로 큰 크기였다.

"……같아."

"뭐라고요, 선배?"

중얼거리는 소리를 듣고 귀를 가져다 댔을 땐 이미 이삭의 낯빛은 창백하게 질려 있었다.

"토할 것 같아."

수완은 저보다 한참을 큰 이삭을 급히 부축해 일어섰다. 취한 이삭은 봄날 버들잎처럼 휘청거렸고 수완은 그때마다 그를 껴안아 중심을 잡았다.

독한 술 냄새에 섬유 유연제 냄새가 섞여 났다. 수완은 잠시 본분을 잊고 그의 품에 코를 묻었다가 '나, 너한테 토해도 돼?' 라는 말에 놀라 급히 발을 놀렸다.

"안 돼요. 토하지 마요. 아무리 선배라도 그건 안 돼."

화장실은 가게 밖에 있었다. 이삭과 함께 수완이 들이닥치자 볼일을 보던 남자들이 놀라 화장실을 빠져나갔다.

이삭은 변기를 부여잡고 토했다. 헛구역질만 해 대는 걸 등을 두드려 가며 달랬다.

잠시 후 일어난 이삭은 한층 초췌한 모습이었다. 나가자는 수완을 밀어내고 입을 헹구고 세수를 했다. 덥다며 머리통을 세면대로 들이미는 걸 가까스로 말렸다.

"너 짜증 나. 그냥 가."

"여기서 머리 담갔다가 어디서 말리려고."

"저기?"

이삭이 가리킨 것은 핸드 드라이어였다. 깔끔한 선배의 상상 못 할 행동에 수완은 웃음을 터뜨렸다. 그게 기분 나빴던 모양인지 이삭은 수완을 새치름하게 흘겨보더니만 먼저 화장실을 나섰다. 젖은 앞머리와 얼굴을 소매로 벅벅 닦아 내면서.

쫓아 나갔더니 이삭은 아까 그 자리에 똑같은 자세로 쪼그려 앉아 있었다. 과자를 나르던 개미들은 이미 본분을 끝냈는지 사라지고 없었다.

"속은 어때요? 괜찮아졌어요?"

"안 좋아."

"술 깨는 약 사 올 테니까 여기 앉아 있어요."

"응."

"다른 데 가지 말고. 꼭 여기 있어야 돼요."

"응."

몇 번이나 신신당부를 한 후 약국으로 향했다. 그다지 먼 거리가 아니었는데도 물가에 어린애를 내놓은 것마냥 불안해서 미친 듯이 달려갔다가 다시 달려왔다.

그러나 돌아왔을 때 이삭은 자리에 없었다. 덜컥해 주변을 둘러본 수완은 의외로 가까운 곳에서 이삭을 찾았다. 이삭은 대기 손님들을 위해 가게 앞에 마련해 놓은 벤치에 기대앉아 있었다. 조는지 동그란 머리통이 연신 휘청거렸다.

홀린 듯 곁에 앉은 수완은 이삭이 고꾸라지기 직전에 그의 머리를 받아 내는 데 성공했다. 어깨에 기대게 할 생각이었는데 거리가 멀었다. 이삭의 머리는 수완의 허벅지에 곱게 안착했다. 한결 편해진 이삭이 수완의 허벅지에 뺨을 비벼댔다. 의도치 않은 스킨십에 설레는 마음을 수완은 애써 진정시켰다.

"선배, 약 사 왔어요. 일어나서 일단 먹고."

"싫어. 술 깨기 싫어."

"선배."

"나 망했어. 열심히 했는데. 나 진짜 열심히 했는데."

망했어. 떨어졌어, 시험. 다음 시험도 망하면 어쩌지. 이렇게 떨어지다간 인생 망하는 거 한순간이라던데. 내 인생도 망하면 어떡해.

술주정인지 잠꼬대인지 모를 말을 이삭은 혀가 꼬인 소리로 반복했다. 젖은 목소리. 이삭의 뺨이 닿은 허벅지가 축축했다.

수완은 이삭의 어깨를 흔들던 손을 조심스레 얼굴로 가져갔다. 자꾸만 앞으로 쏟아지는 머리카락을 뒤로 넘겨 주며 말했다. 취해 잠든 이삭은 기억하지 못할 테지만 상관없었다.

"그까짓 시험 다시 보면 되지. 또 떨어진대도 괜찮으니까 걱정 마요. 그럴 리 없겠지만 만약에 선배 인생 망한데도 뭐 어때요. 내가 있는데."

10월 초인데도 바람이 찼다. 혹시 누가 들을까. 빨개진 손으로 이삭의 귀를 감싼 채 수완은 속삭였다.

"내가 책임질게요. 선배."

그러니까.

"이제 나 좀, 좋아해 주면 안 돼요?"

에필로그. 나는 너를 좋아해

이삭에게 고백했을 때, 이삭과 첫 키스를 했을 때, 이삭과의 첫날밤을 앞뒀을 때를 제외하곤 결코 긴장하는 법이 없었던 수완은 오늘따라 긴장됐다.

심호흡을 하고, 명상도 해 보고, 반야심경도 외워 보았다. 마찬가지였다. 무대 공포증이나 발표 공포증은 인생에 존재하지 않는 말이었는데. 곧 맞닥뜨리게 될 사람들은 사람이 아니라 나무나 곰이라고 스스로를 세뇌해 본다. 젠장, 먹히지 않는다.

"준비 다 됐어?"

자신감이 떨어져 지옥문을 열 때쯤, 대기실 안으로 이삭이 들어왔다. 머리부터 발끝까지 차려입은 이삭을 본 수완의 얼굴에 화색이 돌았다.

"선배."

"이제 들어가야 한대."

"나 아무래도 결혼식 망칠 것 같아."

"설마."

"진짠데."

내 불안과 초조를 알아 달라. 수완은 이삭을 끌어안고 울상을 했다. 이삭은 물을 너무 많이 마셔 립스틱이 반쯤 뭉개진 수완의 입술에 짧게 입을 맞추며 말했다.

"망쳐, 그럼."

"이것들이. 야! 망치긴 뭘 망쳐! 인륜지대사를 왜 망쳐!"

언제 들어왔는지 모를 신우가 두 사람에게 소리쳤다. 둘은 손을 잡고 도망치듯 대기실을 나와 식장으로 들어갔다. 입구의 안내 화면엔 신랑, 신부의 이름이 나란히 떠 있었다.

신랑 한신우, 신부 김초희.

수완은 이 결혼식의 사회자였다. 그것도 신랑, 신부가 직접 고른.

처음엔 거절했다. 무조건 거절했다. 남자가 사회 보는 건 수없이 봤지만 여자가 사회 보는 건 못 봤다. 이삭 선배 얼굴 팔리는 거 싫어서 사회시키지 말랬지, 내가 한다고 했냐. 나 주목받긴 싫다.

"친한 사람 많잖아요. 다른 사람한테 부탁해요."

그랬더니 그건 또 무슨 성차별적인 발언이냐, 여자는 사회 보면 안 되냐. 신우는 노발대발했다. 이럴 때만 크게 발휘되는 페미니스트 정신에 할 말을 잃은 수완에게 신우는 마지막 잽을 날렸다.

"나 친구 없어. 이삭이랑 너뿐이야."

나오지도 않는 눈물 즙을 짜내는데 술김에 티끌만큼 있던 동정심이 동해 버렸다. 내가 소주 한 잔만 덜 먹었어도 그게 연기란 걸 알아챘을 텐데.
수완은 애꿎은 이삭을 구박했다.

"왜 안 말렸어요? 술 못 먹게 하지."
"너 진짜 취했었구나. 그날 나 없었거든. 둘이서 온 집 안을 쑥 대밭으로 만들어 놓고선."

이튿날 수완은 우겼다. 어젠 내가 제정신이 아니었다, 이건 무효다. 신우는 말없이 사진 한 장을 달랑 찍어 보냈다. 언제 작성했는지 모를 결혼식 사회 계약서, 계약인 서명에 수완의 지장이 찍혀 있었다.

"마지막으로 신랑, 신부 퇴장이 있겠습니다. 하객 여러분들의 많은 박수와 격려 부탁드립니다."

우여곡절 끝에 멘트를 끝냈을 때 수완은 거의 탈진 상태였다. 하객석 가장 앞자리에서 박수를 치던 이삭이 수완을 보고 입 모양으로 말했다.

수고했어.

그 웃는 얼굴 하나에 피로가 몽땅 날아갔다.

사회는 수완이 봤으니 부케는 이삭이 받기로 했다. 수완은 우리 선배 누가 쳐다보고 관심 가지는 것 자체가 싫다며 거부했지만 이삭이 하겠다고 하는 통에 어쩔 수 없었다.

직장인 직업병으로 근래 어깨가 나간 신부 초희를 대신해 부케는 신우가 던졌다.

신랑이 부케를 던지고 신랑 친구가 받는 희대의 명장면 연출을 앞두고 하객들의 시선이 몰렸다.

이삭은 갑자기 부담스러워졌다. 망설이는 걸 알기라도 하듯 신우가 신호도 없이 냅다 부케를 던졌다. 포즈는 프로 배구 선수처럼 멋졌지만 조준은 미스였다. 부케는 이삭이 아닌 영 다른 사람에게로 날아가 안겼다.

"이거, 가져도 되는 겁니까?"

뒷줄에 서 있던 주재욱이었다.

결혼식보다 배는 신경 썼다는 피로연장은 몰려든 사람들로 북적거렸다. 수완은 기력 보충을 해야겠다며 샴페인을 연거푸

들이켰다. 이삭은 말리지 않고 안주가 될 만한 음식들을 그녀의 앞으로 밀었다. 수완은 어느 하나 투정하는 것 없이 잘 먹었다.

접시가 비어지기 무섭게 이삭은 일어섰다. 차가운 게 먹고 싶다기에 셔벗을 가지러 갔다. 접시에 음식을 담던 중에 기척이 느껴져 보니 아이 하나가 절 쳐다보고 있었다. 왕방울만 한 눈이 제 손의 딸기 셔벗에 가 있었다. 먹고 싶은데 손이 닿질 않는 모양이었다.

이삭은 키를 낮추고 아이에게 셔벗을 건네주었다. 감사합니다, 깍듯하게 인사하는 머리가 밤톨처럼 귀여웠다. 습관처럼 수완이 있는 테이블을 살폈다. 눈이 마주치자 그녀는 기다렸다는 듯 눈을 접으며 손을 흔들었다.

자리로 돌아온 이삭은 뒤늦게 알았다. 다들 드레스와 턱시도를 입은 채 막춤을 추고 있는 신랑, 신부를 쳐다보고 있는 가운데, 수완의 시선은 홀로 다른 곳을 향하고 있었다. 신우와 초희 사이를 빙글빙글 돌고 있는 아이들.

"되게 귀엽죠, 쟤들."

눈빛에 요정이라도 보듯 사랑이 넘쳐 났다. 예쁜 얼굴에 옅게 드리운 그림자가 맘에 걸려서 이삭은 평소엔 하라고 애원해도 하지 않던 자화자찬을 했다.

"내가 더 귀엽지 않아?"

"어?"

"내가 더 귀엽지 않냐고."

무감한 얼굴에 딱딱한 말투였다. 누가 봐도 서늘한 표정이었건만 콩깍지가 낀 수완에겐 귀여워 보였다. 그렇지만 아닌 척했다.

"하나도 안 귀여워요. 선배가 그런 쪽은 아니죠."

"그런가."

말투가 샐쭉했다. 묘하게 새치름해진 이삭의 눈빛을 알아챈 수완은 웃음을 삼켰다.

이삭은 가끔 아이처럼 굴 때가 있었다. 선배도 이렇게 귀여운데, 선배 닮은 아이는 얼마나 귀엽겠어. 그 개새끼와 결혼했을 때는 단 한 번도 해 본 적 없는 생각이 이삭을 만나고 나서는 밥 먹듯이 들었다.

사람들의 관심이 유행하는 걸그룹 댄스를 추는 신우에게 몰린 사이, 수완은 이삭에게 잽싸게 입을 맞추고 제자리로 돌아왔다. 셔벗을 먹던 이삭이 수저를 든 채 얼어붙었다. 절 쳐다보는 놀란 눈을 무시한 채 샴페인을 들이켰다. 샴페인에선 먹지도 않은 딸기 셔벗 향이 났다. 기분이 아주 조금은 나아졌다.

오늘은 호텔에서 묵기로 했다는 신우와 초희에게 인사를 하고 피로연장을 떠났다. 연휴 전날이라 차가 밀린 탓에 집에 도착했을 땐 밤 11시가 넘어 있었다.

수완은 구두를 벗어 던지고 소파에 쓰러졌다. 슈트 재킷을 벗은 이삭이 컵에 물을 따라 가져왔다.

그녀는 스스로 일어나는 대신 이삭에게 양팔을 내밀었고,

그는 컵을 내려놓곤 수완의 손을 잡아 일으켰다. 모든 동작이 익숙했다.

"연휴인데 어디 놀러 갈까?"

냉수 한 컵을 남김없이 들이켠 수완이 놀라 이삭을 쳐다봤다.

"선배 바쁘잖아. 그제도 밤샜으면서."

"나도 쉬어야지."

"그러길래 왜 돈도 안 되는 케이스를 받아서 난리예요. 검사 복직시켜 준다고 할 때 하지. 선배 같은 사람은 변호사 하면 안 돼요. 호구 된다니까."

"그러게. 일하지 말고 집에서 살림이나 할걸 그랬어."

"지금도 안 늦었어요."

변호사 사무실을 개업한 지 이제 6개월, 이삭의 노동량은 검사 시절 배에 달았다. 돈이라도 많이 벌면 억울하지는 않지. 매번 어느 법무 법인이나 변호사 사무소도 받아 주지 않는 일들만 찾아 했다. 쥐꼬리만 한 수임료를 받고 몇 날 며칠을 샐 때도 있었다.

한발 양보해서 돈은 제가 벌고 보람은 선배가 찾으면 된다는 생각도 했지만, 사람들은 이삭 같지 않았다.

그 쥐꼬리만 한 수임료를 떼어먹는 사람들도 수두룩했고, 해 줄 건 다 해 줘 놓곤 욕을 먹는 일도 허다했다. 수완은 그게 싫었다.

"이번엔 돈 제대로 받았어요?"

"선불이었어. 걱정 마."

"이쯤 되면 사람들한테 질릴 때도 되지 않았어?"

아버지의 일을 겪으면서 수완은 실감했다. 잘못을 했음에도 사람들의 비난은 감당하기 힘들었다. 끝도 없는 인신공격과 루머. 모른 척하려야 할 수 없는 날 선 시선들에 절로 주눅이 들었다. 화도 나고, 우울했고, 종내에는 존재를 부정하기에 이르렀다.

아버지 딸로 태어나지 말았으면 좋았을 걸.

그 아버지의 딸로 태어나서 누릴 건 전부 누린 주제에.

저도 이런데, 죄라곤 티끌만큼도 짓지 않은 이삭은 얼마나 억울하고 아팠을까. 상상조차 못 하겠다. 그래서 수완은 더욱 그를 이해할 수 없었다.

"그렇게 당하고도 아직 사람들이 좋아요?"

"나 사람들 안 좋아해."

이삭은 말했다.

"그렇다고 딱히 싫어하지도 않아. 그뿐이야."

피곤했는지 성의라곤 없는 어조였다. 수완은 그만 웃어 버렸다. 이삭이 좋았다.

✿   ✿   ✿

수완의 스토킹을 처음 알았을 때, 재회한 수완이 빚을 갚아 준다며 결혼하자고 했을 때, 취해서 나는 선배 우는 얼굴이 좋다며 울어 보라고 했을 때를 제외하곤 결코 패닉에 빠지는 법이 없었던 이삭은 지금 패닉 상태였다.

"왜 이렇게 사람이 많지? 연휴라 그런가."

"오늘 어린이날이잖아요."

"뭐?"

"몰랐어?"

눈앞의 인파를 보고 망부석이 된 이삭에게 방금 산 토끼 머리띠를 씌우며 수완이 말했다.

"아직 이른 시간이라 덜한데 나중엔 더 많아질걸. 그러니까 미아 안 되게 내 손 꼭 잡고 다녀야 돼요. 알았죠?"

그럼 넌 이걸 다 알고 놀이동산에 오자고 한 거냐고. 이삭은 차마 묻지 못했다. 3일이나 되는 징검다리 연휴 중에 굳이 이날을 골랐을 수완의 마음을 눈치챈 까닭이었다.

제 손을 잡은 수완의 손을 이삭은 깍지 껴 고쳐 쥐었다. 한껏 들뜬 그녀를 보며 웃었다.

"뭐 하고 싶어? 오늘은 다 들어줄게."

그 말을 하지 말았어야 했는데.

이삭은 불과 한 시간도 되지 않아 제 발언을 후회했다.

놀이동산에 온 수완은 물 만난 고기가 따로 없었다. 이걸 타면 저기로, 저걸 타면 다시 다른 곳으로 이삭을 끌고 다녔다.

이삭은 해산물 외엔 딱히 싫어하는 게 없다고 생각하며 살았었는데 오늘 뼈저리게 깨달았다. 놀이기구 역시 생선만큼 싫었다.

특히 사람의 공포심을 유발하는 기구는 딱 질색이었다. 무심결에 수완을 따라 롤러코스터를 타고 내려온 이삭의 낯빛이 창백했다.

차라리 사람이 많아 탈 수 없다면 좋을 텐데. 아이들이 못 타는 기구는 어느 정도 기다리면 금방 차례가 돌아왔다.

"우리 이번엔 저거 타는 게 어때?"

수완의 눈이 놀이동산에서 가장 높은 기구로 향하는 걸 본 이삭이 다급히 왼편을 가리켰다. 경황이 없어 그쪽에 뭐가 있는지 확인도 못했다.

"저거요? 진짜?"

수완은 몇 번이고 물었다. 그제야 뒤를 돌아본 이삭의 얼굴이 굳어졌다. 하고 많은 기구 중 하필이면 회전목마였다.

무를까 싶었지만 저 망할 놈의 기구를 타는 것보단 조금 쪽 팔리고 마는 게 나을 것 같았다. 그러나 이삭은 간과했다. 회전목마를 빙 두르고 선 사람들의 존재를.

부모들은 아이들을 찾아 손을 흔들거나 카메라 렌즈를 들이댔다. 어딜 봐도 눈을 마주칠 수밖에 없을 만큼 사람이 많았다. 저와 눈이 마주친 젊은 부부가 웃음을 터뜨리는 걸 보고 이삭은 말없이 고개를 안쪽으로 돌렸다. 쪽팔려.

"이거 언제 멈춰?"

"아직 1분도 안 됐어요."

그 와중에도 수완은 휴대폰 카메라로 이삭을 촬영했다. 동영상이었지만 쪽팔림에 이성을 잃은 이삭은 전혀 눈치채지 못했다.

회전목마는 다른 의미로 이삭의 진을 빼놓았다. 피해 의식인지 몰라도 사람들이 전부 자기를 힐끔거리는 것만 같았다.

기구가 멈추기 무섭게 내린 이삭은 한 손으로 얼굴을 가리고선 걸음을 빨리했다. 혹시나 수완을 잃어버릴까, 다른 손으론 그녀의 손을 꽉 붙잡은 채였다.

쉴 틈도 없이 다른 곳으로 끌려갔다. 후룸라이드와 자이로드롭을 연달아 탔다. 차라리 기절했으면 했지만 그 정도는 아니었다. 이삭은 강한 제 정신력과 수완을 동시에 원망했다.

"아쉬운데, 한 번 더 탈까요?"

"진심이야?"

"농담인데. 삐졌어요?"

"아니."

"삐졌는데."

"아니야."

"삐졌구만, 뭘."

"그래. 나 삐졌다. 타려면 너 혼자 타."

요즘 들어 수완은 이삭 놀리기에 맛을 들인 것 같았다. 이삭은 재밌어 죽겠다는 듯 절 보는 수완을 뒤로한 채 희게 질린 얼굴로 벤치에 앉았다.

수완이 근처에서 생수를 사 왔다. 그때까지도 넋을 놓고 있던 이삭은 차가운 생수병이 뺨에 닿고서야 정신을 차렸다.

"괜찮아요?"

"안 괜찮아."

"선배 놀이기구 무서워하는구나. 몰랐네."

"그럼 이젠 제발 그만 탈래?"

"아깐 나 하고 싶은 거 다 들어준다고 해 놓고선."

"네가 이렇게 무서운 앤 줄 몰랐어."

물을 따 들이켰다. 차가운 물이 들어가자 정신이 좀 드는 것도 같았다.

한숨을 쉬는 이삭에게 수완은 츄러스를 내밀었다. 이삭은 입만 내밀어 물었다. 설탕의 단맛과 계피의 싸한 맛이 차례로 입안에 퍼졌다.

저는 먹을 생각이 없는지 수완은 이삭의 입에만 자꾸 츄러스를 가져다 댔다. 이삭은 먹어도 먹어도 거짓말처럼 다시 입 앞에 드리워지는 츄러스를 빤히 보더니 물었다.

"너 일부러 그러지?"

"하고 싶은 거 다 하게 해 준다며?"

이삭은 대답 대신 츄러스를 물었다. 벌써 두 개째였다.

배가 부르니 졸음이 몰려왔다. 쉬는 걸 만회하려고 새벽 일찍 일어나 일한 여파였다. 취미에도 없는 격렬한 놀이기구를 탄 나머지 피곤하기도 했다.

수완은 금세 이삭의 컨디션을 눈치챘다. 얄팍한 눈꺼풀이 아래로 처지는 걸 확인하곤 이때다 싶어 허벅지를 두드렸다.

"누워요."

말하면서도 기대는 하지 않았다. 이삭은 사람 시선 끄는 걸 원체 싫어했다. 밖에서 낯간지러운 짓 하는 걸 좋아할 리 없었다.

그러나 이번엔 어쩐 일인지 순순히 수완의 허벅지에 머리를 가져다 댔다.

살다 보니 이런 날도 있구나. 수완은 놀라움과 뿌듯함을 함께 느꼈다. 아까까진 싫은 걸 억지로 태웠나 싶어 미안했는데 지금 생각하니 잘했다 싶다. 지친 이삭은 평소보다 다루기 쉬웠다.

쏟아지는 햇살이 눈부신지 이삭이 눈을 감았다. 수완은 손으로 그늘을 만들었다.

사람 심리란 게 이상했다. 아까까지는 정말 별생각이 없었는데 이렇게 내려다보고 있으니 불건전한 쪽으로 마음이 동했다. 이삭을 만나곤 매 순간 이 모양이었다. 손을 보면 잡고 싶고, 등을 보면 껴안고 싶고, 입술을 보면 입 맞추고 싶고.

"키스는 안 돼."

이삭이 말했다. 여전히 눈을 감은 채였다.

"그냥 쳐다만 본 거거든요."

호선을 그리는 입술을 보고 장난이라는 걸 알았다. 이왕 이렇게 된 거 확 해 버릴까 보다. 들으라는 듯 중얼거리는 수완의 목을 불현듯 이삭이 아래로 잡아끌었다. 놀라 치떠진 수완의 눈에 조금은 피로한 이삭의 눈동자가 부딪혔다.

입맞춤은 찰나였다. 스치듯 닿은, 요즘은 중학생들도 하지 않을 스킨십이었건만 수완은 어울리지 않게 굳어 버렸다.

"오늘만 봐줄게."

툭 내뱉은 이삭은 아무 일도 없었다는 듯 다시 눈을 감았다. 수완은 몹시도 평온한 표정의 이삭을 잠시 내려다보았다. 괜스레 빈정이 상해 츄러스를 사며 받은 티슈로 이삭의 얼굴 전체를 덮어 버렸다.

"뭐 하는 거야?"

"꼴 보기 싫어서. 안 보려고."

"키스하고 싶어서 사람 잡아먹을 듯 쳐다볼 땐 언제고."

"그래서 덮어 버리는 거니까 얌전히 있어요. 잡아먹히기 전에."

하필이면 머리띠도 호랑이야. 수완은 제 머리의 호랑이 귀를 탓했다. 이럴 줄 알았으면 내가 토끼 쓰는 건데. 이삭의 머리에 있는 토끼 귀가 절 비웃는 것 같았다.

햇살도 좋고 바람도 따뜻했다. 수완은 저도 모르게 졸다가 이삭의 손길에 일어났다. 눈을 떴을 땐 이삭의 허벅지에 제가 누워 있었다. 눈앞이 답답해 뭔가 했더니 얼굴에 손수건이 덮여 있었다.

수완은 벌떡 일어나 따졌다.

"아 뭐야, 치사하게. 복수하는 거예요?"

"그냥, 보고 있으니까 키스하고 싶어서."

덤덤한 말투였다. 이삭은 가끔 저렇게 아무렇지 않은 얼굴로 엄청난 말을 했는데 그때마다 수완은 심장이 철렁했다. 그런 수완을 뻔히 알면서도 모른 척 이삭은 먼저 일어나 손을 내밀었다.

"배고프다며. 밥 먹자."

놀이공원 내 카페테리아는 발 디딜 곳이 없었다. 자리가 나자마자 비집고 앉아 가장 빨리 나오는 음식을 주문해 먹기 시작했다. 사람이 많아서였는지 객관적으론 정말 맛이 없었는데 함께 있는 사람 때문에 그 정도는 참고 먹을 만했다.

"선배, 솔직히 말해 봐요."

"뭘."

"나랑 헤어져 있는 동안 여잘 얼마나 만난 거예요?"

"너한테 데여서 독수공방했거든."

"그럼 다행이고."

수완은 안심한 듯 밥을 먹는 데 집중했다. 너무 많이 익어 딱딱한 스테이크를 잘도 씹어 먹었다. 곱게 자라 까탈스러울 것만 같은 그녀는 매사에 불평하는 법이 없었다. 며칠 전엔 실수로 소금을 왕창 넣은 소태 계란말이를 모두 해치워 이삭을 경악하게 하기도 했다.

"왜요. 먹을 만한데."

그래 놓고 밤새 물을 엄청 마셨다. 처음엔 저한테만 그런가

504

했는데 모든 사람에게 그랬다. 수완은 본인이 이기적이고 못됐다 했지만, 네가 진짜 못되고 이기적인 사람을 못 봐서 그래. 이삭은 제 자몽에이드를 수완에게 밀어 줬다.

"선배는 왜 안 먹어요?"

"네가 아까 츄러스를 너무 많이 먹여 주셔서요."

"미안해요. 선배가 너무 맛있게 먹길래."

"맛있었어."

맛있긴 했다. 양이 너무 많아서 그랬지. 더불어 앞으로 또 어떤 걸 타게 될지 몰랐기에 뭘 먹고 싶은 마음도 안 들었다.

그러나 수완은 더 이상 이삭을 공포와 경악의 구렁텅이로 밀어 넣지 않았다. 기구를 몇 타긴 했는데 전에 비하면 식은 죽 먹기였다.

기구 투어를 끝낸 후에는 꽃밭으로 갔다. 어딜 가도 인산인해였지만 최대한 한산한 벤치에 자릴 잡고 앉았다. 저만치 사진을 찍고 있는 아이들을 구경하던 수완이 문득 어딘가를 턱짓했다.

"쟤 아까부터 자꾸 우리 쳐다보는 것 같지 않아요?"

시선을 따라갔더니 곰이 있었다. 정확히는 곰돌이 탈을 뒤집어쓴 아르바이트생이었다. 이삭은 말도 안 된다며 웃었다.

"쟤가 우릴 왜 쳐다봐."

"아니야. 분명 쳐다봤는데. 내가 너무 예뻐서 그런가."

어째서 결론이 거기로 튀는지 모르겠지만 수완이 좋다면 되었다.

수완을 잠시 홀로 둔 채 이삭은 화장실로 향했다. 손을 씻고 있자니 아까 그 곰 인형이 화장실로 들어오고 있었다. 남자인가 보네. 안에 사람이 있다는 걸 아는데도 귀엽긴 했다.

입구가 좁았다. 곰 인형은 큰 머리 탓에 들어오지도 못하고 끼어 버렸는데, 핸드 드라이어로 손을 말리고 있던 이삭은 놀라 달려갔다. 둘이서 5분을 용을 쓴 끝에 머리를 빼냈다.

"감사합니다."

인사하는 목소리가 묘하게 익숙하다 했다. 아이들의 환상을 깨지 않겠다는 듯 화장실 문을 닫은 아르바이트생이 그제야 탈을 벗었다. 땀에 젖은 얼굴을 확인한 이삭의 입술이 놀라움으로 벌어졌다.

"오랜만이에요, 검사님. 아니, 이제 변호사님이라고 해야 하나. 둘이 성격 안 맞아서 금방 찢어질 줄 알았는데 잘 사귀네."

강일형이었다.

한편 수완은 화장실에 간다던 이삭이 감감무소식이라 애가 탔다. 은근 흐리멍덩한 구석이 있어 혹 미아가 된 건 아닌가, 걱정됐다.

찾자니 길이 엇갈릴 것 같고 전화는 안 받고. 이번에도 안 받으면 찾으러 가자, 열한 번째 통화를 시도하던 찰나였다. 이삭이 나타났다. 옆엔 아까 그 곰을 달고.

이삭은 곰과 아는 사인 듯 손 인사를 하곤 수완에게 다가왔다. 반대쪽으로 가던 곰은 거대한 머리를 틀더니 그녀에게도 손을 흔들었다. 수완은 얼결에 손을 마주 흔들었다.

"뭐예요? 아는 사람이야? 어쩐지. 내가 아까 자꾸 쳐다본다고 했잖아."

"강일형이야."

"어?"

수완과 이삭은 얼굴에 꽃받침을 만들어 가며 아이들과 사진을 찍고 있는 곰에게서 눈을 떼지 못했다. 어울리진 않는데 적성엔 맞는 것 같았다. 적어도 남의 목에 칼을 들이대는 것보다는 훨씬 더.

해가 완전히 저물고 나서야 둘은 놀이동산을 나왔다. 연인들의 주요 고백 장소라고 불리는 대관람차가 코스의 마지막이었지만 두 사람은 정직하게 야경만 봤다. 수완의 체력에도 한계는 있었다.

주차장에서조차 꼼짝 못 하고 있는 차들을 바라보며 대중교통을 이용하길 잘했다고 서로를 칭찬했다. 버스를 타고 운 좋게 앉자마자 누가 먼저랄 것 없이 잠에 빠졌다. 종점에 도착할 때까지 단 한 번도 깨지 않았다.

기사 아저씨의 부름에 이삭이 먼저 눈을 떴다. 수완을 깨워 데리고 나왔다. 정류장은 회사 근처에 있었다.

때마침 신우의 단골 식당이 눈에 보였다. 배는 고프지 않지만 수완에겐 뭐라도 먹이고 싶었다.

"죄송한데, 오늘 영업 끝났어요."

이삭과 그의 손을 잡고 얌전히 따라오던 수완은 문을 열어 젖힌 채로 굳었다. 행주로 테이블을 닦던 주재욱도 마찬가지였다.

아주머니가 있어야 할 주방엔 처음 보는 여자가 설거지 중이었다. 그녀는 멀뚱히 선 수완과 이삭을 보더니 웃으며 설명했다.

"저희 엄마가 몸이 안 좋으셔서 오늘은 일찍 닫기로 했어요. 죄송합니다."

카운터 쪽 벽에 걸린 꽃다발이 익숙했다. 신우의 결혼식 날 주재욱이 받았던 그 부케였다.

주재욱은 엄청나게 당황해했다. 그걸 본 이삭과 수완은 더 당황해서 뭐라 말도 못 한 채 뒷걸음질 쳐 나왔다. 집으로 가는 택시를 잡아탄 후에야 수완이 입을 열었다.

"와, 주 팀장. 나 좋아한다고 따라다닐 땐 언제고."

택시에서 두 사람은 또 졸았다. 이번엔 수완이 먼저 일어나 이삭을 깨웠다. 엘리베이터에서 18층 커플을 만났다. 9층에서 내리자마자 이삭이 수완에게 말했다.

"기분 탓인가. 사람들이 자꾸 날 쳐다보는 것 같은데."

"선배야말로 도끼병 있네."

"아니. 그게 아니라 진짜."

"맞아요. 선배가 잘생기긴 했지."

"야, 나는."

수완은 도어록을 풀고 도망치듯 먼저 들어갔다. 자신은 이미 놀이동산에서 빼 버린 머리띠를 이삭이 아직도 하고 있다는 말은 하지 않았다. 어차피 알게 될 테니까.

이삭은 샤워를 하러 간 욕실에서 머리띠를 발견했다. 놀이동산에서 집까지 오는 길에 절 보던 사람들의 시선이 생각나 속으로 비명을 질렀다. 다 알고도 말을 하지 않은 수완이 얄미웠지만 이제 와 따지면 뭐하랴 싶다.

귀찮아 물기를 제대로 닦지도 않고 밖으로 나왔다. 저보다 먼저 씻은 수완 역시 머리를 말리지 않은 채였다. 이삭은 헤어드라이어를 꺼내 소파로 다가갔다. 머리에 수건을 감은 채 아이스크림을 퍼먹던 수완이 고개를 들었다.

"내 머리 말려 주려고요?"

"어."

"그럼 난 선배 머리 말려 줄게."

"됐거든."

"내 맘이거든."

결국 수완의 머리를 다 말린 이삭은 그녀의 앞에 자리를 잡고 앉아야 했다.

"그래. 오늘 아이들 구경은 잘 했어?"

수완의 수저로 아이스크림을 퍼먹던 이삭이 넌지시 물었다. 머리 이곳저곳을 헤집던 따뜻한 바람이 순간 한 곳에 고정됐다.

"알고 있었어요?"

"모르는 게 더 이상하지. 그렇게나 애절하게 쳐다보는데."

"선배도 아이 좋아하죠?"

수완이 말했다. 평소와 달리 머뭇거리는 어조에 이삭은 마음이 안 좋았다. 그러나 티 내지 않고 대답했다.

"난 애는 하나로 충분해."

"선배가 애가 어디 있어요?"

"있잖아. 지금 내 뒤에."

지금이 농담할 때냐고 구박하면서도 수완은 웃었다. 이삭은 돌아앉더니 수완의 손에서 헤어드라이어부터 빼앗아 전원을 껐다.

"머리 다 태우겠다."

"아, 미안. 안 데였어요? 어디 봐요."

무릎을 세워 일어난 수완이 이삭의 머리카락을 헤집었다. 거친 손길로 제 머리를 밤송이로 만들어 놓은 그녀의 허리를 이삭이 끌어안았다.

"난 너만 있으면 돼."

수완이 동작을 멈추고 그를 마주 안았다.

"나도 선배만 있으면 돼요."

"나한테 여자는 너뿐이야."

어느새 고개를 꺾어 든 이삭이 수완을 올려다보며 속삭였다.

"그때도 그랬고, 지금도, 앞으로도 그럴 거야."

새카만 눈동자 가득 수완이 들어 차 있었다.

수완은 주저앉아 이삭과 눈을 맞추었다. 이삭은 기다렸다는 듯 그녀의 뺨을 잡고 키스했다. 숨이 찬 수완이 이삭의 등을 끌어안고, 이삭은 수완의 목을 당겨 더 깊이 파고들었다.

어느새 수완은 거실 바닥에 누워 있었다. 그녀의 목덜미에 키스를 퍼붓고 있던 이삭이 불현듯 입술을 떼어 내곤 고개를 들었다. 그리곤 장난스레 물었다.

그런데,

"나 진짜 안 귀여워?"

나는 당신을 좋아합니다.
그때도, 지금도. 그리고 먼 미래에도.

—김제이 올림.